Aus Freude am Lesen

Buch: Das Tornedal im nördlichen Schweden. Als die Gemeindeangestellte Rauha Jauhöjärvi auf der Türschwelle des alten Hauses steht, um nach dem Pensionär Martin Udde zu sehen, ist ihr ganz seltsam zumute – ein eigenartiger Geruch liegt in der Luft, und keiner antwortet auf ihr Klopfen. Tatsächlich wird ihre düstere Ahnung zur Gewissheit: Der alte Mann liegt tot in seinem Bett – brutal ermordet, mit einer Fischgabel regelrecht aufgespießt. Hatte hier jemand eine Rechnung zu begleichen? Die junge Stockholmer Polizistin Therese Fossnes ist nicht gerade begeistert, als sie damit beauftragt wird, der Sache auf den Grund zu gehen. Die Menschen dieses entlegenen Landstrichs kommen ihr seltsam vor, ihren Dialekt versteht sie nicht. Doch dann fühlt sie sich ausgerechnet zum kauzigen Eigenbrötler Esaias hingezogen, der als dringend tatverdächtig gilt. Und sie erkennt, dass hinter der ganzen Geschichte mehr steckt, als ihr lieb ist …

Autor: Mikael Niemi, Jahrgang 1959, wuchs im hohen Norden Schwedens in Pajala auf, wo er heute noch lebt. Im Jahr 2000 erschien sein erster Roman »Populärmusik aus Vittula«, für den er den angesehenen »Augustpreis« bekam. Es war das spektakulärste Debüt, das Schweden je erlebt hatte. Das Buch stand monatelang auf Platz 1 der Bestsellerliste, verkaufte sich rund eine Million Mal und wurde in 24 Sprachen übersetzt. »Der Mann, der starb wie ein Lachs« ist sein dritter Roman.

Mikael Niemi bei btb: Populärmusik aus Vittula. Roman (73172) · Das Loch in der Schwarte. Roman (73710)

Mehr Informationen zum Autor unter: www.mikael-niemi.de

Mikael Niemi

Der Mann, der starb wie ein Lachs

Roman

Aus dem Schwedischen
von Christel Hildebrandt

btb

Die schwedische Originalausgabe erschien 2006 unter dem Titel »Mannen som dog som en lax« bei Norstedts, Stockholm.

Verlagsgruppe Random House FSC-DEU-0100
Das FSC-zertifizierte Papier *Munken Pocket* für dieses Buch
liefert Arctic Paper Munkedals AB, Schweden.

1. Auflage
Genehmigte Taschenbuchausgabe Dezember 2009,
btb Verlag in der Verlagsgruppe Random House GmbH, München

Umschlaggestaltung: semper smile, München nach einem
Umschlagentwurf vom Design Team München
Umschlagmotiv: © Patrik Lindvall
Druck und Einband: CPI – Clausen & Bosse, Leck
NB · Herstellung: SK
Printed in Germany
ISBN 978-3-442-74017-8

www.btb-verlag.de

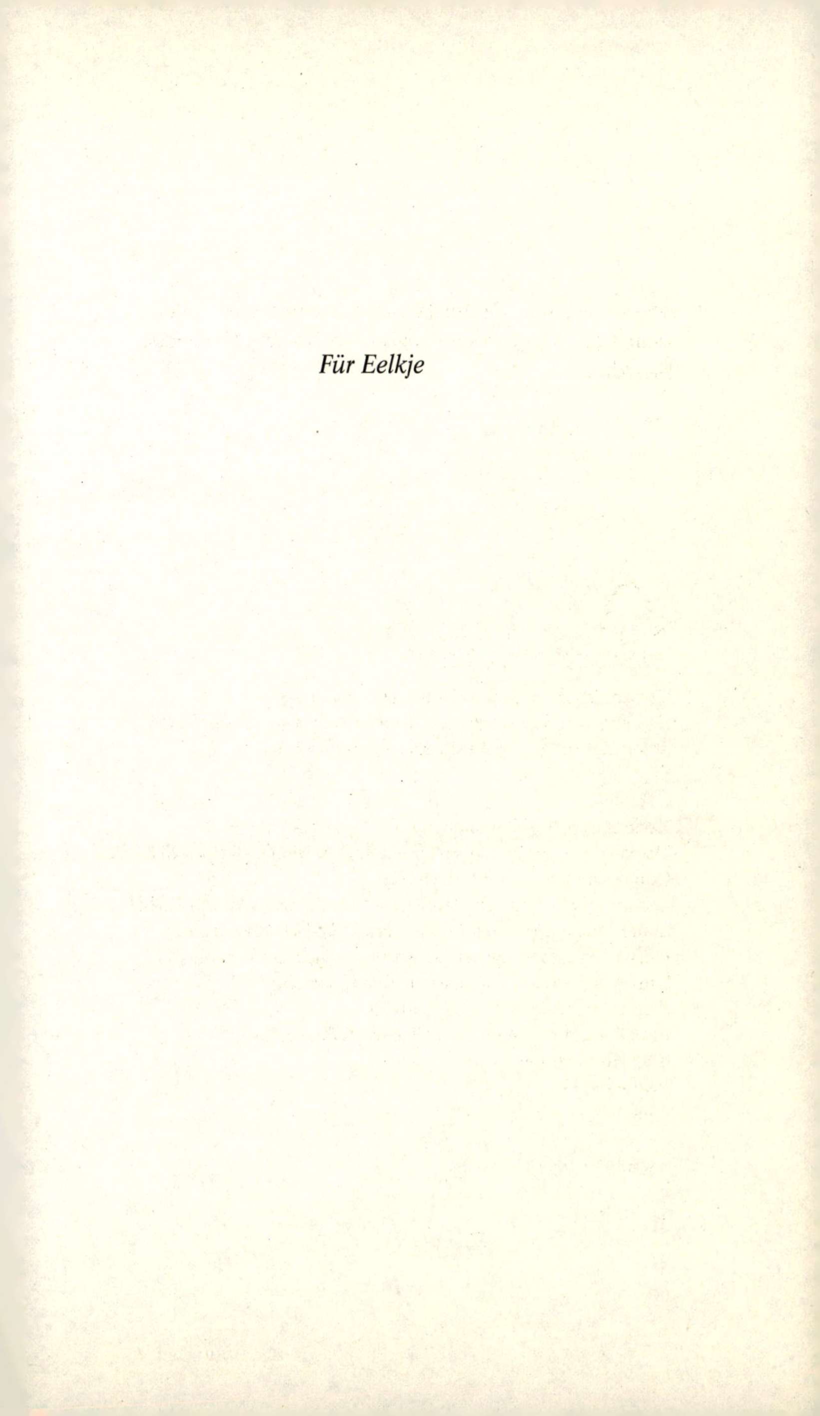

Für Eelkje

Es roch nach offenem Mund. So beschrieb sie es im Nachhinein, es roch nach Mund, als hätte ein großes Tier direkt vor ihr sein Maul aufgerissen. Es fiel ihr schwer, sich etwas Schrecklicheres vorzustellen. Ein vibrierendes, wie mit einer Haut überzogenes Gefühl. Sie blieb zögernd in der Türöffnung stehen, stand dort sommerlich verschwitzt im grellen Licht der Eingangstreppe, den Schlüssel wie ein Taschenmesser in der Hand. Sie hatte mehrere Male geklingelt. Anschließend geklopft. Dann seine Telefonnummer in ihr Diensthandy getippt, ohne eine Antwort zu erhalten. Durch die geschlossene Tür hatte sie das schrille Klingeln gehört, immer und immer wieder, metallische Klingellaute eines alten Telefons aus den Siebzigern mit Drehscheibe.

Vielleicht war er ausgegangen? Sie nahm den Schlüssel, auf dem die Codenummer des Alten vermerkt war. Später würde Rauha Jauhojärvi immer wieder zu diesem Moment zurückkommen, wie sie dort stand und zögerte. Wie sie krampfhaft die Türklinke in der Hand hielt und ins Dunkle starrte. Sie war kurz davor, umzukehren und zum nächsten alten Mann zu fahren. In ihren Holzschuhen klebten die Füße. Eine Stubenfliege surrte um ihren Nacken, angelockt von ihrem feuchten Menschengeruch. An so einem Tag sollte man im Fluss baden, dachte sie. Im Gras liegen und sich von der Sonne bescheinen lassen.

Rauha Jauhojärvi zögerte, den Schlüssel in der Hand. Sie konnte immer noch weiterfahren und das Büro benachrichtigen. Die Sonne, das Licht. Die Stubenfliege, die angeschwollenen Füße. Die Hummel, die ihren Blattrüssel das Regenrohr entlangtastete. So ein Augenblick war das. Ganz leicht. Aber sobald sie ihren Fuß auf die Türschwelle gesetzt hatte, war er vorbei.

Um zu lüften, ließ sie die Tür weit offen stehen. Die Fliege nahm Anlauf und flog sofort hinein. Rauha ging in den Flur und rief den Namen des Alten. Niemand antwortete. Sie spürte, wie der Raubtiergeruch stärker wurde, und unterdrückte den Drang, sich zu übergeben. Talgknödel, dachte sie. Der Alte kocht Talgknödel. Es lag etwas Verbranntes in der Luft, wie von einem Kohlegrill.

Da entdeckte sie die Flecken. Etwas Teerartiges, das auf den Eichenboden getropft war. Sie bog nach links ab, kam in die Küche. Die Herdplatte war eingeschaltet. Sie zuckte zusammen. Direkt auf der Herdplatte lag etwas Verkohltes, Verschmortes. War das eine Art Muskelfleisch? Ein Fisch? Die Hitze hatte den Klumpen verbrannt und geschmolzen, bis nur noch eine verdrehte Rußwurst übriggeblieben war. Sie rauchte schon lange nicht mehr, aber der fette Bratenqualm hatte sich in den Wänden festgesetzt. Voller Ekel schaltete sie die Platte aus. Alzheimer, dachte sie. Der Alte hat Hunger gehabt und sich etwas kochen wollen. Ohne Bratpfanne. Sie hatte im Laufe der Jahre schon Schlimmeres gesehen, nur ein Glück, dass das Haus nicht Feuer gefangen hatte.

»Hallo?«, rief sie wieder.

Die Flecken auf dem Fußboden. Sie kamen aus der entgegengesetzten Richtung. Ein schmaler Pfad führte durch das Haus, zum Schlafzimmer. Sie wartete regungslos und lauschte. Nichts, alles war still. Nur das Klappern ihrer Holzschuhe, als sie weiterging, sich zur Türöffnung vorbeugte und hineinschaute.

Er lag halb auf der Seite. Mit weit aufgerissenem Mund und halb geöffneten Augen, das Bettlaken war zusammengeknüllt, als hätte er sich darin gewälzt. Das Bett war von etwas Schwarzem, Geronnenem durchtränkt. Die Hände hatte er auf den Bauch gedrückt, die aufgeschlitzte Bauchdecke klaffte weit auf, und das, was sich darinnen befunden hatte, ringelte sich nun über die Matratze.

Sie brauchte zwei Sekunden, um das Bild aufzunehmen. Zwei Sekunden, die sich in ihr festgruben. Sie konnte sich nicht daran erinnern, wie sie es nach draußen geschafft hatte, nicht daran, wie sie ihre Holzschuhe verlor. Sie lief auf Strümpfen einfach weiter, die Straße entlang, ließ Schlüssel und Handy fallen, und erst dann fing sie an zu schreien.

I

1

Die Morgenmaschine aus Stockholm war fast voll besetzt, als sie auf der riesigen Frachtfluglandebahn des Kallax-Flughafen kurz vor Luleå landete. Im Passagiergewimmel gab es drei Personen, die nicht den Langzeitparkplatz oder den Flughafenbus ansteuerten, sondern sich durch das Terminalgebäude bis zu Gate 5 ganz hinten begaben. Im Gegensatz zu den ersten vier Gates lag dieses auf ebener Erde, und statt durch die riesigen Saugrohre an Bord zu gehen, mussten die Passagiere einen kurzen Spaziergang im Freien unternehmen, zu dem kleinen Propellerflugzeug mit neun Sitzplätzen, das auf dem juliwarmen Asphalt wartete. Das Flugzeug 8N402, unterwegs zur Nordkalotte, hob fahrplanmäßig kurz nach zehn Uhr vormittags mit Ziel Pajala ab. Die beiden Piloten und die drei Passagiere spürten, wie die Maschine sich mit wiegendem Ruckeln durch die Morgenthermik arbeitete. Rechts unter ihnen zeigte sich kurz das Zentrum von Luleå, eine dicht bebaute Halbinsel am Meeresrand, umgeben von Buchten und Sonnengefunkel. Im Meer war eine Unzahl von bewaldeten Inseln und kleinen weißen Dreiecken der Sommersegelboote zu sehen, auf dem Weg hinaus in den nordbottnischen Schärengürtel. Nur gut hundert Kilometer weiter entfernt, momentan im Sonnennebel nicht auszumachen, lag Finnland. Der Pilot schaltete, schwenkte in die richtige Richtung und kletterte weiter hinauf auf die Flughöhe von 18000 Fuß, gut 5000 Meter. Wollige Kumuluswolken zogen am Fenster vorbei, während das Flugzeug seinen Weg über die in der Wettervorhersage als nördliches Inland von Norrland bezeichnete Gegend nahm.

Therese Fossnes spürte die Kälte des Kabinenfensters an ihrer Wange, während sie hingerissen über die Weiten hinwegschaute. Es war ihr erster, alles bestimmender Eindruck. So schrecklich viel Wald. Sie hatte versucht, sich die norrländische Taiga vorzustellen, von ihr fantasiert, und jetzt sah sie sie zum ersten Mal mit eigenen Augen. Von allen Seiten. Ein dunkelgrüner Flickenteppich, ein Riesenwasserfall. Moosgrün. Nadelgrün. Zum Horizont immer blauer werdend, und hier und da blitzten Teiche und Waldseen auf. Entlang dahinschlängelnden Wasserzügen bahnten sich Straßen durch die Ebene. Und ab und zu, als wären sie zu schüchtern, waren vereinzelte Hausgruppen zu erkennen. Unbedeutende norrbottnische Orte. Viel zu klein für diese unfassbare Landschaft. Sie versuchte sich vorzustellen, wie es war, dort unten zu leben. Ausgesetzt in dieser Ödnis. Ein einsames Mädchen, das ruft. Das durch die Sümpfe schlendert und auf etwas Abwechslung hofft.

Nein, sie war Städterin. Sie war zu festgelegt, es gab so viel anderes im Leben als den Wald.

Therese öffnete die apfelsinenfarbene Plastikmappe mit dem Emblem des Landeskriminalamts und las noch einmal das Fax mit den Namen der lokalen Polizeibeamten, mit denen sie zusammenarbeiten sollte. An den Rand kritzelte sie ein paar Anmerkungen. Es ging darum, von Anfang an das Kommando zu übernehmen, Kompetenz zu zeigen. Für die da oben war sie nur eine blondierte Null, sie musste zubeißen, falls sie Schwierigkeiten machten. Sie sah jünger aus als ihre 33 Jahre. Einige dieser Schnauzer glaubten, das ausnutzen zu können. Besonders die Polizisten. Es gab wenige Berufsgruppen in diesem Land, die machogeprägter waren, vielleicht noch die Staatsanwälte. Aber mit der Zeit lernte man dazu. Man achtete darauf, dass die Krallen geschärft blieben.

Nach einem halbstündigen dröhnenden Flug senkte das Flugzeug seine Nase und näherte sich den Baumwipfeln. Sie konnte nirgends eine Landebahn entdecken, nur Waldwege. Ihr Mund wurde trocken, ein Schutzreflex. Adrenalin. Die beiden anderen Passagiere beugten sich vor und zeigten hinaus, ein gemütliches Rentnerehepaar, das sie bereits im Flugzeug aus Stockholm gesehen hatte. Die Frau sagte etwas Unverständliches. Die Worte drangen durch den Motorenlärm, waren aber nicht zu verstehen. Der Mann gab etwas ebenso Wunderliches zurück, am Tonfall war zu erkennen, dass er ihr zustimmte.

Und jetzt erst begriff Therese. Es war Finnisch. Sie hatten Finnisch miteinander gesprochen.

Mit einem kurzen Gummikreischen traf das Flugzeug auf der Erde auf und brauste schaukelnd weiter, während die Geschwindigkeit gebremst wurde. Ziel war das kleine Flughafengebäude, umgeben von hohen Kiefern. Pajala stand kurz und knapp auf der Fassade. Zwei Männer in gelben Sicherheitswesten schoben eine Gepäckkarre vor sich her, schlossen dann die Kabinentür ganz hinten auf und klappten die eingebaute Treppe aus. Sie kletterte hinunter und spürte ihre Blicke. Schweigende Neugier, ein wenig aufdringlich. Sie ging über den Asphalt und registrierte den Geruch nach Waldhitze, trockener, dampfender Wildnis. Eine Tür im Gebäude wurde aufgeschlagen, und ein langer, grauhaariger Polizeibeamter in Uniform kam heraus und streckte ihr die Hand entgegen. Sein Gesicht verzog sich zu einem runzligen, leicht schüchternen Lächeln.

»Willkommen«, begrüßte er sie. »Willkommen im Tornedal.«

Das klang steif und eingeübt. Er musste es den ganzen Morgen wiederholt haben. Therese holte ihre eingecheckte Reisetasche, bevor sie in sein von der Sonne aufgeheiztes Dienstauto stiegen und durch den Wald zur Stadt hin fuhren. Eino, wie der Polizist hieß, saß die meiste Zeit schweigend da und nahm eine auffallend entspannte Haltung ein. Er ist es gewohnt, Auto zu fahren, dachte sie. Lange Ausfahrten mit viel Zeit für eigene Gedanken. Doch plötzlich bremste er scharf.

»*Piru …*«

Pii … roo …, wiederholte sie wortlos das Wort. Gleichzeitig kreuzten die Tiere die Fahrbahn ohne jede Eile, grau wie Steine. Die Geweihspitzen wogten, während sie sich daran machten, das Gras im Graben zu fressen.

»Rentiere?«, fragte sie.

»Du bist hier in Tornedal«, bestätigte er.

Er hat Finnisch gesprochen, dachte sie und wollte sich das merken. Rentiere hieß *piru.* Ihr Fotoapparat lag in der Tasche im Kofferraum, aber sie wollte ihn nicht bitten, anzuhalten. Es wäre zu peinlich gewesen. Sie würde später herfahren und fotografieren. Das wäre wirklich etwas, um es Doris zu mailen.

Das Gerichtsgebäude von Pajala war ein wuchtiges rotes Ziegelgebäude, das auf einer kleinen Anhöhe mitten in der Gemeinde stand, umgeben von Birken und Ebereschen inmitten eines Rasens. *Mo–Fr 9–12, 13–15 Uhr* war auf einem Schild an der Eingangstür aus dunklem Holz zu lesen. Therese wurde von Eino zu einem Büroraum gebracht, der schnell eingerichtet worden war, ein Schreibtisch, ein Telefon, eine elektrische Schreibmaschine aus den Achtzigern.

»Dein Dienstwagen«, sagte eine Stimme.

Ein Schlüsselbund fiel auf die Tischplatte. Sie drehte sich um und begegnete einem kurzen Lächeln, hellblondes Haar, militärisch kurz geschnitten, ein gestutzter Schnauzer und kräftige Kiefermuskeln. Sein Handschlag war sehr fest, als wollte er seine Unsicherheit verbergen.

»Sonny Rantatalo«, stellte er sich vor, »Polizeianwärter. Svedberg hast du ja schon kennen gelernt.«

Eino Svedberg war der Grauhaarige, der sie abgeholt hatte. Sie setzten sich alle drei in einen kleinen Konferenzraum, der nach altem Klassenzimmer roch. Ein Fenster stand einen Spalt offen, dennoch war es warm und feucht.

»Ja, also, ich bin Therese Fossnes, von der Kriminalpolizei.«

Eino schaute schweigend auf den Tisch. Sonny erwiderte ihren Blick und versuchte ungerührt auszusehen. Aber die zuckenden Wangenmuskeln verrieten seine Nervosität.

»Als Erstes möchte ich den Tatort sehen«, sagte sie. »Die Spurensuche ist sicher noch damit beschäftigt?«

»Ja, sie sind gestern aus Luleå gekommen.«

»Habt ihr schon die Nachbarn befragen können?«

»Ja, einige. Mehrere sind verreist, sitzen sicher in ihren Sommerhäusern.«

»Und die Frau, die die Leiche gefunden hat?«

»Rauha Jauhojärvi, sie arbeitet als Haushaltshilfe für die Gemeinde. Sie ist heute zu Hause, krank geschrieben. Wir haben mit ihr gesprochen, aber sie war nicht in der Lage, viel zu sagen.«

Sonny war derjenige, der ihre Fragen beantwortete, während er gleichzeitig eine Schreibtischunterlage zurechtschob, bis sie genau parallel zur Tischkante lag. Anschließend wandte sie sich direkt an Eino, um ihn ins Gespräch einzubeziehen.

»Habt ihr irgendwelche Zeugen gefunden?«

»Nun, das kommt ganz darauf an ...«

»Worauf?«

»Das Ganze scheint ja am Wochenende passiert zu sein. Und es war ein ganz besonderes Wochenende. Wenn man es so sagen kann.«

Er sprach langsam, fast übertrieben korrekt. Als suche er nach Worten, drehe und wende er jedes einzelne, bevor er sich traue, sie zu benutzen. Dabei war ein deutlicher Akzent zu hören, eine finnische, singende Sprachmelodie.

»Wenn man was sagen kann?«

»Pajala-Markt. Am Wochenende fand der Pajala-Markt statt.«

»Und?«

Jetzt mischte sich Sonny ein.

»Ja, du bist nicht von hier. Das ist der größte Sommermarkt vom Norrbotten, mehr als dreißigtausend Besucher. Die Leute kommen aus dem ganzen Land, sogar aus dem südlichen Schweden.«

»Alle, die weggezogen sind«, ergänzte Eino.

»Der Pajala-Markt ist ein Wahnsinnsgetümmel«, fuhr Sonny fort, »mit Leuten und Marktständen überall. Die ganze Stadt ist voll. Da wird es nicht so leicht sein, die Nadel im Heuhaufen zu finden.«

»Deshalb bin ich ja hier«, erwiderte sie kurz und stand auf. »Ich möchte um sechzehn Uhr alle Diensthabenden hier haben. Und bis dahin möchte ich eine Liste aller Zeugenaussagen, ihr wisst schon, Autos, Menschen, die in der Gegend gesehen worden sind, alles. Übrigens: Kanntet ihr das Opfer, die Stadt ist ja klein?«

»Nun ja«, sagte Eino.

»Martin Udde«, erklärte Sonny. »Ein alter Zöllner.«

»Ich hatte ab und zu dienstlich mit ihm zu tun«, bestätigte Eino. »Aber es ist lange her, dass er in Pension gegangen ist.«

»Das ist ja prima, Eino. Mach mir doch eine Aufstellung von allem, was du weißt. Familie, Angehörige, sein Bekanntenkreis und so weiter. Sonny kann mit den Hausbefragungen weitermachen. Und kümmert euch weiter um diejenigen, die verreist sind. Aber als Allerestes zeigt ihr mir bitte den Tatort.«

»Der liegt in Texas.«

»Texas?«

»Das wird so genannt, das Viertel. Texas oder Der Wilde Westen.«

Ihr Dienstfahrzeug war ein normaler Mietwagen, der im Sonnenschein auf dem asphaltierten Hof des Gerichtsgebäudes stand. Er war heiß wie ein Backofen und strömte den Dunst von heißem Plastik aus. Sobald sie startete, hörte sie, wie die

Klimaanlage sich dröhnend einschaltete. Sonny fuhr vor ihr in einem blau-weißen Dienstwagen durch das kleine Zentrum der Stadt, vorbei am Lebensmittelmarkt und dann weiter nach Texas, das, wie sich herausstellte, ein idyllisches Viertel war, irgendwann in den Sechzigern gebaut. Holzhäuser mit großen Gartengrundstücken, hochgewachsene Hecken und Ebereschen, Rasenflächen mit sonnengebräunten Kindern, Plastiktreckern und aufblasbaren Planschbecken. Die Straße, in die sie einbogen, hieß Handwerkerstraße, wie sie auf einem Schild las, und kurz darauf hielten sie vor einem gelben, eingeschossigen Klinkergebäude. Das blau-weiße Plastikband der Polizei sperrte das gesamte Gelände ab. Eine Gruppe neugieriger Nachbarn hatte sich davor versammelt und verstummte, als Therese ausstieg. Ein Pressefotograf schoss eine Serie von Fotos, während sie über das Band kletterte und Sonny wieder zurück zum Revier fuhr. An der Treppe zur Eingangstür stand ein Polizeibeamter mit schwarzem Bart, ihm zeigte sie ihren Ausweis.

»Lundin«, brummte er mit einer nonchalanten Verbeugung und winkte sie vorbei. »So ein Mist, dass so etwas ausgerechnet in der Urlaubszeit passieren muss.«

»Ich weiß«, sagte sie.

»Eigentlich sollten wir alle frei haben. Außer Eino. Alle anderen sollten jetzt in ihren Ferienhäusern sitzen.«

»Ich in Barcelona«, sagte sie. »Hotel Grand Marina, Zimmer mit Whirlpool und Balkon mit Blick aufs Mittelmeer.«

»Mhm«, brummte er nachdenklich.

Sie zog sich neonlila Plastiküberzüge über die Schuhe, nahm ein Haarnetz in der gleichen schreienden Farbe und ein Paar dünne Chirurgenhandschuhe. Dann trat sie ein.

2

Das Erste, was ihr begegnete, war der Geruch, süßsauer und irgendwie rostig. Ihr kam ein Gericht in den Sinn, aber welches? Schlecht zubereitete Frühlingsrollen. Unfreiwillig registrierte sie, wie es ihr kalt den Rücken hinunterlief, das Säugetier in ihr wollte fliehen. Es war nicht gut, hier zu sein, hier lauerten Reißzähne im Schatten. Aber sie zwang sich, weiter den Flur entlangzugehen. Entdeckte bald Tropfen auf dem Boden. Dunkle, geronnene Flecken. Sie waren alle von Kreidekreisen umgeben und nummeriert. Kratzspuren zeigten, wo Proben genommen worden waren. Wachsam beugte sie sich vor, berührte vorsichtig die Blutreste mit dem Handschuh und führte die Fingerspitze an die Nase.

Ein kräftiger Blitz ließ sie zurückzucken. Unsicher kam sie hoch und wurde empfangen von einem riesenhaften Mundschutz und Spiegelgläsern einer Brille mit dicken schwarzen Plastikbügeln. Ihr erster Impuls war, sich loszureißen und wegzulaufen. Dann setzte ihr Atem wieder ein, während sie spürte, wie das Adrenalin durch ihr Herz strömte.

»Ånderman!«

Der Mundschutz wandte sich hastig ab und ging weiter ins Haus.

»Ich dachte, du wärst noch krankgeschrieben«, rief sie ihm nach, bekam aber immer noch keine Antwort. Nur ein Winken, das sagte, sie solle ihm folgen. Statt der Chirurgenhandschuhe trug er schwefelgelbe, ellbogenlange Obduktionshandschuhe. Komm, winkte er mit fast weiblich weichen

Handgelenken. Komm, komm ... Sie folgte dem raschelnden pfefferminzgrünen Plastikkittel durchs Haus. Abscheuliche Farben, registrierte sie mit einem Schauder. Scheißkunstunterricht, das Schülerprojekt des Frühlings, verschönt den Alltag der Polizei. In einer Türöffnung blieb Ånderman stehen und hielt ihr auch einen Mundschutz hin. Sie trat vorsichtig zu ihm, vermied sorgsam, in Blutspuren zu treten, und legte sich den Mundschutz an. Er inspizierte sie gewissenhaft, zupfte die Maske zurecht, so dass sie besser am Kinn saß, und justierte das Gummiband in ihrem Nacken. Sie ließ es mit einem leichten Gefühl der Unterlegenheit geschehen, als wäre sie ein kleines Kind. Dann richtete sie sich auf und versuchte dieses Gefühl abzuschütteln. Sog den Geruch ihrer eigenen Atemzüge durch den stickigen Fiberfilter ein, warmer Speichel, relativ teurer Lippenstift.

Sie befanden sich in einem kleinen Schlafzimmer vor einem Bett der breiteren Sorte, hundertzwanzig Zentimeter, wie sie schätzte. Kopf- und Fußteil waren aus Schmiedeeisen mit gedrehten Verzierungen. Das Bettzeug war zusammengeknüllt, das Laken weiß, der Bettüberzug zeigte ein verwaschenes Muster einzelner Sommerblumen auf einem hellgrünen Hintergrund. Jetzt waren sie von Blut durchtränkt, das dunkel geworden und geronnen war. Auch auf der Tapete befanden sich Blutspritzer, kleine Explosionen von Punkten, die nach außen hin weniger wurden – wie Magmaexplosionen bei einem Vulkanausbruch, dachte sie bei sich.

Die Leiche war inzwischen abtransportiert worden. Nur ihre Konturen waren noch da, markiert mit einem hennafarbenen Plastikband, das auf die Laken geklebt worden war. An der Längswand gab es ein Fenster und eine Tür, die auf eine verglaste Terrasse führte. Therese machte Anstalten, die Tür zu öffnen, wollte Luft hereinlassen, aber er hielt sie entschlossen zurück.

»Lass die Fliegen draußen«, befahl er.

Sie sah eine blau schimmernde Schmeißfliege eifrig herumkrabbeln und Eier zwischen irgendwelche dunklen, unförmigen Klumpen legen und sah ein, dass er Recht hatte.

Es war nicht das Schlimmste, was sie je gesehen hatte, absolut nicht. Aus den Sedimenten ihres Inneren löste sich das Bild des Minibusses bei Märsta heraus, zusammengedrückt wie eine Bierdose in einer Herbstnacht. Vor sich sah sie noch die funkensprühenden Trennschleifer des Rettungsdienstes. Wie es ihnen schließlich gelungen war, das Dach aufzubrechen. Sie hatte ihre Taschenlampe gehoben. Direkt in die Hölle geleuchtet, in einen klebrigen Wahnsinn. Und dann gesehen, wie sich etwas zu bewegen begann, wie ein Körper in dem triefenden Kindersitz mit dem Kopf zu wackeln begann. Hatte ihn dann gurgeln gehört. Als wäre ihm die Kehle zugedrückt worden, als versuchte er verzweifelt zu atmen. Oder zu weinen.

Therese schluckte das Bild hinunter. Weg, weg. Sie spürte, wie sich die Feuchtigkeit hinter der Atemmaske verdichtete, der Schweiß, das Kondenswasser. Das hier war nicht das Schlimmste, was sie je gesehen hatte, aber der Raum hatte etwas Verwestes an sich. Etwas Abstoßendes. Man wollte so schnell wie möglich fort von hier.

»Spürst du es auch?«, flüsterte Ånderman.

Sie sah ihn verwundert an.

»Den Wahnsinn«, fuhr er fort. »Das Maßlose. Alles ist irgendwie … zu viel …«

»Ein panischer Täter«, begann sie mechanisch herunterzuleiern.

»Nicht zu schnell, Therese, nicht zu schnell. Was siehst du? Sag mir nur, was du siehst.«

Ihr war schwindlig, als bekäme sie durch die Maske zu wenig Sauerstoff. Blinkte ein paar Mal mit den Augen. Hustete unterdrückt.

»Ein blutiges Bett«, sagte sie. »Ein ausufernder Blutfleck am Kopfende, ein konzentrierterer im Mittelteil des Bettes. Vereinzelte Flecken auf der Tapete und dem Fußboden. Ein

Nachttisch mit der Abendzeitung und einem halb gelösten Kreuzworträtsel, ein Bleistiftanspitzer, ein Wasserglas mit Zahnprothese. Die Gardinen sind vorgezogen. Die Schranktüren geschlossen. Kein Zeichen von Beschädigung. Keine Mordwaffe.«

»Die steckte noch in ihm«, unterbrach Ånderman sie.

Auf dem Laken sah sie die aufgeklebte Kontur eines länglichen Schaftes.

»Sie hat ihm vermutlich selbst gehört. Ich habe sie ins Labor schicken lassen.«

»Aber was war es? Eine Axt?«

»Nein«, sagte er leise. »Ein Fischspeer.«

»Ein Fischspeer?«

»Ein altes Fischereigerät. Es sieht ein bisschen so aus wie eine riesige Gabel, früher hat man damit Lachse gefangen. Wir sind uns sicher, dass es unten im Keller gehangen hat, im Partyraum.«

»Ein spontaner Mord?«, setzte Therese erneut an. »Der Täter bricht ein, wird entdeckt, er greift sich das erstbeste Gerät und sticht sein Opfer nieder.«

»Aber du hast das hier nicht gesehen.«

Ånderman beugte sich zum Fußboden hinunter und deutete auf einige Bluttropfen.

»Die sind verschmiert«, sagte Therese. »Er ist reingetreten.«

»Aber fällt dir nichts daran auf? Es gibt keinen Schuhabdruck. Alle sind breit und verwischt.«

»Er hatte einen Schuhschutz.«

»Gut, Therese. Vielleicht einfach nur ganz normale Plastiktüten aus dem Supermarkt über die Füße gezogen, aber trotzdem. Er war vorbereitet. Komm mal mit, komm ...«

Ånderman folgte den Blutspuren durchs Haus, bis in die Küche. Vor der Arbeitsplatte blieb er stehen. Ein rußiger, unangenehmer Dunst hing in der Luft. Ånderman ließ es sie selbst entdecken.

»Der Herd …«

Sie beugte sich verblüfft über die rußige Platte.

»Sie war eingeschaltet, als die Gemeindeschwester hereinkam. Und ein verkohltes Teil lag direkt auf der Herdplatte. Ich habe es zur Analyse gegeben, aber ich denke, dass es von ihm stammt.«

»Vom Opfer?«

»Hier lag auch noch ein Küchenmesser. Der Täter muss das Teil herausgeschnitten haben. Vielleicht direkt vor dem Tod. Hat es abgeschnitten, den Herd eingeschaltet und das Objekt direkt auf die heiße Herdplatte gelegt.«

»War es ein Körperteil?«

Ånderman schaute weg, seine Schultern waren angespannt wie immer. Als trüge er die ganze Zeit eine Last. Etwas Schweres. Ein Elternteil.

»Ich habe gehört, du hast deine Großmutter gefunden«, sagte er plötzlich.

»Ja, vielen Dank für die Hilfe. Ich besuche sie jetzt regelmäßig.«

»Sie ist wohl schon ziemlich abwesend, oder?«

»Ja, aber trotzdem. Ich hatte ja gedacht, sie sei tot.«

»Mm«, sagte er. »Mm …«

»Und danke, dass du mich empfohlen hast«, sagte sie.

»Ich habe es immer als wichtig angesehen«, sagte er dann. »Innerhalb der Polizei. Dass Frauen weiterkommen.«

Er hustete unterdrückt. Er ist noch nicht ganz wiederhergestellt, dachte sie leicht besorgt.

Ånderman wandte sich wieder dem Herd zu, beugte sich vor und schnupperte. Schloss die Augen ein wenig.

»Aber was war es denn nun?«, fragte Therese.

Er richtete sich langsam wieder auf, wie nach einer standesgemäßen Verbeugung.

»Es war nicht mehr zu erkennen. Aber ein Organ ist dem armen Mann tatsächlich abgeschnitten worden. Du kannst ja mal raten.«

»Der Penis«, sagte sie schockiert.

Er starrte sie hinter seinem Mundschutz an. Sie konnte nicht sehen, ob er lachte.

»Nein«, sagte er. »Der Penis war es nicht.«

3

Sonny Rantatalo musste mehrere Male klopfen, bevor sie öffnete. Eine schlanke, kleine, leicht in sich zusammengefallene Frau mit müden Mundwinkeln.

»Polizei«, präsentierte er sich offiziell, obwohl er sie bereits kannte.

Rauha Jauhojärvi nickte. Ihr Gesicht war angeschwollen, als habe sie geschlafen.

»*Jaksakkos sie?* Schaffst du es?«

Sie nickte erneut. Drehte sich um, eilte in die Küche und begann unter großen Anstrengungen, Kaffee aufzusetzen. Er unterbrach sie und bat sie, sich an den Tisch zu setzen.

Sie hat Tabletten geschluckt, dachte er. Etwas Beruhigendes.

Mechanisch ratterte er ihre Personendaten herunter und zog gleichzeitig ein Aufnahmegerät heraus. Instinktiv beugte sie sich so weit wie möglich zum Mikrophon vor. Er registrierte es und begann zunächst einmal auf seinem feinsten Finnisch über die Hitze da draußen zu reden, über Bekannte, die er während des Marktwochenendes getroffen hatte. Sie antwortete einsilbig und begann langsam ruhiger zu werden. Nach einer Weile drückte er vorsichtig die Aufnahmetaste und wechselte ins Schwedische.

»Um wie viel Uhr bist du an Martin Uddes Haus angekommen?«

Ihre Stimme wurde tonlos, als sie anfing, Schwedisch zu sprechen. Es kostete sie Energie. Sie malte mit dem Finger Kreise auf die Tischdecke, rundherum und immer wieder rundherum, und sie erwiderte seinen Blick nicht. Es war wohl kurz nach zwei gewesen. Vielleicht zehn nach. Der Alte hatte nicht geöffnet, obwohl sie geklingelt und geklopft hatte. Schließlich war sie mit Hilfe ihres Notschlüssels hineingegangen. Sie hatte sofort bemerkt, dass es verbrannt roch. Sie war in die Küche gegangen und hatte gesehen, dass der Herd eingeschaltet war, also hatte sie die Platte ausgeschaltet.

»Der Herd war also eingeschaltet, als du hineingekommen bist?«

»Ja.«

»Erinnerst du dich noch, auf welcher Stufe der Schalter stand?«

»Wohl auf der Drei. Auf der Drei oder der Vier.«

»Bist du dir ganz sicher?«

»Er stand nicht auf der Sechs. Dann wäre die Platte rot gewesen, und so heiß war sie nicht.«

»Was glaubst du, wie lange die Platte schon eingeschaltet war?«

»Lange. Es war warm in der Küche. Und das, was drauf lag, war ja schon ganz verkohlt.«

»Wenn du die Zeit zu schätzen versuchst?«

»Na, eine Stunde bestimmt. Ich dachte, er hätte vergessen, die Platte auszuschalten. Dass er vielleicht krank geworden ist.«

»Hast du noch etwas Anderes im Haus gemacht? Fenster oder Türen geschlossen?«

Sie schüttelte den Kopf.

»Hast du etwas sauber gemacht? Möbel verrückt oder sonst etwas?«

»Nein, alles war in bester Ordnung.«

»Ist dir etwas Ungewöhnliches aufgefallen? Waren beispielsweise irgendwelche Lampen eingeschaltet?«

»Nein … aber es hatte auf den Boden getropft.«

Er ließ sie erzählen, wie sie die Leiche gefunden hatte, ohne sie zu unterbrechen. Und mitten im Schock sah er außerdem Spuren von Anspannung. Sie war als Erste am Tatort gewesen. Der Gedanke hatte inzwischen Wurzeln in ihr geschlagen. Rauha Jauhojärvi, 60 Jahre alt, angestellt als Haushaltshilfe bei der Gemeinde von Pajala. Für lange Zeit würde sie die selbstverständliche Hauptperson an jedem Kaffeetisch sein. Vielleicht auch in die Zeitung kommen. *Fifteen minutes of fame.*

«Kannst du beschreiben, wie Martin Udde als Mensch war? Kanntest du ihn schon von früher?«

»Nein, kennen ist wohl zu viel gesagt. Ich wusste eigentlich nur, wer er war. Ein ungewöhnlich munterer 89jähriger, der es immer noch schaffte, alleine zu Hause zu wohnen. Wir haben bei ihm zweimal die Woche sauber gemacht und für ihn eingekauft. Mehr Hilfe brauchte er nicht, Essen kochen und sich waschen schaffte er allein.«

»Hat er sein Essen selbst gekocht? Ist das nicht ungewöhnlich für Männer seiner Generation?«

»Martin war ja Junggeselle. Er hat es sicher im Laufe der Jahre gelernt.«

»Und wie war er denn deiner Meinung nach? Als Person?«

»Ja, er war irgendwie… gemütlich. Oder wie man es nennen soll. Wollte sich gern unterhalten und hat immer freundlich geredet.«

»Er war also nett?«

»Ja, der feinste Mensch, den man sich denken kann. Und das Saubermachen war einfach.«

»Wieso?«

»Er hielt Ordnung. Alles war an seinem Platz. Weißt du, bei einigen anderen, da sieht es manchmal aus wie der reinste Schweinestall, wenn man kommt.«

»Ich verstehe«, nickte Sonny. »Hatte er Kontakt mit Leuten? Hatte er Freunde?«

»Nein, er war wohl ziemlich einsam. Vielleicht wollte er deshalb so viel mit einem reden. Er hatte eine Schwester in

Südschweden, aber ich weiß nicht, ob sie noch Kontakt miteinander hatten.«

»Hast du die Adresse der Schwester?«

»Nein, leider nicht.«

»Hatte Martin Udde vielleicht irgendwelche Feinde?«

»Nein, das kann ich mir nicht vorstellen.«

»Überhaupt keine Feinde?«

»Nicht Martin, das kann ich einfach nicht glauben. Das muss ein Kranker gewesen sein, der das getan hat. Ein Wahnsinniger.«

Eino Svedberg umklammerte den Hörer und fühlte sich unwohl. Erst jetzt, mehr als einen Tag, nachdem der Mord entdeckt worden war, hatte er die nächste Angehörige des Opfers, Alice Herdepalm, erreicht. Sie sprach mit einer wohl artikulierten Altfrauenstimme, ihr Tornedal-Dialekt war schon seit langem gegen eine Art Filmschwedisch ausgetauscht worden. Wie Sickan Carlsson in einer Matinee aus den Fünfzigern.

»Sind Sie vielleicht die Schwester von Martin Udde?«

»Martin in Pajala? Ja, er ist mein Bruder. Ist etwas passiert?«

»Ich habe leider traurige Nachrichten für Sie.«

Eino berichtete so schonend wie möglich. Sie zeigte keine Gefühlsreaktion, klang eher wie gelähmt. Als habe sie nicht richtig verstanden.

»Wann haben Sie Martin das letzte Mal gesehen?«, versuchte er es.

»Ach, das muss vor zehn Jahren gewesen sein. Und Sie sagten, es gehe ihm schlecht?«

»Er ist seinen Verletzungen erlegen«, wiederholte Eino geduldig. »Er ist wie gesagt verstorben. Es tut mir leid.«

»Aber wer …?«

»Wissen Sie, ob Ihr Bruder vielleicht irgendwelche Feinde hatte?«

»Nein, das kann ich mir nicht vorstellen. Nicht Martin.«

»Aber Sie hatten doch kaum Kontakt.«

»Man wird müde«, sagte sie langsam. »Man hat keine Lust mehr zu reisen, wissen Sie. Ich werde im November achtzig.«

Anschließend versuchte Eino ihren Sohn, Jan Evert Herdepalm, zu erreichen, sowohl unter seiner Privatnummer als auch übers Handy. Eine automatische Anrufbeantworterstimme bat ihn, eine Nachricht zu hinterlassen. Eino legte auf. Schaute durch die Fenster der Polizeiwache auf die grünenden Ebereschen, die kein Blatt rührten, und den schwindelnd blauen Julihimmel darüber. An so einem Tag sollte man am Fluss sein, dachte er. Lachse fangen.

Das Klinkenputzen ging den ganzen Nachmittag weiter, mit unterschiedlichem Ergebnis. Ein Nachbar ging schließlich ans Handy in seinem Ferienhaus, irgendwo am Ufer des Tärendö-Flusses. Eine andere Familie war gerade erst nach Griechenland gereist, konnte aber übers Reisebüro aufgespürt und via Hoteltelefon befragt werden. Sie waren während des Pajala-Markts daheimgewesen und hatten wie alle anderen viele Besucher und Autos im Viertel gesehen. Unter anderem einen dunklen Mercedes. Der war herumgefahren. Dunkelgrau oder dunkelblau. Therese berief eine kurze, hastig improvisierte Pressekonferenz ein für die beiden Abendzeitungen, die sich auf den Weg gemacht hatten, sowie die Norrländskan, den Norrbottenskuriren, das Haparandabladet und Nordnytt. Sie bestätigte, dass ein älterer Mann tot aufgefunden worden sei, und rief dazu auf, sich zu melden, sollte man Ende letzter Woche bzw. während des Marktwochenendes etwas Verdächtiges gesehen haben. Die Gemeindeschwester hatte den Mann das letzte Mal am Donnerstag besucht, und da war er noch wohlauf gewesen. Zwischen Donnerstagabend und Montag also. Ansonsten verriet Therese nichts, weder über die Mordwaffe noch über die Herdplatte. Der blonde Reporter vom Aftonbladet versuchte ihr Details zu entlocken, aber Therese unterbrach ihn, ohne allzu unhöflich zu erscheinen. Sie wusste, dass das Interesse ein paar Tage anhalten, dann aber abebben würde. Schließlich war Sommer, und es war nur eine Frage der Zeit, bis der nächste Mädchenmord passierte. Ein nackter Frauenkörper in der Sommerfrische irgendwo im südlichen Schweden und weinende Freundinnen um brennende Fackeln auf dem Fahrradweg. Da würde ein erschlagener Greis in den Hintergrund treten, und sie konnten in Ruhe arbeiten.

Um Punkt 16 Uhr begann die Zusammenkunft im Konferenzraum. Anwesend waren Therese, Eino Svedberg, Sonny Rantatalo sowie zwei neue, durchtrainierte Kriminaltechniker aus Luleå, die beide auffallend braungebrannt und verbissen aussahen. Sie stellten sich als Petrén und Dagewitz vor und waren offensichtlich gezwungen worden, ihren Urlaub abzubrechen.

»Lundin ist noch vor Ort«, teilte Sonny mit. »Die Spurensicherung wird vermutlich heute Abend mit dem Haus fertig sein. Dann fahren sie direkt nach Luleå.«

»Und Ånderman?«, wollte Therese wissen.

»Der ist vor einer Stunde abgereist.«

»Scheiße«, rutschte es Therese heraus. »Ich hatte ihn doch gebeten ...«

Ein Handy spielte plötzlich *Tainted Love.* Sonny kramte seinen Apparat hervor und schaltete einen winzigen Bildschirm ein. Das Armaturenbrett eines Autos tauchte auf, mit einem dichten Nadelwald hinter der Autoscheibe.

»Hier ist Ånderman«, war eine Stimme zu vernehmen. »Habt ihr schon angefangen? Ich habe mich auf den Polarkreisparkplatz einige Kilometer vor Överkalix gestellt ... hallo ...?«

»Du bist ausgezeichnet zu verstehen«, erklärte Therese trocken.

»Es ist etwas Eiliges dazwischengekommen, ich war gezwungen, noch das Flugzeug nach Stockholm zu erreichen.«

»Wir hören, Ånderman.«

Sonny drehte den kleinen Bildschirm so, dass alle sehen konnten. Ånderman legte sein Handy auf das Armaturenbrett des Autos und blinzelte in die eingebaute Kameralinse. Nur seine Stirn und die dicken Brillengläser erschienen auf dem Bildschirm. Offenbar suchte er etwas in seiner Tasche, man hörte, wie er in seinen Papieren blätterte.

»Einen Augenblick noch... Hier ist der vorläufige Bericht. Wir haben also nirgends irgendwelche Spuren eines Einbruchs gefunden. Und sämtliche Türen und Fenster des Hauses waren verriegelt. Wie ist also der Täter hineingekommen?«

»Er hatte einen Schlüssel«, vermutete Therese. »Oder einen Dietrich.«

»Oder der Alte hat ihn ganz einfach hereingelassen«, fügte Dagewitz schleppend hinzu.

»Es hat sich mittlerweile herausgestellt, dass die Garage nicht verschlossen war«, fuhr Ånderman fort. »Die ist ans Haus angebaut, es gibt eine unterirdische Verbindung durch eine Kellertür. Wir können davon ausgehen, dass der Täter diesen Weg genommen hat und durch den Keller gekommen ist. Dort an der Wand des so genannten Partyraums hängt ein mächtiger Lachsspeer, den sich der Täter greift. Anschließend geht er die Kellertreppe hinauf in die Wohnung. Das Opfer wird in seinem Bett angegriffen, ohne dass wir Hinweise für einen vorangegangenen Streit hätten. Vermutlich liegt der Betreffende da und schläft. Der Zustand des Betts deutet darauf hin, dass das Opfer aufwacht und versucht, sich zu verteidigen. Es sind mehrere Stiche ausgeführt worden, in erster Linie in den Bauch, aber auch in den Brustkorb und den Kopf. Nach einer gewissen Zeit ist der Tod eingetreten, im Detail muss das der Gerichtsmediziner klären. Zu guter Letzt beendet der Angreifer das Ganze, indem er einen

Körperteil herausschneidet und ihn in die Küche bringt. Hier legt er ihn direkt auf die Herdplatte, die eingeschaltet und angelassen wird.«

»Ein Körperteil?«, wunderte sich Petrén.

»Wir nehmen es an«, sagte Ånderman. »Es kann auch etwas anderes gewesen sein. Wir werden darauf zurückkommen, wenn wir die Reste analysiert haben. Es ist im Großen und Ganzen nur ein Kohlerest zurückgeblieben.«

»Ein Lachsspeer«, murmelte Sonny, »das ist ja krank. Der Alte ist wie ein Lachs umgebracht worden.«

»Wurde was gestohlen?«, fragte Dagewitz und spannte die Muskeln seiner würgeschlangendicken Oberarme an.

»Keine offensichtliche Beschädigung«, sagte Ånderman. »Es scheint niemand in Schränken und Schubladen gewühlt zu haben. Weder elektronische Geräte noch anderes Wertvolles scheint gestohlen worden zu sein. Bis auf die Brieftasche. Die Brieftasche des Opfers haben wir nicht gefunden.«

Alle saßen eine Weile schweigend da.

»Vielleicht hatte er gar keine Brieftasche«, sagte Eino plötzlich.

»Natürlich hatte er eine Brieftasche«, widersprach Sonny.

»Nicht alle haben eine«, beharrte Eino. »Nicht alle Männer.«

»Wir haben auch seinen Führerschein nicht gefunden«, wandte Ånderman ein. »Oder seine Bankkarte. Vieles deutet darauf hin, dass sie in der Brieftasche waren und dass der Täter sie mitgenommen hat.«

»Und der Körperteil«, nahm Petrén das Thema wieder auf. »Du hast uns nie gesagt, welcher Körperteil fehlt.«

Alle warteten auf Ånderman. Seine verschwitzte Brille starrte auf den Bildschirm.

»Mhm«, räusperte er sich schließlich. »Die Zunge. Man hat ihm die Zunge herausgeschnitten.«

Die Abendluft war immer noch mild, gespickt mit Hochsommerdüften. Die neuen Joggingschuhe fühlten sich ein wenig steif an, vielleicht hatte sie sie auch nur zu fest geschnürt. Therese lief in ruhigem Aufwärmtempo durch Pajalas Zentrum hinunter zum Fluss und folgte dann dem Laestadiusvägen auf das Flussufer zu, in Richtung Pylon-Brücke. Bald erhöhte sie das Lauftempo, kam in Fahrt, ging deutlich über den Durchschnittspuls. Musste alles abschütteln. Neue Energie tanken. Die Füße schlugen gegen den Asphalt, sie klangen wie zwei Tennisbälle. Die Kirche mit ihrem himmelhohen Holzturm glitt schnell auf der rechten Seite vorbei, danach folgte ein längerer Abhang, pom pom, pom pom, und dann bog sie nach links auf die Brücke ab.

Der Fluss. Das ist also der Torne älv, dachte sie. Er lag ruhig, fast weiß im Abendlicht da. Die Sonne stand immer noch hoch, obwohl es nach neun Uhr abends sein musste. Ein paar Felsen ragten am Strand empor, sie sah, wie das Wasser sie umspielte. Bewegung. Eine ständige Flucht, wie vor der Zeit. Eine breite Kühle, die ständig und stets durch die Landschaft strömte. Menschen alterten, Bäume wuchsen und verrotteten, Häuser wurden gebaut und abgerissen, immer und immer wieder im Laufe der Jahrhunderte. Aber die Zeit und der Fluss blieben sich gleich. Sich ringelndes Silber, entlang kräftigen Seidenfibern, die zu den stärksten Fäden gedreht werden konnten. Auf die man wie eine Perle aufgezogen war. Er rann ständig durch den Körper, durch den Bauchnabel. Und durch den Rücken wieder hinaus. Millionen kleiner rollender Sekunden.

Auf dem Strand hinter ihr breitete sich die abendstille Kirchengemeinde aus. Vor ihr begann der Wald. Sie wollte in ihn hinein, möglichst schnell. Doch eine Weile lief sie noch auf dem schmalen Horizontstreifen zwischen den Brückenfundamenten über die Wassermassen, während sich die Mittsommersonne langsam im Norden senkte.

Diese Landschaft hat etwas an sich, dachte sie. Sie dringt in dich ein. Sie lässt dich nicht in Ruhe.

4

Martin Udde, geboren 1917 in der Stadt Kukkola gleich nördlich von Haparanda als ältester Sohn eines Kleinbauern. Die Mutter stammte aus Finnland und konnte noch zwei Töchter zur Welt bringen, bevor sie an einer Krankheit verstarb. Martin Udde ging in Haparanda auf die Realschule, anschließend absolvierte er seinen Militärdienst bei der I 19 in Boden. Als Erster seiner Familie studierte er, und zwar am Lehrerseminar in Härnösand, und machte sein Examen zum Volksschullehrer. Einige Jahre lang arbeitete er an Schulen, in erster Linie im nördlichen Tornedal. Mit 29 Jahren ließ er sich zum Zollbeamten umschulen und verbrachte den Rest seines Berufslebens auf Grenzstationen in Karesuando, Pello und Kolari. Nach seiner Pensionierung 1980 kaufte er sich ein Haus in der Gemeinde Pajala, in dem er bis zu seinem Tod lebte. Martin Udde war nie verheiratet und hatte keine Kinder. Die mittlere Schwester verstarb bereits 1940, auch sie kinderlos. Seine Hinterlassenschaft fällt deshalb der einzigen noch lebenden Verwandten zu, der jüngsten Schwester Alice Herdepalm, momentan wohnhaft in Västerås. Nach ihren Aussagen haben die Geschwister sich das letzte Mal vor mehr als zehn Jahren gesehen. Ihr Sohn Jan Evert Herdepalm scheint einen gewissen Kontakt zu Martin aufrechterhalten zu haben, aber der Sohn ist momentan verreist und nicht zu erreichen.«

Eino unterbrach seine Lektüre und blätterte nervös in seinen Papieren. Es war ihm anzusehen, dass es ihm nicht gefiel, vor so vielen zu sprechen, seine großen Hände zitterten, und der Stapel mit Aufzeichnungen sah verschwitzt und durchwühlt aus.

»Alice Herdepalm«, überlegte Therese. »Merkwürdiger Nachname.«

»Sicher gekauft«, nahm Sonny an. »Es gibt viele Tornedaler, die ihren Familiennamen ins Schwedische übersetzen.«

»Warum das?«

»Man will keinen finnischen Nachnamen haben. Es ist einigen peinlich...«

Sonny brach ab, als ihm sein Kollege einfiel. Eino Svedberg, früher Palovaara, saß steif da, hustete ein paar Mal im Versuch, wieder auf sich aufmerksam zu machen, und erklärte zusammenfassend, dass es schwer sei, mehr über Martin Udde in Erfahrung zu bringen. Keiner der Nachbarn hatte näheren Umgang mit ihm gepflegt. Sie beschrieben ihn als altmodisch, in gewisser Weise pedantisch. Er hatte beispielsweise genaue Vorstellungen davon, wie sie Schnee zu fegen hatten. Oder über die Erziehung der Kinder im Viertel. Einige hatten rundheraus gesagt, dass er ein wenig anstrengend gewesen sei.

»Anstrengend«, notierte sich Therese. »Geh dem weiter nach, Sonny, such nach Kindern, über die er sich beschwert hat.«

»Es muss doch noch andere geben, die ihn kannten«, warf Petrén ein. »Alte Schulkameraden, Jugendromanzen, Militärkumpane.«

»Die sind tot«, stellte Eino lakonisch fest.

»Doch wohl nicht alle?«

»Der Kerl sollte im Herbst neunzig werden. Es werden nicht viele so alt.«

»Aber ein paar Zöllner müssten doch wohl noch am Leben sein?«

»Wir werden dem nachgehen«, sagte Therese. »Petrén, übernimm du das, spür alte Kollegen auf.«

Eino hob höflich seinen Stift und schielte zu Therese.

»Ja?«, fragte sie.

»Ich kenne einen Zöllner, der mit Udde gearbeitet hat.«

»Gut, dann gib Petrén seinen Namen.«

»Nun ja, das ist möglicherweise nicht so einfach ... Er redet möglichst nur Finnisch.«

»Stammt er aus Finnland?«

»Nein, er ist Schwede, aber er redet am liebsten nur Finnisch. Soll ich ihn vielleicht besser selbst übernehmen?«

»Ist er denn eingewandert?«

»Nein«, fuhr Eino geduldig fort, »er ist Tornedaler, ist hier in Schweden geboren. Aber er redet fast nur Finnisch, das tun ja die meisten Älteren ...«

»Dann ist der Mann also Schwede, lebt hier in Schweden, aber weigert sich, etwas Anderes als Finnisch zu sprechen«, fasste sie mit wachsender Verärgerung zusammen. »Habe ich das richtig verstanden?«

»Ja«, sagte er. »Ungefähr so. Es handelt sich um meinen Vater.«

Eine beredte Stille breitete sich aus. Sonny räusperte sich und beugte sich ein wenig vor.

»Vielleicht kann Petrén ja stattdessen mit den alten Polizeibeamten von Pajala reden. Die haben doch oft mit den Zöllnern zusammengearbeitet. Åke Niemi drüben in Laentausta lebt doch wohl noch, oder?«

»Ich hoffe, er kann Schwedisch«, bemerkte Petrén nur trocken.

»Dann machen wir es so«, sagte Therese und gab sich alle Mühe, freundlich zu wirken. »Dagewitz, du versuchst diesen Neffen Jan Evert Herdepalm ausfindig zu machen. Hast du nicht gesagt, er sei verreist, Eino?«

»Stimmt.«

»Dann ruf im Hotel an.«

»Er wohnt nicht im Hotel.«

»Aber sein Handy hat er ja wohl mitgenommen, hast du seine Nummer?«

»Es gibt keinen Empfang dort.«

»Wo zum Teufel befindet er sich denn?«

»In Sambia. Am Kafue-Fluss, irgendwo im Regenwald am Lake Iteshi-Teshi.«

»Scheiße. Also im schwärzesten Afrika«, grinste Dagewitz.

Therese sah einen langen, geröteten Schweden in Tropenhelm vor sich, vor einer Gruppe bettelnder schwarzer Eingeborener hockend. Was tat er dort? Missionieren? Vom großen Erlöser sprechen, während die Dorfbewohner mit leuchtendem Weiß in den Augen verlegen grinsend unter den Fliegen hockten?

Ein Bürotelefon klingelte. Sonny ging ran. Therese wachte aus ihrem Tagtraum auf und musterte die Männer, die um den Tisch herum saßen. Männer, Kerle mit gemächlichem nördlichem Akzent. Hier ist man ja selbst im finstersten Afrika, dachte sie.

»Da ist eine Frau aus Uddes Stadtteil«, flüsterte Sonny, die Hand auf den Hörer gelegt.

»Ja?«

»Bei ihr ist jemand am Wochenende gewesen. Zwei Personen. Sie sind im Schritttempo durch die Straßen gefahren und haben ein Stück entfernt geparkt. Eine gut gekleidete Dame hat bei ihnen geklopft und um Wasser gebeten.«

»Das Auto?«

»Ein Mercedes. Dunkle Farbe.«

Therese richtete sich auf.

»Das übernehme ich«, beschloss sie schnell. »Ich fahre selbst zu ihr hinaus.«

5

Die Frau hieß Ann-Mari Moona und wohnte in einem gelb gestrichenen Haus gleich neben Martin Udde. Ihre Grundstücke lagen einander schräg gegenüber und stießen an einer Ecke aneinander, wie Therese feststellte. Jetzt saßen sie sich an dem Küchentisch der älteren Frau gegenüber und stippten beide weiße, ganz luftige Kuchenstückchen in ihren Kaffee. Ann-Mari hatte erzählt, dass sie seit vielen Jahren Witwe war und dass ihr Sohn Håkan ihr beim Rasenmähen half. Am Tag zuvor hatte sie sich mit einer Freundin in Kassa getroffen, sie hatten den ganzen Tag unten am Fluss mit Pflanzen gefärbt, und so hatte sie von dem Mord gar nichts mitbekommen. Erst als sie nach Hause gekommen war, hatte sie von dem schrecklichen Ereignis erfahren.

»Und da ist mir diese Frau eingefallen, die hier vorbeigekommen ist.«

»Wann genau?«

»Das war am Samstagabend. Ich habe gerade die Nachrichten gesehen, es muss kurz nach halb acht gewesen sein.«

»Ja?«

»Da war jemand an der Haustür. Es klopfte, und ich hörte, wie die Klinke runtergedrückt wurde. Zuerst dachte ich, es wäre eines der Nachbarskinder. Aber es war eine mir unbekannte Frau, die Wasser trinken wollte.«

»Beschreiben Sie sie mir.«

»Sie war ziemlich groß und richtig gut gekleidet. Ein helles Sommerkleid und eine weiße Jacke. Blondes Haar, zum Pferdeschwanz gebunden. Und außerdem hatte sie Goldzähne.«

»Tatsächlich.«

»Beide Eckzähne. Hier oben. Zuerst habe ich gedacht, es wäre eine Touristin vom Markt, die nach dem Weg fragen wollte, aber sie wollte nur Wasser.«

»Und das haben Sie ihr gegeben?«

»Ich wollte gerade etwas holen, da sah ich einen Mann in meinem Garten. Er schlich um die Hausecke, aber ich habe ihn gerade noch sehen können. Eine dunkelhaarige Gestalt.«

»Was meinen Sie mit schleichen?«

»Ich glaube, er ist herumgegangen, um in die Fenster zu gucken. Ob jemand zu Hause ist. Das fand ich unheimlich, deshalb habe ich die Tür zugemacht.«

»Dann hat sie kein Wasser bekommen?«

»Nein, sie ist in den Flur gekommen, aber ich habe sie dann gestoppt. Und da hat sie sich umgedreht und ist gegangen. Aber später habe ich ihr Auto gesehen, sie hatten es hinten am Lillskogen abgestellt. Es war ein Mercedes. Dunkelblau, glaube ich.«

»Sie sind sich bei der Automarke ganz sicher?«

»Ja, natürlich. Ich habe mir auch die Nummer aufgeschrieben.«

»Das Kennzeichen?«

»Ja, sicherheitshalber. Ich habe gefürchtet, dass sie vielleicht zurückkommen.«

Therese hielt den Atem an. Es stach wie mit Nadeln in den Handflächen, während die Frau in einer Schublade suchte und einen Zettel hervorholte. Therese konnte ihre Begeisterung nicht verbergen. Sie rief Sonny an, steckte den Zettel in ihre Tasche und bedankte sich für den Kaffee und die lockeren Kuchen.

»Die nennt man Kangoskuchen«, lächelte Ann-Mari. »Die sind hier ganz üblich.«

Therese beeilte sich, zum Auto zurückzukommen. Aber als sie die Hand auf dem Türgriff hatte, zögerte sie. Da war etwas, das sie vergessen hatte. Das bei ihr im Hinterkopf surrte. Sie kehrte noch einmal zum Haus zurück und klopfte erneut.

»Entschuldigen Sie, nur noch eine Frage. Sprechen Sie Finnisch?«

»Ja, *Meänkieli* natürlich«, bestätigte Ann-Mari.

»Was sagen Sie, *Mienki* …«

»Na, so heißt unser Finnisch hier. Hier in Tornedal. Das ist nicht genauso, wie sie in Finnland reden.«

»Ach so, ich verstehe«, sagte Therese fälschlicherweise. »Aber wie dem auch sei, diese Frau, die bei Ihnen war, hat sie Finnisch mit Ihnen gesprochen?«

»Nein, sie …«

»Dann sprach sie also Schwedisch?«

»Nein«, antwortete Ann-Mari zögerlich. »Sie hat gar nichts gesagt.«

»Nichts?«

»Nein. Überhaupt nichts. Sie hat die ganze Zeit geschwiegen.«

»Das verstehe ich jetzt nicht so ganz«, sagte Therese.

»Sie hat nur auf ihren Hals gezeigt, deshalb habe ich angenommen, dass sie ihre Stimme verloren hat. Dass sie erkältet war oder so was. Und dann hat sie mit der Hand gezeigt, dass sie trinken möchte.«

»Wie mit der Hand?«

»Na ja, so mit Gesten.«

»Und dessen sind Sie sich vollkommen sicher?«

»Ja, vollkommen sicher. Sie hat nicht ein Wort gesagt.«

»Danke«, sagte Therese.

Laut Verkehrsregister gehörte das Kennzeichen zu einem weinroten Ford Escort, gemeldet in Hoting im nördlichen Ångermanland.

»Bingo«, sagte Sonny. »Jetzt kommen wir endlich von der Stelle.«

»Falsche Nummernschilder«, stellte Dagewitz fest. »Der

Mercedes ist vermutlich gestohlen, ich lasse gerade eine Liste der verschwundenen Wagen erstellen.«

»Wir gucken sie sofort durch«, sagte Therese.

»Vergiss nicht, Finnland mit einzubeziehen«, ermahnte Sonny. »Das Auto kann von dort kommen. Oder auch aus Nordnorwegen.«

»Ja, gut.«

»Und den Zoll«, fuhr Sonny fort. »Wir sollten sie bitten, die Automatenfotos durchzusehen.«

»Was heißt das?«

»Die Zollstationen hier oben sind ja im Allgemeinen nicht besetzt, seit sowohl Schweden als auch Finnland zur EU gehören. Aber es wurden automatische Kameras aufgestellt. Jedes Fahrzeug, das passiert, wird fotografiert. Es gibt ja viele, die über die Grenze pendeln, und die Finnen wollen kontrollieren, wo die Leute schlafen.«

»Du machst Witze.«

»Nein, wenn du als Schwede mehr als hundertachtzig Tage im Jahr in Finnland übernachtest, musst du in Finnland Kfz-Steuer bezahlen. Es gibt so einige Tornedaler, die nicht aufgepasst haben und deren Auto dann beschlagnahmt wurde.«

Therese betrachtete Sonny und konnte an seiner Miene erkennen, dass er die Wahrheit sagte. Gleichzeitig erhob sich Dagewitz von seinem Bürostuhl.

»Das mit den Goldzähnen sagt mir was«, erinnerte er sich. »Wir hatten vor ein paar Jahren eine Bande, die hier im Bezirk ihr Unwesen trieb. Gleiche Vorgehensweise, zuerst haben sie sich bei allein lebenden Alten eingeschlichen. Sie wollten Wasser haben oder telefonieren. Einer von ihnen lenkte das Opfer ab, während der andere Schubladen und Handtaschen durchwühlte. Sie haben sich maskiert, indem sie sich falsche Goldzähne anklebten.«

»Das kannst du übernehmen«, sagte Therese. »Hol die Ermittlungsakten, finde heraus, ob die Diebe gefasst wurden und eventuell immer noch sitzen.«

»Schließlich fehlte die Brieftasche bei dem Alten«, erinnerte Sonny.

»Die Mercedesgangster besuchen also diese einsame alte Dame. Aber sie lässt sich nicht hereinlegen. Die Diebe gehen weiter zu einem anderen Haus im gleichen Viertel und dringen durch die Garage zu Martin Udde ein, der im Bett liegt und schläft. Sie schnappen sich seine Brieftasche, aber unglücklicherweise wacht er auf. In dem Tumult erstechen sie ihn und fliehen.«

»Bonnie und Clyde«, sagte Petrén.

»Ich frage mich nur, warum sie nicht geredet hat«, überlegte Therese.

»Wahrscheinlich wollte sie nicht an der Stimme wiedererkannt werden.«

»Aber sie hatte doch bereits ihr Gesicht gezeigt. Warum war es dann so wichtig, die Stimme zu verbergen?«

»Vielleicht hatte sie einen auffälligen Akzent«, vermutete Sonny. »Vielleicht den aus Schonen?«

»Eher etwas Ausländisches«, nahm Dagewitz an. »Das klingt in meinen Ohren wie baltische Zigeuner auf Tournee.«

»Vielleicht hatte sie auch einen Sprachfehler, den man wiedererkennen kann«, fuhr Sonny fort. »Sie stotterte – und wenn sie jetzt tatsächlich stumm war?«

»Das mit dem Dialekt klingt jedenfalls glaubwürdiger.«

»Schließlich haben sie dem Alten die Zunge rausgeschnitten«, rief Sonny ihnen in Erinnerung. »Sie haben ihn stumm gemacht, vergesst das nicht. Irgendeinen Grund müssen sie dafür ja wohl gehabt haben.«

6

Eino Svedberg parkte vor dem breiten, sich hochtürmenden Backsteingebäude, das während seiner Jugend als Krankenstube bezeichnet worden war. Irgendwann in den Achtzigern hatte man es in Pajala-Krankenpflegezentrale umbenannt, sonst war alles unverändert geblieben. In der Umgebung breiteten sich wie ehedem Wiesen bis zum Fluss hinunter aus, näher am Ufer standen ein paar Höfe, die zu den ältesten Häusern von Pajala gehörten. Eino trat durch den nächstgelegenen Eingang und spürte, wie die Sommerwärme durch antiseptische Krankenhauskühle ersetzt wurde. Salubrin, dachte er. Es roch immer nach aufgeschürften Knien im Krankenhaus. Er ging weiter über den Marmorfußboden und dann eine Wendeltreppe hinauf, bis er an eine Tür mit einem handgemalten Schild kam: Eberesche. Im Korridor davor war es still. Eine buckelige Alte schlurfte mit ihrem Gehwagen dahin, so langsam, dass man kaum eine Bewegung wahrnehmen konnte. Ein Pantoffel schurrte langsam über den Fußboden und verstummte. Dann der andere Pantoffel. Irgendwo aus einem Zimmer war plötzlich ein Aufheulen zu hören, eine Art Jaulen. Ebenso plötzlich war es wieder verstummt. Eino trat an eine Tür am äußersten Ende des Ganges und öffnete sie vorsichtig. Zwei Eisenbetten standen im Raum. Auf dem einen saß ein bärtiger Krankenpfleger in den Vierzigern.

»Hallo, Janne«, grüßte Eino.

Jan Niemi stand auf, ein kräftig gebauter, ehemaliger Grubenarbeiter mit freundlichem Blick, der sich aufgrund der Arbeitslosigkeit hatte umschulen lassen.

»Ei se syö«, sagte er bekümmert. »Er isst nichts.«

Im Bett lag ein fast vollkommen kahlköpfiger alter Mann, sein Schädel übersät von unregelmäßigen Leberflecken. Das Gesicht ähnelte einem fest verschnürten alten Rucksack. Die Augenbrauen waren weiß und struppig, darunter starrte ein graublauer Blick voller Trotz.

»Mie saatan freistata. Ich kann es versuchen.«

Jan nickte und verließ den Raum, von draußen war Lärm zu hören. Eino setzte sich auf die Bettkante, ergriff den Teller mit Gulasch und Karotten und betrachtete seinen alten Vater. Erinnerte sich daran, wie sie eine Jagdhütte gebaut hatten. Vaters verschwitzter, sonnengebräunter Rücken, die Pferdebremsen, die summten, Holzplanken, Dreizoll-Nägel, die in die Latten gehämmert wurden. Keine unnötigen Worte. Nur Arbeit, die Freuden der Arbeit. Die Zöllneruniform, die den ganzen Urlaub über unberührt an der Garderobe hing. Muskeln, die angenehm zogen, das Blubbern der Kaffeekanne über dem offenen Feuer.

Das gibt es nicht mehr, dachte Eino. Nur noch Haut und Knochen. Den Tod.

»Was macht die Hüfte?«, frage er auf Tornedalfinnisch.

Sein Vater zischte. Fluchte mit kraftloser Stimme. Verfluchte die Götter und den Landtag, bis die Luft nicht mehr reichte und er mit pfeifenden Zügen zu husten begann.

»Ich werde dich nach Hause holen«, sagte Eino. »Wenn sie erst geheilt ist. Du musst laufen können, um allein zurechtzukommen.«

»Ja, ja«, erwiderte der Vater. »Ja, ja ...«

»Nach Hause und in die Sauna. Wie wäre das, Papa, die Sauna und einen Schnaps.«

»Voi saatanan helvetgin Lanstingi ...«

«Jetzt denken wir nicht mehr daran. Ich muss zurück zur Arbeit. Aber ich wollte dich vorher noch etwas fragen.«

Er wartete, bis sein Vater sich beruhigt hatte, wischte ihm mit einer Papierserviette den Schleim aus den Mundwinkeln.

»Hast du gehört, was mit Martin Udde passiert ist?«, fuhr er dann auf Meänkieli fort.

Nur ein Glück, dass ich Finnisch gelernt habe, dachte er, obwohl es als hässlich und unnötig angesehen wurde. Schließlich war Tornedalfinnisch ja die Muttersprache seines Vaters, wie die der ganzen Generation. Die Sprache der Gefühle. Die dem Herzen am nächsten lag. Schwedisch hatten sie in der Schule lernen müssen, und ihr ganzes Berufsleben über waren sie immer zweisprachig gewesen. Aber mit dem Alter und der Senilität begann das Gehirn zu vergessen, die Zeit lief rückwärts. Und das, was sie zuletzt gelernt hatten, verschwand als Erstes. Wozu Schwedisch gehörte. Die Worte waren immer schwerer ins Gedächtnis zu rufen, ihre Bedeutung immer unsicherer. Während das Tornedalfinnisch bis zum Ende sicher saß, solange es überhaupt noch eine Sprache gab. An den Krankenlagern auf den Pflegestationen saßen inzwischen immer häufiger die jungen, schwedischsprachigen Kinder und lauschten ihren finnischsprachigen, alten Angehörigen, ohne noch mit ihnen kommunizieren zu können. Stummheit. Ein Sprachriss direkt durch die Generationen, die den gesamten alten reichen Wortschatz abgeschnitten hatte, all die finnischen Namen für die Wälder, die Familiennamen, alle Tornedalschen Scherzworte, alle Geschichten, die auf Tornedalfinnisch erzählt werden müssen, um voll und ganz zur Geltung zu kommen, eine gesamte Kultur, die verblasst und verstummt war, während der Schwede dort auf der Bettkante saß, ohne etwas zu begreifen. Ohne etwas zu verstehen.

»*Kuka?* Wem?«

»Martin Udde. Haben sie dir erzählt, was mit ihm passiert ist?"

»Lebt er noch?«

»Nein, darum geht es ja gerade. Er ist am Wochenende gestorben. Jemand hat ihn umgebracht.«

»Martin ist tot?«

»Ja, jemand hat ihn erstochen. Ihr habt doch zusammen gearbeitet. Erinnerst du dich, was für ein Mensch er war?«

Sein Vater lag eine Weile nur still da und dachte nach. An Ereignisse, die lange zurück lagen, konnte er sich normalerweise gut erinnern.

»Martin war sehr genau.«

»Was heißt das?«

»Er hielt sich immer an die Regeln. Immer wieder hat er betont, dass man sich an die Regeln halten muss. Wenn er nur ein Päckchen Zigaretten zuviel gefunden hat, dann hat er das beschlagnahmt. Es war anstrengend, mit ihm Dienst zu haben, es konnte schnell Krach geben.«

»Zwischen dir und ihm?«

»Nein, mit den Leuten. Ganz normale Nachbarn oder Dorfbewohner, die in Finnland gewesen sind. Martin durchsuchte gern den ganzen Wagen. Sie mussten jede Tasche und Tüte ausleeren. Er hat übertrieben, und ich glaube, das hat ihm auch noch gefallen.«

»Ja?«

»Das Machtgefühl. Es gefiel ihm, zu herrschen. Mehr als einmal hat das zu Krach geführt.«

»Im Dienst?«

»Einmal wurde ein Kerl aus Kuivakangas so wütend, dass er zugeschlagen hat. Martin flog geradewegs in die Autotür, er hat so richtig eins aufs Maul gekriegt.«

»Bist du dazwischengegangen?«

Der Vater schüttelte den Kopf, begann dann zu husten. Als er weitersprach, gurgelte seine Stimme leicht vom Schleim.

»Martin war stark. Er kam wieder auf die Beine, und dann hat er zurückgeschlagen. Scheiße, war der wütend, er hat dem Kerl zwei Zähne ausgeschlagen. Zum Schluss lag er im Schnee. Und Martin hat geschrien, dass der andere angefangen habe, das sei Gewalt gegen einen Beamten, ich solle das bezeugen und bescheinigen.«

»Wurde Martin angeklagt?«

»Es kam zu keinem Prozess. Der andere hat ihn nie angezeigt.«

»Dann hast du also Martin geholfen, oder? Hast ihn geschützt?«

Sein Vater machte eine abwehrende Kopfbewegung.

»Er war ein Schwein.«

»Martin Udde?«

»Ein verdammt großes Schwein. Lebt er noch?«

»Jemand hat ihn erstochen.«

»Gut.«

Eino zögerte, war etwas aufgebracht. Dann beschloss er, es gut sein zu lassen. Er füllte den Löffel mit Gulasch und führte ihn an den Mund seines Vaters. Dieser wirkte nachdenklich, bekam tiefe Falten zwischen den Augen. Doch dann öffnete er den Mund. Begann langsam zu essen. Danach fluchte er. Essen und Fluchen. Als gehörte das zusammen, als müsste es immer so ablaufen.

Befragung von David Päärjärvi, 15 Jahre alt, in Anwesenheit seines Erziehungsberechtigten Hans-Ove Päärjärvi. Gesprächsleiter Sonny Rantatalo.

SONNY: Am Samstag, dem 29. Juni, fand ein Straßenfest auf dem Spielplatz an der Bondegatan in Pajala statt, das Petter Särkijärvi, einer der Anwohner, organisiert hatte. Stimmt es, dass du dort warst?

DAVID: Heißt das da Bondegatan?

SONNY: Ja, da in Texas, der Spielplatz gegenüber von Aasas und Lasse Niemi.

DAVID: Ja, da war ich.

SONNY: Wie bist du da hingekommen?

DAVID: Mit dem Moped.

SONNY: Warum bist du auf dem Fest geblieben?

DAVID: Ich wollte wissen, ob Niklas auch da war.

SONNY: Und was ist dann passiert?

DAVID: Ich stand einfach nur da, und dann ist Mutter gekommen und hat herumgemeckert. Ich hab gesagt, es ginge ihn einen Scheißdreck an, was ich da wollte, und da hat er versucht, mein Moped mit dem Fuß umzuschmeißen.

HANS-OVE: Du sollst nicht fluchen, David.

SONNY: Wer ist Mutter?

DAVID: Der Alte.

SONNY: Also Martin Udde?

DAVD: Wir haben ihn immer nur Mutter genannt, weil er eine Schraube locker hatte.

HANS-OVE: Halt dich ein bisschen zurück, Junge, denk daran, was passiert ist.

DAVID: Aber er hatte doch eine Schraube locker, und es ist nur gut, dass er tot ist.

SONNY: Warum findest du es gut, dass Martin Udde tot ist?

DAVID: Das habe ich doch schon gesagt, weil er krank im Kopf war.

SONNY: Inwiefern krank?

DAVID: Er war ein Ekel. Da können Sie alle fragen.

HANS-OVE: Er war schwierig im Umgang, das will der Junge damit sagen. Können wir jetzt gehen?

SONNY: Warum wurde Martin wütend?

DAVID: Er war einfach so. Wenn man ihm widersprochen hat, dann ist er ausgerastet. Hat um sich getreten, er hat Kratzer am Schutzblech gemacht. Deshalb bin ich lieber zu Niklas nach Hause gefahren, und da haben wir einen Film geguckt.

SONNY: Kann Niklas das bezeugen?

DAVID: Natürlich. Fragen Sie ihn.

SONNY: Gut. Damit ist die Befragung beendet.

7

Dagewitz kam in dieser breitbeinigen, sich wiegenden Gangart herein, zu der man nach einem langen, anstrengenden Polizeileben tendiert. Er hielt ein Fax und einen Stapel Ausdrucke in der Hand und hatte Schweißperlen auf der Stirn. Mit dem freien Unterarm strich er die Feuchtigkeit ins kurz geschnittene Haar und dachte voller Sehnsucht an seine Sommerhütte in den Schären von Luleå. Jetzt sollte man in einem Liegestuhl auf Småskär liegen, dachte er. Mit einem Taschenbuch von Leif GW Persson in der Hand, dem einzigen schwedischen Schriftsteller, der etwas von Polizeiarbeit verstand.

»Nun?«, fragte Therese.

»Tommy Lollo Larsson, 48 Jahre alt. Sanna Andrejs, 35. 2001 wegen einer Serie von Diebstählen bei alten Leuten im mittleren und nördlichen Norrland zu einer Haftstrafe verurteilt. Er bekam acht Monate, sie elf.«

»Wieso bekam sie eine längere Strafe?«

»Sie war diejenige, die mit den Alten geredet hat. Mehrere haben sie wiedererkannt. Tommy war sicher jedes Mal auch dabei, aber ihn haben nicht alle gesehen. Sie hielt sich bei den Opfern auf, während er herumschlich und so viel einsackte, wie er konnte. Beide kamen 2003 auf freien Fuß. Aber er sitzt inzwischen wieder, jetzt wegen Drogen.«

»Und sie?«

»Hat sich in Motala angemeldet. Ich habe das auf dem Amt überprüfen lassen, die kannten sie von früher, sie hatte mal einen Praktikumsplatz in einer christlichen Vorschule.«

»Können wir das glauben?«

»Ich habe dort angerufen, und sie hat sich den Frühling über mustergültig verhalten. Aber jetzt hat sie Urlaub.«

»Sommersehnsucht«, sagte Therese.

»Wie bitte?«

»Sonne und Wärme. Dann vermissen sie das freie Leben. Drogen, geklaute Autos und leichtgläubige alte Tanten.«

»Ja, kann sein. Ich habe sie gebeten, sich zu melden, wenn sie wieder auftaucht.«

In dem Moment kam Sonny herein, um zu berichten.

»Der Zoll hat die Bilder von den Grenzübergängen von den letzten Wochen durchgesehen. Zwei dunkle Mercedes haben die Grenze passiert, aber beide gehören ganz normalen Tornedalern.«

»Also sind die Ratten noch hier«, sagte Dagewitz.

»Aber wenn sie den Alten umgebracht haben, dann werden sie ja wohl den Wagen beiseite geschafft haben«, meinte Sonny. »Und sich einen neuen besorgt haben.«

»Überprüf weiter die gestohlenen Autos, Dagewitz. Wie läuft es mit der Zeugenbefragung, Sonny?«

»Inzwischen haben wir die meisten zu fassen gekriegt. In dem Viertel sind jede Menge Leute gesehen worden, sowohl Heimatbesucher als auch Marktgäste und Touristen. Ich habe eine Liste von sämtlichen Zeugenaussagen, das ist eine ganze Menge. Am Samstag hat man Jungen auf hochgetrimmten Mopeds herumfahren sehen. Und dann ist noch ein Pferd vorbeigeritten.«

»Ein Pferd?«

»Nun ja, mit Reiter. Eines der Mädchen vom Reitstall vermutlich. Ich bin noch dabei, das zu überprüfen.«

»Gut.«

Therese zupfte sich an der Unterlippe, während Sonny abwartend dastand.

»Und wenn es jemand aus dem Ort war?«, fragte sie.

»Wie?«

»Wenn es jemand aus Pajala war, der das getan hat? Auf wen würdest du dann tippen?«

Sonny sah plötzlich so aus, als fühle er sich nicht wohl in seiner Haut.

»Du kennst doch sicher alle hier. Du weißt, wer gewalttätig werden kann.«

Sonny zupfte an seinem Schnurrbart am Mundwinkel, zog an den Haaren.

»Ich habe auch schon drüber nachgedacht«, sagte er. »Weißt du, meistens ist es hier ruhig in den Straßen. Ich habe mir die Statistik angeschaut, und Pajala steht mit an letzter Stelle, was die Anzeigen pro Einwohner betrifft, zusammen mit Orten in Småland wie Tranås und Örkelljunga.«

»Örkelljunga liegt in Skåne«, korrigierte sie ihn. »Ich habe da mal gewohnt.«

»Okay, aber du verstehst schon. Pajala ist ruhiger als ruhig.«

»Aber Eino hat doch erzählt, dass es hier auch Gewalt gibt?«

»Wenn sie besoffen sind, dann kommt so etwas vor. Bei Saufgelagen. Oder in der Kneipe. Alter Groll, der dann wieder hochkommt, vielleicht Eifersucht, und dann gibt es eins auf die Nase, bis die Kumpel eingreifen.«

»Und wenn es hier auch so gewesen ist? Ein Streit im Suff. Schließlich war am Wochenende großer Markt und große Feststimmung, im ganzen Ort saßen die Tornedaler und haben es sich gut gehen lassen. Und plötzlich fällt einem ein, dass er mit Martin Udde noch ein Hühnchen zu rupfen hat. Also geht er mit besoffenem Kopf zu ihm, entdeckt den Lachsspeer und ermordet den Alten. Kannst du dir so etwas vorstellen?«

Sonny zögerte.

»Vielleicht.«

»Wir fahren hin.«

Er betrachtete sie von der Seite, wurde unruhig.

»Willst du mit?«

»Ja, wieso?«

»Du kannst doch kein Finnisch.«

Immer dieses verdammte Gerede von dem Finnisch, dachte sie und stand auf. Sonny ging vor ihr zu dem backofenheißen Dienstwagen.

Sie lenkten den Wagen hinaus ins Sonnenlicht und fuhren dann die Straßen der Stadt entlang. So viel Luft, dachte Therese. Platz zwischen den Häusern, viel zu große Grundstücke, reichlich Bäume und hoch gewachsene Hecken dazwischen. Als wollte Pajala gar keine richtige Stadt werden. Man wollte Abstand voneinander halten, oder? Allein zurechtkommen. Sich nicht aufdrängen.

Sonny hielt am Marktkiosk an, kaufte eine Cola und nahm ein Blatt mit den Gewinnquoten mit. Der Besitzer Dick, ein Mann mittleren Alters mit Engelslocken, wollte neugierig wissen, woher die Dame stamme.

»Aus Stockholm«, sagte sie.

»Das ist nicht am Akzent zu hören.«

»Ich bin ziemlich oft umgezogen.«

Sonny studierte eifrig den Fernsehbildschirm, der die Rennergebnisse zeigte, und schien einen Wettschein zerknüllen zu wollen. Therese ging hinaus und stellte fest, dass sie sich direkt im Zentrum des Ortes befand. Eine Kreuzung, begrenzt von ein paar vereinzelten Geschäftsgebäuden. Kauppis Kleidung, ein Farbengeschäft und das Hotel Bykrogen, in dem sie ein Zimmer hatte. Es war kein Mensch zu sehen, doch, da kam ein einzelnes Mädchen angeradelt. Alles erschien unwirklich still. Die Menschen waren in ihren Sommerhütten. Wie konnte man in dieser verfluchten Öde leben, ohne verrückt zu werden?

Auf einer Anschlagtafel hingen die Titelseiten: »Brutaler Mord in Pajala« verkündete NSD. »Mord am Zollbeamten«, damit trumpfte das Haparandabladet auf. Die Hitze schien noch zuzunehmen, das Hochdruckgebiet stabil zu sein. Sie spürte, wie sie unter ihrer Uniformbluse schwitzte, und stellte sich in den Schatten des Autos. In dem Moment kam Sonny heraus und schob verstohlen einen Wettkupon in seine Brieftasche. Er schlürfte seine Cola mit zufriedener Miene und bot auch ihr an, doch sie lehnte dankend ab.

Sie fuhren weiter die ruhige Hauptstraße entlang, sie konnte eine Pizzeria und ein Hamburgerrestaurant entdecken. Aber keine Sushibar. Rechts glitt der Friedhof vorbei, und links kamen sie an der gelb gestrichenen Holzkirche entlang. Die Bebauung wurde spärlicher, und bald fuhren sie durch die freie Natur. Ein schütterer Nadelwald mit Kieferstämmen und Birkendickicht. Keine Schönheit, nur eine monotone Wiederholung. Ein Gefühl von Eingesperrtsein in diesem Baummeer. Ihr kam das Bild einer kleinen Milbe im Rentierfell in den Sinn, die zwischen all den Haaren hin und her springt, aber nie hinausfindet.

»Viel Wald«, sagte Sonny, als hätte er ihre Gedanken gelesen.

»Mm.«

»Du warst vorher noch nie hier oben?«

»Nein.«

»Und spürst du schon was von der Einsamkeitsdepression hier?«

»Was bitte soll das sein?«

»Manchmal erwischt es mich auch«, fuhr Sonny fort. »Besonders im Winter, weißt du, Anfang Januar, wenn es stockfinster ist und minus dreißig Grad. Dann will man nur weg von hier.«

»Und was machst du dann?«, wollte Therese wissen.

»Ja, was zum Teufel kann man dann tun?«

»Sich dem Frauchen widmen«, schlug sie in einem scherzhaften Ton vor.

Sie merkte, wie er erstarrte. Aha, das war ein schwacher Punkt.

»Wenn es ganz schlimm wird, fahre ich nach Luleå«, erklärte er und machte eine abwehrende Bewegung. »Luleå ist irgendwie anders. Außerdem kenne ich Leute da.«

Irgendetwas ließ Therese aufmerken. Du hast eine Frau dort. Eine Geliebte.

»Übrigens habe ich gehört, dass du ziemlich neu bist auf dieser Position«, wechselte Sonny das Thema. Er wollte die Kontrolle wiederbekommen.

»Wieso?«, fragte sie.

»Nur so. Irgendwann muss ja das erste Mal sein.«

»Ånderman hat mich vorgeschlagen«, sagte sie trocken.

»Und dann wirst du gleich hier hoch geschickt. Ich hoffe, du glaubst nicht alles, was über uns Kerle vom Norrbotten so erzählt wird? Wir sind nämlich gar nicht solche Machos, die mit dem Scooter die Weiber jagen. Jedenfalls nicht alle. Übrigens wird bei uns im Herbst eine Stelle frei, du kannst dich ja bewerben.«

Die haben bestimmt diesen Gleichberechtigungskursus gemacht, dachte sie. Die Frühjahrskampagne der Polizeizentrale. Vielleicht schätzt er mich auch einfach.

Ein paar Kilometer außerhalb von Pajala bog Sonny nach links ab und gelangte auf einen Hofplatz vor einem überraschend türkisfarbenen Wohnhaus und einem alten, baufälligen Schuppen. Auf dem Hofplatz stand ein jeepähnlicher Pick-up.

»Larsas Auto«, sagte Sonny. »Dann ist er zu Hause.«

»Wer ist Larsa?«

»Wenn er nüchtern ist, ist er herzensgut. Aber das kommt selten vor. Zwei Strafen wegen Körperverletzung hat er abgesessen, das letzte Mal ging es gegen seine ehemalige Freundin. Rosmarie heißt sie, und hier wohnt sie.«

»Aha«, sagte Therese.

»Ja, verdammt noch mal, was soll man tun«, sagte Sonny.

Sie stiegen aus dem Polizeiwagen und überquerten den mit Kies belegten Hof. Sonny klopfte an und wartete. Eine

Katze kam aus dem Nichts heran und setzte sich abwartend neben ihre Füße, bereit, mit hineinzuhuschen. Grau gestreift mit einem kahlen Fleck auf dem Schenkel, wo die Haare weggerissen worden waren. Vielleicht von einem Hund. Oder einem Fuchs.

Sonny klopfte noch einmal. Er warf Therese kurz einen Blick zu. Es war zu sehen, dass er schon früher hier gewesen war. Er war angespannt, gab sich aber alle Mühe, es zu verbergen. Seine Beinmuskeln in der uniformierten Hose vibrierten leicht wie die eines Sprinters vor einem Hundertmeterlauf. Als er merkte, dass sie ihn ansah, stand er abrupt still und packte die Türklinke. Die Tür war unverschlossen.

»Larsa!«, rief er in das Haus, während die Katze hineinhuschte. *»Tämä on Sonny olek's ktona?«*

Keine Antwort.

«Bleib hinter mir«, befahl er.

Eine Diele. Geschmückt auf feminine Art mit dicken, rustikalen Läufern, einem blau gebeizten Schuhschrank, einem gefirnissten kleinen Kieferntisch mit Strohblumen in einer Keramikvase, einem Kasten mit Katzenstreu und der Aufschrift »Tussan«. Gemütlich, ländlich, es fehlte nur noch das langsame Ticken einer Standuhr.

Doch dann nahm sie den Geruch wahr. Den vertrauten schwedischen Alkoholgestank. Genau wie in den kleinen, unwohnlichen Trabantenwohnungen, die sie während ihres Streifendienstes hatte aufsuchen müssen, das Odeur der Säufergegenden. Der saure Hopfen des Biers, Kippen und feucht zusammengepresste Asche, Ammoniak, verschwitzte Unterwäsche, Adrenalin, etwas Süßsaures, Aufgestoßenes, ungewaschene Geschlechtsteile, schuppige Kopfhaut und nacktes Metall.

Er saß in der Küche. Tisch und Spültisch waren mit Bierdosen, leeren Flaschen und Essensresten übersät. Sein Haar stand im Nacken ab, und Therese hatte den Eindruck, dass er gerade erst aufgewacht war. Vielleicht hatte er auf der Küchenbank gelegen, seine Augen waren rot geädert und blutunterlaufen.

»Nukuikkos sie?«, fragte Sonny. »Hast du geschlafen?«

»Kukos tuo vittu on? Wer ist die Fotze?«

Sonnys Nacken zuckte, Therese trat hinter seinem Rücken hervor.

»Guten Tag, mein Name ist Therese Fossnes.«

»Haista paska!«

»Ich kann leider kein Finnisch.«

»Meänkieli ist kein Finnisch«, stellte Larsa fest und grinste gedankenverloren.

Er ist leicht abwesend, dachte sie. Rohypnol. Gleichzeitig strengt er sich an, kontrolliert zu erscheinen, er hat etwas Roboterartiges an sich. Er sehnt sich nach einem Schnaps. Dem Morgenschnaps. Gute Gelegenheit, ihn auszuquetschen.

Sonny zog einen Stuhl heran und setzte sich rittlings darauf, die Unterarme auf die Rückenlehne gestützt. Larsa suchte etwas auf dem Küchentisch, seine Hand rollte wie eine langsame Bowlingkugel herum und stieß Dosen und Flaschen um bei der Suche nach dem Tabakpäckchen. Schmutzig braune Fingerspitzen zupften Zigarettenpapier hervor und drehten eine Zigarette. Sonny unterhielt sich auf Finnisch mit ihm. Therese verstand nichts, meinte aber zu wissen, wie das Gespräch verlief. Sie selbst hatte schon oft so dagesessen. Was hast du in den letzten Tagen gemacht? Kanntest du Martin Udde? Bist du in der Nähe seines Hauses gewesen? Wenn nicht, gibt es jemanden, der das bezeugen kann? Weißt du, was ihm zugestoßen ist? Hast du eine Ahnung, wer das getan haben könnte? Warst du es vielleicht?

Sie beobachtete den Schlagabtausch zwischen den beiden Männern. Es war eine unterschwellige Spannung zu registrieren, ein bedrohlicher Unterton, der nie offen aggressiv wurde. Eine langjährige Machtbalance, wie sie sich gern zwischen Polizei und Knastbrüdern auf dem Lande entwickelt. Man kennt sich nach einer Weile. Man versucht einen Stich zu landen und pariert. Nützt Blößen aus, ohne den anderen aber unnötig zu erniedrigen.

Drei handgedrehte Zigaretten später waren sie fertig. Larsa hatte eine halbvolle Bierdose gefunden und sah mittlerweile richtig wach aus. Sonny stand auf, Larsa auch, für einen Moment sah es so aus, als wollten sie sich die Hände schütteln.

»Wo ist Rosmarie?«, fragte Sonny.

»Unterwegs.«

»Und wo?«

»Keine Ahnung.«

Sonny tat einen Schritt zur Schlafzimmertür. Larsas freundliches Gesicht verwischte sich, er schaute sich unruhig um, schnappte sich einen Fünfundsiebzigprozentigen am Hals. Therese sah, wie Sonny unauffällig sein Pistolenhalfter aufknöpfte.

»Bleib stehen!«, rief Therese Larsa zu.

»Misch dich da nicht ein!«, zischte Sonny.

Mit einem Ruck riss er die Schlafzimmertür auf. Larsa wedelte mit der Flasche in der Luft herum. Wenn er die an der Tischkante abschlägt, ziehe ich, dachte sie.

Im Bett lag eine Frau im Nachthemd. Dichtes braunes Haar um ein kreideweißes Gesicht. Aufgerissene Augen, wie Eier.

»Polizei«, sagte Sonny. »Ist alles in Ordnung?«

»Jaha ...«

»Sicher?«

»Ja.«

Als sie Therese entdeckte, setzte sie sich abrupt auf.

»Raus aus meinem Haus!«, schrie sie und zeigte zur Tür.

Der Ausbruch kam so überraschend, dass Therese zusammenzuckte. Larsa lachte laut auf. Er stellte die Flasche hin und schien wieder ganz ruhig zu sein. Rosmarie zischte etwas auf Finnisch, während Sonny durch die Küche zurückging und Therese zu sich winkte. Das Schreien der Frau begleitete sie den ganzen Weg.

»Sie hat blaue Flecken an den Armen«, sagte Therese, als sie wieder auf dem Hof standen.

»Mm.«

»Ich kann so etwas nicht ab.«

»Nein.«

»Ich habe eine Freundin, die mit so einem Teufel gelebt hat. Es gibt nichts Widerlicheres.«

»Hätte sie nur ein Wort gesagt, hätte ich Larsa fertig gemacht.«

»Es gibt nichts Widerlicheres, als sein Mädchen zu schlagen.«

»Sie hätte nur zwinkern müssen oder so.«

»Er ist gefährlich«, sagte sie. »Du kennst ihn.«

»Das kann man wohl sagen«, murmelte Sonny.

»Du hast ihn doch schon mal festgenommen, oder? Sogar mehrere Male?«

Sonny drehte sich um und schaute sie an. Lange.

»Larsa ist mein Bruder.«

8

Zurück in Pajala fuhren sie weiter zum Skolvägen und einer dreistöckigen Häuserreihe im Stil der neuen Sachlichkeit aus den Sechzigern. Zielstrebig steuerte Sonny die richtige Wohnungstür an und klingelte.

»Einer der Stadt-Alkis«, erklärte er. »Ein Typ, den wir Korva nennen. Bei ihm findet man alles Mögliche.«

Die Tür war nicht verschlossen, und als sie öffneten, schlug ihnen ein dumpfes Zischen entgegen. Sie fanden Korva in jämmerlichem Zustand, wie ein alter Hund auf dem Küchenfußboden zusammengekrümmt, mit stoßweisem, rasselndem Atem. Die Hose starrte vor eingetrocknetem Dreck. Sonny überprüfte, ob die Atemwege frei waren, und zog eine verschleimte Zahnprothese aus dem schlaffen Mund, wobei ihm von dem Atem des Alten fast übel wurde.

»Igitt, verdammte Scheiße... Manchmal hat man den Eindruck, sie wollten sich selbst umbringen...«

Die Wohnung sah aus und stank wie ein Schweinestall, mit monatealten Ablagerungen von altem Säuferdreck bedeckt. Ein Schlafsofa und ein Regal waren kaputt, auch andere Zeichen deuteten auf eine Prügelei hin. Das Waschbecken in der Toilette war streifig von Dreck und Blut, und unten im Abfluss lag ein Zahn. Ein Vorderzahn mit Wurzel und allem Drum und Dran, braun gefärbt von Kaffee und emsigem Rauchen.

Therese entdeckte etwas Hautfarbenes auf dem Toilettenregal und trat näher heran. Der Anblick ließ sie erschaudern. Es war ein Ohr. Ein sorgfältig abgeschnittenes und gesäubertes Ohr ohne jede Spur von Blut. Ich muss raus hier, dachte sie. Das ertrage ich nicht.

Doch da entdeckte sie die Schraube, die herausragte.

»Sonny!«, rief sie und sah ihn bereits in der Türöffnung.

»Eine Prothese«, beruhigte er sie. »Dem Alten ist vor ein paar Jahren bei einer Messerstecherei das Ohr gekappt worden. Deshalb wird er Korva genannt, das bedeutet Ohr auf Finnisch.«

Vorsichtig drehten sie den ohnmächtigen Körper um, und Therese konnte feststellen, dass es stimmte. Auf der Schädelseite, die auf dem Boden gelegen hatte, gab es kein Ohr, nur eine Schraubwindung aus Titan. In den Schädel führte ein feuchtes rotes Loch, und in dem Loch steckte ein abgebrochener Stiel mit einer kleinen, verwelkten Butterblume. Sonny zog ihn vorsichtig heraus.

»Die haben vielleicht Humor, seine Saufkumpane«, kommentierte er trocken.

Sie warteten, bis der Krankenwagen kam. Sonny rief beim Sozialamt und beim Wohnungsamt an, er konnte nicht mehr sagen, zum wievielten Mal.

»Da hast du ein bisschen Lokalkolorit bekommen«, sagte er, als sie wieder im Auto saßen.

Therese sehnte sich danach, ins Hotel zu fahren und zu duschen.

»Sind wir jetzt mit Pajalas Unterwelt durch?«, wollte sie wissen.

Sonny saß nachdenklich da. Entdeckte ein altes Kaugummi, das am Griff der Handbremse klebte. Er brach den kleinen Klumpen ab und stopfte ihn sich gedankenverloren in den Mund. Kaute ihn mit seinen Backenzähnen weich, dass sich die Haut über seinem frisch rasierten Kiefer spannte.

»Mir ist nur eben eingefallen …«, sagte er.

»Was ist dir eingefallen?«

»Nun ja, Martin mochte ja das Tornedalfinnisch nicht. Also unser Meänkieli.«

»Und weiter.«

Sonnys Kiefer mahlten und mahlten.

»Er war kategorisch dagegen, dass die Schulen in Pajala obligatorischen Meänkieliunterricht einführen sollten.«

»Finnisch in der Schule? Aber wir leben doch in Schweden, oder?«

»Genau diese Ansicht hat Martin Udde auf den Leserbriefseiten vertreten. Es gab da einen Kerl hier in der Stadt, Esaias Vanhakoski, von dem behauptet wurde, er hätte Martin bedroht. Martin hat angerufen und wollte ihn anzeigen, hat es dann aber doch nicht gemacht.«

»Wie hat er ihn bedroht?«

»Mit alter, üblicher Tornedalpoesie. *Sie tarttisit saaja kelvolisen paukum turphijin...«*

»Was bedeutet?«

»Dir gehört die Fresse poliert.«

Therese seufzte. Sogar die Verbrechen wurden hier oben auf Finnisch begangen.

»Wo wohnt er?«

»Wir können auf dem Rückweg bei ihm vorbeischauen.«

Sonny legte den ersten Gang ein und fuhr los, den Ellbogen aus dem Seitenfenster gehängt.

»Du hast vergessen, dein Halfter wieder zuzumachen«, sagte sie und schnappte sich seine Dienstwaffe, bevor er reagieren konnte.

»Und du hast Zahnpasta am Kinn«, erwiderte er. »Schon den ganzen Morgen, aber hier oben sind wir nicht so pingelig.«

Sie schaute in den Rückspiegel und rieb sich wortlos das Kinn sauber. Sonny bog am westlichen Stadtrand zum Fluss hin ab. An der Uferböschung stand ein kleineres Wohnhaus, in Ochsenrot gestrichen. Ein alter Volvo 245a mit Rostflecken parkte vor dem Haus im Schatten eines alten Schuppens. Auf einer Wiese war ein Kartoffelacker aufgepflügt, frisches grünes Kraut ragte in ordentlichen Reihen hervor.

»Esaias ist nicht zu Hause«, sagte Sonny.

»Woher weißt du das?«

»Das Tornedalschloss.«

Gegen die Haustür war ein Besen wie ein heimliches Schriftzeichen gelehnt. Therese klopfte an und wartete. Er ergriff die Türklinke.

»Es ist offen«, sagte sie.

»Der Besen reicht als Schloss«, erklärte Sonny.

»Ein Besen?!«

»Das Tornedalschloss ist eine alte Sitte, die Leute hier in der Gemeinde respektieren es noch heute. Es gibt übrigens keine Hauseinbrüche hier.«

»Gar keine?«

»Nein, im Großen und Ganzen nicht.«

»Aber wir gehen doch wohl trotzdem rein?«

»Wir warten«, schlug Sonny vor.

»Aber in Korvas Wohnung war das kein Problem?«

»Ja, bei ihm stand ja kein Besen.«

Sonny setzte sich in den Polizeiwagen und studierte seine Wettliste. Therese ging ungeduldig zu dem alten Volvo. Schritt um ihn herum und schaute durch das Rückfenster. Schließlich öffnete sie den Kofferraum. Schob einiges Werkzeug beiseite und öffnete einen schwarzen Müllsack. Drinnen lagen ein Messer und eine schlanke, kurzschaftige Handaxt. Beides war nur oberflächlich abgewischt und trug noch die charakteristischen dunklen Flecken. Sie stellte sofort fest, dass es sich um Blut handelte.

Zurück auf der Wache gab es hektische Aktivität.

»Der Typ hat Udde also schon früher bedroht«, stellte sie fest.

»Nun ja, Udde hat seine Familie wohl einige Male angezeigt«, erinnerte Eino sich. »Aber das ist lange her, ich glaube, dahinter steckte eine Familienfehde.«

»Also Straftatbestand Bedrohung. Und dann der Fund

im Auto. Wer hat bei der Staatsanwaltschaft Bereitschaftsdienst?«

»Pantzare in Luleå.«

«Rufe ihn an und bitte ihn um einen Haftbefehl, so schnell wie möglich. Sonny bleibt beim Haus und hält Wache.«

»Und die Pressekonferenz?«, wollte Petrén wissen.

»Die verschieben wir.«

»Dann frage ich wohl auch gleich nach einem Hausdurchsuchungsbefehl, oder?«

»Das Tornedalschloss«, stöhnte sie, »wie lächerlich, wir brauchen doch nur reinzugehen!«

Dagewitz lief aufgeregt hin und her.

»Jetzt schnappen wir ihn uns. Jetzt holen wir uns den Mistkerl.«

Sonny saß im Polizeiwagen, der im Schatten der Scheune stand, mit Blick auf das Wohnhaus. Im ersten Stock war ein Mückengitter angebracht, vermutlich im Schlafzimmer des Mannes. Ein paar Schwalben strichen über die Wiese, sie hatten ihr Nest auf dem Dachboden der Scheune. Sonny beobachtete die metallisch blauen Pfeile, die durch die Luft sausten, bevor sie durch die alte Heuluke hineinschlüpften, die schief an einem Scharnier unter dem Dachgiebel hing.

Unterhalb des Wohnhauses glitt der Fluss in einer breiten, langsamen Bewegung dahin. Beruhigend anzusehen. Während seiner Jahre auf der Polizeihochschule war es der Fluss gewesen, den er am meisten vermisst hatte. Das Angeln. Frisch gefangene Äsche, über dem Feuer in einem rußigen Topf gekocht. Fischfett an den Fingern, die Sonne, die niemals unterging. Der Sommer war ein einziger langer Tag, ein lang gestrecktes Märchenlicht. Gegen Mitternacht senkten sich die Augenlider nur ein wenig, so dass die Pupillen röter und heißer wurden, bevor der Tag wieder geöffnet wurde.

Es gab Menschen, die den ganzen Sommer über nie schliefen. Man sprach von Wahnsinn, vom Hobel der Sonne im dampfenden Bauholz und dem messerscharfen Duft nach Harz. Ein Turm sonnengetränkter Ziegel, der immer höher hinauf in den Himmel wuchs, ganz ohne den feuchten Mörtel des Schlafs. Stein auf Stein in einem Puzzle aus Sauerstoff.

Sonny drehte den Autositz nach hinten in eine bequemere Position, streckte die Füße zwischen den Pedalen aus und entdeckte wieder sein altes, festgeklebtes Kaugummi. Gerade als er sich die harte, leicht klebrige Kugel auf die Zunge legte, entdeckte er eine Bewegung im Gras hinter dem Haus. Ein wippender Kopf, der aus der Erde herauszuwachsen schien, gefolgt von Hals und Schultern. Ein langer Körper in Waldkleidung, grüne Hosenbeine in Gummistiefeln, die über die Uferböschung stapften und sich dem Vorhof näherten. Der Mann hatte den Polizeiwagen noch nicht entdeckt. Mit verschwitzten Fingern ergriff Sonny sein Handy, tastete zitternd die Nummer ein und spürte, wie sein Puls schneller wurde.

»Er ist jetzt da.«

»Im Haus?«

»Er kommt aus der falschen Richtung, unten vom Fluss, kann mich jeden Moment entdecken.«

»Scheiße. Der Staatsanwalt hat noch nichts von sich hören lassen. Okay, lade ihn zur Befragung vor.«

»Ich glaube nicht, dass er freiwillig mitkommen wird.«

»Bitte ihn ganz freundlich, du kriegst in wenigen Minuten Verstärkung!«

»Soll ich ihn festnehmen?«

»Nein, bitte ihn nur, zu einem Gespräch mitzukommen.«

»Ich denke nicht, dass er mitmacht. Jedenfalls nicht gleich. Glaub mir, er schleppt den größten Lachs mit sich, den ich jemals gesehen habe!«

9

Das Verhörzimmer war stickig und für die vier Personen zu klein, die sich jetzt darin befanden. Therese beugte sich vor, stellte das Aufnahmegerät an und gab die statistischen Informationen mit Datum und Zeitpunkt an.

»Esaias Vanhakoski, ist das Ihre Hose?«

Sie machte ein Zeichen, und Dagewitz hielt eine durchsichtige Plastiktüte mit einer abgewetzten Jeans hoch. Der Stoff war steif von dunklen, eingetrockneten Flecken. Der Mann auf dem Stuhl ihr gegenüber antwortete nicht. Seine Kiefermuskeln spannten sich und lockerten sich wieder. Er trug eine Baseballcap, die einmal weiß gewesen war, mit der Zeit aber eine aschgraue, geflammte Nuance angenommen hatte. Der Schirm war ausgefranst, die schmutzige Pappe schaute heraus. Darunter lag ein Paar tief liegende Augen, rot geädert von der Mitternachtssonne und dem Rauch eines Kaffeefeuers. Blonde, zottige Haarsträhnen bogen sich wie Hörner über den Ohren. Die grüne Anglerjacke hatte er über den Stuhlrücken gehängt, ein rot kariertes Flanellhemd war am Hals weit aufgeknöpft und am Ellbogen aufgescheuert. Er roch nach Insektenmittel und Waldbrand, gemischt mit etwas Salzigem, Scharfem, das in die Wildnis gehörte. Auf dem Tisch lagen seine Hände mit schwarzen Fingernägeln und dunklem Flaum über den Knöcheln. Eine Fischschuppe klebte an der Haut, der Geruch von den Eingeweiden war noch zu riechen.

Er sieht ungepflegt aus, dachte sie. Ein Landstreicher. Runter mit der Kleidung und her mit dem Wasserschlauch, um den Raubtiergeruch wegzukriegen. Sie hob zwei weitere Plastiktüten hoch, in einer lag ein Messer, in der anderen eine Handaxt.

»Erkennen Sie die Gegenstände, Esaias? Wir haben sie in Ihrem Auto gefunden.«

Er schien die Frage kaum zu hören. Demonstrativ langsam holte er eine Dose mit Snus heraus, klopfte auf den Deckel und drehte sich eine Snuskugel.

»An Axt und Messer befinden sich Blutspuren«, fuhr sie fort. »Und an der Hose auch.«

Er machte ihr das Leben schwer. Wie immer. Kleinkriminelle, Amateurgangster, immer das gleiche Theater. Sind auf ihre Würde bedacht. Halten die Fassade aufrecht um des Scheins willen. Es brauchte nur ein bisschen Zeit, dann wurden sie weich, man musste nur abwarten, dann gab es immer etwas, was sie vermissten. Bier vielleicht. Oder Fernsehen. Den Hund. Die Stulle mit Wurst und Kräutermischung, die sie immer bei der Sportschau aßen. Oder die Wetten und die Pferde natürlich, es war phantastisch, mit anzusehen, wie die Ameisen in der Hose zwickten, wenn der Wettschein sorgfältig ausgefüllt war, aber nicht mehr abgegeben werden konnte.

»Trugen Sie diese Hose, als Sie ihn umgebracht haben?«

Erst jetzt war überhaupt eine Reaktion zu bemerken. Der Kehlkopf schluckte, für ein untrainiertes Auge kaum zu sehen. Angst. Gut, dann war der Prozess also in Gang.

»Erzählen Sie«, fuhr sie fort. »Wie sind Sie reingekommen?«

Er schob sich den Snus unter die Lippe. Die Dose war fast leer, dann würde er erst einmal eine Weile ohne sein. Sie vermissen, diese kleine Sicherheit unter der Lippe.

»Erzählen Sie, Esaias, hinterher wird es Ihnen besser gehen.«

Die Beichte. Alles auswischen, durchstreichen. Seinen Rucksack um einen Stein nach dem anderen leeren und dann weitergehen, so leicht, dass man meint, vom Boden abzuheben. Vielleicht ein Überbleibsel aus der Kindheit, die Erleichterung, die Knoten gelöst zu haben. Den Stacheldraht vom schmerzenden Herzen zu lösen. Ja, ich habe den Kuchen geklaut. Ich habe den kleinen Bruder geschlagen. Vielleicht reichte es noch weiter zurück, bis hin zu Luther, einem beichtwilligen, mittelalterlichen Katholiken, der sich tief in die schwedische Volksseele hineingebohrt hatte.

»Zeig's ihm, Dagewitz.«

Der Polizist trat mit einem Zeitungsausschnitt in einer Plastikhülle hervor und legte ihn vor Esaias. Er stammte aus dem Haparandabladet, ein Artikel über den Mord. »Mord an Zollbeamtem«. Die Überschrift war mit einem Kugelschreiber durchgestrichen und ein neuer Text hinzugefügt worden.

»Was steht da, Esaias? Du hast es doch geschrieben, es ist deine Handschrift.«

Der Mann befeuchtete seine Lippen, jetzt trat der Schweiß hervor.

»Lies es laut«, drängte Therese ihn. »Willst du nicht? Soll ich es lesen? Oder Dagewitz, kannst du das lesen, bitte, sei so gut, lies uns vor, was da steht, statt ›Mord an Zollbeamtem‹.«

Dagewitz nickte und trat einen halben Schritt vor.

»Hecht endlich aufgeschlitzt.«

Esaias stand unwillkürlich auf, um wegzugehen.

»Sie können sich wieder setzen, Esaias. Wir haben grünes Licht vom Staatsanwalt bekommen. Sie sind wegen Mordes an Martin Udde verhaftet.«

Nach leckerem, sahnigem Rentierschabefleisch und einem Bier mit Schaumkrone streckte Therese sich auf ihrem Bett aus und spürte das Jagdfieber. Endlich ein Durchbruch! Nach mühsamer Polizeiarbeit und mit ein wenig Glück, wie sie sich eingestehen musste. Ein lokaler Gewalttäter. Logisch, das musste man zugeben. Jemand aus dem Ort, der seine Grenzen überschritten hatte. Nach einigen Verhören würde er gestehen, und dann konnte sie die Ermittlung anderen überlassen und nach Hause fahren. Das Hotelfenster war einen Spalt geöffnet, sie hörte von unten Stimmen. Zwei Männer, die über ein Mädchen redeten, das nicht gekommen war, sie waren betrunken und schrien unnötig laut in ihrem norrländischen Dialekt in ein Handy. Wie schön, bald von hier abreisen zu können. Sie gehörte hier nicht hin. Ein Kaff mitten im Wald, kein Wunder, dass Norrland die Bevölkerung weglief. Wald und Gewalt. Alkoholismus. Frauenhass.

»*Voi vittu*«, war von unten zu vernehmen. »Verflucht, wenn sie die Schlüssel vergessen hat.«

Obwohl es schon nach neun Uhr war, herrschte draußen immer noch voller Sonnenschein. Wie konnten die Leute hier schlafen? Vielleicht machte ja der Schlafmangel die Leute im Sommer verrückt, so verrückt, dass sie jemanden umbringen konnten. Sie schloss die Augen und überlegte, ob sie heute Abend oder erst morgen früh duschen sollte. Sie musste auch noch ihre E-Mails lesen.

Gleichzeitig gab es da diesen Zweifel, wie einen kleinen Dorn im Fleisch. Es war zu einfach gewesen, das war der Grund. Sie versuchte ihn beiseite zu schieben. Warum konnte sie sich damit nicht zufrieden geben, schließlich hatten sie einen Gewalttäter, Indizien und Blut. Der Kerl hatte die Hose in der Garage versteckt, Lundin hatte nur eine halbe Minute gebraucht, um sie unter einer Plane zu finden. Die Axt war abgewischt, aber am Schaft waren noch Blutspuren. Sie hatten sogar Haare von dem Alten daran gefunden, graue, festgeklebt. Somit war die Sache klar.

Ob sie Doris anrufen sollte? Oder vielleicht ihre Mutter? Hallo, Mama, es ist alles klar, ich habe mich elegant unter all den Junggesellen durchgeschlagen. Soll ich dir was mitbringen, Fausthandschuhe mit dem typischen Muster? Oder Moltebeerenmarmelade, ich kann mich ja mal umschauen.

Therese konnte sie in ihrem Erker sitzen sehen, das Novara-Porzellan im festen Griff und den Adlerblick auf den Innenhof gerichtet, auf das Kräuterbeet da unten, das die Damen pflegten, den kürbisdekorierten Fahrradständer, die beiden italienischen Klavierfräulein, die von ihrem üblichen Abendspaziergang zurückkamen, heftig gestikulierend. Mamas Haar war in einem festen Knoten zusammengesteckt, das linke Auge, das seit der Verletzung immer ein wenig lief, die sonnengebräunte Hand mit den Leberflecken, die die Teetasse hob, die Mamatasse mit der exklusiven japanischen Sensha-Mischung. Die Lippen wurden gespitzt, immer ein wenig angespannt, als lutsche sie auf etwas. Als sehnten sie sich nach einer Zitze. Einem Kuheuter.

Therese beschloss anzurufen, bald. Nur noch einen Moment. Es war so schön, einfach hier zu liegen. Im weichen Hotelbett, eingekuschelt, eingehüllt wie ein kleines Rattenjunges in einer Kugel aus altem Stroh, tief unter der Schneedecke. Es gab eine Erinnerung, eine zittrige Blase aus der Kindheit, wie sie von der Schule nach Hause kam und allein war, denn ihre Mutter arbeitete nachmittags, und die ganze Wohnung war blau und leer. Und sie zog sich nackt aus, knochige Schulterblätter, die sich hochzogen, die haarlose Mädchenscham, sie kletterte in die kalte Porzellanbadewanne und nahm die Handdusche. Dann krümmte sie sich zusammen, stand auf den Hacken, den Brustkorb gegen die mageren Schenkel gedrückt, ein fester, kleiner Mädchenball. Sie drehte das Wasser an und ließ den Duschstrahl auf den Nacken prasseln, schräg von hinten. Im richtigen Winkel gehalten, strömte das Wasser von allen Seiten um den Körper und verwandelte ihn zu einer zitternden Blase, einer Tüte voll Wärme. Zuerst war sie hart, alles war angespannt, wie eine Eierschale, doch mit der Zeit entspannten sich ihre Gliedmaßen, und sie konnte immer heißer aufdrehen. Eine rote, weiche Handfläche, die ihren Körper einschloss, ein Schimmer von Wasserdunst. Nun konnte ihr keiner mehr wehtun.

Sie wachte von einem Juckreiz auf. Noch verschlafen. Ein Dschungel, sie hatte etwas mit einem Dschungel geträumt, in dem sie herumgelaufen war oder geschwommen, und ein Haus lag da drinnen, ein weißes Steinhaus wie auf einer griechischen Ansichtskarte, ein heller Klotz in all dem Dschungelgrün, und sie war hineingeklettert oder hineingeschwommen, durch die Fensterhöhle, die rund war wie ein Bullauge, Estonia, und da drinnen lagen dunkle Haufen, das waren Kleider, Kinderkleidung, eine russische Hilfssendung, und es hatte aus ihrem Mund geblubbert, und jetzt musste der Traum sich langsam entscheiden, ob sie unter Wasser nun atmen konnte oder nicht …

Kratzen. Ein Nadelstich im Luftballon, peng! Mit einem abgrundtiefen Atemzug bekam sie die Augen auf, sie juckten und fühlten sich sandig an. Scheiße. Die Kontaktlinsen. Sie durfte nicht mit ihnen schlafen, jetzt hatte sie rote Augen wie eine Plötze. Verdammt, wie das juckte! Als sie sich über den Hals rieb, spürte sie eine kleine Erhöhung. Und auf dem Unterarm sah sie etwas Schwarzes, sie schlug zu, womit es zu etwas Rotem zerquetscht wurde. Eine Mücke. Sie wedelte mit den Armen und sah mehrere auffliegen, eine ganze Wolke, die sich in Hubschrauberformation sammelte und sofort zu einem neuen Angriff überging.

Sie waren durch das offene Fenster hereingekommen. Sie schob es zu und schaltete die Deckenleuchte ein. Massen. Sie stürzten sich hinab und suchten mit ihren Saugrüsseln, angewidert erschlug sie sie. Einige waren vorsichtiger und kreisten an der Decke, um die Lampenkuppel und entlang der Deckenleiste, wo sie sich mit gespreizten Hinterbeinen niederließen und warteten, dass sie wieder einschlief. Sie schaute sich nach einer Waffe um, fand die Haarbürste und stellte sich aufs Bett. Nach zehn Minuten hatte sie den Feind erledigt und spülte, leicht verschwitzt am Rücken, im Waschbecken die Insektenleichen von den Bürstenborsten ab.

Ihr Gesicht war von Mückenstichen angeschwollen. Wie

Pubertätspickel. Sie fummelte die Kontaktlinsen heraus und stellte fest, dass es zu spät war, um ihre Mutter anzurufen. Dann konnte sie sich genauso gut wieder schlafen legen. Doch sobald Therese unter die Decke gekrochen war, war wieder das Summen zu hören. Einatmen. Dieses scharfe, hartnäckige Geräusch von einem einzelnen Überlebenden, der über die Tapete huschte. Und dann das Licht, dieses verfluchte Tageslicht da draußen. Sie schaute auf die Uhr, in nur zwei Minuten war es Mitternacht. Hierher würde sie im Leben nie wieder reisen. Ihr ganzes Gesicht brannte, und sie wusste, dass es Stunden dauern würde, bis sich der Schlaf erneut einstellen würde.

10

S*ie tunsit Martinin?«,* fragte Eino Svedberg und strich über den verschnörkelten Porzellangriff der Kaffeetasse. »Du hast Martin gekannt?«

Der Mann ihm gegenüber hieß Bertil Isaksson und war auffallend lang und dünn, er erinnerte an einen Kranich. Sein Kopf hatte etwas Feierliches an sich, wie der eines ägyptischen Pharaos. Er drehte einen Stift in der Brusttasche seiner Latzhose, der aus einer eingenähten Falte hervorragte, und drehte ihn die ganze Zeit wie einen Bohrer herum, während er durch das Küchenfenster hinausschielte. Die Hose war staubig, auf dem Schädel mit dem schütteren Haar waren immer noch die Abdrücke vom Hörschutz zu erkennen. Er war dabei gewesen, eine Tür abzuschleifen, als Eino angeklopft hatte.

»Na, hier oben kennen doch alle alle«, erwiderte Bertil auf Meänkieli. Das war ein weiches Finnisch, aus den Dörfern südlich von Pajala, bekannt vom Lokalsender, bei dem er als Reporter arbeitete. Ein Finnisch, das nach Torfernte und lauwarmer Milch roch.

»Du meinst, dass man die Guten und die Schlechten kennt?«

»Genauso ist es.«

»Alle wissen, dass Martin hinter eurem Verein her war«, sagte Eino, »hinter dem Svenska Tornedalingars Riksförbund-Tornionlaaksolaiset.«

»Ich bin ausgetreten, als ich angefangen habe, als Journalist zu arbeiten.«

»Aber du bist einer der Gründer. Und du hast zu denjenigen gehört, die er mit Leserbriefen und persönlichen Beschimpfungen gejagt hat.«

»Ja, er konnte uns nicht leiden.«

»Weil ihr fürs Tornedalfinnisch gekämpft habt.«

Bertil nickte und zog eine entlarvende Grimasse.

»Er war ziemlich typisch, wenn man das so sagen darf. Ältere Käuze, die schlecht behandelt wurden. Sie sind selbst mit Meänkieli aufgewachsen, sprechen es im Alltag in der Stadt, und dennoch sitzt ihnen die Scham tief in den Knochen. Schon in der Schule haben sie ja gelernt, dass Tornedalfinnisch hässlich ist, dass es wortarm und minderwertig ist, nicht einmal eine richtige Sprache.«

»Udde war wütend auf euch, obwohl ihr für seine eigene Muttersprache gekämpft habt.«

»Ja, nimm doch nur seinen Nachnamen. Er hat ihn ins Schwedische übersetzt, wie so viele Tornedaler. Man will seinen finnischen Nachnamen loswerden. Stattdessen nimmt man Åkerport oder so, du weißt ja selbst, wie das dann klingt.«

Eino dachte an seinen eigenen Nachnamen. Den sein Vater in den Sechzigern gekauft hatte. Genau wie Dagewitz, sie hatten es sich eines Abends bei einem Bier erzählt. Seine Familie kam von Korpilombolo und hatte Tammilahti geheißen.

»Martin Udde war fanatisch«, fuhr Bertil fort. »Erinnerst du dich noch, als Meänkieli vom Schwedischen Reichstag als Minderheitensprache akzeptiert wurde, am 1. April 2000? Weißt du, dass der Kerl rausgegangen ist und seine Flagge auf halbmast gehisst hat?«

»Nein, das habe ich nicht mitgekriegt«, sagte Eino.

»Aber inzwischen können wir aufhören, uns über sie aufzuregen.«

»Die Meänkieli-Hasser?«

»Die Alten. Sie verschwinden einer nach dem anderen.«

Sie dachten beide eine Weile über diesen Greis mit seinem hochroten Gesicht nach, der sich wütend über seine alte Schreibmaschine gebeugt hatte.

»Er hat euch als Läuse im schwedischen Pelz bezeichnet.«

»Da gibt's Schlimmeres«, brummte Bertil. »Aber er war bei weitem nicht der Einzige, oft sind es ältere Kleinbürger, die die schlimmsten Feinde des Meänkieli werden. Alte Volksschullehrer, Zöllner oder Beamte.«

»Ja, eigentlich merkwürdig.«

»Und hier im Norden ist der Widerstand am größten. Im Süden habe ich keinen Menschen je über Meänkieli klagen gehört. Da wissen die Leute ja kaum, dass es so etwas gibt, oder sie finden nur, dass wir exotisch sind. Das ist wie mit den Samen. In Stockholm kommen sie in jeden Club rein, wenn sie ihre samische Tracht tragen. Während es daheim genau umgekehrt ist, die schlimmsten Samenhasser im Land haben wir ja in Kiruna und Jokkmokk.«

»Ja, ja, ich weiß«, nickte Eino und machte eine kurze Pause. »Wie gut kennst du eigentlich Esaias Vanhakoski?«

»Den Mann, den ihr eingelocht habt?«

Bertil überlegte. Schielte zum Aufnahmegerät hinüber.

»Ich weiß, wer das ist«, erklärte er ausweichend.

»Er ist Mitglied im STR-T.«

»Das ist ja wohl kaum verboten.«

»Es heißt, dass seine Familie Udde schon früher bedroht hat.«

»Das ist ihre Sache.«

Eino nickte nachdenklich. Blätterte in der Mappe mit den Leserbriefen.

»Aber ihr müsst doch eine Wahnsinnswut auf Udde gehabt haben.«

»Ich habe den Alten nie angerührt.«

»Das habe ich auch nicht behauptet.«

Bertil blickte auf die Pentgäsjärvi-Wiesen. Fing wieder an, seinen Stift zu drehen. Immer rundherum.

»Ich war genau in der Woche in Södermanland, bei meinem Bruder in Trosa.«

»Aber vielleicht kennst du sonst jemanden? Irgendeinen Hitzkopf in den STR-T-Kreisen? Ihr seid ja ziemlich mit Dreck beschmissen worden von dem Kerl.«

»Ich weiß, worauf du hinaus willst.«

»Jemand aus dem Umfeld? Einer, dem es reichte. Der sich vielleicht zu Hause einen hinter die Binde gegossen hat und dachte, dass diesem Mistkerl jetzt ein für alle Mal das Maul gestopft werden sollte.«

»Wir sind keine terroristische Vereinigung.«

»Würdest du nie für das Meänkieli jemanden töten?«

»Nein.«

»Könntest du nie, in der extremsten Situation, für deine Muttersprache töten?«

Bertil überlegte.

»Ich denke nicht. Könntest du?«

Eino antwortete nicht, ließ seine Gedanken nur weiterwandern. Wenn es nun wie in Palästina wäre. Hier oben im Tornedalen. Wenn der Druck härter werden würde, dachte er. Wenn die Staatsmacht versuchte, uns mundtot zu machen.

11

Rechtsanwalt Kenneth Mikko kam am nächsten Morgen in seinem metallicroten Audi Quattro aus Haparanda angefahren, und bevor er vor dem Gerichtsgebäude von Pajala parkte, schaffte er es noch, im Café Nedan einen Kaffee und einen Kopenhagener zu frühstücken. Eine Stunde und zwanzig Minuten lang saß er seinem schweigenden Mandanten gegenüber, die Juristenmappe in gegerbtem Rentierleder vor sich aufgeschlagen. Mit jeder Minute, die verstrich, wurde er besorgter. Als Dagewitz anklopfte und zum ersten Verhör bat, ging Kenneth Mikko auf die Toilette, trank zwei Gläser Wasser und spürte leichte Kopfschmerzen.

Im Verhörraum saßen der Festgenommene und der Anwalt mit Dagewitz. Gegenüber ließ Therese sich nieder. Sie hatte die Mückenstiche und die Ringe unter den Augen überschminkt, aber das Weiß in den Augen war von einem feinen Netz roter Äderchen überzogen. Sie schaltete das Aufnahmegerät ein, gab Datum, Zeit und anwesende Personen an und rechnete aus, dass sie nicht einmal zwei Stunden geschlafen hatte.

»Können Sie, Esaias Vanhakoski, uns berichten, wie Sie die letzte Woche verbracht haben.«

Ein langes Schweigen. Esaias rührte sich nicht. Starrte nur mit leicht geöffnetem Mund auf das Mikrophon des Aufnahmegeräts. Er ist krank, dachte sie. Es geht ihm nicht gut.

»Können Sie bestätigen, dass Sie sich während dieses Zeitraums in der Gegend von Pajala aufgehalten haben?«

Auch jetzt keine Antwort. Die Uhren tickten an den Handgelenken. Das Band drehte sich um seine Spule. Er hat geduscht, registrierte sie. Er riecht besser.

Nach einer halben Stunde wurde das Verhör unterbrochen. Der Festgenommene hatte nicht ein Wort gesagt. Therese versuchte Ruhe zu bewahren. Er ist derjenige, der gequält wird, er ist es, dem es am schlechtesten geht. Wir werden für die Stunden hier bezahlt, das ist doch nicht schlecht: »Schweig nur weiter, wir werden ja für die Stunden bezahlt.«

Während der Mittagspause wurde offensichtlich, dass der Festgenommene außerdem noch in Hungerstreik getreten war. Sein Tablett war unberührt, nur das Wasserglas geleert. Kenneth Mikko spürte, wie die Unruhe anwuchs, versuchte sie aber zu ignorieren:

»So, so, also kein Hunger, oder sind wir hier in einem Kurhotel gelandet?«

»Er redet mit mir auch nicht«, teilte er Therese später mit. »Ich habe ihn gewarnt, dass ich bald aufgebe, aber er scheint gar nicht zu hören.«

»Er ist nicht der Erste, der schweigt.«

»Ich möchte einen Arzt hier haben. Das kann eine Psychose oder sonst was sein, ich weigere mich, den Fall zu übernehmen, wenn er schizo ist.«

Kenneth dachte missmutig an einen Pyromanen aus Nikkala, der normalste, schüchternste Schuljunge, den man sich denken konnte. Immer sorgsam auf sein Aussehen bedacht, mit Markenkleidung und Gel im Haar, höflich und bereit zur Zusammenarbeit. Die Beweislage gegen ihn war schwach, ein Auto, das dem seines Vaters ähnelte, war nach einem Feuer in einem Gemeindehaus gesehen worden, eine Flasche Brandbeschleuniger mit den Fingerabdrücken des Knaben hatte man im Kofferraum gefunden. Nichts Auffälliges im Computer, keine Spuren von Gewalt, keine Bombenrezepte, kein Satanistengequatsche oder omnipotente Tagebuchaufzeichnungen, die viele solcher Doppelnaturen zu entlarven pflegen. Nicht vorbestraft und mit guten Schulzeugnissen, ein Freispruch schien sonnenklar.

Mitten während der Tatbeschreibung durch den Staatsanwalt war der Junge dann plötzlich aufgestanden, hatte die Augen verdreht und begonnen mit dem Teufel zu sprechen. Er zerbrach sein Wasserglas und drückte sich die Scherben in den Arm. Mit eckigen Bewegungen versuchte er die Adern zu treffen, bevor es den Wachen gelang, ihn zu justieren, bespritzt von Blut und Speichel des Jungen. Betablocker und schließlich psychiatrische Klinik, erinnerte Kenneth sich mit einem Schaudern, und chemische Reinigung für seinen besten Anzug.

Kurz vor Mittag kam ein hochgewachsener Amtsarzt, der sich in dröhnendem Bass als Lars Wallin vorstellte. Er untersuchte den Inhaftierten oberflächlich, fand keine physischen Schäden und konnte nur bestätigen, dass der Betreffende keinen verbalen Kontakt aufnahm. Das konnte ein Zeichen von Depression oder anderen psychischen Störungen sein, erklärte Wallin, aber auch genauso gut einfach daran liegen, dass der Mann schlecht gelaunt war. Falls die Polizeibeamten noch nicht selbst auf die Idee gekommen waren.

Während der Mittagspause hatte Therese die Zeit genutzt, Esaias Vanhakoskis Haus zu überprüfen. Der Besen stand zu diesem Zeitpunkt nicht mehr vor der Tür, und in der Garage in der Scheune hockte der bärtige Lundin und wühlte mit Plastikhandschuhen in einer Werkzeugkiste. Er holte einen Schraubendreher hervor und betrachtete ihn unter einer Lupe.

»Fehlt noch viel?«, fragte Therese.

»Das Haus ist fertig, du kannst rein. Übrigens hat die Hose da hinten gelegen.«

Er zeigte auf eine alte grüne Plane neben ein paar mit Spikes versehenen Winterreifen.

»Warum hat er sie nicht verbrannt?«

»Tja, gute Frage. Vielleicht war er nicht klar im Kopf, als

er bei dem Alten war. Und als er nach Hause gekommen ist, ist er zu sich gekommen und hat begriffen, was er da gemacht hat. Panik, weg mit dem Plunder, irgendwo verstecken, ganz gleich wo.«

»Oder aber er ist dumm.«

Lundin nickte und schlug die Werkzeugkiste zu.

»Oder er wollte geschnappt werden. Im tiefsten Inneren.«

Therese stupste die Plane ein wenig mit dem Zeh an. Sie hatte Ölflecken, vielleicht stammten sie auch von Werkzeugschmiere. Sie öffnete eine Seitentür und schaute in einen großen, dunklen, lang gestreckten Raum mit Holzverschlägen.

»Hatten sie hier früher Kühe?«

»Bestimmt«, nickte Lundin. »Und da stand wahrscheinlich der Trecker.«

Therese ging in den Stallbereich. Immer noch, nach all den Jahren, hing ein Geruch von Tieren und Mist in der Luft. Aber nur leicht, wie ein würziger Hauch. Jetzt stand hier alles voll mit Gerümpel, ein zur Hälfte auseinandergenommener Schneepflug, ein uralter Pferdeschlitten, Benzinfässer, die hohl klangen, wenn man draufklopfte, eine alte Egge mit rostigen Zinken und abblätternder Farbe. In einer Ecke lehnten ein paar Milchkannen mit großen aufgemalten Ziffern, und daneben parkte ein schrottreifer gelber Volvo, ein Gutsherrenwagen mit dem Nummernschild BD 42408.

»Hier könnte man problemlos eine Leiche verstecken!«, rief sie.

Lettische Beerenpflücker in Portionshäppchen. In Dosen verpackt. Formalin. Nein, das war ein Horrorfilm, sie hatte ganz offensichtlich zu wenig geschlafen.

»Wir sind mit dem Hund hier herumgelaufen«, sagte Lundin, »das Einzige, was wir gefunden haben, war eine tote Katze. Umso merkwürdiger ist, was wir nicht gefunden haben.«

»Und was?«

»Einen Schnapsbrennofen. Ich hätte meinen Kopf drum gewettet, dass er einen hat, aber er muss ihn irgendwo anders versteckt haben.«

Lundin ging weiter zu einer Wand mit Kartoffelhacken, Rechen und verschiedenen Spaten. Therese trat hinaus in die Sonne und lief quer über den Hof zum Wohnhaus hinüber. Die Außentreppe war vor langer Zeit geteert worden, inzwischen aber nur noch grau und rissig. Sie trat in den Eingang, der etwas streng roch, war das Schweiß? Alte Wollsocken, Arbeitshandschuhe aus steifem, trockenem Ziegenleder, ein Schneeoverall, der den Sommer über dort hing, ungewaschen. Sie ließ die Haustür offen stehen, obwohl so die Mücken hereinkamen, und ging weiter in die unerhört große Küche. Ein gemauerter, mit Holz befeuerter Backofen fing ihren Blick ein, weiß gekalkt und mit geschlossener Luke. Das Haus musste vom Anfang des letzten Jahrhunderts stammen. Ein massiver Kieferntisch von der Sorte, wie man sie in der Müslireklame zu sehen bekommt. Unbehandelte Küchenstühle mit hohen, geraden Rücken, abgelaugte Kiefernbohlen, klein karierte Gardinen aus den Siebzigern, so gut wie keine Blumentöpfe. Das Geschirr stapelte sich neben dem Abwaschbecken. Ein Schneidebrett roch nach Fisch. Therese öffnete die Kühlschranktür, und dort lag der Lachs. Filetiert, mit Grobsalz und weißem Pfeffer in einer Glasform. Nur die fettesten Teile, den Rest musste er eingefroren haben. Bevor Sonny ihn unterbrochen hatte. Das Fleisch war überraschend blass. Wildlachs, nicht zu vergleichen mit diesem Krabbenschalenrot der norwegischen Gezüchteten.

Therese packte das glatte Fischstück mit den Fingern und drehte es im Salz um. Schnell wischte sie sich die Hand an Haushaltspapier ab und fühlte sich lächerlich. Warum habe ich das gemacht?, dachte sie, es sollte mich doch gar nicht interessieren, soll er doch seinen blöden Lachs selbst einlegen.

In der Kühlschranktür standen kleine, hochgezogene Flaschen und Dosen, und mit wachsender Verwunderung las sie darauf: Mango Chutney, Rice Vinegar, Sambal Djeroek, Sambal Manis, Wasabi-Paste, Hoisin-Sauce. Lebten die Junggesellen in Pajala nicht eher von Würstchen und Schnaps? In der Speisekammer fand sie neben Weizenmehl und Makkaroni Reisnudeln, eingelegten Ingwer, Couscous, Bonitoflocken und eine große braune Haschischplatte in einer Plastiktüte. Ihr Puls ging schneller. Scheiße, sie hatte keine Handschuhe. Mit zwei Gabeln hob sie die Tüte auf die Arbeitsplatte, sperrte sie auf und roch. Schnupperte. Sog den entfernten Duft nach Meer ein.

Kein Hasch. Irgendeine Art japanischer Algen. Wo kriegte er das alles nur her?

Therese ging wieder zurück auf den Flur und fand eine knarrende Treppe, die sich in einer halben Drehung zum ersten Stock hinaufwand. Dort oben war es deutlich wärmer, die Sonne brannte aufs Dach und ließ die Luft abgestanden und stickig erscheinen. Ein kleineres Zimmer mit Schrägdach wurde als Rumpelkammer benutzt, ein massives Regal mit Langlaufskiern, Schneeschuhen, einem Paar Skibindungen in einem Pappkarton, Fußballstiefel mit abgelaufenen Stollen, ein Luftgewehr mit Krampen aus Metall. In einer Ecke befand sich ein Ausguss mit einer Fotolaborausrüstung, Plastikschüsseln und Dosen verschiedener Größe. Der Belichtungsapparat war mit einer Plastikhülle bedeckt. Er hatte Fotos an die Wand gepinnt, unsauber beschnitten, verschiedene Naturmotive mit Kiefernsilhouetten, der Fluss in Nebelschleiern; ein Elch, der auf weite Entfernung aufgenommen worden war, er trank aus einem Sumpf, war extrem vergrößert und grobkörnig. Keine größere künstlerische Qualität, soweit sie das beurteilen konnte. Da gefiel ihr das Bild einer Katze besser, die in einen Rucksack gekrochen war, nur ihr Kopf ragte heraus, ein schwarzer, wachsamer Fellkopf mit einem weißen Sahnefleck über einem Auge.

Das andere Zimmer war sein Schlafzimmer. Es war größer

und gemütlicher, kühle Luft und Licht sickerten durch das Insektenfenster herein. Das Bett war schmal und klotzig, es schien hausgemacht zu sein. Die nicht glatt gezogenen Laken sahen gräulich aus, als wären sie zusammen mit Teilen gewaschen worden, die abgefärbt hatten. Staubmäuse huschten über den Boden, als sie hineinging. Junggesellendreck. Sie erkannte das Muster von einigen männlichen Polizeikollegen in ihren Vororts-Zweizimmerwohnungen wieder. Nicht vollkommen vermüllt, aber ein gründlicher Durchgang mit dem Staubsauger höchstens einmal im Monat. Der Fußboden so selten gewischt, dass er leicht an den Strümpfen klebte. Aber er hatte trotz allem versucht, das Schlafzimmer gemütlich herzurichten, das war zu erkennen. Rotviolette Tapeten, wie sollte man diesen Farbton beschreiben, wie Blaubeeren, die in Milch zermust worden waren? Ein dicker Teppich, eine billige persische Imitation, eine große Ikealampe aus Reispapier, ein Schreibtisch, überladen mit Steinen, einfach Steine, grob wie die, die man im Kartoffelacker fand. Mitten auf dem Steinhaufen thronte eine kleine Buddhastatue aus Messing, mit gekreuzten Beinen, zwei Finger einer Hand in einer zierlichen Geste erhoben. Gewaltlosigkeit. Nirwana.

Die Wände waren übersät mit Papieren, ein Grundriss der Cheopspyramide, ausgerissen aus einer populärwissenschaftlichen Zeitschrift, das Plakat eines amerikanischen Indianerhäuptlings in voller Federpracht, aufgenommen 1912, eine Mandalareproduktion, gekauft bei Vattumannen in Stockholm, ein eingerahmtes Papyrusgemälde mit dem jungen Tutenchamun und seiner jungen Ehefrau in liebevoller Berührung. Therese hörte die Treppe knarren und sah Lundin, der die Türöffnung ausfüllte.

»Ich mache jetzt Mittag«, sagte er.

»Habt ihr hier den Artikel über den Mord gefunden?«, fragte sie. »Den über Martin?«

»Ja, auf dem Schreibtisch. Er hatte jede Menge Steine draufgelegt, sah richtig krank aus.«

»Wieso?«

»Na, wie ein Grabhügel.«

Lundin zog sich die verschwitzten Plastikhandschuhe aus. Scheiße, jetzt kriege ich noch Hautpilz, dachte er.

»Ich kann das Rentierfleisch im Hotel wirklich empfehlen«, sagte Therese. »Mit cremiger Soße. Der Koch heißt Joel.«

»Glaubst du, dass wir den Richtigen erwischt haben?«, fragte Lundin.

»Das ist so sicher wie das Amen in der Kirche. Komm doch mit zum Verhör, jetzt werden wir ihm die Daumenschrauben anlegen.«

Esaias Vanhakoski weigerte sich, ihnen in die Augen zu sehen, aber seine Finger begannen an allem zu zupfen. Die Sucht nach Snus, dachte Therese triumphierend, jetzt ist die Dose leer.

»Vermissen Sie etwas?«, fragte sie mit ihrer sanftesten Frauenstimme. »Wir können Ihnen helfen, Esaias, aber dann müssen Sie mit uns reden.«

Er tat, als höre er nichts.

»Wir haben uns in Ihrem Haus umgesehen. Sie müssen uns sagen, wer sich darum kümmern soll, solange Sie fort sind. Im Kühlschrank stehen Lebensmittel, die verderben können.«

Der Lachsgeruch saß ihr immer noch in den Händen. Esaias verzog das Gesicht, und sie wusste, er würde kommen. Er war auf dem Weg.

Aber es war Dagewitz, dem es gelang, den Schlüssel umzudrehen.

»Wir haben in der Scheune eine tote Katze gefunden.«

Esaias hob den Kopf und starrte Therese direkt in die Augen. Ein Hass, so intensiv, dass sie schlucken musste.

»Mie tartten tulkin«, sagte er.

»Wie bitte?«, fragte sie.

Eino hustete im Hintergrund. Das klang nicht natürlich. Therese schaute von ihm zu Sonny hinüber, dann sah sie wieder Esaias an.

»Was haben Sie gesagt?«

»Mie tartten tulkin.«

Der Anwalt beugte sich hastig vor.

»Die Dame versteht kein Finnisch.«

»Der Festgenommene sagt also...«, übersetzte Eino. » Er möchte einen Dolmetscher haben.«

»Einen Dolmetscher?«

»Ja, einen, der übersetzen kann.«

»Nun hör aber auf«, zischte Therese, »ins Chinesische oder was?«

Dagewitz versuchte es noch einmal:

»Also, wie gesagt, haben wir eine tote Katze in der Scheune gefunden...«

»Sano se meänkielelä«, unterbrach Esaias ihn.

»Er möchte, dass du das auf Finnisch sagst«, übersetzte Eino.

»Auf Tornedalfinnisch«, korrigierte Sonny.

Eine Weile herrschte sonderbares Schweigen. Zum Schluss räusperte Kenneth Mikko sich.

»Hm... Mein Mandant hat das Recht auf einen Dolmetscher.«

»Aber er ist doch Schwede!«, widersprach Therese.

»Tornedalfinnisch ist vom Schwedischen Reichstag als Minoritätensprache anerkannt worden. Also hat er innerhalb des Distrikts von Pajala das Recht auf Hilfe durch einen Dolmetscher.«

»Aber Sie können doch übersetzen«, sagte sie dem Anwalt.

Kenneth Mikko breitete die Arme aus.

»Ich bin nicht autorisiert.«

»Aber Sie sind doch Tornedaler, oder?«

»Mir wäre es lieber, wenn jemand dazukäme.«

»Okay«, sagte Therese verbissen. »Eino kann übersetzen, ist das in Ordnung?«

»Natürlich kann ich übersetzen«, sagte Eino. *»Mie käänän.«*

Esaias schüttelte den Kopf, schief grinsend.

»Mie tartten puoluettoman tulkin.«

»No mitäs perkele sie höpiset«, zischte Eino, *»kyllä piru vietä mie tiiän ette sie ossaat ruottia!* Verflucht, ich weiß ganz genau, dass du Schwedisch kannst!«

»Puoluettoman tulkin«, wiederholte der Anwalt lächelnd. »Ein neutraler Dolmetscher.«

»Ja, meine Fresse, er will einen neutralen Dolmetscher«, nickte Eino, »aber das ist doch alles nur Quatsch, es wissen doch alle, dass der Kerl Schwedisch kann!«

»Er will uns nur ärgern«, nickte Sonny.

»Regel das«, stöhnte Therese.

Eino gab Sonny einen verärgerten Wink.

»Hol Paul Muotka. Du weißt, *Vittulan porimetari.*«

12

Paul Muotka saß bequem zurückgelehnt in der Hollywoodschaukel vor dem Haus seines Sohns Rune, einem der ältesten Häuser des Viertels Vittulajänkkä. Er nippte an einer Tasse mit schwarzem Kaffee und biss von einem der auch für Diabetiker erlaubten Kuchen ab, den ihm eines seiner Enkelkinder an diesem Morgen vorbeigebracht hatte. Vor ihm lag ein Schreibblock, auf dessen Deckblatt mit Tusche geschrieben stand: *Memoiren aus einem Rundfunkleben* mit dem Untertitel *Was hältst du davon?*. Ein kommender Bestseller, wie ihm Hasse Oja und die anderen vom Lokalsender versichert hatten, aber zunächst musste er erst einmal fertig geschrieben werden. Sollte er den Zwischenfall mit Ragnar Lassinantti und Kekkonen mit reinnehmen? Sicher, es war witzig, der reinste Galgenhumor, aber vielleicht doch zu weit unter der Gürtellinie?

Dagegen musste er auf jeden Fall von Gunnar Niska erzählen. Der Polizist hatte im gleichen Viertel gewohnt, war aber nicht gerade begeistert gewesen von der landläufigen Bezeichnung Vittulajänkkä, also Fotzenmoor. Sein Polizeikollege Sten Calla hatte laut getönt: »Nun komm schon, Gunnar, du wohnst doch selbst in Vittulajänkkä, du bist doch sozusagen *Vittulan porimestari.«* Und jetzt, nachdem Gunnar fort war, war es Paul Muotka, der den Titel im Volksmund übernommen hatte, der Bürgermeister des weiblichen Geschlechtsorgans. Was auf Finnisch natürlich besser klang.

Mitten in diesen Überlegungen kam Sonny Rantatalo über den Rasen herangeschlendert.

»Ja, ja«, sagte er, eine übliche Begrüßungsphrase unter den Tornedalern, die einander gut kannten. Nur eher unbekannten Personen gegenüber sagte man »Hej«.

»Nun«, erwiderte Paul ebenso höflich.

»Willst du für Esaias Vanhakoski übersetzen?«

»Ist das der Typ, den ihr festgenommen habt?«

»Ja, er möchte, dass Schwedisch für ihn in Meänkieli übersetzt wird.«

»Aber er kann doch beide Sprachen fließend, oder?«

»Er will uns ärgern«, erklärte Sonny grimmig. »Aber wir haben ja dieses Sprachengesetz. Der Anwalt hat es gefordert.«

Paul setzte sich seine Nickelbrille auf und fuhr sich mit den Fingern durch den grauen Haarschopf.

»*Mie tulen*«, sagte er.

Eine gute Stunde später konnte das Verhör wieder aufgenommen werden. Das Bandgerät drehte sich.

THERESE FOSSNES: Erzählen Sie mir, wo Sie sich in der letzten Woche aufgehalten haben.

PAUL MUOTKA: *Sano mitä sie olet tehny viimi viikon.*

ESAIAS VANHAKOSKI: *Mistäs tet löysittä kissan?*

PAUL: Wo habt ihr die Katze gefunden?

THERESE: In der Scheune.

PAUL: *Navetasta.*

ESAIAS: *Nistä paikkaa navetassa*?

PAUL: Wo in der Scheune?

THERESE: Darüber sprechen wir, wenn Sie mit uns zusammenarbeiten.

PAUL: *Met sanoma jos sie alat yhtheishomhiin meän kansa.*

(Schweigen.)

THERESE: Nun?

PAUL: *No?*

(Langes Schweigen.)

ESAIAS: *Mie olen ollu kotona.*
PAUL: Ich war zu Hause.

Anderthalb Stunden später machten sie eine Kaffeepause. Therese fühlte sich erschöpft, als zöge eine Sommererkältung auf. All dieses Finnisch. Eine Steinzeitsprache, dachte sie, rülpsende Diphthonge und hart rollendes R. Sie versuchte dem Dolmetscher zuzuhören, versuchte diese fremde Sprache rein musikalisch zu erfühlen, aber sie war stumm und tot. Therese verstand nur einzelne Worte, die aus dem Schwedischen entliehen sein mussten: *semesteri, arbetsförmeetlinki, viiteofilmi, bensiini.* Man nahm das schwedische Wort, fügte hinten ein i dran, und schwups wurde es finnisch. Esaias Stimme war dunkel und etwas rau, ab und zu hustete er, dabei starrte er unverwandt auf den Tisch und sprach irritierend langsam, als bräuchte er Zeit, um nachzudenken. Pauls Übersetzung kam schnell, sie hatte angenommen, er würde viel radiohafter klingen, nach all den Jahren als lokaler Rundfunkreporter. Aber im Gegenteil: Er hatte einen ausgeprägten Dialekt, als wäre sein Mund anfangs für das Finnische konstruiert worden, er schmetterte das Schwedische fast, als bliese er in eine Trompete.

Sie hatten sich auf das Alibi konzentriert. Es gab keins. Während des Marktwochenendes hatte der Festgenommene sich in Pajala aufgehalten, soviel war klar, aber was er genau gemacht hatte, das war nicht so einfach zu sagen. An einem Abend hatte er sich einen Videofilm bei OK ausgeliehen und ihn angesehen, allein, am anderen Tag hatte er angeblich geangelt oder war im Wald spazieren gegangen. Ein paar Freunde hatten ihn besucht, er hatte bei seinen Eltern vorbeigeschaut oder nach Reserveteilen für den Schneescooter telefoniert, den er gerade reparierte.

Er weigerte sich, einen Kommentar zu Axt und Messer abzugeben. Das Auto gehörte ihm, das gab er zu, aber was im Kofferraum gelegen hatte, dazu wollte er keine Angaben machen. Nicht, bevor sie ihm nicht von der Katze erzählt hatten.

Nach der Kaffeepause fingen sie noch einmal an. Therese spürte den Kaffeegeschmack auf der Zunge, sie bohrte ihren Blick in den Festgenommenen. Ungepflegt. Bartstoppeln und sonnengebräunte Wangen, aber eine fast weiße Stirn, wie man sie bekommt, wenn man immer eine Mütze trägt. Grobporige Nase, ölige rote Lippen, die sich nach einem Snus sehnten. Er war keine Schönheit, aber direkt hässlich war er auch nicht, er hatte etwas Wildes, Spannendes an sich. Er ähnelte einem dieser jungen TÜV-Angestellten, die man für sich zu gewinnen versuchte, aber sofort vergaß, sobald das Auto die Untersuchung bestanden hatte. Austauschbar. Unterklasse, dachte sie. So sieht es hier oben aus. Billiger finnischer Wodka und Canal Plus.

Aber gleichzeitig gab es da etwas Verschlagenes. Er war nicht zu fassen, wie eine eingeseifte Schildkröte war er, man rutschte mit den Fingern vom Panzer ab. Genau wie Sonny gesagt hatte – er wollte sie ärgern. Er hatte Garam Masala in der Speisekammer und einen hübschen Hintern. Jetzt fangen wir aber an, dachte Therese.

»Die Katze lag in einem der Milcheimer«, sagte sie. »Lundin hat sie gefunden, sie war vollkommen mumifiziert, nur noch die Knochen und das Fell.«

»Vielleicht hat sie ja Ratten gejagt«, schlug Sonny vor. »Und dabei ist sie reingefallen und konnte nicht wieder raus.«

Esaias starrte auf einen Punkt an der Wand. Während Paul Muotka übersetzte, holte Sonny ein kleines Halsband aus rotem Leder hervor. Mit Filzstift stand »Issi« darauf. Er legte es auf den Tisch. Esaias Hand begann sich zu bewegen, sie kroch wie eine Spinne vor und ergriff die kleine Metallspange. Fingerte mit den schwarzgeränderten Fingernägeln daran herum. Therese sah, wie sich das Tauwetter näherte.

Gleich weint er, dachte sie und hielt den Atem an. Gleich löst sich alles.

»Was haben Sie von Martin Udde gehalten?«, fragte sie.

»Se oli…«, setzte Esaias an.

»Können wir das nicht auf Schwedisch machen«, unterbrach sie ihn und versuchte ihre Stimme so weich und mütterlich wie möglich klingen zu lassen.

»Ruottiksi«, übersetzte Paul Muotka geduldig. *»Kiitos.«*

»Roåtixi«, wiederholte Therese. *»Roåtixi, gidås…«*

Esaias hob den Kopf und starrte sie plötzlich geradewegs an. Klare blaue Augen, die tote Eishaut leuchtete auf und schmolz, der Blick wurde mit einem Mal vollkommen weich und offen. Darin liegt Wehmut, spürte sie, Trauer. Und Intelligenz.

Finnisch, dachte sie. Das ist das erste Mal in meinem Leben, dass ich Finnisch gesprochen habe.

»Issi war wie verrückt hinter Ratten her«, sagte er zögernd.

Sein Schwedisch war fehlerfrei, hatte jedoch etwas Schweres, Wiegendes an sich mit dicken Konsonanten und betont offenen Vokalen. Nicht Ingemar Stenmarks Dialekt, dachte sie. Nicht so tänzelnd und weich, sondern eine steifere Zunge weiter hinten im Mund.

»Gidås«, wiederholte sie.

»Kiitos«, korrigierte er ihre Aussprache. »Zwischen g und ka, zwischen Ecke und Egge.«

»Kidås«, versuchte sie. *»Kiitås.«*

Eino und Sonny war der Unterkiefer heruntergefallen, sie schielten zum Anwalt und zum Dolmetscher hinüber. Therese brachte sie mit einem kurzen Seitenblick zum Schweigen und fuhr ebenso sanft fort:

»Wie gut kannten Sie Martin Udde?«

»Geht so.«

»Aber Sie wussten, wer er war?«

»Mm.«

»Was hielten Sie von ihm?«

»Er war ein Schwein.«

»Ein Schwein?«

»Er war böse. Ein böser Mensch.«

Kenneth Mikko räusperte sich und beugte sich über das Aufnahmegerät:

»Ich würde mich gern mit meinem Mandanten besprechen …«

Esaias Vanhakoski schaute sich trotzig im Raum um.

»Ihr wisst alle, wie er war. Er hat die Leute getriezt, als er noch Zöllner war. Und als er in der Jugendbehörde saß, verdammt, wie hat er da seine Macht genossen. Ist bei armen Familien aufgetaucht und hat sie gedemütigt, das hat ihm gefallen.«

»Es wird behauptet, Sie hätten ihn bedroht«, sagte Therese.

»Es wird so viel behauptet.«

»Udde hat Sie wegen Bedrohung angezeigt. Offensichtlich gefielen Ihnen seine Ansichten hinsichtlich des Tornedalfinnischen nicht?«

»Jetzt brechen wir lieber ab«, warf Kenneth Mikko ein.

»Der Alte hat das Meänkieli gehasst«, sagte Esaias. »Er hat versucht, alles kaputt zu machen, was wir erreicht haben.«

Genau in dem Moment klingelte Eino Svedbergs Handy. Eino versuchte so zu tun, als wenn nichts wäre, bis ihn alle im Zimmer mit größter Verwunderung ansahen. Wie ein großer, irritierter Bär tapste er hinaus. Kurz darauf war er zurück und winkte Therese und Kenneth Mikko zu sich. Sie folgten ihm nach draußen. Eino gab Therese das Telefon, sie lauschte, reichte es dann an den Anwalt weiter.

»Jaha?«, fragte Eino.

»Tja, das war's dann wohl«, sagte Kenneth Mikko.

Therese ging zurück ins Vernehmungszimmer und räusperte sich.

»Das war der Staatsanwalt. Das Labor hat die vorläufige Analyse beendet. An der Axt war tierisches Blut. Genauer gesagt Elchblut.«

»Sowie Elchhaar«, schmunzelte der Anwalt wie ein Weihnachtsmann. »Sie können nach Hause gehen, Esaias.«

»Berrgele«, dachte Therese.

13

Am gleichen schönen Abend um zwanzig nach sieben parkte ein schwarzglänzender Mercedes vor einem finnischen Rauchstubenhaus im Ort Laukuluspa, dreißig Kilometer westlich von Kiruna Richtung Nikkaluokta. Der 69jährige Sune Niska saß in seinem alten Duxsessel, kaute auf seiner russischen Pfeife und schaute sich die Lokalnachrichten an. Ein Tanklastwagen war am Måttsund umgekippt. Das gesamte Fahrzeug war von einem Berg von Schaum bedeckt, ein Feuerwehrmann wurde interviewt, er bewertete die Explosionsgefahr als hoch. Sein Kirunadialekt schlug durch, es war wohl zwanzig Jahre her, seit er nach Luleå gezogen war. Lage, der jüngste Sohn des Bruders. Ein guter Junge. Das Bild war etwas körnig, Sune stand auf und justierte die Tischantenne. Im gleichen Moment merkte er, dass jemand das Haus betreten hatte.

Es war eine Frau in einem hellen Sommermantel. Dünne Autohandschuhe, auf dem Handrücken perforiert. Große, viereckige Brille, die das halbe Gesicht verdeckte. Sie zeigte auf ihren Hals und tat so, als leere sie ein Glas. Wasser, dachte Sune. Sie muss wohl durstig sein.

Er schlurfte auf seinen Pantoffeln in die Küche. Holte ein Duralexglas aus dem Küchenschrank und drehte den Wasserhahn auf. Ließ das Wasser eine Weile fließen, damit es kalt wurde. Sie nahm das Glas, behielt dabei aber die Handschuhe an. Trank nicht, lächelte aber zum Dank. Es blitzte zwischen den Lippen auf, sie hatte Goldzähne. Sie ist wohl Russin, dachte er. Er hatte Ähnliches bei Damen in Murmansk gesehen, bei einer Busreise dorthin mit alten Kommunisten.

»Kak dila?«, versuchte er es mit seinem Touristenrussisch.

Sie antwortete nicht, trat aber näher. Machte wieder eine Handbewegung zum Mund hin, griff ihn am Arm. Ob sie hungrig war, wollte sie etwas essen?

Sune wand sich aus ihrem Griff und ging zum Fernseher zurück, er wollte das Wetter nicht verpassen. Aus dem Augenwinkel heraus nahm er flüchtig eine Bewegung wahr. Jemand stand im Schlafzimmer. Verblüfft ging er hin und sah einen fremden Mann in der untersten Kommodenschublade wühlen. Er war lang und mager, mit schwarzem Schnurrbart und Sonnenbrille. In der Hand hielt der Mann etwas, das glänzte. Er hatte die LKAB-Uhr gefunden. Echtes Gold, der Name der Firma war eingraviert, nach 33 Jahren in der Grube zur Pensionierung überreicht.

»Verdammt noch mal!«, rief Sune aus und trat einen Schritt näher, genau als die Flasche fiel. Sie kam mit rasender Fahrt direkt vom Himmel, von hinten, und traf seinen Schädel, dass das Zimmer explodierte. Und gleich folgte der nächste Schlag. Er sah, wie die Frau direkt hinter ihm trippelte und die Flasche ein drittes Mal hob.

Sune Niska dachte, *tällä laila*, jetzt also. Jetzt also ging es ans Sterben. Er hatte schon einmal so gefühlt. An einem Freitagmorgen war es gewesen, 686 Meter über dem Meeresspiegel, im brüllenden Erz, er war dabei, 25-Tonnen-Fördereimer zu füllen. In der Luft lag nach der nächtlichen Sprengung noch ein leichter Brandgeruch. Die Nacht der Berge von allen Seiten, das raue Eisen des Bergs. Scheinwerfer huschten über die Erzmassen. Das Hinterrad stieß sich mit seiner Urkraft ab. Und dann ein Geräusch. Mitten im Lärm. Ein kleiner Schlag aufs Dachblech, ein leichter Hall dort oben. Sune hielt inne. Mehr geschah nicht, und er wollte eigentlich schon weitermachen. Aber da war etwas in der Luft, eine Unruhe. Ein Druck.

Er fuhr zurück, obwohl der Fördereimer noch nicht ganz voll war. Hinterher sollte er nie sagen können, warum, es war einfach so ein Gefühl gewesen. Als hätte er gefroren. *Vilustaa.*

Als er dreißig Meter zurückgelegt hatte, begann die Lawine zu rollen. Ohne nachzudenken, trat er das Gaspedal bis zum Boden durch. Die Maschine schoss rückwärts in den Tunnel hinein, während sich die Decke löste. Der ganze Himmel öffnete sich und fiel, er war eine surrende Hummel im Maul eines Riesen, die versuchte, zwischen den Lippen herauszukommen, weg vom Transportbereich. Im letzten Moment gelang es ihm herauszukommen, und alles wurde zu einer einzigen Staubhölle. Wie gelähmt blieb er in der Fahrerkabine sitzen und spürte sein Herz, diesen runden Muskel, wie es in der Brust schlug. Eine Sekunde später, und er wäre zu Brei zermalmt worden.

Aber jetzt war das Ende gekommen. Jetzt sollte er also sterben. An einem ruhigen Sommerabend, während der Wetterbericht im Hintergrund murmelnd verkündete, dass Regen zu erwarten war. Er parierte mit dem Arm, so dass die Flasche den Türrahmen traf. Das Glas zersplitterte und verwandelte die Flasche in ein hässliches gezacktes Messer. Und jetzt trat der Mann hinter ihn, umfasste ihn und drückte ihm seine starken Arme auf den alten Brustkorb. Jetzt war es zu Ende.

Die Frau hielt ihm ein paar Münzen vors Gesicht und zielte drohend mit der Flasche auf ihn. Geld, natürlich, Geld wollte sie haben. Scharfe Glasspitzen zuckten dicht an der nackten Haut, an Knorpel und Augen.

»Ich habe kein Geld…«

Sune jammerte, alles drehte sich in seinem Kopf. Resigniert gab er auf, gegenüber der Übermacht verließen ihn all seine Kräfte. Die Frau holte eine Nylonschnur heraus. Sie wollten ihn fesseln. Sie würden es in aller Ruhe aus ihm herauskriegen. Kein Grund zur Eile, hierher würde die ganze Nacht niemand kommen. Das magere Kerlchen schubste ihn vor sich her, sein Mund schlug gegen die Tür. Sune hörte das Knacken, als die Prothese zerbrach. Er spuckte ein paar klebrige Splitter aus. Wie unnötig, Prothesen waren doch so teuer. Der Mann schubste weiter. Sune konnte seine Schuhe unter sich sehen. Schwarze, schmale, moderne Dinger. Dünnes Oberleder. Weich und leicht. Die Frau band eine Schlinge. Sie kam auf ihn zu, wollte sie ihm um den Hals legen. Zuziehen. Und dann ein wenig lockern. Wieder zuziehen, noch etwas fester.

Sune beugte sich vor, als wäre ihm übel, hustete ein weiteres Prothesenstück aus. Es fiel weich zu Boden. So wird es sein, dachte er. Der Schwindel wich von ihm, er konnte etwas klarer sehen. Den Linoleumfußboden unter sich. Die Fußspitzen des Mannes. Sune zog das rechte Bein hoch. Sammelte alle Kraft in der Hacke, verwandelte den Fuß in einen Vorschlaghammer. Und dann trat er zu. So fest er konnte auf die Zehenknochen des Mannes. Merkwürdigerweise schrie der Mann nicht. Stattdessen zischte er, als ginge ihm die Luft aus. Sune spürte, wie der Ringergriff sich lockerte, und befreite sich mit einem heftigen Ruck. Wie ein Elch senkte er den Kopf und ging auf die Frau los. Er traf sie an der Brust, die weich war und teigig. Überrascht fiel sie auf den Rücken. Hinter Sune sammelte sich der Mann zu einem neuen Angriff. Sune drehte sich um und sah, wie die Flasche geschwungen wurde. Er parierte und bekam das Handgelenk zu fassen. Drückte es mit aller Kraft nach außen. Der Mann stolperte nach hinten, überrumpelt und wütend, versuchte ihn mit der Flasche zu treffen. Der Kastenstuhl, dachte Sune. Ich muss Richtung Kastenstuhl arbeiten.

Der stand an der Küchentür. Sune nutzte seine ganze Körperkraft und drückte nach vorn. Der Mann bekam den Stuhl in die Kniekehle und verlor das Gleichgewicht. Sune hielt sich an ihm fest, ihr doppeltes Gewicht ließ sie zu Boden fallen. Der Hinterkopf des Mannes donnerte auf den Linoleumboden, die Sonnenbrille flog ab, das Weiße im Auge war zu sehen, die rosa Zunge. Der Mann verzog das Gesicht und versuchte die Flasche in Sunes Bauch zu bohren, Sune parierte, spürte aber, wie die Scherben sein Hemd aufschlitzten. Er hob seine alte Bergarbeiterfaust. Wie beim Tanz in Tuolluvaara 1959, dachte er. Jonas Lehtipalo und er selbst im Schneetreiben. Die Faust fiel herab. Beim vierten Schlag wurde es ruhig da unten, der Schnurrbart des Mannes hatte sich gelöst und hing schief am Klebstoff. Hinter ihm stand die Frau und hob den Kastenstuhl. Socken und Handschuhe fielen heraus, kullerten zu Boden, sie zielte auf Sune, schräg von oben. Auf seinen Schädel. Er versuchte den Schlag mit dem Arm zu bremsen, es gelang ihm, zur Seite zu rollen, bekam das Gewicht schräg aufs Schulterblatt. Er fiel ganz zu Boden, knurrte vor Schmerzen. Sie hob wieder den Kastenstuhl. Sune ergriff die abgeschlagene Flasche, die auf dem Boden entlangrollte. Spannte seinen schmerzenden Arm an. Und dann stieß er zu. Bohrte die Spitzen tief in ihre Wadenmuskeln. Sie blieb reglos stehen, den Stuhl in den Händen, und keuchte nur. Die Farbe floss aus ihr heraus, im nächsten Moment war sie ganz weiß im Gesicht. Schwankte. Ließ den Stuhl fallen. Stützte sich an der Küchenwand ab.

»Gib mir die LKAB-Uhr zurück«, sagte Sune müde.

Sie verlagerte das Gewicht verblüfft auf das gesunde Bein. Schaute nach unten, sah, wie sich ihre helle Sommerhose rot verfärbte. Der Mund wurde unbeholfen in Zickzackform geschlossen. Hüpfend drehte sie sich um, trippelte auf einem Bein wie ein Vogel, stützte sich an Regalen und Wänden ab und erreichte überraschend schnell die Haustür. Sune streckte vorsichtig seinen geschundenen Körper, verzog das Gesicht, holte die letzten Reste der kaputten Zahnprothese heraus und legte sie auf den Spültisch. Blut und Spucke bildeten einen langen Faden. Er schaute sich suchend um, sein Blick fiel auf den Hammer des Vorsitzenden. Der stand auf der Fensterbank, sorgsam geschnitzt von Rolf Suup, aus Geweih und Birkenwurzel. Als Dank von

Kiruna AIF, stand eingraviert darauf. Der Schaft lag weich wie Samt in der Hand.

Die Frau hatte die Autotür öffnen können und zwängte sich auf den Fahrersitz. Eine dicke Blutspur schlängelte sich über den Hof.

»Schtehnbleiben!«, nuschelte er ohne Zähne im Mund und eilte zu ihr. Sie schloss die Wagentür von innen und zog den Zündschlüssel heraus, ihr Haar fiel ihr vors Gesicht, lang und blondiert. Sune rüttelte am Türgriff, klopfte gegen die Scheibe. Mit zitternden Handschuhen bekam sie den Schlüssel ins Zündschloss, der Motor startete mit einem Brummen. Sune trat einen Schritt zurück und schlug mit dem Vorstandshammer zu. Das Seitenfenster zersplitterte. Mit Panik im Blick schaffte sie es, den Gang einzulegen, und versuchte mit dem gesunden Fuß Gas zu geben. Sune steckte die Hand in den Wagen und packte sie beim Haarschopf. Der löste sich. Mit der Perücke in der Hand stand er da, während das Auto im ersten Gang davonzuckelte. Er trottete hinterher und hatte sie schon bald eingeholt, während ihr gesunder Fuß hektisch zwischen Kupplung und Gaspedal hin und her wechselte. Erneut mit der Faust durch die Scheibe hinein, der Hammer, der gegen die Schläfe schlug. Wie eine Stoffpuppe sank die Frau über dem Lenkrad zusammen. Das Auto tuckerte und rollte weiter. Langsam fuhr es über den Hof, während Sune dastand und keuchend nach Luft rang. Der Wagen kroch auf den Kartoffelacker zu, neigte sich zur Seite und fuhr mit hüpfender Federung über das Feld, wie ein alter Trecker, auf den Waldrand zu, an diesem sonderbar ruhigen Sommerabend.

14

Esaias Vanhakoski schlug die Türen des Gerichtsgebäudes auf und atmete tief durch, sog befreit den Sommer in sich ein. Dann breitete er die Arme wie ein Musicalsänger aus, nahm elegant Anlauf mit einem Bein und hob von der Steintreppe ab. Einen ganzen Meter, senkrecht in die Luft, wie von einem großen Trampolin, was für ein Riesensprung, der reinste Katapultsprung, der ihn immer höher führte, jetzt bereits vier Meter über den Boden, und immer weiter hinauf, wie ein Stein in einem Katapult, hoch über die Ebereschen und den Soltorget mit Freilichtbühne und Sonnenuhr, ein zischender Feuerwerkskörper am blauen Himmel mit dem gesamten Zentrum von Pajala wie ein Autospielteppich unter sich, ein segelnder Rabe mit einem sanften Wind von Finnland, und weit dort unten ist Joakim Niemi zu sehen, wie er sein Fahrrad am Torgkiosk abstellt, um seinen Wettschein abzugeben, Matti Kauppi tritt mit verwundertem Blick aus seinem Kleidergeschäft heraus, hinten am Bykrogen steht Per-Arne Ylipää und zeigt erstaunt nach oben, ruft über die Kreuzung hinweg Anders Karvonen etwas zu, der vor dem Farbengeschäft eine Tüte mit Gips fallen lässt, und vorm Ica steht Sara Forsström mit Sonnenleuchten in ihrem Luciahaar, während Kurt hinten an Nygårds Baumarkt Holzlatten abliefert, und Esaias steigt höher und immer höher, hoch über den Friedhof, auf dem Lars Levi Laestadius' Grabplatte wie eine graue Briefmarke im Gras liegt, weiter bis zum Kirchturm mit seinem glänzenden Goldkreuz, es folgt ein Bogen um die Häkelnadel des Blitzableiters, und dann geht es hinaus über den Fluss, hoch über den Fluss, über den blau getönten Torneälven mit seiner Pylonbrücke wie eine enge Haarspange, der wogende Fluss, die sich ruhig dahinschlängelnde Wasserkette, die sich durch die Wälder erstreckt, bis sie plötzlich zu Schnellen gepeitscht wird, zu geiferndem Schaum in der Stromschnelle von Kengis, wo Björn Solberg an einem Kabelgraben steht und eine Kupfermünze in der Hand dreht, ganz klein und angelaufen, aus uralten Zeiten, und da wenden wir abrupt in einer aufbrüllenden Bremsschaltung, die G-Kraft schwer wie eine Autobatterie auf dem Brustkorb, und öffnen die Klappe zur Nachbrennkammer, so dass der Himmel weiße Kreidestreifen von den Jetstrahlen bekommt, zurück zur Stadt, eine lärmende Mig, die auf den Boden zusteuert, eine Missil aus Silber, die sich auf Kopfhöhe nähert, nein, tiefer, sie streift den Asphalt des Stengborgsvägen und fegt den Staub mit ihrer Druckwelle fort, dass die Scheiben erzittern und zu platzen drohen, ein brüllender Donnerkeil fährt durch das Viertel, dicht an den Hausfassaden vorbei, dass die Holzwolle in den Wänden erzittert, Blumentöpfe herunterfallen und zerbrechen, dass Hunde aufheulen und sich verstecken, sich das Laub aus den Traubenkirschen löst und im tornadogleichen Rücksog wirbelt, bis die Schnauze sich wieder hebt und in die Luft zeigt, sich wie im Pulverschnee herausgräbt, bis die Skispitzen nach draußen ragen und er wie ein finnischer Skispringer über das betagte Altersheim Solåsen segelt, vornübergebeugt in seinem silberblauen Trainingsanzug, in einem weiten Bogen über das Gemeindebüro, vor dem Bengt Niska rittlings auf seinem Fahrrad sitzt, und wir spüren den Wind, den Wind der Freiheit, und genau in dem Moment lösen sich die Skier und fallen hinunter wie japanische Essstäbchen in der kleinen Wasseransammlung der Sonnenuhr, und kurz vor dem Aufprall sieht man, wie sich eine Haut über dem Himmel entfaltet, ein weitgestreckter Traum aus Dacronfiber und Seide, und sanft wie eine Samenkapsel sinkt Esaias Vanhakoski mitten in den aufgeschlagenen Blütenblättern des Fallschirms zur Erde, und wie baumwollweiche Stempel treffen seine Füße mit einem Seufzer auf die Treppe des Gerichtsgebäudes.

Esaias spürte den Wind im Haar. Er ging nach Pajala hinein. Es war ein östlicher Wind, er kam aus Finnland.

Therese sah ihn verschwinden, die Jacke lässig über die Schulter geworfen. Nicht ein einziges Mal schaute er sich um.

»Glaubst du, er war es?«, fragte Eino.

Sie riss sich vom Fenster los, massierte die Schläfen.

»Ich weiß es nicht«, antwortete sie. »Glaubst du es?«

»Er hat den Alten gehasst«, sagte Eino.

Sie schaute noch einmal Esaias hinterher, seinem geschmeidigen Gang. Seiner Taille und seinem festen Hintern. Er hatte etwas Besonderes an sich. Eine bestimmte Farbe.

(UMFRAGE)

THERESE

Doch, vielleicht. Aber nur im äußersten Notfall. Angenommen, man freundet sich mit einem netten, aber sehr ängstlichen Mädchen an, nennen wir sie Doris. Sie hat eine geheime Telefonnummer und will nicht verraten, wo sie wohnt. Aber man kriegt es trotzdem heraus und geht eines Abends zu ihr nach Hause. Da steht ein BMW-Cabrio vor dem Haus. Und als man näher kommt, entdeckt man, dass die Terrassentür aufgebrochen ist. Im Wohnzimmer steht ein Kerl in einem eleganten Mantel, der aussieht wie ein Schwein. Sein Kopf ist rasiert, so dass sich die Fettrollen gut sichtbar im Nacken wölben. Er redet mit ihr. Sie liegt auf dem Boden, mit frischen Verletzungen im Gesicht, sie ist vollkommen still, hört ihm aufmerksam zu. Er sagt mit leiser, ruhiger Stimme, dass sie eine Hure ist, ein billiges Luder und so weiter, und dass er sie umbringen werde. Man bekommt den Eindruck, dass die beiden einander gut kennen. Dass er lange nach ihr gesucht hat. Sie bewegt sich nicht, starrt ihn nur mit schwarzen Pupillen an, um zu sehen, wann er wieder zutritt.

Man läuft zum Gartenschuppen, überlegt und nimmt dies und das zur Hand. Der Spaten ist zu schwer, der Rechen zu lang und zu leicht, aber da gibt es eine griffige Gartenaxt, die perfekt in der Hand liegt. Ganz leise schleicht man durch die Terrassentür hinein. Er hat sich auf sie gelegt und seine Anzughose heruntergezogen, sein behaarter Arsch wippt auf und ab. Hin und wieder ohrfeigt er sie, dass es von ihrem

Gesicht spritzt. Sie hat die Augen geschlossen, wirkt sonderbar unberührt. Man zielt auf die Fettrollen in seinem Nacken oder genauer gesagt direkt darüber. Dreht die Axt, um nicht mit der Schneide zu schlagen. Die stumpfe Seite ist besser. Nicht so schwer sauber zu machen. Man hebt das Werkzeug bis über die Schulter hoch, spannt die Muskeln an und zielt. Er merkt nichts. Doch genau in dem Moment öffnet sie die Augen und schaut. Starrt über seine Schulter hinweg. Er hört auf zu wippen. Dreht sich halb um. Und gerade in dem Moment saust die Axt hinunter, kommt Fahrt in den eisigen Eisenkeil.

Das Merkwürdige bei dieser Sache ist, dass ich gegen die Todesstrafe bin. Niemand hat das Recht, Gott zu spielen. Das widerspricht allem, was ich glaube, ist vollkommen tabu, und dennoch will mein Körper nur eins: zuschlagen.

SONNY

Da stehe ich während der Propagandatage in Berlin. Ich gebe mich als Pressefotograf aus, aber in meinem Kamerastativ verbirgt sich eine geschickt eingebaute Pistole. Der Kanzler posiert vor einem Architekturmodell der neuen Hauptstadt Germania, die er erbauen lassen will, er spannt die Muskeln an in seiner Uniform, vor der Gruppe extra eingeladener Journalisten, die Zugang haben, und ich richte mein Objektiv auf seinen Kopf. Der Abstand beträgt nur vier Meter, und ich ziele direkt auf den Kopf, genau oberhalb des merkwürdigen, geradezu verstümmelten Schnurrbarts. Es ist das Jahr 1938, November, und in den nächsten Jahren werden sechs Millionen Juden und Andersdenkende ermordet werden. Das hat er bereits entschieden. Er hat sich das Recht genommen, das Recht des Allmächtigen, zu strafen und zu vernichten. Doch in diesem Augenblick steht er selbst auf der Schwelle. Er weiß es nicht, aber seine Stunde hat geschlagen. Er befindet sich auf der einen Waagschale, ein einsamer Herr in Uniform. Die andere Waagschale ist bis zum Rande gefüllt mit Menschenmassen, auf die schreckliches Leiden und der Tod warten. Eine der Schalen muss geleert werden. Die andere kommt frei.

Ich stehe so nahe, dass ich den Geruch des Mannes wahrnehmen kann. Leder und Pomade. Und Magensäure. Ein leichter Hauch von frischem Aufstoßen. Er ist gehetzt, hat so viel zu erledigen. Über sechs Millionen kleine Angelegenheiten warten.

Mein rechter Daumen liegt auf dem eingebauten Abzug. Die Entscheidung liegt dort. Im nächsten Moment wird der Mann in die Halle mit arischer Kunst gehen, dann ist es zu spät. Nur jetzt, in genau diesem Moment, kann ich abdrücken. Auf diese kurze Entfernung ist es unmöglich, ihn zu verfehlen.

ESAIAS

Ich war sechs Jahre alt, als ich es zum ersten Mal getan habe. Papa und ich waren mit dem Boot unterwegs, und ich durfte meine eigene Angel halten. Dieses Gefühl, wenn die Spule erzittert, geradezu elektrisch in der Hand. Ich wusste nicht, was ich tun sollte, traute mich nicht einmal zu rufen, bis Papa merkte, was los war. Sofort hörte er auf zu rudern und holte die Schnur ein, und am Ende saß ein kleiner, zappelnder Silberkörper mit einer Fliege im Mundwinkel. Papa löste den Haken und gab mir den Fisch. Zeigte, wie ich ihn halten sollte, mit dem Bauch nach oben. Und schlug den kleinen Fischnacken gegen das Sitzbrett.

Ich versuchte es auch. Er startete den Bootsmotor, damit wir nicht mit der Strömung mitgerissen wurden. In der Hand hielt ich ein kleines, glitschiges Fischlein. Ich ließ es fallen und sah, wie es im Wasser im Boot zappelte. Papa ließ mich machen. Ich drückte fest mit beiden Händen zu. Ein bisschen Fischscheiße wurde herausgepresst. Dann schlug ich mit langsamen, unbeholfenen Bewegungen zu. Spürte, wie das Zappeln stärker wurde und dann erstarb. Mit einem leichten Zittern verschwand.

Papa sah zu, sagte aber nichts. Er fuhr langsam gegen die Strömung. Er lobte mich nicht, gab keinen Kommentar ab. Aber es gab etwas Neues zwischen uns, etwas Starkes. Eine ungewohnte Wärme, die uns zusammenhielt.

Wir kamen an Land, und Papa säuberte seinen Fang. Als nur noch meine Äsche übrig war, reichte er mir sein Messer. Der Schaft war noch warm von seiner Hand. Er zeigte mir, wie man schuppt, und wartete dann geduldig, obwohl es seine Zeit dauerte. Die glänzenden Fischschuppen spritzten hoch wie Glitter. Dann musste ich den Fischbauch öffnen. Ungeschickt stach ich die Messerspitze hinein und drückte sie von den Brustflossen bis zum Darmausgang, so dass sich die weiche Bauchhaut öffnete. Papa zeigte mir, wie ich all die violetten, weißen und roten Tüten da drinnen herausschaben musste und den kleinen Kopf mit den Kiemen abschneiden konnte. Zum Schluss wurde der Körper im Flusswasser abgespült und das Blut mit meinem Jungendaumen von der Mittelgräte weggekratzt. Dann hielt ich ihn einfach nur in der Hand. Eine kleine, weiche Tüte, ganz kalt. Ich zupfte an der Rückenflosse und zog sie vorsichtig hoch. Sie entfaltete sich wie ein dunkler, glänzender Fächer, überraschend groß, fast wie ein Flügel. Noch konnte ich das Zittern erinnern, dieses fast elektrische Gefühl. Aber jetzt gab es nur noch Schweigen. Etwas Glitschiges, das schwer in der Handfläche lag.

Als wir nach Hause kamen, kochten wir die Äschen, und Mama sagte nichts Besonderes zu unserem Fang. Aber dann legte sie mir meinen kleinen Fisch mit ein paar Kartoffeln auf den Teller. Und das war als Lob gedacht, so sah ein Lob in Tornedalen aus. Frisch gekochter, dampfender Fisch, ein wenig gekrümmt von der Hitze. Ich löste ein Stück Fleisch mit der Gabel. Schob es in den Mund, spürte den weichen Äschegeschmack. Ein weißer Geschmack, fast wie Regen.

»Der ist gut gesalzen«, sagte ich, wie ich es von den Erwachsenen gehört hatte, und beide, Mama und Papa, lachten. Ich aß das, was ich getötet hatte, und das war Tornedalen. Das war der Wald, das war der Fluss, und das waren meine ersten zehntausend Jahre.

II

15

Die Kerle sind wirklich anders hier, dachte Therese. Tornedalmänner. Sie schlenderte durch Pajalas kleines Zentrum, auf dem Weg zur Post, es war kurz nach zwölf Uhr, und es gab eine leichte Andeutung von Rushhour. Ein paar Autos standen an der Kauppiskreuzung, während andere Fahrzeuge den Kirunavägen entlangfuhren. Mittagszeit. Die Leute wollten sicher nach Hause und etwas essen. Die Autos sahen häufig neu aus. Wahrscheinlich hatten die Leute hier Geld, natürlich waren die sonstigen Kosten gering, die Häuserpreise betrugen sicher nur ein Zehntel gegenüber dem Süden. Und bestimmt waren so manche schwarz gebaut worden. Eine Hand wäscht die andere. Wenn du mir bei meinem Ferienhaus hilfst, dann bastle ich dir eine Homepage.

Die Gesichter der Männer fielen auf. Ihr Gesichtsausdruck. Sie hatten etwas Verschlossenes an sich, Autistisches. Es fehlten Gefühle, aber nicht so wie in der Stadt. Dort trugen die Männer auch Masken, aber mit diversen beweglichen Teilen. Mechanisches Lachen mit dem Kiefer, Stahlkugelaugen, die zwischen Kleidern und Rechnungen hin und her huschten, etwas Eckiges, Nervöses, was die Stimmen schrill klingen ließ. Macht und Ambitionen, und die stete Angst, abzustürzen, mit fliehenden Mantelschößen die Hochhausfassade entlangzufallen und zu reinem Dreck zermust zu werden.

Hier sahen die Visagen wie Kartoffeln aus. Kartoffeln mit Mütze und Kartoffeln ohne Mütze. Wenn sie sich in ihren Autos begegneten, grüßten sie einander mit einem merkwürdig verdrehten Seitennicken, es sah aus wie ein Tick, als würde der Kopf von einem Fußball an der Schläfe getroffen.

Vor dem Lebensmittelgeschäft saßen sie auf dem Fahrersitz, während die Frauen allein hineingingen, um einzukaufen. Sie brauchten einen Schutz. Sie wollten spüren, dass etwas sie umhüllte. Ihre Autos, das waren ihre Grotten, ihre Erdhöhlen, in die sie hineinkletterten, in denen sie sich nach dem Wehrdienst versteckten, ihr Jungenzimmer mit dem Schild an der Tür, dass Unbefugte sich fernzuhalten hatten. Wenn sie gezwungen waren, hinauszugehen, beispielsweise zur Schlange vor dem Geldautomaten oder beim Tanken, überfiel sie etwas Ängstliches, Scheues. Eine Schutzlosigkeit, ein krumm gebeugter Rücken, Schildkröten, die ihre Panzer verloren hatten. Sie lächelten nicht, das Leben war nicht so problemlos. Sie starrten aus den Augenwinkeln in alle Richtungen, um eine mögliche Gefahr zu wittern. Wenn sie sich außerhalb ihrer Autos befanden, sah man nie dieses seitliche Nicken, stattdessen nahmen sie miteinander Kontakt durch eine Art schneller Grimassen auf. Jaha. Du auch hier. Keine offensichtliche Herzlichkeit, kein Handschlag, keine eingeübten Gesten, nur Signale dahingehend, dass man einander wiedererkannte und sich nicht feindlich gesonnen war.

So sind sie hier geworden, dachte Therese. Männer, denen der Ehrgeiz fehlt. Ihr Fleisch wird schlaff, sie werden schlaff im Geist, sie haben vor dem Leben selbst resigniert. Wenn sie eine unbekannte Frau wie Therese entdeckten, wurden sie gestört. Entweder drehten sie sich daraufhin in ihre Richtung und glotzten, ohne auf die Idee zu kommen, zu grüßen oder sich vorzustellen. Oder sie taten, als wäre sie unsichtbar. Sie wurde zu Luft, nein, schlimmer noch, sie wurde zu einem Loch in der Luft, und ihre steife Körpersprache entlarvte sie, zeigte, wie groß ihre Angst war, aufgesogen zu werden. Und wenn sie endlich doch eine ledige Frau fanden, dann war es vermutlich eine Cousine. Inzucht. Verdammte Provinz, dachte sie, man schrumpft. Je mehr Platz es gibt, umso weniger wird aus den Menschen. Wenn man sich ein Weibchen beschaffen kann, ohne sich kämmen zu müssen, dann begnügt man sich damit, ein Tier zu bleiben.

Und in diese Brühe purzelte nun sie hinein. Nicht nur eine Frau, sondern auch noch eine starke Frau. Eine verdammt starke Frau. Eine, die mehr Liegestütze schaffte als sie, eine, die besser schoß als sie, die besser Auto fahren konnte, die eine längere Ausbildung hatte und einen feineren Geschmack, was die Kleidung betraf. Sie liefen da mit ihrer Stempelkarte und Krankschreibung herum und glaubten, dieser kleine Wurm zwischen den Beinen machte sie überlegen. Während sie die meisten beim Armdrücken besiegen würde.

Man merkte den Männern hier an, dass sie die Verlierer waren. Sie waren diejenigen, die übrig geblieben waren. Die Stadt, die Zivilisation, hatte ihren Magneten hingehalten, und alle, die stark genug waren, waren mitgezogen worden. Aber die Kerle hier, die hatten zu wenig Eisen in sich. Sie hatten sich mit dem Erstbesten begnügt, das war ihr Fehler. Einige hatten versucht, weiter im Süden zu leben, hatten ein Zimmer zur Untermiete in Fruängen oder Norsborg gemietet und festgestellt, dass sie es nicht schafften. Das Stadtleben war hart, und sie waren wie die Kinder. Viel zu weich.

Sie ging zum Postkiosk. Es gab keine Schlange. Keine Wartenummern. Nur eine Dame mit Brille, die hinter dem Plexiglas saß und wartete, und innerhalb von fünfzehn Sekunden hatte Therese Briefmarken gekauft und die Ansichtskarte für Doris frankiert. Es ging so schnell, dass sie sich hereingelegt fühlte. Sie warf die Karte in den Briefkasten vor der Tür und sehnte sich nach Sushi. Mit viel Wasabi im Soja und grünem Tee und diesem Ingwerdessert, eingerollt in geröstete Sesamsamen. Und nach jemanden, mit dem sie reden konnte.

Es wurde Zeit, Kinder zu bekommen. Sie war 33. Die Uhr tickte, und mit jeder Menstruation gab es ein Ei weniger im Körper. Sie dachte an Thommi und spürte, wie eine heiße Woge bis in die Achseln hinaufströmte.

Sie hatte ihn bei einem Kneipenbummel zusammen mit Doris kennengelernt. Es war kurz nachdem Doris geschützte Daten bekommen hatte, und die beiden waren ausgegangen, um die neue Freiheit zu feiern. Doris war ganz in Weiß gekleidet, La Dolce Vita, ein unschuldiges Waldweibchen mit überschminkten blauen Flecken. Ihr verschleierter Blick wanderte im Lokal herum und fing das Aufblitzen aller Männchen ein, aus ihren Drüsen stiegen wahre Wolken an Pheromonen, und dann all die Haut, die sie zeigte. Alle Männer, die an ihr vorbeigingen, erhielten ein angedeutetes Ja, und innerhalb einer halben Stunde hatte sie eine sagenhafte Prügelei veranlasst, mit ihr selbst auf dem Thron in der Mitte. Testosteron und Blut spritzten umher, zwei Türwächter sprangen hinzu und machten das Ganze nur noch schlimmer, während Doris wie üblich verschwand. Sie kehrte allen den Rücken zu und machte sich unsichtbar, verdampfte wie Rauch, und als Therese draußen zur Taxischlange lief, gab es niemanden, der sie gesehen hatte. Unter ihrer geheimen Handynummer war nur ihre Anrufbeantworterstimme zu hören, wie eine Katze, ein einsames kleines Kätzchen.

Therese ging allein weiter in die Stadt hinein, die Taschen voller männlicher Gewalt. Sie versuchte, sie abzuschütteln, doch sie blieb an ihr haften. Klebrige Spermienflüssigkeit, harter Rotz. Sie wurde an der Schlange vorbei ins Karma hineingelassen, nachdem sie diskret ihren Polizeiausweis an der Tür gezeigt hatte, und versuchte sich dort zu amüsieren. Den Abend von neuem zu beginnen.

Da sah sie Thommi. Er saß ganz hinten an einem Tisch, ein langhaariger, schlaksiger Typ mit Pferdeschwanz und Hemdenkragen. Er sah aus wie einer der drei Musketiere in einem alten Kinofilm, nur der Degen fehlte noch. Äußerst umständlich fabrizierte er eine Zigarette mit Varaderotabak aus einer Silberdose mit Ornamenten. Er legte die ölig aromatisierten Streifen vornübergebeugt auf schwarzes Zigarettenpapier und blinzelte dabei wie ein Briefmarkensammler, rollte dann mit seinen langen Uhrmacherfingern eine dünne schwarze, fast obszöne Zigarrenzigarette zusammen. Therese schaute fasziniert zu. Sie hatte vor vielen Jahren aufgehört zu rauchen, aber jetzt spürte sie die Sucht nach dem Gift. Sie wollte den Stängel zwischen den Lippen spüren, ihn dort festhalten und saugen.

Sie hatten ein Taxi bis zum Engelbrektsplan genommen, er hatte sie zu einem vornehmen Portal von der Jahrhundertwende aus poliertem Marmor gelotst und den Eingang zu einer die Nacht über geschlossenen Computerberatungsfirma aufgeschlossen. Mit einer Plastikkarte und ein paar Knopfdrucken stellte er die Alarmanlage aus und führte sie vorbei an den ozeanblauen Ledersesseln des Empfangs und einer zenbuddhistischen Bürolandschaft mit echten Bambusgehölzen und Spalierlabyrinthen aus kunstvoll geschnitztem Mahagoni. Ganz hinten ein echter Matisse in Riesenformat, eine dieser naivistischen Collagen, wie er sie zuletzt gemacht hatte. Runde Krakenformen, vereinzelte Palmenkonturen.

»Wenn du wüsstest, was wir dafür bezahlt haben«, flüsterte er.

Als sie sprachlos darauf zuging, um es genauer zu betrachten, drückte er auf eine Fernbedienung. Das Bild hob sich mit einer leisen Melodie aus einer verborgenen Anlage zur Seite. Eine Schiebewand öffnete sich, und Therese glaubte in einem Film zu sein. Sie hatte ihn als Teenager gesehen.

»The man... with the... golden...«

Als Antwort gab er ihr einen Kuss in den Nacken, in die Grube direkt unter dem Haaransatz. Dann führte er sie hinein. Hielt sie am Arm, die Fernbedienung in der anderen Hand. Es war dunkel. Nein, ein aufsteigendes, meeresblaues Licht. Vögel. Brandung, die gegen schwarze Klippen schlug.

Ein weiterer Klick, und ein roter, angeschwollener Mond stieg aus dem Meer. Und jetzt waren kräftige Streicher zu hören. Waldhorn. Starke, hitzige Akkorde aus allen Richtungen, die beiden mittendrin. Er bohrte seinen Zeigefinger in ihr Haar, drehte eine Locke fest.

»Aus der Neuen Welt«, flüsterte er. »Du stehst mitten auf der Bühne des Metropolitan, unsere japanischen Kunden lieben das.«

Er zog sich zwischen den Schatten aus. Mit einer gleitenden Bewegung sank er in das Dunkel des Bodens, und sie sah, wie es zu schäumen und zu brausen begann. Ein blubberndes Meer, in den Boden eingelassen und fast unsichtbar.

Das hat er schon mal gemacht, dachte sie, als sie ihm in die warme Weichheit folgte.

»Halte mal das Glas«, bat er, und im gleichen Moment knallte der Champagnerkorken, schoss hoch in den tropischen Sternenhimmel, und es tropfte auf die feuchten Basaltklippen. Dann spürte sie seine Hand. Unter dem Meeresschaum an ihrer Hüfte. Weiter über die weiche Leiste. Ein vorsichtiges Kitzeln, das sich langsam steigernd ihrer Scham näherte. Vorsichtig kreiste sie, eine weiche Fingerspitze, die sie dazu brachte, zu erzittern und zu beben. Er beugte sich vor und küsste sie vorsichtig, ganz vorsichtig auf die Wangen, den Hals entlang, kleine, sanfte Küsse, die sich ihrem wartenden Mund näherten, die sie dazu brachten, sich zur Seite zu drehen und seine Fingerspitze da unten zu umschließen. Und endlich erreichte er die Lippen, endlich spürte sie den Geschmack seiner Zungenspitze, und etwas Silbriges, ein Metallstab durch die Zunge. Und sie wollte ihn haben, sie wollte ihn so bedingungslos haben, sie zerkratzte seine schmalen Schultern, strich über seinen flachen Bauch, über den Nabel und suchte da unten in dem brausenden Meer.

Dvořák wie ein rasender Typhoon.

Es ist nichts da.

Er streichelt so geschickt mit seinen Uhrmacherfingern,

und sie kann nicht anhalten, die Welle bricht, sie kommt zuckend in kurzen Krämpfen. Dann erstarrt sie. Wie Gips.

»Ich dachte, du hättest es begriffen«, sagt er.

Lächelnd beginnt er seine Klitoris zu streicheln. Sie steht da und schaut zu. Weicht ein wenig zurück.

»Bist du wütend?«

»Ich dachte, du bist ein Mann«, flüstert sie.

»Es gibt keine Männer mehr. Hast du das nicht gemerkt? Jedenfalls keine richtigen.«

16

Auf der Polizeischule traf sie Nezem aus Marokko. In der Klasse bekam er den Spitznamen »Burken«, Büchse, weil sein Körper kompakt war wie ein 100-Kilo-Sandsack. Niemand verbrachte so viel Zeit wie er im Kraftraum, immer mit arabischer Musik im Kopfhörer und süßem Pfefferminztee in der Thermoskanne. Sein Haar war eckig kurzgeschnitten auf einem weichen Babykopf, und eine weiße Schnittnarbe in einem Mundwinkel ließ ihn immer etwas traurig aussehen. Sie hatte ihn einmal danach gefragt, aber er hatte nur ausweichend geantwortet:

»Wenn meine Frau vergewaltigt wird. Du verstehst. Du verstehst doch!«

Therese verstand nie, wie er die Schwedischprüfung hatte bestehen können, sein Akzent klang wie die Parodie eines Stand-up-Comedian. Das erste Mal liebten sie sich nach dem traditionellen Krebsessen der Aspiranten. Er hatte nicht begreifen können, wieso Schweden Spinnen aßen, igitt, Tiere, die im Schlamm herumkrochen und Aas fraßen. Stattdessen hatten sie nachts an einem Kebabimbiss angehalten, und er hatte eine Falafel in sich geschaufelt, und dann hatten sie sich geküsst. Sie konnte sich noch heute an den Geschmack von Kreuzkümmel und Koriander erinnern und später an sein erschreckend pulsierendes Gewicht auf der Sprungfedermatratze. Es war wie von einem Zug überfahren zu werden. Genau das, was sie brauchte.

»Du bist nicht schwedisch«, sagte er am Morgen danach.

»Und das musst du mir sagen!«

»Du bist schwedisch, und du bist auch nicht schwedisch.«

»Muslimische Logik.«

»Nein, ich meine, du bist viele Frauen. Du bist keine Frau. Gleichzeitig. Wie im Spiegel.«

»Ich bin ja wohl verdammt noch mal ich selbst!«

Er dachte eine Weile nach und zupfte geistesabwesend in der Wolle auf seinem Brustkorb. Sie richtete sich auf den Ellbogen, suchte eines seiner Brusthaare und riss es aus. Noch eins. Es tat weh, und beim dritten Haar setzte er sich auf.

»Ich dachte, du wärst verheiratet«, sagte sie aggressiv.

»Noch nicht.«

»Stimmt es, was gesagt wird? Dass du und Mitra, dass ihr Cousin und Cousine seid?«

Er zeigte eine enttäuschte Miene, sein Mundwinkel wurde noch trauriger. Schweigend löste er seine dünne Halskette, an der eine merkwürdige braune, eingetrocknete Nuss hing. Die legte er in ihren verschwitzten Bauchnabel.

»Wenn du ihn findest«, sagte er leise.

Dann war er fort.

Hinterher war sie in erster Linie wütend. Er war mit seinen marokkanischen Flipflopsandalen bei ihr hereingeschlurft. Typen sollten mit den Hüften wippen, das war das Einzige, wozu sie taugten, sobald sie zu denken versuchten, wurde es unangenehm.

Sie war viele Frauen. Das betraf ja wohl alle. Man hatte verschiedene Rollen, man hatte eine Garderobe mit Kleidern. Mal Jeans, mal ein Kleid, mal eine Clownsmaske mit aufgemaltem Lächeln. Das nannte sich soziale Kompetenz. Überall hineinzupassen, in welcher Stadt auch immer wohnen zu können. Geographisch flexibel. Das war sie. Eine Weltbürgerin.

Und trotzdem gab es ein kratzendes Sandkorn, das im Fleisch scheuerte. Irritierte.

Therese trat nach ihrer täglichen Laufrunde aus der Dusche und trocknete sich mit dem weißen Hotelhandtuch ab. Nackt und immer noch dampfend ließ sie sich nach vorne auf den Teppich fallen und machte dreißig langsame Liegestütze. Ruhte sich aus. Machte noch dreißig, spürte den angenehmen Schmerz in den Schultermuskeln, die einschießende Milchsäure. Jetzt kein Hohlkreuz, die Schenkel eisenhart, die Waden leicht zitternd. Noch dreißig.

Sie schielte zu den Lokalnachrichten hinüber. Sune Niska wurde in seinem Haus interviewt, zeigte gemächlich und methodisch dem verblüfften Reporter, wie er die Eindringlinge niedergeschlagen hatte. *Fifteen minutes of fame*, im Herbst seines Lebens. Die Frau wurde momentan im Krankenhaus von Sunderby operiert. Der Mann war ins Gefängnis von Pajala gebracht worden und schwieg, er weigerte sich weiterhin, seine Personalien anzugeben. Ihren Mercedes hatten die Polizeitechniker übernommen, im Kofferraum hatte sich einiges an Diebesgut befunden. Aber nichts von Martin Udde. Vielleicht war es ihnen gelungen, in der Zwischenzeit diverse Dinge beiseite zu schaffen.

Etwas atemlos ließ Therese sich aufs Bett fallen und tastete ihre Brust nach Krebs ab. Sie fand einen Knoten. Keine Beule, sondern einen Knoten, die bekam sie häufiger, wenn sie ihre Regel hatte. Kleine Leimknoten. Irgendwie mit Flüssigkeit gefüllt. Am liebsten würde man sie zerdrücken, ganz fest, damit sie platzten.

Die rechte Brust war ein wenig kleiner als die linke. Amazonenbrust, wie sie immer dachte. Die diese Kriegerinnen abschnitten, damit sie sie nicht beim Bogenschießen behinderte. In der Oberstufe war ihr die Unvollkommenheit ihres Körpers peinlich gewesen. Aber das ging nach dem dritten Beischlaf vorüber, keiner der Jungs hatte überhaupt etwas gemerkt. Dagegen hatte sie die Größe ihrer Brüste nie interessiert. Sie waren klein, aber sie war ja immer sehr jungenhaft gewesen. Sie erinnerte sich an Melissa auf der Polizeihochschule, an deren wippende Melonen, die sich kaum in die Uniformjacke zwängen ließen. Mit ihr konnte man keinen Kampfsport trainieren, sobald man sie berührte, bekam sie einen Silikonkrampf.

Die verschwitzte Joggingkleidung lag in einem Haufen auf dem Boden. Therese hängte sie im Badezimmer an die Haken für die Handtücher. Warf einen Blick in den Spiegel und schaute in ihre Pupillen wie in schwarze Tunnel. Wurde in sie wie in Rohre hineingezogen, harte Kanonenrohre, durch die Eisenkugeln bis in die Unendlichkeit geschossen wurden. Ein Gefühl der Leichtigkeit. Federfüße. Sie trippelte, steppte, immer noch den Röntgenblick auf den Spiegel geheftet. Zisch, eine aufblitzende Rechte. Dann die Linke, ein schneidender Uppercut. Ein Lächeln wuchs hinter der Deckung. Der Rausch im Körper. Die Freiheit, die ihre Fühler in alle Richtungen ausstreckte und sich zu dünnen Breiten- und Längengraden über die ganze Welt ausdehnte, ein Fangnetz, das sich auf der anderen Seite der Erdkugel zusammenschloss und von ihren Fingerspitzen ausging. Eine Spinnenfrau. Alles gehörte ihr.

Vielleicht lag es auch am Training. Das Lustgas der Endorphine, die den Kopf zu einem Luftballon aufpumpten. Sie könnte bereits morgen abreisen. Oder jetzt gleich. Wegfahren, alles hinter sich lassen, sich einfach vom Wind treiben lassen. Nichts, was sie hinderte, kein Kind, kein Mann, keine Gewichte an den Knöcheln. Sie konnte die Kugel drehen und mit dem Finger blind draufzeigen. Die Wüste Gobi. Rarotonga Island. Sachalin. Cap Verde. Sie würde auf Zehenspitzen tanzen, kleine, schnelle Schritte, damit keine Wurzeln wachsen konnten. Keine sie umklammernden Schlingpflanzen, nur fröhliche Freunde, denen man zuprostete und von denen man sich wieder verabschiedete, exotische Saisonarbeiter, von denen man fortging, sonnenwarme Liebhaber, die im gemieteten Zimmer liegen blieben, nach Algen und Fischnetzen duftend, während man die Lunge leerte und zu der schimmernden Oberfläche aufstieg.

Im Augenblick war es Pajala. Ein Aquarium. Sie würde es studieren, und sie würde es wieder verlassen. Wenn man so dachte, verschwand die Angst. Das Jetzt war immer so erbärmlich, so eingeschränkt. Ein Wespennest aus Makulatur. Aber sobald sie den Kopf aus der Papiertüte herauszog, begegneten ihr Sonne und Licht. Wie bei einem schwedischen Inlandsflug im Spätherbst. Wochenlang grau im ganzen Land, Regen und trübe Sicht. Und dann hebt man vom Boden ab, steigt nach oben. Sieht, wie sich alles Stück für Stück öffnet. Die Wolken sinken nach unten. Man zwängt den Kopf aus dem Haferbrei, und dann begegnet man der Sonne. Fünfundvierzig Minuten lang ist der Himmel über den Wolken blau vor Glück. Unendlich. Das gibt es die ganze Zeit dort.

Dort oben sollte man leben. Im Scheinwerferlicht. Ohne Mutterland, ohne irgendeine baumelnde Nabelschnur, die ihre Gebärmutter suchte.

Das war Schönheit.

17

Esaias Vanhakoski hackte Holz. Er hatte beschlossen, dass es an der Zeit war. Ein großer, knorriger Birkenholzhaufen hinter der Garage, er hatte ihn mit dem Scooteranhänger über die Schneekruste hergeschleppt, mehrere Male gewendet und abgeladen. Den ganzen Sommer hatte er nun wie ein schlechtes Gewissen dort gelegen.

Aber heute lag Wut in der Luft. Ein saftiger Geruch, eine Art Geilheit, die die Lunge anspannte. Er hatte die Motorsäge genommen. Und dann den ganzen Mist zersägt. Und dann die Motoraxt hervorgeholt und Klotz für Klotz gespalten, bis in den Abend hinein. Der Kolbendruck, wenn das Holz gegen die Schneide gedrückt wurde, und dieses knirschende Geräusch, wenn die Birkenrinde aufplatzte, das Knacken und Knirschen, wenn die Holzfasern auseinandergerissen wurden und die frischen Birkenhälften zu beiden Seiten hinunterfielen, weiß und offen wie die Seiten eines Buches.

Die Schultern taten ihm weh. Die Hände scheuerten in den groben Arbeitshandschuhen. Der Griff war erschöpft, nachdem er viele hundert Scheite hochgehoben hatte. Der Schweiß klebte ihm am Rücken, das Haar war feucht und struppig unter der Mütze. Die gleichen Bewegungen, immer und immer wieder. Die dicken Muskelgruppen des Kreuzes, das Motorendröhnen der Elektroaxt. Verdammte Scheiße, war es schön, ein Mann zu sein!

Dann war da etwas, ein juckender Brotkrümel unter dem Hemd, und er drehte sich um, ganz um die eigene Achse. Aber da war nichts, nur das Haus, das dastand, und die Sauna, die rauchte. Das gehackte Holz türmte sich auf und war hinderlich für die Holzzufuhr. Er machte eine Pause und schob die Maschine auf den Stützrädern ein paar Meter zurück. Begann von neuem. Keine Gedanken, keine Unruhe in der Seele. Nur Holz. Holz für den langen Winter.

Und dann stand sie da. Eine Bewegung im Augenwinkel, Haare. Er zuckte zusammen. Riss sich den Hörschutz ab, blinzelte verständnislos. Sie hielt die Motorsäge fest. Wog sie in ihren Händen ab, bürstete ein paar Späne weg, fuhr mit der weichen Fingerspitze über das Zahnrad der Kette.

»Bei der Arbeit?«

Er stellte den Motor ab und spuckte aus. Ein säuerlicher Geschmack im Mund. Auch sie war verschwitzt. Der weiße Stoff war feucht über der Brust, ein Sport-BH war darunter zu erahnen, die Joggingschuhe in modernem Design. Als ich Kind war, sind wir noch in Segeltuchschuhen gelaufen, dachte er. Billige Stoffschuhe, in denen man Plattfüße kriegte.

Es war etwas mit ihrem Haar. Sie fummelte mit einem Gummi, band sich einen blonden Pferdeschwanz, öffnete ihn gleich wieder und versuchte es noch einmal.

»Ich bin hier vorbeigelaufen«, sagte sie.

Ein Bullentrick. Er hätte am liebsten noch einmal ausgespuckt.

»Wo ist die Erlaubnis?«

»Ich bin nicht im Dienst.«

Sie hob zwei Birkenhälften hoch. Führte sie zusammen. Sie passten haargenau ineinander.

»Also einfach nur so vorbeigelaufen.«

»Ja, genau.«

Er fühlte sich mit einem Mal schmutzig. Dampfend vor Achselschweiß. Sie dagegen duftete bis zu ihm nach Deodorant. Sicher wusch sie nach jedem Training ihre Laufkleidung. Britney Spears.

»Ich bin hier nur vorbeigelaufen«, wiederholte sie.

Sie wollte ihn nicht festnehmen. Dann war wohl alles in Ordnung. Dann konnte er sie bitten, sich zum Teufel zu scheren. Sie stellte einen ihrer neumodischen Joggingschuhe auf den Holzhaufen und zog den Knoten ein wenig nach. Dann den anderen. Plötzlich hatte er Durst. Eine Plastikflasche mit Brunnenwasser stand im Gras. Er schraubte sie auf und ließ das Wasser gierig in den Schlund laufen. Dann reichte er sie ihr. Ein Reflex. Sie waren in Tornedal. Nicht einmal ein Feind sollte dürsten.

Sie führte die Flasche an die Lippen, ohne sie abzuwischen. Einen kurzen Moment lang gab es da ein Zögern. Sein Speichel auf dem Flaschenhals, nur ein paar Zentimeter vor dem Gesicht. Sie konnte seinen Duft wahrnehmen. Das Gefühl seines Mundes.

Dann trank sie. Kurze, kleine Schlucke, die ganze Zeit die Augen auf ihn gerichtet. Sie krümmte die Handfläche und ließ einige Tropfen hineinlaufen. Spritzte sie sich in den Nacken, direkt unter den Haaransatz. Ein wenig Kälte rollte ihr den Rücken hinunter.

»Ich fliege morgen«, sagte sie.

»Fliegen?«

»Nach Hause. Nach Stockholm.«

Sie schraubte den Verschluss wieder zu und stellte die Flasche ins Gras. Sie war jetzt fertig. Ihr Haar lag endlich so, wie es sollte.

»Sind die Ermittlungen abgeschlossen?«

»Ich habe abgeschlossen mit Pajala.«

»Dann haben sie also gestanden? Dieses Pärchen aus Laukuluspa?«

Sie gab keine Antwort. Schielte zur Einfahrt hinüber. Sie war schon unterwegs. Warum bin ich hier?, dachte sie. Das sollte sie nicht sein.

»Die Sauna ist heiß«, sagte er, mit einem vollkommen ausdruckslosen Gesicht.

Es blieb unnatürlich lange still.

»Warst du es doch?«, fragte sie.

»Ich dachte, du hast frei.«

»Wenn du es warst, dann erwischen wir dich.«

Er musste grinsen. Konnte nichts dagegen tun. Lief zum Brunnen und zog Saunawasser hoch.

Sie saß auf der obersten Pritsche, eingehüllt in ein Badelaken, das er ihr geliehen hatte. Es war dunkel hier drinnen. Ein viel zu kleines Fenster ließ das Abendlicht herein, es strich wie mit einem Pinsel über die ungemalten Holzwände. Überall starrten schwarze Astaugen hervor, wo das Harz im Laufe Hunderter von Saunagängen erhitzt worden und zu Tränen erstarrt war. Der Holzofen brummte unter den schnellen Fingern der Flammen. Esaias öffnete die Luke und schob ein paar Birkenscheite nach, die Rinde fing sofort mit einem Knistern Feuer. Das Ofenrohr lief durch einen eingebauten Wassertank, Esaias öffnete einen Hahn und mischte kochend heißes Wasser in einer Plastikwanne mit brunnenkaltem, das er mit der Hand umrührte. Schließlich hatte es genau Körpertemperatur. In dem Moment verschwand das Gefühl, er spürte weder Hitze noch Kälte. Als er den Arm still hielt, fühlte er nur Leichtigkeit, als schwebe die Hand. Zwei Sekunden lang blieb er so stehen. Dann füllte er eine emaillierte Waschschüssel und setzte sich ganz oben unters Dach, auf dieselbe Pritsche wie Therese.

Er selbst war nackt. Während er mit dem Wasser beschäftigt war, hatte sie ihn betrachtet, seine Rückenmuskeln, den weißen, fast zerbrechlich wirkenden Hintern, die schmalen Hüften und die zähe Kraft der Lenden. Schwarzes Haar wuchs an der Innenseite der Lenden, zum Geschlecht hin. Dort gab es einen Penis. Er sah merkwürdig braun aus, dunkler als die Haut daneben. Vielleicht lag das auch an den Schatten. Das ist nicht angebracht, dachte sie, es ist nicht angebracht, hier zu sitzen und an seinen Penis zu denken, wie er sich wohl zwischen den Fingerspitzen anfühlt. Er stand immer noch unter Verdacht. Nein, nicht unter Verdacht, aber er war immer noch Teil der Ermittlungen. Wie auch immer, es war nicht angebracht. Sie sollte das nicht tun.

Esaias füllte die Saunakelle und schleuderte das Wasser durch die Luft. Ein durchsichtiger Körper, eine glänzende Kugel, die sich drehte, ihren Wasserkörper ausgoss und auf die Steine fallen ließ. Ein lautes Zischen. Die Steine wurden schwarz von der Feuchtigkeit und gleich wieder hell, während der Dampf wie eine Feuerqualle herausschoss. Mit stechenden Tentakeln schlug sie in dem engen Raum um sich. Die Ohrläppchen brannten, die Hitze prallte von den Wänden ab und schlug wie Reißzwecken in den Rücken. Dann klang sie ab. Kondensierte sich zu kleinen, kostbaren Schweißperlen.

»Du wirst mich nie brechen können«, sagte er plötzlich.

»Darum geht es nicht.«

»Du kommst von außen. Du verstehst dich nicht auf die Leute hier oben.«

Eine neue Kelle. Sie verfehlte teilweise ihr Ziel, es zischte auf dem Ofenblech.

»Ich weiß, ich kann kein Finnisch, wenn es das ist, was du meinst.«

»Nein, es ist mehr als das ...«

»Ja?«

Noch eine Kelle. Ein wunderbarer Dampf, jetzt brannte er nicht mehr so stark, nachdem die Schweißproduktion eingesetzt hatte.

»Du magst keine Bullen«, sagte sie bedächtig.

Sie hatte überlegt, ob sie das Badelaken abnehmen sollte. Jetzt zog sie es sich noch fester um den Körper.

»Warum hast du mich eingeladen?«, fuhr sie fort.

»Weil die Sauna heiß war.«

»Um mich nackt zu sehen?«

»Du glaubst wohl, es ist schwer, Sex in Pajala zu kriegen? Meinst du das?«

»Nicht, wenn man auf Elche setzt.«

Er hielt mitten in einer neuen Kelle inne. Wollte etwas erwidern, tat es dann aber doch nicht. Strich sich das Haar aus den Augen.

»Warte«, sagte er und verschwand im Vorraum. Nach einer Weile kam er mit einem Tablett zurück, ein paar Schälchen und einem Schneidebrett mit einer fett glänzenden Lachsseite. Sie erkannte sie wieder.

»Aus dem Fluss?«

»Der Größte, den ich je gefangen habe«, nickte er. »An dem Tag, als ihr mich mitgenommen habt.«

Er setzte das rasiermesserscharfe Fleischmesser an und schnitt geschickt in den Fisch. Auf der Messerschneide lag eine dünne, schräg geschnittene Scheibe, die er in seine gewölbte Handfläche legte. Er träufelte ein wenig Wasabi darauf, rollte einen Reisball hinein und legte das Kunstwerk vorsichtig auf Thereses Handtuch. Sie goss schwarze, japanische Sojasauce in ein Schälchen und rührte noch ein wenig der giftgrünen, bitteren Wasabipaste hinein. Dann tauchte sie den Leckerbissen in die Sojaschale und führte ihn zum Mund. Eine Geschmacksexplosion, aus Fisch, gesalzen und süß und scharf, ihre Lippen schlossen sich wie eine Meeresanemone um die Beute und genossen. Sushi und Sauna. Das muss ich Doris erzählen, dachte sie.

»Warum bist du eigentlich hergekommen?«, wollte er wissen.

»Meinst du heute?«

»Ja, warum hast du mich aufgesucht?«

Sie antwortete nicht sofort. Zögerte mit ihren Worten.

»Das Finnische«, sagte sie schließlich. »Es lag wohl daran, dass du finnisch geredet hast.«

»Hat dich das gestört?«

»Du bist doch Schwede, oder? Voll und ganz schwedisch.«

»Und Tornedaler.«

»Aber du lebst doch nicht in Finnland. Und du bist nicht dort geboren.«

»Nein.«

»Dann bist du also Schwede. Du wohnst in Schweden, und hier sprechen wir Schwedisch.«

»Mhm.«

»Das kann man doch nicht einfach so vermischen, dagegen habe ich mich gewehrt. Was bist du denn in erster Linie, Tornedaler oder Schwede?«

»Beides.«

»Und wie viel Prozent von jedem?«

»Hundert.«

»Aber das wären dann ja zweihundert Prozent.«

Er schnitt noch eine Scheibe Lachs ab. Der Saunaschweiß lief den Rücken hinunter.

»Man möchte ein Ganzes werden«, sagte er leise. »Ich denke mir immer, dass wir die erste Generation von Tornedalern sind, die versucht, ein Ganzes zu werden.«

»Ich bin ein Ganzes«, sagte sie. »Ich bin Weltbürger.«

»Weltbürger?«

»Ja, genau.«

»Und wie viele Sprachen kannst du?«

»Schwedisch und Englisch.«

Er sah sie an. Ihre Wangen glühten von der Hitze. Auf ihnen wuchs feiner weißer Flaum.

»Es gibt über fünftausend Sprachen auf der Welt, und du kannst zwei.«

Sie betrachtete schweigend seinen Fuß. Die Zehen waren lang und kräftig.

»Ich möchte, dass wir weiterhin Meänkieli in Schweden sprechen«, fuhr er fort. »Dafür kämpfen wir. Dass wir unsere Sprache sprechen können, ohne dass die Leute glauben, wir wären deshalb weniger wert. Wir wollen unsere Sprache im Radio und Fernsehen hören können. Wir wollen, dass unsere Tornedaler Kinder Meänkieli in der Schule lernen.«

»Und das wollte Martin Udde nicht?«

»Du hast doch seine Leserbriefe gesehen. Voller Hass und Verachtung. Und privat hat er versucht, uns mit Gerüchten und falschen Anschuldigungen fertig zu machen.«

»Dann meinst du, dass er bösartig war?«

»Er hat immer die Schwächeren verfolgt. Wir waren ja arm und schlecht ausgebildet in meiner Familie, und Udde hat geglaubt, er könnte sich uns gegenüber alles erlauben. Schließlich saß er im Ausschuss für die Kinderfürsorge, und da hat er erfahren, dass die große Schwester meiner Großmutter ein Kind bekommen hat, obwohl sie jung und unverheiratet war. Da ist er auf ihren Hof gekommen und wollte das Kind holen. Begreifst du das, solche Situationen, die haben ihm gefallen. Er stellte sich in die Tür und hat mit den Papieren gewedelt und damit geprahlt, dass er das Kind abholen wolle. Es war noch ein Säugling, und es fing an zu weinen, aber Udde hat nur versucht, es aus der Wiege zu holen. Aber da hat es der Mutter meiner Großmutter gereicht, Henriikka hieß sie. Sie hat wie eine Wahnsinnige geschrien, und dann hat sie die Axt genommen. Und Udde stand da mit dem Kind. Irgendwie hat er begriffen, dass es Ernst war. Zum ersten Mal war da jemand, der sich ihm widersetzte, und noch dazu eine alte Greisin. Aber er gab nicht klein bei, und da hat die Tante die Axt geworfen. Sie hat sie quer durch die Küche geworfen, und sie ist direkt in die Küchentür geknallt. Und erst da hat er das Kind losgelassen, und du glaubst nicht, wie eilig er es plötzlich hatte, denn das ganze Axtblatt war ins Holz gedrungen. Ich war oft als Junge dort, und die Spuren waren immer noch zu sehen.«

»In der Tür?«

»Ja, in der Küchentür. Und jedes Mal, wenn meine Mutter das erzählt, wird sie so stolz auf ihre alte Großmama. Sie kriegt ganz glänzende Augen, weißt du. Es war das einzige Mal. Das einzige Mal, dass jemand den Mistkerl gestoppt hat.«

Anschließend saßen sie schweigend da. Der Saunaofen brummte. Vom Fleischbrett war ein leises Knacken zu hören. Plötzlich lag ein Hausbock auf dem Rücken und zappelte mit seinen Käferbeinen, er musste aus einem Spalt im Dach heruntergefallen sein. Ohne nachzudenken, hob er das Messer und schnitt das Insekt in der Mitte durch. Es ging blitzschnell. Die Hälften fielen auseinander und zitterten noch einen Moment, versuchten wieder aufzustehen. Therese starrte ihn an. Esaias griff verwirrt die beiden Insektenhälften und schob sie zusammen, versuchte die Käferteile wieder aneinanderzudrücken, damit er wieder ganz wurde.

»Hundert Prozent«, murmelte Therese.

Aber er war bereits tot.

18

Sobald das Flugzeug nach Stockholm seine Flughöhe erreicht hatte, holte Therese ihren Laptop heraus. Noch einmal sah sie Uddes gesammelte Leserbriefe durch, die meisten aus dem Haparandabladet. Mit fast unbegreiflicher Energie griff er das Meänkieli an. Es sei keine richtige Sprache, betonte er immer wieder, es sei wortarm und lächerlich, ein Gelächter hervorrufendes Sammelsurium, weder Schwedisch noch Finnisch, minderwertig und erbärmlich. Hin und wieder wurde er geradezu wütend, beispielsweise als die Gemeinde von Pajala obligatorischen Meänkieliunterricht in den Schulen hatte einführen wollen. Das bezeichnete er als Wahnsinn, eine Idiotenidee, der reinste Blödsinn. Die Gemeinde von Pajala werde von beschränkten Tornedalern gelenkt, und der Svenska Tornedalingars Riksförbund bestehe aus Fanatikern, elitären Gestalten und »keinen echten Tornedalern«. Einige andere Personen unterstützten Martin Udde in der Debatte, und es zeigte sich, dass sie oft genau wie er Zöllner waren, Volksschullehrer, Redakteure oder Staatsbeamte, auffallend oft aus der Region Haparanda.

Viele andere Leserbriefe handelten von der Unterdrückung des Finnischen. Ein Mann mittleren Alters berichtete, wie schlecht sein Vater behandelt worden war, als er Meänkieli gesprochen hatte. »Es gab nie ein Verbot, Finnisch zu sprechen«, konterte umgehend ein alter Volksschullehrer. Andere hakten nach und brachten Anklagen vor hinsichtlich Lügen und Phantasiebehauptungen. Und dann gab es einen Leserbrief im Haparandabladet vom 11. April 2000. Er stammte von einem älteren Mann, Johan Isaksson aus Tärendö, der erzählte, wie es war, als er als kleiner Junge Meänkieli sprach:

> Wir fuhren mit den Skiern auf der Loipe zur Arbeitsstube.
>
> Dabei vergaßen wir wie so oft die Zeit. Die Lehrerin ging draußen spazieren und hörte uns reden. Sie rief: »Die Jungen sollen reinkommen.« Ein Verhör ohnegleichen folgte, ihr Gehilfe musste zum Saunahügel gehen und Reisig holen. Wir mussten uns alle vier in einer Reihe aufstellen, Frans als Erster, ich war der Zweite. Die Lehrerin schlug besinnungslos vor Wut zu, sie schlug Frans von hinten und von vorn, und der Junge trat aus. Sein kleiner Penis schwoll zur Größe eines erwachsenen Mannes an. Das Reisig zerbrach, und dieses Mal kamen ich und die anderen beiden noch einmal davon. Frans hat das die ganze Schulzeit zu spüren bekommen. Vielleicht war das mit ein Grund, dass er mit 17 Jahren seinem Leben ein Ende setzte. Das wäre interessant zu wissen, aber niemand hat sich darum gekümmert. Möge er in Frieden ruhen.

Therese schob eine DVD hinein und loggte sich bei der Stockholmer Universität ein, Seminar für Finnisch. Sie klickte auf eine Philosophievorlesung von Doktor Birger Winsa, einem energischen Mann mittleren Alters mit auffallend blondem Haarschopf, schwarz eingefasster Brille und dem charakteristischen Tornedalakzent. Die Vorlesung wurde kurz zuvor für Studenten im ersten Semester in Meänkieli gehalten, eine Art Einführung. Winsa trug den obligatorischen akademischen grauen Blazer, die Kamera fing ihn schräg von vorn ein:

> Meänkieli oder Tornedalfinnisch wird die Sprache genannt, die im schwedischen Tornedal gesprochen wird und im finnischen Tornedal als ein Dialekt existiert. Ein einheitliches Finnisch wurde auf beiden Seiten des Tor-

neälven bis 1809 gesprochen, als der Sieger des Krieges, der russische Zar, eine Grenze zwischen Schweden und Finnland zog. Meänkieli hat uralte Spuren beispielsweise aus dem Karelischen, die Pronomen »ich« und »du« heißen auf Reichsfinnisch *minä* und *sinä*, auf Meänkieli dagegen *mie* und *sie* wie in Karelien. Außerdem enthält das Tornedalfinnisch eine große Anzahl alter H-Laute, die im Reichsfinnischen häufig verschwunden sind. Das Reichsfinnische *lähdemme syömään,* »wir gehen essen«, wird auf Meänkieli zu *lähemä syöhmään.* Beachten Sie den d-Laut, den das Meänkieli verloren hat, der aber im Reichsfinnisch konserviert wurde. Alte eigene Worte sind beispielsweise *joukhainen,* »Schwan«, der auf Finnisch *joutsen* heißt.

In der Folgezeit hat das Meänkieli viele Lehnwörter aus dem Schwedischen für moderne Bereiche wie Technik, Politik und Gesellschaftsleben übernommen. Die Entnahme aus dem Reichsfinnischen ins Meänkieli endete, nachdem Fahrrad und Elektrizität ins Tornedalen gekommen waren. Termini wie *pyörä* oder *sähkö* wurden um 1920 übernommen. So kann man heute in Tornedal sagen: *Nyt lähemä arpeetsförmeetlinkhiin stämplaamhaan,* ›Jetzt gehen wir zur Arbeitsvermittlung, um dort zu stempeln‹, oder *Ota framile talterikki jos sie halvat äfterrättiä,* ›Hol einen Teller, wenn du Nachtisch haben möchtest.‹ In der Fachsprache kann es heißen: *Eelsystemissä oon kortslyytninki ja topplokin häätyy plaanata,* ›Es gibt einen Kurzschluss im Stromnetz, und der Zylinderkopf muss justiert werden.‹ Beachten Sie das Sprachsystem, die Phoneme (Aussprache) und den Kasus (die schwedischen Prä- und Postpositionen), die aus dem Finnischen erhalten sind. Gleichzeitig ist die alte Terminologie im Begriff, zu verschwinden, während neue Worte aus dem Reichsfinnischen sich zunehmend vordrängen.

Es soll außerdem darauf hingewiesen werden, dass sich die Sprache in erster Linie auf dem Gebiet entwickelt, das besonders wichtig für die Kultur ist. Nur zu bekannt sind beispielsweise die unzähligen samischen Begriffe, um Rentiere zu beschreiben, und die zahllosen Worte für Schnee. In Meänkieli ist der Wortschatz bemerkenswert entwickelt, was Flüche und andere Schmähungen betrifft. Der Examensarbeit »Kraftausdrücke und Schimpfworte auf Tornedalfinnisch« von Hugo Rantatalo, Umeå Universität 1985, entnehme ich folgendes Zitat: »Es ist interessant, darauf zu verweisen, dass es auf Meänkieli nur vier Worte für Schnee gibt, dagegen aber achtundfünfzig für Geschlechtsverkehr.«

Therese nahm die DVD heraus und schob stattdessen eine DVD mit dem Fernsehprogramm Keksi ein, eine der wenigen Sendungen des schwedischen Staatsfernsehens auf Meänkieli. Sie blätterte sich zu einem Interview mit einer Repräsentantin des Svenska Tornedalingars Riksförbunds vor, Kerstin Johansson, eine Frau in den Fünfzigern mit kurz geschnittenem Haar und eichhörnchenwachem Blick, die in einer Waldlichtung an einem Lagerfeuer saß.

»Mikäs sulle tornionlaaksolaisena on tärkein?«, fragte der Studioleiter Hasse Alatalo, ein Folkmusiker mittleren Alters in Lederjacke und mit graumeliertem Pferdeschwanz.

Glücklicherweise gab es schwedische Untertitel:

»Was ist für dich am wichtigsten daran, dass du Tornedalerin bist?«

»Kieli, tietenki«, antwortete Kerstin. »Die Sprache natürlich. Tornedalfinnisch ist meine Muttersprache, in ihr sitzen die Gefühle am tiefsten verankert. Was man als Kind lernt, das prägt das ganze Leben.«

»Dann ist das Tornedal für dich also in erster Linie das Tornedalfinnisch?«

»Ja, aber daneben haben wir auch unsere Wurzeln im Osten. Das übrige Schweden und fast ganz Europa bestehen ja aus einer mächtigen Landwirtschaftskultur von Menschen, die sich entlang der Küste niedergelassen und die fruchtbare Erde bestellt haben. Während die Samen und die Tornedaler einen ganz anderen Ursprung haben. Wir sind aus dem Osten eingewandert, ursprünglich kommen wir irgendwo aus Asien, aus der Gegend des Uralgebirges, wo die finnisch-ugrische Sprache wahrscheinlich ihren Ursprung hat. Und hier oben, im nördlichsten Skandinavien, da begegnen sich diese beiden Kulturen.«

»Dann ist der Wald also das Heim der Tornedaler?«

»Ja, für mich ist es ein Waldgebiet. Die Wälder, die Flüsse, ich glaube, es geht uns allen so. Die Jagd und der Fischfang waren unsere Kultur, solange man zurückblicken kann. Das haben wir im Herzen. Auch wenn ich selbst in diesen modernen Zeiten mit Computer und Übersetzungen arbeite.«

»Dann locken das Meer und die Küsten dich nicht?«

»Nein, ich weiß nicht, warum, aber wir haben uns nie für das leichte Leben entschieden. Wir sind in den Norden statt in den Süden gezogen, wir haben die Taiga, die Kälte gewählt, dic langen, dunklen Winter.«

»Ist deshalb unsere Volksmusik so wehmütig?«

»Ja, vielleicht liegt es daran«, nickte Kerstin Johansson. »Die finnische Volksmusik ist ja fast nur in Moll.«

»Ja, sogar die schönsten Liebeslieder«, stimmte Hasse Alatalo zu und holte eine Ziehharmonika heraus. Er begann zu spielen und in seinem weichen Finnisch zu singen, auf dem Rentierfell sitzend, während das Feuer brannte:

Hyvän illan sanon sulle, kultani armas
kun tulen taas sua tervehtimään
sinisiä silmiä, kasvoias kauneita
mun teki mieleni katselemaa…

Neben Therese saß eine Dame mittleren Alters in Bürokleidung, mit der Brille an einer Schnur um den Hals. Ab und zu schielte sie neugierig auf Thereses Bildschirm.

»Sie waren also auch im Norden?«

»Mm«, murmelte Therese.

»Ja, man muss ab und zu wieder nach Hause, es ist ja da oben unglaublich schön im Sommer, nicht wahr? Wo waren Sie denn?«

»Pajala«, sagte Therese kurz angebunden.

»Aber von dort stamme ich ja auch«, rief die Frau aus. *»Kenenkäs tyär sie olet?«*

»Wie bitte?«

»Ach so, das macht ja nichts, meine Töchter haben auch die Sprache vergessen. Ich habe nur gefragt, wie man es immer da oben macht: Von wem sind Sie denn die Tochter?«

»Ich bin ich.«

Das Lächeln der Frau erstarrte, sie murmelte etwas und saß eine Weile regungslos da, bis sie begann, in einer Mappe zu blättern, auf der gedruckt stand: Hotell & Restauranganställdas Förbund, Gewerkschaft der Hotel- und Gaststättenangestellten.

Falsche Antwort, dachte Therese. Offensichtlich habe ich falsch geantwortet.

Ein paar Stunden später ließ sich Therese am Fenstertisch in der Birger Jarlsgatan nieder. Ihre Mutter hatte Nachtschicht, deshalb kam sie erst ziemlich spät, in dem blauen Moment des Einhaltens, wenn der Nachmittag in den Abend übergeht. Sie trat in ihrer üblichen energischen Art ins Café, in einem weinroten Emiliamantel, die Walter-Schüsser-Pumps im gleichen Farbton und eine kleine, feste Handtasche, die an eine schwarz lackierte Walnuss erinnerte.

Sie bestellten sich beide einen Espresso und unterhielten sich, während draußen der erste Abendverkehr vorbeirauschte. Therese zeigte ihr ihren neuesten Fund, eine Schultertasche von Lucia Parrotti, die sie sich eigentlich nicht leisten konnte. Aber man lebt ja nur einmal. Die Spange sah aus wie eine versilberte Hummerzange, die sich um eine Brustwarze schloss.

»Ich war vor einer Weile bei Oma«, sagte Therese wie nebenbei, spürte aber, wie ihre Mutter sich straffer hinsetzte.

»Ach.«

»Das wollte ich dir nur sagen.«

Die Mutter rührte fest mit dem Löffel in ihrer Tasse. Das Klappern veranlasste ein Paar am Nebentisch, sich umzudrehen.

»Es ist, wie es ist. Du brauchst gar nicht zu versuchen, etwas flicken zu wollen.«

»Ich mache das nur für mich selbst, Mama. Schließlich hattest du mir gesagt, sie wäre tot.«

»Das habe ich nicht gesagt.«

»Du hast gesagt, ich hätte gar keine Großmutter. Das ist ja wohl das Gleiche.«

Das Gesicht ihrer Mutter erstarrte. Sie beugte sich vor, Schweiß trat ihr auf die Stirn.

»Halt mal den Mantel hoch«, zischte sie.

Therese verdeckte diskret die Sicht zum Nachbartisch. Die Mutter zog ein Etui mit Insulin heraus und schob ihr Kleid hoch. Sie zog ein Pflaster ab und stach die Kanüle in den Schenkel, ohne eine Miene zu verziehen. Dann richtete sie ihre Kleidung und fand wieder ihr Gleichgewicht.

»Ich werde bald nach Kreta fahren«, sagte sie in lautem Ton. »Es ist an der Zeit, ich muss dorthin.«

»Schon wieder?«

»Ja, wieso? Schließlich lebt man nur einmal. Und außerdem habe ich reichlich Überstunden abzubummeln.«

Therese spürte es wieder. Die Rastlosigkeit. Die Hände, die an allem zupften, die nie richtig ruhig liegen konnten.

»Du solltest aufhören, nachts zu arbeiten, Mama.«

»Nein, wieso denn. Es gefällt mir ausgezeichnet. Da passiert immer etwas, das ist mir lieber, als Däumchen zu drehen.«

Therese löste ein Stück der neonblauen Kuchenkruste und probierte. Es schmeckte eigentümlich, nach nichts, ohne eigenen Charakter. Schön anzusehen, es war, als esse man Sauerstoff.

»Warst du nicht erst kürzlich auf Kreta?«

Mama klang verwundert, als hätte sie es vergessen.

»Ja, das stimmt.«

Oder stimmt etwas nicht mit meinem Mund?, überlegte Therese. Dass ich nichts schmecken kann. Vielleicht ist er irgendwie betäubt?

»Aber nun erzähl mal«, fuhr sie fort, »wie heißt er? Dein Date auf Kreta?«

»Ich bin zu alt für Kerle, das weißt du doch.«

»Stavros oder wie? Ein silberhaariger alter Bademeister?«

»Okay«, erwiderte die Mutter. »Vielleicht handelt es sich ja um so einen One-Night-Stand. Aber kein Stavros, keine sich lang hinziehende, treue Romanze.«

»Und warum nicht?«

»Das geht nicht mehr, wenn man mit einem Penner verheiratet war.«

Therese griff energisch nach dem kleinen Tassenhenkel. Hob die Tasse hoch, sah den kleinen, eingetrockneten Kaffeetropfen daran, der von ihrer Lippe stammte. Den Goldrand. Und darunter das kleine, luxuriöse Logo des Cafés.

»Dann war er also ein Junkie?«

»Das weißt du doch.«

»Mein Papa?«

Die Mutter nahm ihre Serviette vom Schoß, führte sie an die Lippen, ohne dort wirklich anzukommen, eher wie eine Geste. Sie wollte gehen. Therese stellte schnell ihre Tasse mit unnötig lautem Scheppern auf den Tisch.

»Ich dachte, er wäre Alkoholiker gewesen.«

Die Mutter schaute sich um. Jetzt keine Szene. Kontrolle bewahren.

»Er war ein Stück Dreck. Weniger als ein Stück Dreck. Wie viel macht es, ich lade dich ein.«

»Aber anfangs war er nett?«

»Hör auf jetzt.«

»Schließlich habt ihr mich gemacht. Irgendwas muss da doch gewesen sein.«

Die Mutter winkte der Kellnerin und reichte ihr eine American-Express-Karte.

»Ja, er war ein Samenspender, wenn du das meinst.«

»Aber wie fand er mich eigentlich?«

»Das hast du schon mal gefragt.«

»Ich möchte nur wissen, ob wir … ob er mich im Arm gehalten hat?«

Therese traute sich nicht, ihre Mutter direkt anzusehen. Sie betrachtete die kaum benutzte Serviette. Einen kleinen, fast unsichtbaren Lippenstiftfleck.

»Man denkt, man ist stark«, sagte die Mutter. »Aber wenn es etwas gibt, was ich in diesem Leben gelernt habe, dann dass sie es sind, die gewinnen. Auch wenn sie verlieren, gewinnen sie doch.«

»Meinst du die Männer?«

Aber ihre Mutter war bereits verschwunden.

19

In dem Moment, als er auf dem Hof parkte, konnte Esaias Vanhakoski eine Bewegung hinter der Küchengardine sehen. Das Haus lag mitten in dem langgestreckten Ort, der seinen Namen nach dem See bekommen hatte, Sattajärvi. Die Wasserfläche breitete sich kilometerlang in aller Ruhe aus. Nichts von der Unruhe des Flusses, der Stromschnelle, dieses rastlosen Brausens zum Meer hin. Satta kam von einem alten samischen Wort, das Sand bedeutete. Noch bevor die ersten Tornedaler aus den Wäldern im Osten gewandert gekommen waren, hatte der See bereits seinen Namen getragen. Es war keine leblose Wildnis, in die man kam, hier hatte es bereits Menschen gegeben. Andere Wanderer. Ein altes Brudervolk mit einer verwandten Sprache, ein Volk, das sich *sámit* nannte. Menschen.

Esaias trat ins Haus, ohne anzuklopfen, ganz nach der Sitte des Landstrichs, streifte sich seine Schuhe auf der Fußmatte ab und ging weiter in die Küche. Am Klapptisch saß die alte Märta und klapperte mit den Stricknadeln über einem Handschuh. Es roch nach Alter. Alte Stoffe, mit Seife gewaschene Wolle in den Kommodenschubladen, die Holzbohlen, die von den Füßen vieler Generationen abgerieben worden waren, der leichte Sägespänegeruch aus der Dachisolierung, der Würfelzucker, das Bakelit in den Topfgriffen, die Reste der Fleischbrühe in der Speisekammer.

Direkt hinter der Tür stand der Besucherstuhl, der Sitzplatz für die Gäste. Esaias setzte sich, ohne ein Wort zu sagen. Märta schaute aus dem Fenster, als träume sie. Ihr dickes, magnesiumgraues Haar war in einem laestadianischen Knoten gebunden. Die Zeit verging, ein Sonnenstrahl drängte sich durch die Wolken und vergoldete den Küchenboden, verschwand dann wieder. Sie kämpfte sich hoch und setzte Kaffee auf. Immer noch das gleiche Schweigen, die gleichen ruhigen Bewegungen. Er könnte seine Tasse austrinken und wieder gehen, ohne dass sie ein Wort gewechselt hätten, und es wäre nicht einmal unhöflich gewesen.

Nachdem der Kaffee serviert war, machte sie eine Geste zum Küchentisch hin. Er verließ gehorsam den Besucherstuhl und nahm Platz. Sie selbst stellte sich ganz nach den alten Hausfrauenregeln an die Spüle. Hier war sie diejenige, die herrschte, die wusste, wie die Dinge getan werden mussten. Esaias schob sich das harte Zuckerstück zwischen die Lippen und schlürfte, spürte den Kaffee rinnen und die Kristalle schmelzen, spürte, wie der braune Geschmack die Farbe des Zuckers annahm, eine helle, goldene Sonnenfarbe. Sie wurde größer im Mund, als der Kaffee zu singen begann.

Esaias stippte sich durch die halbe Kuchenplatte, kleine, knusprige Kunstwerke, die Märta selbst nach geerbten Rezepten von der Jahrhundertwende fabriziert hatte. Dann fragte er auf Finnisch. Ein kurzer Satz, direkt auf die Wachsdecke.

Sie drehte zweideutig den Kopf, als habe sie eine unangenehme Erinnerung erwischt. Esaias räusperte sich und stellte die Tasse kopfüber auf den Teller. Dann ging er zur Bodentreppe, die sich eng und knarrend zum oberen Stockwerk hinaufwand.

Dort war es sonderbar dunkel. Ein Dachfenster war mit einem Laken verdeckt, nur ganz unten drang ein wenig Licht durch einen Spalt. Esaias wartete, bis sich seine Augen daran gewöhnt hatten, und ging dann weiter zum Giebelraum. Die alte Spiegeltür war zugezogen.

»*Esaias on täälä*«, rief er halblaut, um anschließend zweimal leicht zu klopfen.

Es blieb vollkommen still. Er wartete und rief dann noch einmal. Drückte vorsichtig die Klinke hinunter. Die Tür war verschlossen.

»*Saankos tulla sisäle?* Darf ich reinkommen?«

Immer noch war alles still. Doch dann war das trockene Klicken des Riegels zu hören. Schnell sprang er zur Seite für den Fall, dass die Tür aufgestoßen werden sollte. Sein Herz begann zu hämmern. Es pochte hoch im Hals, er bekam Atemnot.

»*Kuulekkos sie, se olen mie!* Hörst du mich, ich bin es!«

Nichts geschah. Esaias schnappte nach Luft. Drückte vorsichtig die Klinke hinunter. Und dann zog er die Tür auf, Stück für Stück. Die ganze Zeit auf der Hut.

Drinnen war es rabenschwarz. Und es gab einen sonderbaren Geruch. Vielleicht nach Blumen. Asche. Und Stearin, eine Wachskerze, die gerade erst ausgeblasen worden war.

»Du musst sagen, wenn ich gehen soll«, sagte er auf Finnisch in das Dunkel hinein.

Vorsichtig trat er ein. Ging geradeaus. Die Füße stießen gegen etwas, Dosen. Er trat auf etwas Weiches, das nachgab, kaputtging. Ein klebriges Gefühl unter dem Strumpf.

»Ich wollte dich nur besuchen«, fuhr er fort. »Draußen ist Sommer.«

Die Dunkelheit war eklig. Es gab ein Sausen in der Luft, wie von einem geschwungenen Schlagholz, kurz bevor es auf den Hinterkopf trifft.

»Der Lachs beginnt zu beißen. Ich habe mit dem Ruderboot einen großen erwischt …«

Jetzt war etwas zu hören. Ein Körper, hinter seinem Rücken. Da musste er die ganze Zeit gestanden haben. Esaias wartete. Schloss die Augen. Ein Gefühl, als fiele er, als taumele er nach hinten in einem Rohr. Nur ein leichter, warmer Luftstrom an seinem Hals. Jemand, der schnupperte. Ein daunensanftes Schnuppern am Körper. Bis hinunter zu den Strümpfen. Es schien Kalevi zu sein. Das war am Atem zu erkennen. Nur ein Glück, dass es nicht Pettersson war. Mit Kalevi konnte man wenigstens noch reden.

»Die Polizei hat mich geschnappt«, fuhr Esaias auf Meänkieli fort. »Letztes Wochenende ist was passiert. Es ist einer umgebracht worden.«

Ein Husten war zu hören. Es war ja wohl hoffentlich nicht Timo K?

»Sie haben geglaubt, ich wäre es gewesen«, murmelte Esaias. »Die Polizei. Zuerst wollten sie mich nicht wieder gehen lassen.«

Ein lauschendes Schweigen. Muskeln, die angespannt wurden. Er musste behutsam vorgehen.

»Bist du… bist du draußen gewesen?«, fuhr Esaias fort und versuchte locker zu klingen, fast fröhlich.

Ein leises Fauchen.

»Wann warst du draußen?«

Noch einmal. Wie von einer Schlange. Wenn das von Timo K kam, musste er auf der Hut sein.

Alles war erneut still. Ich wage es, dachte Esaias. Ich sage es so, wie es ist.

»Es ist ein Mann ermordet worden. In einem Haus in Pajala. Jemand ist in der Nacht dort eingedrungen. Und hat ihn erstochen. Der Kerl ist jetzt tot. Du weißt, wer es war. Der Hecht.«

Sein Schädel explodierte. Die Dunkelheit zersplitterte, Farben, Krankheiten, grelle Betttücher und Gifte. Esaias fiel auf die Knie, fand das Gleichgewicht wieder und stellte sich, so ruhig er konnte, wieder an die gleiche Stelle. Tastete mit den Fingerspitzen die wachsende Beule ab. Trocken, kein Blut. Es war mit der Faust geschehen, mit den Knöcheln. Keine Waffe.

Ein Röcheln war in der Dunkelheit zu hören, jemand jammerte.

»Das macht nichts«, sagte Esaias und fühlte eine leichte Übelkeit. »Ich wollte nur wissen, ob du draußen warst. Ob du es vielleicht warst, der…?«

Dieses Mal gelang es ihm, auszuweichen. Der Schlag strich am Ohrläppchen vorbei und rutschte über die Schulter. Ein schwerer Körper fiel von hinten gegen ihn, hatte das Gleichgewicht verloren. Esaias trat zur Seite und hörte den Fall, fühlte, wie die warme Schwere auf ihn zuglitt, hörte Holz knacken, einen dumpfen Aufschlag auf dem Boden. War das eine Schublade? Ein Deckel, der brach?

Ein leises, fast lautloses Schluchzen. Jetzt weinte er. Jetzt klang es wie Kalevi, es war keine Gefahr mehr.

»Ich dachte, dass du vielleicht dort gewesen bist«, sagte Esaias.

»Sss …«

»Dass du vielleicht weißt, wer es getan hat?«

»Hhh …. hssss …«

»Ich möchte gern mit dir dorthin gehen. Schaffst du das? Ich möchte mit dir hingehen und es ansehen.«

Das Schluchzen erstarb. Ein Körper schlurfte über den Boden, Planken kratzten aneinander.

»Mnnn …«

»Wir machen es nachts. Schaffst du es?«

Ein lautes Schnaufen kam aus der Ecke. Jetzt klang es wie Pettersson. Leises, unverständliches Räuspern. Esaias reagierte blitzschnell. Er sah das Licht von dem Türspalt, ging rückwärts dorthin. Stolperte über irgendetwas, blieb mit seinem feuchten Strumpf hängen. Im letzten Moment gelang es ihm hinauszukommen, die Tür zu schließen und die Treppe hinunterzulaufen, wobei ihm die Knie zitterten. Immer noch zitternd beugte er sich hinunter und zog sich den klebrigen Strumpf vom Fuß. Hielt ihn unter die Nase und roch daran.

Formalin. Balsamierungsflüssigkeit.

20

Noch drei ... zweihhh ... und der letzte, Scheiße, noch der letzte Ruck, die Adern in den Schläfen schwollen an und wanden sich, äääähhh ...

Therese ließ den Metallhandgriff mit den verchromten Hebelarmen und Gewichten los und erhob sich von der schwarzen Plastikbank. Ein junger, solariengebräunter Typ in melonengrünem Trikot wartete schon. Er hatte Muskeln wie angeschwollene Anakondas und stellte die Gewichte auf das Doppelte ein. Ihre Augen begegneten sich im Spiegel, nur kurz, aus Versehen. Wenn man trainierte, zählte nur die eigene Welt. Man wollte gesehen werden, aber nicht sehen. Der Schmerz ging nach außen, war selbst nicht zu spüren. Wie in einer Opcr.

Sie sah im Spiegel, dass sie hübsch war. Verschwitzt und hübsch. Die Muskeln waren voller Blut, angeschwollen und angespannt. Das Gesicht hatte eine frische Farbe, ihr Haar war zu einem sportlichen Knoten hochgebunden. Sie trug das schwarze, eng anliegende Trikot, blaugraue Leggins, sie ähnelte diesem obligatorischen weiblichen Soldaten im Kommandotrupp in den Hollywoodfilmen. Umgeben von den anderen Archetypen: dem schwarzen Hünen aus dem Ghetto, dem Italotypen mit seinem Kruzifix, dem blonden, irischen Prachtburschen, dessen Vater im Vietnamkrieg gestorben war. Und sie selbst war die Schlimmste von allen, sie war die Härteste, sie hüpfte in die Latrinengrube, stieß das Bajonett in die Heusäcke und sprang in voller Montur in ihren schicken Marschstiefeln über die Hindernisse. Aber am allerletzten Abend, bevor sie ausrücken sollen, taucht sie in einem roten Traum aus Seide auf hohen Absätzen in einer Parfümwolke auf, und niemand erkennt sie. Alle Köpfe wenden sich ihr zu, und der Offizier in seiner weißen Ausgehuniform bittet sie zum Tanz, und sie tanzen mit steifer Eleganz, die bald zerfällt und zu Fleisch und Hüften wird, und das Licht über dem Tanzboden tropft wie Blut, während die Kamera immer näher herankriecht. Lippen, die sich begegnen und berühren, die saugen wollen, umschließen, und da ist sie es, die sich in einer heftigen Bewegung losreißt und hinausstürzt. Zurück auf dem Boden bleibt ein einsamer Hackenschuh liegen, wie im Märchen. Und am nächsten Tag geht die Transportmaschine, und bereits beim ersten Gefecht stirbt sie, verschüttet unter Asche und kaputten Mauersteinen, während ihr Herz das Blut über die Uniform pumpt.

Die Musik dröhnte über sie hinweg. Hiphop, geile, nasale Knabenstimmen, die Sex und Geld haben wollten. Sex und Geld. Der Bass war im Brustkorb zu spüren, die Wasserflaschen zitterten. Nur ab und zu war ein Geräusch von den Gewichten zu hören, ein Stöhnen, eine Gewichtstange, die in die Metallhalterung fiel. Die Musik machte alles noch wärmer. Man wurde durstig von ihr.

Therese ging zu den Scheibenhanteln, die frei geworden waren, tauschte die Gewichte und schnallte sich den Gürtel um. Zog fest zu, bis sie den Druck auf den Kreuzmuskeln spürte. Dann drückte sie die Schultern gegen die Stange und presste sie verbissen aus der Halterung. Den Blick fest auf den Spiegel gerichtet. Acht Kniebeugen, verflucht noch mal!

Die Musik. Die Muskeln. Diese pulsierende, von der Haut umhüllte Einsamkeit.

Therese überquerte den Nybroplan im Feierabendverkehr. Ein junger Skater aß eine Chorizo in einer warmen Wolke aus Knoblauch, zwei gegelte Einwandererjungen trugen in langen Rollen irgendwelche Zeichnungen, eine Frau, die unter Drogen stand, wartete an der Bushaltestelle, sie roch nach Medizin und Motten, ein herrenloser Hund streunte um einen Lampenpfeiler herum wie ein Computerspiel, das sich aufgehängt hatte.

Sie konnte sich hinstellen, wo sie wollte, sie wurde zum Mittelpunkt. Stellte sich wie ein Fahrgast in die Buswarteschlange. Zögerte eine Weile. Dann ging sie fort, ohne die geringste Spur zu hinterlassen. So war es in der Stadt, man saß auf einem Caféstuhl, in einem Bus, auf Barhockern oder Friseursesseln, und man stand auf. Man setzte sich, und man stand auf, und hinterher blieb kein Abdruck, nicht einmal eine Spur von Abnutzung.

Der Körper war wie immer nach dem Krafttraining deutlich zu spüren. Weich. Dampfend. Der Mund klebte angenehm nach dem Espresso, den sie sich gegönnt hatte. Espresso ohne Zucker. Reiner, starker Kaffeegeschmack, direkt ins Herz gekippt.

Zum Norrmalmstorg, in die Biblioteksgatan. Die Geschäfte dort verkauften alles Mögliche. Sie sah einen alten, heruntergekommenen Penner, der ins Stocken geraten war. Er kämpfte in seiner ausgefransten Jeansjacke gegen den Strom, mit starrem Blick kaute er auf vom Stoff verrotteten Zahnstummeln. In seiner Faust kroch etwas Schwarzes, Glänzendes, war das sein Haustier? Therese näherte sich ihm und schob die Zungenspitze vor. Nur noch ein Schritt, dann erkannte er den Geruch nach Bullen und wich schreiend zurück, die Arme wie Flossen ausgebreitet, Speichelblasen um den Mund. Nur Luft, nur Dreck in der Luft.

Ein paar Sekunden blieb sie stehen, den Sportbeutel über der Schulter. Stockholm war zu klein. Sie spürte bereits seit einer Weile, wie es sich zusammenzog, aber in dieser Sekunde wurde sie davon überwältigt. Ein Gefühl des Eingesperrtseins. Ein Mangel an Sauerstoff. Es war zu eng hier. Stockholm war wie ein Kinderzimmer, aus dem sie herausgewachsen war. Sie musste fort.

Gleichzeitig spürte sie etwas anderes, etwas Unerwartetes. Aufsteigenden Rauch aus Birkenrinde. Für einen kurzen Moment saß sie in einer Sauna, doch gleich verblasste das Bild wieder, dafür zeigte sich ein unfassbar großer, ruhiger See. Zuerst begriff sie nicht, was das darstellen sollte. War es das Meer? Nein, es bewegte sich nicht. Die Oberfläche war wie ein Spiegel, vollkommen hart und gespannt.

Es war Trauer. Sie schaute und schluckte. So groß. So wunderschön.

Vorsichtig streckte sie die Hand aus und tauchte die äußerste Spitze des Ringfingers hinein. Das Wasser wich zurück. Öffnete sich. Wuchs nach außen, Kreis für Kreis, in die Unendlichkeit hinein.

21

Eino Svedberg saß an seinem Schreibtisch und fühlte die ruhige Freude des Fängers. Die beiden Trickdiebe waren verhaftet, die Frau lag immer noch im Krankenhaus nach ihrem Zusammenstoß mit dem Alten von Laukuluspa. Das Paar hatte sich nachweislich während der Zeit des Verbrechens in Pajala aufgehalten. Sie hatten auch andere alte Menschen misshandelt, um deren Geldverstecke zu erfahren. Mehrere Anzeigen waren eingegangen, aus Östersund und aus dem Norden, ein paar Mal war es geradezu grauslich zugegangen. Vor einem Monat hatten sie in Vilhelmina eine 82jährige Frau die ganze Nacht an einen Stuhl gefesselt. Zum Schluss bekamen sie ihren Pin-Code heraus. Der Mann war zum Bankautomaten im Ort gefahren und hatte den Maximalbetrag abgehoben, während die Frau bei der Alten geblieben war. Weiß Gott, womit sie ihr gedroht hatte. Noch heute war sie ein einziges Elend, vollkommen verwirrt, vermutlich würde sie nie als Zeugin auftreten können. Es gab wenige Verbrechen, für die Eino größere Verachtung fühlte. Man fasst unsere Alten nicht an. Sie dürfen nicht gekränkt werden. Sie haben uns geboren, ohne sie gäbe es uns gar nicht. Eine Gesellschaft, die die Alten schlecht behandelte, verdarb ihre eigenen Wurzeln. Und ohne Wurzeln verkümmerte man.

Dieser weiblichen Ratte waren mit der Flasche eine Sehne in der Wade durchschnitten und mehrere Muskeln zerfetzt worden. Jetzt lag sie frisch operiert in Sunderbyn, Eino war dort gewesen und hatte ihr einige Fragen gestellt. Sie weigerte sich, ihre Identität preiszugeben, genau wie ihr Komplize. Ihr linkes Auge war von Sune Niskas Vorstandshammer zugeschwollen gewesen, aber sie hatte ihn mit dem anderen angestarrt. Nicht ein Wort war über ihre Lippen gekommen. Nicht ein Blinzeln. Ein Profi, hatte Eino gedacht. Sie hat das schon vorher mitgemacht. Er hatte das Aufnahmegerät ausgestellt und sich zu ihr hinuntergebeugt. Ihr leise ins Ohr geflüstert:

»Ich hoffe, du bleibst ein Krüppel.«

Ach Scheiße, dachte er. Niemand ist perfekt.

22

Esaias' Mutter kochte Kartoffeln. Es waren die ersten dieses Sommers, erst vor einer Viertelstunde war sie in Gummistiefeln auf den Acker gegangen und hatte das Kraut mit den ersten, weintraubengroßen frischen Knollen herausgezogen. Jetzt köchelten sie zusammen mit frisch gebrochenen Dillstängeln im Topf. Auf der anderen Herdplatte standen drei alte Kaffeetassen. Sie waren zur Hälfte gefüllt mit geschmolzener Butter, die vor sich hin blubberte. Sie legte in jede Tasse eine Handvoll fein gehackter Zwiebeln und eine Prise Salz. Der Duft verbreitete sich in der Küche, der zarte Genuss des Sommers. Der Vater lag auf der Küchenbank, ein kariertes Taschentuch über dem Gesicht. Esaias hatte immer gedacht, dass er bei seinem Mittagsschlaf wie ein Eisenbahnräuber aussah, unten lugten das stoppelige Kinn und die regelmäßig schnaufende Unterlippe hervor.

Vor dem Fenster floss der Fluss. Esaias wartete schweigend ab und beobachtete den gesetzten, hüftbreiten Körper seiner Mutter mit den langen Armen, die ununterbrochen mit etwas beschäftigt waren. Einmal hatte er seine Eltern zu selbstgemachtem Sushi eingeladen. Er konnte sich noch an ihr Schweigen erinnern. Den Fisch hatten sie essen können. Aber mit dem Reis waren sie nicht zurechtgekommen, es war, als esse man Papier, davon konnte man doch unmöglich satt werden.

Dagegen die Kartoffeln! Die heimischen Kartoffeln! Diese kleinen, gelben Bohnen, die in der Erde mit ihrem goldenen Fruchtfleisch anschwollen. Unten im Humus und Kuhdung brannten sie wie bleiche Glühbirnen, sie sammelten den ganzen Sommer über in Tornedalens sandbrauner Erde Saft und Kraft, und sie gaben immer überschwänglich. Die Kartoffel war kräftig, zäh und freigiebig, sie ruhte den ganzen Winter über in der Kiepe im Vorratskeller mit ihrem knotigen Schädel, bis sie gekocht wurde und sich in eine dampfende Sonnenfrucht auf dem Teller verwandelte.

Und jetzt erst, wo sie ganz frisch war. Die Schale war dünn wie Seide, wenn man sie in den Glanz der Butter tauchte, auf die Zunge legte und daran sog, sie schmelzen ließ, so dass sie ihre frische Süße am Gaumen ausbreitete, es war eine Seligkeit, ein Geschmacksrausch, der einen dazu brachte, die Augen zu verdrehen und mit geblähten Nasenflügeln zu schnauben, und der Name dieser besten aller Luxusmahlzeiten lautete: Doppikopp – Tauch in die Tasse.

Der Vater wachte von dem Geräusch auf, als das Kochwasser abgegossen wurde, er setzte sich auf und faltete sorgfältig das Taschentuch in seine alten Falten zusammen und schob es in die Brusttasche. Sie aßen schweigend. Das erste Doppikopp war heilig, aber gleichzeitig fast eine Schande. Denn die Kartoffeln waren ja viel zu klein. Sie waren noch nicht ausgewachsen, diese Winzlinge, die man da in sich hineinstopfte, wären doch große Brocken geworden, hätte man die Geduld gehabt, noch ein paar Wochen zu warten. Man saß hier und verschwendete sie ganz unverschämt.

Anschließend tranken sie Kochkaffee. Die Abendsonne leuchtete durch das Westfenster herein. Plötzlich kam ein Dompfaff über den Rasen geflogen und prallte direkt gegen die Fensterscheibe. Das war der Schock, ein weißer Faden lief das Glas hinunter. Der Körper stürzte zu Boden, blieb regungslos liegen. Es war ein Männchen. Der Bauch leuchtete rot im Gegenlicht, Esaias dachte an eine Weihnachtskarte, Schnee und Haferbüschel. Aber jetzt lag der Vogel still in dem Sommergrün da.

Die Mutter ging zum Fenster, schaute hinaus. Der Vogel

bemerkte die Bewegung, es kam Leben in ihn. Etwas unsicher hob er ab und flatterte zur Eberesche hinüber.

»Se elää«, sagte Papa.

»Ja, er lebt«, wiederholte Mama.

Sie schaute Esaias an, der gar nicht bemerkt zu haben schien, dass sie die Sprache gewechselt hatte. Die Scham war immer noch da. Dieses Tornedalsche Bemühen, es anderen immer recht zu machen. Bereits als Schulmädchen in Övre Soppero war es den Lehrern gelungen, sie davon zu überzeugen, dass ihr Finnisch nicht gut genug war. Wir leben in Schweden, und in Schweden sprechen wir Schwedisch. Hör mir zu! Und guck mich an, wenn ich mit dir rede. Und die Angst saß tief in ihr, es war ihr nie gelungen, sie loszuwerden. Als sie Esaias bekam, beschloss sie, mit ihm Schwedisch zu sprechen. Er sollte ein echter Schwede werden, etwas, was ihr nie gelungen war. Schließlich war das Tornedalfinnisch ja ihre Muttersprache. In ihm hatte sich die Wärme befunden. Die Gefühle, die Intensität, die Nähe im Leben. Esaias erinnerte sich an Mamas unsicheres Schwedisch. Es war ihr nie richtig gelungen, ihn in die Arme zu nehmen. Es hatte sich immer eine Art Glasur zwischen ihnen befunden, eine knusprige Schicht. Sie hatte eine Papiermaske getragen. Darunter hatte sich das Mädchen befunden, das kleine, lebhafte Mädchen, das einst eingemauert worden war. Nur ganz selten hatte er ihr wahres Ich gesehen, dann, wenn er sie richtig wütend gemacht hatte. Dann hatte sich plötzlich ein Riss geöffnet, und die Tornedalschen Flüche waren über ihn mit einer Wut und Energie hinweggefegt, dass es ihn schockiert hatte. Sie war nicht eins. Sie bestand aus zwei Personen.

Daheim sprachen Mama und Papa immer Meänkieli miteinander. Aber mit Esaias redete sie nur Schwedisch. Die ganze Kindheit über hatte er ihr auf Schwedisch geantwortet, als hätten sie ihr eigenes Zimmer im Haus, eine gute Stube. Erst in den letzten Jahren hatte er sie gebeten, doch Meänkieli mit ihm zu reden. Doch sie konnte es nicht. Die

Weichen waren gestellt, sie konnten nicht umgelegt werden. Er selbst begann in einer Art Trotz ihr auf Meänkieli zu antworten, und das war jetzt der Stand der Dinge. Sie sprach Schwedisch mit ihm, und er antwortete auf Tornedalfinnisch. In gewisser Weise standen sie jeweils auf einer Seite des Flusses und riefen sich gegenseitig etwas zu.

»Mie kävin Aareavaarassa kattomassa vanhata kämpää«, sagte Papa plötzlich. »Ich war in Aareavaara und habe mir das alte Haus angeguckt.«

Esaias wusste, was nun kam. Das alte Rauchstubenhaus der Großmutter, inzwischen einer der vielen leerstehenden Höfe, seit die Alte verstorben war. Sie hatte bis zuletzt dort gelebt, der Nachbar hatte sie neben dem Hackklotz gefunden, immer noch mit der Axt in der Hand. Esaias war oft als Kind dort gewesen und erinnerte sich an ihre großen, warmen Hände und wie sie die runzlige Oberlippe spitzte, wenn sie sich auf den Flurhocker setzte und sich ihre alte Krummpfeife anzündete.

»Es ist das Dach«, fuhr sein Vater auf Meänkieli fort. »Wir müssen es vor dem Winter richten.«

»Emmäkös myy sen? Sollten wir den Hof nicht verkaufen?«, schlug Esaias vor.

»Den kann man doch nicht verkaufen!«, rief seine Mama empört auf Schwedisch aus.

»Aber es lebt doch niemand mehr dort.«

»Die Familie«, protestierte sie. »Die Tanten und alle Cousins und Cousinen, wo sollen die denn wohnen, wenn sie herkommen?«

»Aber die kommen doch nie her.«

»Natürlich tun sie das, schließlich ist es Omas altes Haus, in dem du immer in den Sommerferien warst, Esaias…«

Er spürte, wie die Wut in ihm wuchs. Wenn die Wurzeln ihnen so wichtig waren, dann konnten die Verwandten aus dem Süden doch herkommen und es instand setzen. Die Sommertornedaler. Die wie die Schmeißfliegen in den Ferien angeschwärmt kamen, aber schon lange vor den Minusgraden wieder hinunter zu ihren Bürgersteigen flohen.

Mama starrte ihn an. Da war noch etwas anderes, Schlimmeres, was sie auf dem Herzen hatte.

»Musst du ins Gefängnis?«, wollte sie schließlich wissen.

»Ich habe das Schwein nicht umgebracht«, erklärte er ausweichend.

»Wir haben ja nur dich«, beharrte sie. »Wir konnten dir ja keine Geschwister schenken.«

Esaias hob die Hände, wusste, was jetzt kommen würde.

»Und eine Frau findest du auch nicht!«

»Was zum Teufel hat das damit zu tun?«

»Was glaubst du denn, wer dich haben will?«

Der Vater mischte sich ein:

»*Sanothaan kylälä että se olit sie.* In der Stadt heißt es, dass du es warst.«

Erst jetzt bemerkte Esaias, wie erschöpft sein Vater war. Wie fahrig.

»Das lag doch nur an dem Schlachtblut im Auto«, erinnerte Esaias auf Meänkieli. »Die Polizei hat geglaubt, das wäre von dem Kerl. Aber du warst es doch, es war deine Idee, dass wir auf Sommerjagd gehen sollten!«

Papa sagte nichts, hustete nur leicht. Dachte an das Elchfleisch in der Gefriertruhe. An den Schlachtplatz, den niemand gefunden hatte. Sie waren sorgfältig vorgegangen, hatten alles in einen Ameisenhaufen hineingeschaufelt, sogar die Gewehrkugel hatten sie am Schulterblatt finden können und mitgenommen. Es sollte kein Risiko sein. Und trotzdem saß es tief in ihm, dieses alte Gefühl, etwas Unrechtes getan zu haben.

»Glaubst du etwa, ich hätte es getan? Glaubst du, dass ich so bescheuert bin?«

Papa zuckte mit den Schultern. Schob sich ein Stück Würfelzucker zwischen die Lippen. Mama verfolgte jedes Wort mit angespannter Aufmerksamkeit. Papa schlürfte den Kaffee in sich hinein. Die schwarze Hitze löste das Stück Zucker auf, verwandelte es in groben, süßen Kies.

»Der Kerl war ein Schwein«, sagte er kurz.

Nein, ein Hecht, dachte Esaias. Aber jetzt ist er endlich aufgeschlitzt worden.

Wieder wurde es still. Das Essen lag schwer im Magen. Seine Mutter öffnete den Mund. Schloss ihn wieder. Der Dompfaff verließ die Eberesche und flog unsicher auf den Wald zu. Das Radio lief im Hintergrund. Die Meänkielisendung des Lokalsenders in Pajala. Stig Karlstörm interviewte Schüler über die Schwierigkeit, einen Sommerjob zu finden. Er stellte die Fragen in seinem zurückhaltenden Finnisch. Sie schienen ihn zu verstehen, antworteten aber lieber auf Schwedisch. So weit war es gekommen. Die kommende Generation konnte die Sprache nicht mehr sprechen. Bald würde sie für alle Zeiten verschwunden sein.

»Martin Udde war ja mein Lehrer«, sagte Mama.

Da sie Schwedisch sprach, war der Satz an Esaias gerichtet.

»Ja, ich weiß«, antwortete er.

»Bevor er Zöllner wurde. Und ich musste jetzt an etwas denken, was damals passiert ist.«

»Was meinst du?«

»Er wurde so schrecklich wütend. Ich kann mich daran erinnern, dass wir einmal einen Aufsatz schreiben sollten, und er ist aus dem Klassenraum gegangen. Er sagte, er müsse Holz für den Ofen holen, was sonst der Hausmeister immer machen musste. Einer der Brüder Leinonen schrieb über Käfer. Jakob hieß er, und ihm fiel nicht ein, was *kiiski* auf Schwedisch hieß. Also fragte er seinen Banknachbarn auf Finnisch danach. Der Junge war ganz eifrig, er war ja so interessiert an Käfern. Aber genau in dem Moment kam Udde zurück. Er war ganz außer sich, er hatte hinter der Tür gestanden und gelauscht, ob wohl jemand Finnisch reden würde. Und jetzt zog er Jakob am Nacken hoch, direkt aus der Bank, und dann schlug er ihn mit der anderen Hand. Ins Gesicht, so dass Blut aus der Nase spritzte. Auf die Kleidung des Lehrers und seine Papiere. Und der Lehrer nahm den Aufsatz und knüllte ihn über der Nase des Jungen wie eine Serviette zusammen, er rief und wischte, während der Junge schrie, weil es so wehtat. Der Junge schrie: *lopeta,* aufhören! Und da wurde der Herr Lehrer nur noch wütender, denn *lopeta*, das war ja Finnisch, und da hat er dem Jungen die Hose runtergezogen. Die ganze Klasse hat zugesehen, und man sah die Geschlechtsteile des Jungen, obwohl er versuchte, sie mit den Händen zu verbergen. Und dann schlug der Lehrer ihm auf den Hintern. Zuerst mit der Hand, aber das ging nicht so gut, also befahl er mir, den Zeigestock zu holen. Ich saß ja am nächsten. Und ich traute mich nicht, Nein zu sagen. Ich ging zur Tafel, der Zeigestock lag auf dem Kreidefach. Und als ich damit zurückkam, überlegte ich, ob ich weglaufen sollte. Der Alte hatte eine ganz verschwitzte Stirn. Er hatte die Haare über seiner Glatze nach hinten gekämmt, aber die hatten sich jetzt gelöst und hingen ihm über die Augen. Ich gab ihm den Stock. Und dann habe ich auch noch einen Knicks gemacht, ich kann mich noch genau daran erinnern. Und Udde nahm den Stock und begann rote Streifen auf den Hintern zu schlagen. Die Haut platzte, der Kerl hat so hart geschlagen, dass sie aufriss. Und der Junge schrie so schrecklich, er klang wie ein Hund. Und ich war diejenige, die den Stock geholt hatte. Ich hätte ja Nein sagen können, darüber habe ich oft nachgedacht. Ich hätte Nein sagen können, aber ich war zu feige.«

»Und das war Martin Udde, der das gemacht hat?«

»Das war Martin Udde.«

»Helevetin sika. Dieses Scheißschwein.«

»Den armen Kindern gegenüber war er am schlimmsten. Jakobs Vater war ja nur Kätner, denen gehörte ja nichts.«

»Und es gab keine Henriikka, die ihm eine Axt hinterhergeworfen hat.«

»Später ging Jakob nach Luleå. Ich habe ihn dort vor mehr als zwanzig Jahren mal gesehen, er war vollkommen vor die Hunde gegangen. Früher war er einer der Besten gewesen, aber jetzt hat er am ganzen Körper gezittert. Er stand vorm Laden und trat von einem Bein aufs andere. Und als er mich entdeckte, hat er sich richtig gefreut. Er hat mich gleich wiedererkannt, obwohl es doch so lange her war. ›Hej‹, hat er gerufen, ›komm, ich will dir was zeigen.‹ Und dann hat er einen ganz neuen Ausweis herausgeholt. Ich habe ihn mir angeguckt und gesehen, dass er seinen finnischen Nachnamen verändert hat. Ab da hieß er Lovenberg.«

»Lovenberg?«

»Ja. Und sein Sopperodialekt war fast ganz verschwunden. Wir haben uns eine Weile unterhalten, und er hat mich gefragt, ob Martin Udde noch leben würde. Oh ja, habe ich geantwortet. Das ist gut, hat er gesagt, dann werde ich ihn umbringen.«

»Das hat er gesagt?«

»Und die ganze Zeit, während wir uns unterhalten haben, musste ich daran denken, wie ich den Zeigestock geholt habe. Er hat nie ein Wort darüber verloren, aber mir war es peinlich. Darum habe ich ihm fünfzig Kronen gegeben, als wir uns verabschiedet haben. Und das war das letzte Mal, dass ich ihn gesehen habe, ich habe gehört, dass er nach Stockholm gezogen sein soll.«

Esaias betrachtete seine Mutter. So viele Worte. Sie hatte den Schmerz auf Finnisch gespürt und ihn dann ins Schwedische übersetzt. Er betrachtete ihr glattes Gesicht, das Kind darinnen, ein kleines Mädchen mit Zöpfen.

»Soll ich das der Polizei melden?«, wollte sie wissen. »Dass Jakob ihn umbringen wollte …«

»Älä saatana«, protestierte Papa.

Der Schmerz der Frauen, dachte Esaias. Wie anders er doch ist. Hart wie eine Federspitze. Der Schmerz der Männer saß in einer Geschwulst mitten im Brustkorb, direkt unter dem Brustbein. Wenn er detonierte, schoss er durch die Schultern hinab in die Arme und wurde zu Gewalt. Der Schmerz der Frauen war eine Nadel, durch die das Gift gepresst werden sollte. Sie stach durch Stahl. Durch Zeit.

23

Therese war bei ihrem dritten Manhattan. Es brannte hinten auf der Schulter, die angespannt und empfindlich war nach den Nadeln. Das Mädchen im Kellerstudio hatte Jeanne d'Arc geähnelt. Ein vollkommen neutraler Gesichtsausdruck, in den man alles, was man wollte, hineinlesen konnte. Sie trug rosa Gummihandschuhe und einen Mundschutz aus Leder.

»Jetzt nehme ich dir deine Unschuld«, sagte sie, als sie die Maschine einschaltete.

»Hä?«

»Die erste Tinte auf deine Haut, die ersten Kleckse aufs Seidenpapier...«

An diesem Abend gab Doris sich locker und südländisch, sie machte eine Latinophase durch und nippte an einem Mojito mit zerdrückten frischen Minzeblättern zwischen dem Eis. Ein wunderbarer Platz hier. Man konnte jeden Drink bekommen, der erfunden worden war, seit Columbus den Atlantik überquert hatte. Die Bardamen konnten mindestens hundertfünfzig auswendig und hatten weitere Tausende im Computer, der immer neben der Happy-Hour-Tafel bereitstand. Bestellte man eine eigene Mischung, bekam man auch die, in Schränken und Schubladen hatten sie unzählige Glasgefäße mit Anisextrakt, Zitronengras, Duriam, Chinin, zerdrücktem Heidegagelstrauch, Rosenwasser und sogar mit einem Kraut, das in einem äußerst selten bestellten Geneverdrink aus dem friesischen 18. Jahrhundert vorkam.

Sie hatten den Abend in einer gemütlichen italienischen

Trattoria in der Grev Turegatan eingeläutet mit Pastrami, hauchdünn geschnitten direkt am Tisch von den direkt importierten, luftgetrockneten Riesenschinken. Anschließend Gorgonzolapasta und ein ausgezeichnetes Pesto mit Walnüssen, Sardellen, Olivenöl, Basilikum und dazu frittierte Auberginen mit Mozzarella. Außerdem ein junger, rauchiger Chianti, den der Kellner mit Lockenkopf ihnen empfahl. Allein der Anblick seines Torsos war den Besuch wert, wie Doris nach ihrem zweiten Glas mit Wolfsblick lächelnd bemerkte. Anschließend erzählte sie ausführlich von dem Salsakurs, an dem sie hinten am Medborgarplats teilnahm, wie der Tanz es ihr ermöglichte, physisch an der Latinokultur teilzunehmen. Man wird fast ganz zum Körper, so viel Unterleib, man bekommt einen besseren Kontakt mit dem Boden unter sich. Die Füße, ja, die Zehen selbst scheinen sich in die Erde zu bohren. Außerdem war die Hälfte aller Teilnehmer männlich. In allen anderen Tanzkursen, die sie besucht hatte, gab es einen bedauernswerten Frauenüberschuss, hier war es fifty-fifty. Zwar gab es auch einen Schweden, ein Meter neunzig groß, er ging auf die Technische Hochschule und bewegte sich, als hätte er einen Stock verschluckt. Aber die anderen ... Doris ließ ihre Zungenspitze zwischen den Vorderzähnen sehen. Latinos. Du weißt, diese Hüften. Sie können einen führen, dass man bis in die Zehenspitzen hinein elektrisch wird.

»Dann hat sie jetzt also endlich geholfen? Ich meine, diese Verhaltenstherapie?«

Doris ließ ihr langes, aschblondes Haar wie einen Vorhang vor ihr Gesicht fallen. Es wogte im Takt mit ihrem unangenehm kurzen Keuchen. Die Lippen bewegten sich, als führte sie eine Pantomime aus. Als versuchte sie eine Botschaft herauszuwürgen, groß wie eine Kröte in ihrem Mund. Therese ergriff ihr Glas und ließ die Sekunden verstreichen. Das ging normalerweise vorüber, wenn man sie in Ruhe ließ.

Nach einem cremigen, echten Vanilleeis mit gerösteten Pinienkernen und Amarettotopping hatten sie sich in den Himmel der Drinks begeben, und anschließend wollten sie ein Tanzlokal aufsuchen. Doris trug eine himmelblaue, tief ausgeschnittene Schlangenhaut, die perfekt zu ihren Babyaugen passte. Therese selbst war metallisch an diesem Abend. Silbergrau. Wie ein Marschflugkörper. Sie spürte die Blicke der Krawatten hinten an der Bar. Notebooker, dachte sie kritisch. Teure Uhren und kleine Schulterpartien.

»Und wie war es am Nordpol?«, fragte Doris, während sie eine Tablette aus der Folie herausdrückte.

Sie hatte wieder ihr übliches Gesicht. Glatt und hübsch.

»Du meinst Pajala?«

»Ihr habt einen Kerl geschnappt? Und ihn dann wieder laufen lassen?«

»Hm.«

Therese sehnte sich nach Nikotin. Was für eine Idiotin sie doch gewesen war, überhaupt damit anzufangen. Die Sucht würde sie für den Rest ihres Lebens verfolgen.

»War er es dann doch nicht?«

»Nein, wir haben später ein paar Trickbetrüger geschnappt, die auf alte Leute spezialisiert waren.«

»Ja, das habe ich in der Zeitung gelesen. Aber erzähl lieber von dem Typen, war er so wie im Film? Mit Kappe und kariertem Hemd?«

»Jaa.«

»Ist das wahr, Tessan? Und Bartstoppeln und Snus? Und dann diese lappländische Schweigsamkeit?«

»Genau so.«

»Dann gibt es sie also wirklich?«

Doris beugte sich vor, sie wollte mehr hören. Therese spürte ein Brennen im Hals. Magensäure. Sie hielt die Innenseite des Handgelenks hoch, stand schnell auf und eilte nach hinten zur Damentoilette. Die Tür war verschlossen. Sie stellte sich ins Dunkel davor und rieb sich die Stirn. Die Haut glänzte und war fettig.

Da bemerkte sie einen unerwarteten Geruch. Zigarrenrauch. Therese schnupperte. Kam er aus der Toilette? Schwerer, kräftiger kubanischer Tabak. Stand jemand da drinnen und rauchte heimlich?

»Therese?«

Kaum mehr als ein Flüstern. Sie drehte sich um, wich erschrocken zurück. Ein großer Mann mit geöffnetem Mantel. Das Gesicht lag im Schatten eines sehr alten oder ganz neuen Herrenhuts. Dort, wo die Lippen sein mussten, brannte Zigarrenglut.

»Kennen wir uns?«, murmelte sie.

»Kennen wir uns nicht, Therese?«

Er senkte die Zigarre, sie spürte die heiße Glut an der Wange. Jetzt konnte sie ein schmal zusammenlaufendes Kinn und das Glänzen tief liegender Augen erkennen. Er duftete nach Chewal und Bergamotte.

»Woher kennen wir uns?«, flüsterte sie.

Aber da hatte er sich bereits umgedreht. Ein langer Rücken, breite Schultern. Sie drückte die Klinke. Die Toilettentür glitt auf, war nicht abgeschlossen. Drinnen war es leer.

In der Klarabergsgatan, genau bei der Statue von Nils Ferlin, beugte Doris sich vor und erbrach sich. Es platschte auf den Bürgersteig und bespritzte ihre Pierluigi-Collani-Stiefel. Therese stützte sie auf ihren wackligen Absätzen. Zog eine Papierserviette heraus.

»Der Mozzarella«, jammerte Doris.

Eher wohl der Mojito, dachte Therese. Sie entdeckte ein Minzblatt, das zwischen Ferlins Füßen schwamm.

»Guck mal«, war eine nasale Stimme zu hören, »die geilen Bräute da drüben!«

Nein, dachte Therese. Nicht das auch noch.

»Ich will tanzen«, krächzte Doris.

Nein, stopp!, dachte Therese. Lade sie nicht noch ein.

»Was hat sie gesagt? Was quatscht die Braut da? Habt ihr gehört, die Puppe will tanzen!«

Sie waren zu fünft. In den Zwanzigern, mit Kapuzen über dem Kopf. Zwei mit heller Haut, drei sahen südeuropäisch aus. Latinos.

»Sie ist krank«, versuchte Therese es. »Lasst sie in Ruhe.«

»Haben wir mit dir geredet, Fotze, hä?«

Sie musterte einen nach dem anderen. Gesicht. Kleidung. Schuhe, die waren am sichersten. Kleider konnten sie auf der Flucht wegwerfen, die Schuhe wohl kaum.

»Wir wollen nur unsere Ruhe.«

Sie hätte auch noch »bitte« sagen können. Aber da verlief die Grenze. Frauen, die in Ruhe gelassen werden wollen, dachte sie. Man sollte sie eigentlich nicht daran erinnern müssen. Der Kerl, der redete, hatte einen schiefen Vorderzahn. Der andere eine Schlangentätowierung am Hals. Sein Kopf war kahlrasiert, sah aus wie eine Eichel. Noch zögerten sie. Schauten einander an, sollen wir oder sollen wir nicht? Frustriert, rastlos. Den ganzen Abend von den Bräuten abgewiesen, von Türwächtern aufgehalten, besoffen und rachsüchtig.

»Ich bin übrigens Po…«, begann sie.

Sie bekam das Zeichen nicht mit. Die Latinos schleppten Doris wie einen Müllsack weg zur Klara kyrka. Es war kein Schrei zu hören, hielten sie ihr den Mund zu? Zwei blieben bei Therese und passten auf, dass sie nicht weglief. Damit sie keine Hilfe holen konnte.

»Gib mir dein Handy!«, forderte der Lange mit dem Schneidezahn.

Der andere hatte eine merkwürdige Ohrform. Das Ohrläppchen hatte eine tiefe Einbuchtung. Es war zu merken, dass er so eine Situation nicht gewohnt war, er war ziemlich ängstlich. Er versuchte hinter sie zu gelangen, schielte auf ihre Handtasche.

»Wollen wir auch, wir auch?«, zischte er aufgeregt.

Zwei gegen eine, dachte sie. Die Angst wuchs in ihrer Kehle, sie schluckte schnell. Es musste doch bald eine Polizeipatrouille vorbeikommen. Jemand, der half.

Der Kerl klopfte nervös eine Zigarette heraus. Beide Hände beschäftigt. Sie blinzelte, holte tief Luft und versetzte ihm einen harten Schlag auf den Kehlkopf. Er fiel gurgelnd zu Boden, während sie der andere angriff. Groß und grob, Bodybuilder. Er begann sich zu drehen, kam wie ein Bisonochse mit gesenktem Kopf auf sie zu.

Sie wich zurück und benutzte seine eigene Angriffskraft. Half nur noch mit einem Arm nach. Der rasierte Schädel traf auf Nils Ferlin. Ferlin gewann. Fast verblüfft ließ sich der Kerl auf den Hintern plumpsen. Sie trat mit dem Absatz in sein Zwerchfell, sah, wie er sich durch den Nervenschock in Krämpfen zusammenkrümmte.

Schnell hin zur Kirche. Ich muss leise sein, dachte sie. Die können bewaffnet sein.

Das Tor war aufgehebelt. Aber die Kirche war verschlossen und dunkel. Sie fand sie auf der Rückseite. Doris lag steif auf dem Boden, den Slip an den Füßen. Einer saß rittlings auf ihrer Brust und fummelte an seinem Reißverschluss. Der andere packte sie bei den Handgelenken und versuchte sie zu küssen. Der Dritte rutschte über sie hinweg und wollte gerade in sie eindringen. Keiner ahnte etwas, sie waren mit sich selbst beschäftigt.

Therese schlich sich von hinten an, gerade als der Kerl anfangen wollte zu ficken. Sie drückte ihm die Zeigefinger in die Augen. Er wich gurgelnd im Zickzack zurück, verbarg sein Gesicht in den Handflächen. Der Kerl, der immer noch an seinem Reißverschluss herummachte, schaffte es nur zur Hälfte, hochzukommen, als ihn der Tritt traf. Sein Kopf wurde schräg nach hinten geworfen. Witsch, watsch. Stehkragen.

Der Dritte ließ Doris' Handgelenke los. Tastete nach seiner Innentasche, nach seinem Springmesser. Da nicht, in der anderen Tasche. Raus damit und raus mit der Klinge, nein, Scheiße, das war das Handy, oh …

Die Nase im Kies. Klammergriff und eins in die Fresse. Doris, die davonflatterte, leicht wie ein Schmetterling. Therese verließ die Übeltäter, sollten sie sich doch auf dem Boden winden, und schob Doris in ein Taxi, ein warmes, ruhiges Taxi.

Doris saß unbeweglich da. Vollkommen still.

»Wie geht es dir?«, fragte Therese vorsichtig.

»Ich will nach Hause.«

»Das ist der Schock, Doris, das geht vorüber.«

»Ooh…«

»Wir fahren zum Notarzt, ich werde dir helfen. Du brauchst ein ärztliches Attest.«

Doris hob das Kinn, ihre Lippen zitterten.

»Du kapierst gar nichts«, flüsterte sie. »Das waren doch Alberto und Santos. Die aus dem Kursus, ich hab dir doch davon erzählt… die wollten nur tanzen…«

Das Taxi ließ Doris vor ihrer Tür am Karlaplan heraus und fuhr weiter Richtung Süden. Das gibt es gar nicht, dachte Therese. Das ist ja schlimmer als auf Ibiza. Eine richtige Scheißnacht war vorüber, die man nur in dreckiges Zeitungspapier einschlagen konnte. Wie eine alte Haut abstreifen.

Sie stieg vor ihrem Haus aus und sah, wie das Taxi davonfuhr. Spürte, wie der Schock abzuwarten schien, mit seiner Attacke noch eine Weile warten wollte.

»Therese…«

Sie zuckte erschrocken zusammen. Er trat aus dem Torbogen. Knöchellanger Mantel, offen über dem italienischen Anzug. Breitkrempiger Hut. Die Montechristo klemmte halb geraucht zwischen Zeige- und Mittelfinger.

»Möchten Sie probieren?«

Er hielt ihr den rauchenden Leckerbissen hin. Nikotin.

»Wie haben Sie mich gefunden?«

Er zuckte mit den Schultern und zeigte auf die Erde. Die Metro?

»Sie hat Vestibulitis, nicht wahr? Ihre Freundin, meine ich.«

»Sind Sie Arzt?«

»Schmerzhafte Überempfindlichkeit beim Geschlechtsverkehr.«

»Man glaubt, es sei psychisch. Sie geht zu einer Verhaltenstherapie.«

»Und Sie sind Weltenbürgerin, Therese? Ein Freund hat es mir erzählt.«

Er sagte es in leichtem Ton dahin, als kommentiere er ihre Kleidung. Jetzt ließ er die Zigarre los. Sie blieb in der Luft hängen. Nur einen Moment, aber dennoch zu lange. Dann sank sie in die Nacht wie ein rotes Rücklicht, schlug im Sternenregen auf dem Bürgersteig auf. Die Spitze seines Mittelfingers streichelte die Innenseite ihres Handgelenks. Orgasmus.

»Komm rein«, flüsterte sie.

»Bist du sicher?«

»Wer bist du eigentlich? Wie heißt du?«

Er lächelte. Der Eckzahn war lang, es glänzte etwas darin. Ein Rubin.

»Sie nennen mich Pettersson.«

24

Esaias war gerade ins Bett gegangen, als sein Telefon klingelte. Es war halb zwölf Uhr in der Nacht. Die Mittsommernachtssonne strahlte auf die Eberesche vor dem Fenster und vergoldete sie. Es war eine merkwürdige Nacht, es gab Feuer in ihr. Etwas brannte, tat weh. Ein Baum in Flammen, federleichte Asche, die herabsank und sich über die Wurzeln legte. Eine Einsamkeit, das Haus, das seine Bretter nach dem Trampeln und Klappern des Tages zur Ruhe bettete.

Sirrr! Er zuckte von diesen digitalen Klingeltönen zusammen. Wie die Grillen in Mysore. Immer und immer wieder.

»Ja?«, antwortete er.

Schweigen in der Leitung. Nein, jemand atmete.

»*Tulekkos?* Kommst du?«

Ein Flüstern.

»*Se ei ole hyvä ilta.* Das ist kein guter Abend.«

»*Se on poijessa.* Er ist weg.«

Esaias stellte sich dicht ans Mückenfenster. Die Fäden des feinen Netzes am Gesicht. Die Mücken warteten festgeklemmt an der Außenseite, sie hoben und senkten ihre langen, gebogenen Hinterbeine, als streichelten sie sich. Ab und zu flogen sie eine Runde und verwandelten sich in ein unscharfes Kreuz. Kleine, blutsaugende Hubschrauber, unbeirrt surrend. Diese skandinavischen Mücken hatten etwas Armseliges an sich, sie hatten es so eilig. Plump starteten sie ihre Attacken und wurden in Massen totgeschlagen, dumme, träge Selbstmordbomber. Vielleicht lag es am Sommer, er war zu kurz hier oben, sein Feuer brannte viel zu hitzig.

Da war es mit den indischen Moskitos doch etwas ganz anderes. Sie waren viel kleiner und schmächtiger gebaut, wie feine Daunen. Und fast lautlos. Nur ganz dicht am Ohr konnte man einen schwachen Schrei erahnen. Im Sonnenlicht sah man sie nie. Den ganzen Tag über versteckten sie sich in den dunkelsten Ecken, auf der Unterseite des Hotelbetts, tief hinten im Schrank, auf der Rückseite des Rahmens der Ganeshareproduktion. Aber um zwei Uhr nachts, wenn das Opfer in der tropischen Dunkelheit am tiefsten schlief, hoben sie ihre kleinen Messer. Suchten die Wärme, die heiße Vene da drinnen, und stachen dann ganz sanft und vorsichtig zu. Beim geringsten Muskelzucken flogen sie auf und kreisten abwartend in der Luft, während sich das Opfer im Schlaf kratzte. Dann ließen sie sich für einen neuen Stich sinken, gleich neben dem alten. Am Morgen konnte man eine Perlenkette von Bisswunden auf der Haut entlang der angeschwollenen Ader erkennen. Aber da war der Täter schon lange fort.

Esaias rollte sich Deodorant unter die Achseln und wusch sich den Penis im Handwaschbecken unter fließend kaltem Wasser. Die Eichel glühte wie eine Lampe. So eine Nacht war es.

Er stellte sein Fahrrad ein Haus weiter ab und ging wachsam das letzte Stück zu Fuß. Ein Auto kam angefahren, und er suchte hinter einer Hagebuttenhecke Schutz. Die empfindlichen Rosen sahen aus wie aufgerissene Münder, nach Lippenstift duftend. Er überquerte das Grundstück von der Rückseite des Nachbarhauses aus, ging an den Gartenmöbeln vorbei und sah, dass die Terrassentür angelehnt war. Wie eine Falle.

Sie saß im Ledersessel. Schwarze, knöchellange Strümpfe, ein geschnürtes Lackkorsett, aus dem das Hausfrauenfett an den Rändern hervorquoll. Ein Glas Rotwein in der leberfleckigen Hand.

»Schließ ab«, sagte sie.

Er drehte sich um und verriegelte die Terrassentür. Ging zu ihr und nahm ihr Glas. Hielt es in das schräg einfallende Sonnenlicht, sah, wie der Wein zu glühen begann. Rubin.

»Komm«, sagte sie.

Er leerte hastig das Glas. Folgte ihr ins Schlafzimmer und legte sich vollkommen angezogen auf die seidenglatten Laken. Die Lesebrille ihres Ehemannes lag auf dem Nachttisch. Er setzte sie auf. Sie erstarrte, versuchte, es wegzulachen. Zog sie ihm herunter.

»Was ist?«, fragte sie.

»Ich denke, es reicht jetzt«, sagte er.

»Machst du Witze?«

»Ich weiß es nicht. Es geht mir nicht gut.«

Sie öffnete seinen Reißverschluss. Zog das weiche Glied heraus.

»Sonny ist in Luleå, weißt du. Du brauchst keine Angst zu haben.«

Vorsichtig, ganz vorsichtig strich sie über die weiche Haut. Spürte, wie er anschwoll. Ihr Korsett knarrte leise.

»Zieh sie an«, bat sie ihn.

Er streckte sich nach den Kleidern aus. Zog Sonnys Polizeiuniform an, registrierte, wie sie nach dessen grobem Körper roch.

Sie hob die Decke an. Die Lederriemen lagen bereit. Sie legte sich auf den Bauch, die Arme auf den Rücken, drückte die Handgelenke aneinander. Hart und unbequem band er sie zusammen.

»Bist du ein böses Mädchen?«, wollte er wissen.

Sie schüttelte den Kopf, wehrlos, aber trotzig. Er fühlte sich müde. Etwas war anders. Er dachte, dass dieses Mal das letzte Mal sein würde.

25

Der Wind pfiff durch Haralds Turm, die Kälte drang langsam durch die Forstjacke und die Pullover und brachte den Duft nach Morast und Säure mit sich. Esaias spähte umher, ließ seinen Blick über das Grün schweifen. Haralds Turm war ein gutes Revier, mitten in einem alten Holzschlag, auf einer kleinen Anhöhe, mit guter Sicht in alle Richtungen. Entlang Bosses Waldweg in der Nähe saßen die anderen Schützen und warteten. Noch waren keine Hunde zu hören. Vereinzelt kamen Nachrichten auf Finnisch aus dem Funk. Urho rief Joni, Hugo und Knut schlugen sich langsam durch das Dickicht am Hosiojärvi.

Das Gewehr hing schwer am Schulterriemen, eine alte Stiga 30.06. Esaias hängte sie an einen Nagel und zog das Messer aus der Lederscheide. Schnitt dünne Scheiben getrockneten Rentierfleisches ab, ungemein zart und lecker, der Gaumen füllte sich mit dem Salz der Wälder. Der Wind raschelte in den Blättern, von den Baumkronen der Kiefern war ein lauteres Sausen zu hören. Seit mehreren Stunden stand er schon hier. Hatte gewartet. Über den Bruch gespäht und gehorcht, war selbst zu einem Teil der Stille geworden.

Diese karge Landschaft hier, das war sein Tornedal. Die Touristen aus dem Süden erwarteten etwas viel Großartigeres, unberührte Urwälder mit mächtigen Windbrüchen, meterdicke Moosschichten, Felsschluchten, in denen sich Trolle und Geister aufhielten. Aber das Tornedal war kein Bild von John Bauer. Es war ein flacher Dschungel aus Gestrüpp, so platt, dass es dem Schmelzwasser der Schneemengen aus dem Winter Probleme machte, zu verschwinden, es lief nicht fort, sondern sammelte sich in riesigen Moorgebieten, die keinen Menschen hielten, vollkommen durchnässtes Sumpfland, in dem sogar ein ausgewachsener Elch versinken und spurlos verschwinden konnte. Da gab es *Ruotovuoma* und *Koijuvuoma* und *Vännijänkkä* und *Salmivuoma,* und da gab es *Kokkovuoma,* das so riesig war, dass es ganz Kaunisvaara schlucken konnte, ohne dass auch nur eine Parabolantenne noch herausragen würde.

Der Wald war ein feuchter Baumteppich, der über die Moränen ausgerollt worden war, auswärtige Besucher empfanden ihn oft als eintönig. Aber der Schein trog. Überall in dem Flachen und Mageren gab es Variationen. Kleine Nuancen in der Landschaft, die seit Menschengedenken einen Namen trugen. Sobald sich das Gelände nur eine Spur hob und trockener wurde, entstand ein *lehto* oder *kangas* oder *rova* oder *saajo* oder *männikkö* oder ganz einfach ein *maa.* Und dazwischen lagen die Sumpfgebiete, ein *jänkkä* oder *rimpi* oder *vuoma,* das in einen See übergehen konnte, ein *järvi* oder *lompolo,* wie ein blauer Spiegel. Und zwischen all dem schlängelten sich Wasseradern, ein schüchterner *oja* oder ein größerer *joki* hin zu dem *väylä* selbst, *Tornion väylä,* die stolze Königin der Landschaft. Und der Fluss selbst trug in jeder Ecke einen neuen Namen, da gab es *suanto* und *koski* und *niemi* und *lahti* überall auf der langen Reise hinunter nach *Haaparanta,* Asparnas Strand.

Das Gebiet, auf dem er sich jetzt befand, hieß *Kiimamaa,* das Brunstland. Esaias drehte sich erneut und spähte einmal in die Runde. Nichts. Auf der Leeseite war das natürlich zu erwarten. Der Wind führte seinen eigenen Geruch kilometerweit mit sich, und jede Elchnase in dieser Richtung würde ihn wittern und sich für einen Umweg entscheiden. Aber im Gegenwind könnte etwas passieren. Er musterte das Laubgestrüpp gut hundert Meter entfernt. Dort schimmerte etwas Dunkles. Nein, es bewegte sich nicht, nur eine zur Hälfte abgebrochene Kiefer. Das Funkgerät knackte, im Kopfhörer hörte er, dass einer der Hunde bei Svantes Pass angekommen war. Ansonsten war es still. Gefleckte Wolken zogen von Nordwesten her auf. Ein Schwarm von Grauzeisigen huschte vorbei, zupfte an einem Kiefernwipfel und zog dann rastlos weiter. Alle Lebewesen bargen eine Rastlosigkeit wegen des kommenden Winters in sich. Sie mussten es noch schaffen, genügend zu sammeln. Genügend zu fressen.

Und dann kam sie. Vollkommen überraschend tauchte sie auf und stand dann da, ernst, auf ihren langen, schönen Beinen, mit großen Augen. Therese, dachte er. Sie senkte den Kopf und näherte sich, ihre Lippen bewegten sich, aber er konnte kein Wort vernehmen.

Vorsichtig nahm er das Gewehr vom Nagel. Lautlos senkte er den Lauf auf das Holzgeländer und sah den flackernden roten Punkt im Visier. Das Gewehr wurde ruhig, bekam einen Halt und begann langsam mitzugehen. Der Finger krümmte sich, zog durch. Und da kam der Pferdetritt gegen die Schulter und der zerreißende Knall, als hätte man eine sehr große Pappe zerrissen, sie quer über den Horizont zerrissen.

Und anschließend die Stille. Der Handschweiß. Der trommelnde, rasende Puls.

Lange blieb er stehen und hielt Ausschau nach der halberwachsenen Elchkuh. Ihre schwebenden, geschmeidigen Bewegungen, als sie durch das Unterholz fortlief. Er brach das Gewehr auf und fing die aufgeplatzte Leerhülse mit der Hand. Sie war immer noch brandheiß. Das Funkgerät knackte:

»*Kukas se ampu?* Wer hat geschossen?«

Er zog langsam den Sender aus der Brusttasche.

»*Esaias täälä. Mie ammuin naarasta ja pummasin.* Esaias hier, ich habe eine Elchkuh verfehlt.«

»*Oleks varma ette pummasit?* Bist du sicher, dass du sie verfehlt hast?«

Er erinnerte sich an das Schulterblatt im Visier. Das grauschwarze Tier, das vollkommen still stand mitten im Schritt.

Ein perfekter Lungenschuss, das taumelnde Bleistück durch Venen und Arterien. Sie wäre noch ein paar Meter gesprungen, er hätte den Lärm gehört, wenn sie ins Moos fiel und in den Tod zappelte. Das Messer, das durch das Fell und die helle, geäderte Bauchhaut bis zum pulsierenden, warmen Darmpaket schnitt. Aber genau im Moment des Schusses erzitterte das Gewehr, und er ließ den Schuss zwischen die Beine gehen.

Plötzlich war es ihm klar: Er musste nach Stockholm.

26

Jan Evert Herdepalm hatte einen Container von der Gemeinde bestellt, ein großes, blaues Metallmonstrum, das jetzt in Martin Uddes Einfahrt stand. Der Container war bereits halbvoll mit altem Hausrat, muffligen Matten aus der Garage, dem größten Teil der Kleidung und Schuhen des Alten, Kartons mit Weihnachtsschmuck, alte, eingetrocknete Malerdosen, alle Lebensmittel aus der Speisekammer bis auf die Konserven, abgenutzte Töpfe und Pfannen, einige Regalmeter Das Beste von Readers Digest, Ordner mit alten Versicherungspapieren und Garantiescheinen, die Jan Evert pflichtschuldig durchgeblättert hatte, verwaschenes Bettzeug, Gardinen im Muster der 70er Jahre und Tischdecken aus Synthetik, Keksdosen voll mit Schrauben, Scharnieren und alten Beschlägen, ein abgegriffener Klapptisch und Stühle, die er erst kleinschlagen musste, damit sie nicht so viel Platz einnahmen. Im Vorratskeller blieb er zögernd vor den Gläsern stehen. Preiselbeeren und Blaubeeren landeten schließlich auch auf dem Müll, aber die Moltebeeren bewahrte er sich aus nostalgischen Gründen auf. Moltebeermarmelade aus Pajala, Mama war immer hier hochgefahren und hatte die Früchte gesammelt, als sie noch gesund genug war.

Seine Mutter Alice war Martins einzige noch lebende Schwester und würde deshalb alles erben. Aber sie selbst war nicht in der Lage gewesen, herzukommen. Jan Evert war eingesprungen und bummelte Überstunden ab, die er beim Bund für Naturschutz noch stehen hatte. Der Sommer war hektisch gewesen, nach der Afrikareise hatte er die Hauptverantwortung für die Inventur des wachsenden Kormoranbestandes gehabt und war reichlich von Küstenfischern und Anwohnern beschimpft worden. Einmal war der Reifen seines Dienstfahrzeugs zerstochen worden, ein anderes Mal ein Eimer Sprotten durch die zerschlagene Seitenscheibe hineingekippt worden. Er hatte alle Polsterbezüge austauschen müssen. Dass ein Vogel so viel Hass wecken konnte.

Martins Haus hatte deshalb bis jetzt verschlossen und leer dagestanden. Immer noch waren Spuren von der technischen Spurensicherung zu erkennen. Reste vom Fingerabdruckpulver lagen noch auf Anrichten und Türleisten, und es war zu sehen, dass Teile aus Regalen und Schreibtischschubladen in nicht besonders sorgfältiger Art und Weise herausgeholt und wieder hineingestopft worden waren. Aber das Blut war weggewischt, wofür er dankbar war. Es fehlten auch alle Textilien im Schlafzimmer, auch die schmutzige Sprungfedermatratze, nur der Bettrahmen stand nackt da.

Jan Evert machte eine wohlverdiente Pause vom Schleppen, sein Rücken fühlte sich steif an und schmerzte. Er kochte sich Kaffee und suchte im Schrank nach Zucker. Vergebens, er musste ihn schon fortgeworfen haben. Also trank er die Flüssigkeit schwarz und stark, während er Alice anrief. Sie antwortete erst nach mehreren Klingeltönen und klang etwas verschlafen, wahrscheinlich hatte sie einen Mittagsschlaf gemacht.

»Hallo, Mama, es gibt eine schöne Kommode… ja, eine braun gebeizte mit geschnitzten Füßen, die werde ich mitnehmen. Aber den Bettrahmen schmeiße ich weg, er ist zwar gut in Schuss, aber da haben sie ihn ja… und die Kleider schmeiße ich auch alle weg, bis auf einen guten Anzug, den ich… ja, einen dunkelgrauen… und dann haben wir noch das Fahrrad, das sieht ziemlich neu aus… die Skier behalte ich auch.… und dann ist da das Auto… mhm, das steht in der Garage, ein alter Opel… nein, ich schaffe es nicht, eine

Anzeige aufzugeben, Mama… nein, ich werde einfach einen Autohändler anrufen.… ja, und dann ist hier ein Elefant, ich glaube, der ist asiatisch, fast einen Meter hoch und hohl, aus dunklem Holz… ja, ich denke, dass der einiges wert ist, ein handgeschnitzter Elefant mit einem nackten kleinen Jungen als Reiter… ja, ich weiß nicht, Martin hat ihn sicher auf einer seiner Reisen gekauft… okay, Mama, dann weiß ich Bescheid… pass auf dich auf…«

Jan Evert schenkte sich noch einmal ein und schaute sich in der fast leergeräumten Küche um. Ein ganzes Leben. Es würde nur ein paar Tage dauern, dann war alles weggeschafft. Das Haus sollte verkauft werden, neue Besitzer einziehen. Neues Leben, neue Stimmen, neue Schicksale. Das war traurig, direkt etwas unangenehm. Fast als wollte er seinen Onkel Martin ausradieren.

Als der Abend sich näherte, musste Jan Evert sich eingestehen, dass das Räumen noch mindestens einen Tag in Anspruch nehmen würde. Er ging das kurze Stück zu Fuß zum Bykrog, wo er etwas aß und eine kleine Karaffe Rotwein dazu trank. Dann wanderte er in der einsetzenden Septemberdämmerung zurück durch den Ort. Einige Kraniche steuerten den Süden an, hoch über den Dächern. Er hörte ihre traurigen Hornstöße. Erinnerte sich an die Zeltnächte am Tåkern mit Margaretha während des Studiums. Kräutertee in der Thermoskanne. Der Tanz der Kraniche. Das erste Mal, dass sie sich liebten.

Das Haus war fast schwarz, er hatte bereits alle Deckenlampen abgeschraubt. Dumm gelaufen, das hätte bis zum nächsten Tag warten können. Jetzt musste er kopfüber in den Container und eine Stehlampe wieder herausholen, die er bereits weggeworfen hatte. Glücklicherweise hatte die Glühbirne überlebt, und bald hatte er Licht im Wohnzimmer. Den alten Farbfernseher bekam er auch in Gang, schnell schaute er sich die Nachrichten an und wechselte dann zu einem der finnischen Kanäle. Eine Unterhaltungssendung, bei der die

Männer ihre Frauen huckepack über eine komplizierte Hindernisbahn tragen mussten. Eifrig kommentiert in dieser sonderbaren, stockenden Sprache mit ihren singenden Diphthongen. Er schaute eine Weile zu und versuchte herauszubekommen, wo ein Wort endete und das nächste anfing, aber alles vermengte sich zu einem einzigen kompakten Konsonantenbrei. Mutters Geheimsprache, die sie mit nach Västerås gebracht hatte, aber fast nie zeigte. Sie hatte beschlossen, ihn außen vor zu lassen.

Einen Moment überfiel Jan Evert Wehmut. Was ihn als Teenager fast hatte ertrinken lassen, mit dem zu leben er dann aber gelernt hatte. Diese Leere. Diese verlassene Holzhütte. Sein Vater, der auch versuchte schwedisch zu werden, es wirklich versuchte. Aber es hatte die ganze Zeit hervorgelugt, dieses andere Leben. Die Wurzeln, die nie einen Halt gefunden hatten. Jan Evert spürte die alte Zerrissenheit, diesen Schatten, der ständig neben ihm lief. Die Bewegung eines Fremdlings im Augenwinkel. Sein ganzes Leben lang lief da ein anderes, paralleles Leben nebenher. Als hätte er einen Zwillingsbruder gehabt. Einen, der das richtige Leben lebte, das, was er selbst gewählt hatte. Irgendwie war er auf einem Nebengleis gelandet, neben sich selbst. Wie zwei Stämme des gleichen Baumes fühlten sie sich, getrennt, aber an der Wurzel waren sie vereint. Zerrte man an dem einen, spürte es der andere.

Nach einer Weile stellte er den Fernseher aus. Draußen zog sich die Herbstfinsternis zusammen, die Straßenlampen schienen durch die Kiefern auf das Grundstück. Im Nachbarhaus brannte im oberen Stock eine rote Fensterlampe. Erst jetzt kam ihm der Gedanke, dass die Nacht unangenehm werden könnte. Er war der Erste, der hier seit der Bluttat übernachtete.

Jan Evert machte sich das Sofa im Wohnzimmer zurecht. Ein paar Decken und ein Kissen. Um auf andere Gedanken zu kommen, blätterte er in *Nature*, das er von seiner Arbeit mitgenommen hatte, und vertiefte sich in die steigende Zahl an Umweltgiften, die in Albatrossen gefunden wurden. Dioxine und bromhaltige Flammenschutzmittel. Und immer noch fand man Spuren von DDT, Jahrzehnte, nachdem es verboten worden war. Was man sät, muss man ernten, alte Sünden schlagen zurück.

Mit etwas unheimlichem Gefühl löschte er das Licht. Vorsichtig horchte er. War der Alte noch da, der arme Onkel Martin? Seine Todesschreie, zusammen mit den kurzen Atemstößen des Mörders? Nein, das Haus war still. Der Tod war gegangen.

Der Tod. Vor zwölf Jahren war Jan Evert an einem Forschungsprojekt über die Brasse beteiligt gewesen. Hobbyangler nördlich von Västervik hatten sie lebendig abgeliefert, in Wassereimern und großen Bottichen schwimmend. Er hatte sie getötet und seziert, eine nach der anderen. Rauf auf den rostfreien Metalltisch und dann mit dem Kupferende einen Schlag in den Nacken. Schnell heraus mit Leber, Nieren, Hypophysen und eine Flosse abgeschnitten. Rein in schon beschriftete Präparattüten. Dann ins Eisfach und weg ins Labor. Insgesamt hundert Individuen hatte er getötet. Er hatte dabei nichts gefühlt. Überhaupt nichts.

Die Gedanken wanderten weiter zur Hausräumung. Da gab es eine ganze Menge, was er nicht wegwerfen mochte. Neben dem Elefanten mit dem Eingeborenenjungen hatte er eine alte Wiege mit der Jahreszahl 1899 gefunden. Wahrscheinlich stammte sie aus Martins Elternhaus. Fast aufgeregt hatte Jan Evert seine Handfläche auf den braunen Holzboden gelegt. Seine eigene Mutter musste darin gelegen haben. Ein kleines niedliches, zappelndes Mädchen. Er spürte, wie es in der Handfläche prickelte, als lebte dort etwas. Das waren die Wurzeln, dachte er. Mamas Wurzeln. Und vielleicht, auf ganz sonderbare Weise, auch seine eigenen. Neben der Jahreszahl war ein Familienname eingeritzt. Aber nicht Herdepalm. Sondern Niemi. War das der Familienname gewesen?

Die Fotos hatte er auch aufgehoben. Aus der ersten Zeit gab es nur wenige. Auf einigen der Bilder konnte er seine Mutter als Kind wiedererkennen. Sie stand auf einem Tretschlitten, mit Wollpullover und Mütze, und sah aus, als wäre sie ungefähr fünf Jahre alt. Ein anderes Foto hatte einen Text: Pause bei der Heuernte. Da war sie zehn oder elf und hockte mit einer Heugabel in der Hand. Martin stand hinter ihr, mehrere Jahre älter, mit einer Sense in der Hand, die Arbeitsmütze tief in die Stirn gezogen. Alice trug ein stramm gebundenes Kopftuch und sah ängstlich aus. Vor der Kamera? Sie hielt einen Unterarm vor den Brustkorb, als wollte sie sich schützen. Jan Evert fiel auf, dass die anderen Menschen auf dem Foto den gleichen Blick zeigten. Angespannt, wachsam, kurz davor, sich abzuwenden. Ganz unten in der Ecke war einkopiert: Ateljé Meyer, Härnösand. Ein fahrender Fotograf, so musste es gewesen sein. Die Utensilien für die Entwicklung im Kofferraum, zufällige Bestellungen konnten überall auftauchen. Ein von Berufs wegen lächelnder Mann, Hut mit Krempe, gewachster Schnurrbart, Stiefel aus Wildleder.

»Wünschen die Herrschaften eine Fotografie? Bitte schön, hier aufstellen, ein ideales Gruppenbild, um es den Enkelkindern zu zeigen, eine wahre Erinnerung fürs Leben...«

Das war Schweden. Sie war dem richtigen Schweden begegnet, es war bis hinauf ins Tornedal gedrungen. Ein schwedischer Herrenmensch hatte dort mit seiner Fotoausrüstung gestanden und Schwedisch gesprochen. Das war eine feine Sprache, die lernten die Dorfkinder in der Schule, die Sprache, die man im Va-Ter-Land sprach.

Das sah er in ihrem Blick. Die Fremdheit.

Aber heute lebte sie dort unten, im richtigen Schweden. Ihr Tornedaldialekt war seit einem halben Jahrhundert ausgelöscht, sie sprach, kleidete sich und bewegte sich wie eine waschechte Schwedin. Sie hatte ihrem Sohn nicht ein einziges Wort Finnisch beigebracht. Doch, eines. *Hoppu.* Als er in die Schule kam. Als sein Vater mit dem klapprigen Citroën auf der Garageneinfahrt wartete. Das war das einzige Wort, das überschwappte, das sich aus ihrer abgelegten Kindheit hervorstahl. Ein einziges Wort für ihren Sohn. In Schweden war alles *hoppu*. Eilig.

So viele, die weggingen, dachte er. So viele Tornedaler, die sich den Rest ihres Lebens mit allen Kräften anstrengten, um zu genügen. Man wollte anerkannt werden. Nur danach ging das Streben. Nicht unbedingt glänzen, auf das Siegertreppchen steigen und Goldmedaillen bekommen. Nein, nur taugen, wie die anderen sein. Das war das Ziel der ersten Generation von Auswanderern, sie wollten nur ihre Pflicht tun, und deshalb ging es meistens gut aus für sie. Heute konnte man Tornedaler in Verwaltungsräten finden, auf Professorenposten, ja, bis hinauf in die Landesregierung. Bescheidene Menschen, ohne Dramatik und ohne viel Aufhebens zu machen. Aber tauglich. Fleißig.

Und die nächste Generation? Zu der er selbst gehörte. Die das Finnisch verloren hatten, die nie am Fluss gelebt hatten, nie in den Moltebeersümpfen herumgestapft waren. Wer sind wir?, dachte er. Die wir auf Bürgersteigen herumgelaufen sind und südschwedische Dialekte gelernt haben. Sind wir richtige Schweden geworden? Sind wir frei, oder gibt es immer noch Leerräume in uns? Den Lachsspeer?

Jan Evert Herdepalm schloss die Augen in der Dunkelheit. Und plötzlich war er zurück in Afrika. Auf einer Isomatte unter dem Moskitonetz am Lake Iteshi-Teshi. Das entfernte Brausen des Kafueflusses. Das Platschen von Krokodilen und fressenden Flusspferden. Leises Gemurmel vom Lagerfeuer, an dem die Jungen aus dem Dorf Wache hielten. Es raschelte im Palmendach, in dem unbekannte afrikanische Nachttiere herumhuschten. Er nahm den Duft eines schweren, fleischigen Grüns wahr. Und der gleiche traurige Zwiespalt. Bin ich hier zu Hause? Bin ich ein Teil von dem hier? Margarethas Kühle daheim, bevor sie ihn schließlich verließ, ihre resignierte Miene, musst du schon wieder verreisen, musst du wirklich? Das Sausen des Windes und das Piepsen eines Nachtvogels. Eine Feuerfliege schwärmte mit ihrem glimmenden Leuchten umher, blinkte ununterbrochen, ohne zur Ruhe kommen zu können.

Dunkel. Er stapft los, ein zähes Gefühl um die Taille und die Beine, wie im Wasser. Die Haushülle umgibt ihn, alles vibriert. Auch die Wände bestehen aus Wasser, sie biegen sich, erzittern und halten kaum Stand. Ein wackelnder, durchscheinender Geleepudding. Wenn ich die Hand ausstrecke und einen Finger hineinstecke, dann gibt es ein Loch. Dann rinnt alles in die Welt hinaus. Eine Wasserrose, die sich in alle Richtungen öffnet und alles überspült und ertränkt.

Jetzt steht ein Schatten hinter ihm. Das ist ein Gefühl, eine Art Echo am Rücken. Jemand, der schluckt. Der immer wieder schluckt, das ist ein sehr großer Hund. Oder ist das ein Mann in Fellen, ein heimlicher Jäger? Als sie zu einer Wand waten, entsteht eine Bewegung im Wasser. Er und der Fremde. Es ist eine Kellerwand. Und jetzt hebt er den Arm, der andere. Jetzt sticht er mit dem Finger hinein, er tut es, obwohl er es nicht tun sollte. Macht ein Loch. Es läuft. Spritzt. Rast. Und jetzt stürzt alles zusammen, jetzt zerbricht …

Als Jan Evert mit einem Ruck aufwacht, ist es draußen immer noch dunkel. Er schaltet die Stehlampe ein und späht im Zimmer umher. Es gibt hier einen Geruch. Schwer und schal. Wie eine Schulerinnerung, alte Laboratorien mit Glasgefäßen auf verstaubten Regalen. Etwas ist auf ihn getropft. Jemand ist hier gewesen. Formalin. Widerstrebend zieht er sich an und stolpert die Kellertreppe hinunter. Dort gibt es eine Holzwand. Das stimmt mit dem Traum überein, eine Holzwand. Er tastet den Rand entlang. Man kann sie öffnen.

Eino hielt den Fund vorsichtig an einer Ecke fest, während er sich Handschuhe anzog. Sonny spürte seine Erregung.

»Martin Uddes?«

»Im Keller«, bestätigte Eino. »Der Neffe ist heute Morgen damit angekommen, er hat es gefunden, als er dabei war, das Haus auszuräumen. Hinter einer Holzverkleidung.«

»Und da hat es gelegen … seit dem Sommer?«

»Aber sicher.«

Sonny gab keinen Kommentar ab, aber beide dachten das Gleiche. Die Spurensuche hatte es übersehen, obwohl sie doch das ganze Haus durchkämmt hatte.

»Hast du schon reinschauen können?«

»Ja, aber nur kurz.«

»Und?«

Eino legte das Fotoalbum auf den Tisch neben die alten Schreibhefte.

»Warum hat er das versteckt?«, ließ Sonny nicht locker.

Eino betrachtete schweigend seinen Kollegen. Dann machte er ein Zeichen oder eher eine Handbewegung, sehr ungewöhnlich für einen Polizeibeamten.

»Verdammte Scheiße.«

Sonny griff widerstrebend zum Telefonhörer und wählte eine Stockholmer Nummer.

27

Die Zeit ist wie ein Trichter, dachte Esaias. Nach unten wurde sie immer schmaler, die Wände schlossen sich immer dichter zusammen, und zum Schluss gab es nur noch einen konzentrierten Lichtfleck, der Kindheit genannt wurde.

Aber nein, so ganz stimmte das doch nicht. Es gab ja mehrere Punkte. Seine erste Erinnerung ähnelte eher zwei isolierten Inseln, einer Gewehrsalve, die nach hinten gerichtet in die Zeit abgefeuert wurde. Heiße, kleine Körner, die glänzten und ihren Platz suchten, bis sie wie Fixsterne in der kompakten Dunkelheit festgenagelt waren. Ein sich dahinziehendes Sternbild, war das vielleicht die Kindheit?

Die ersten Erinnerungen. Die äußersten Körner in der Kugelsalve. Esaias ist vielleicht zwei Jahre alt und wird von seinem Vater an einer steilen Treppe hochgehoben. Dort oben sitzt ein Lichtschalter an der Wand. Esaias drückt seine Babyfinger auf ihn, schafft es aber nicht, fest genug zu drücken. Das Bild des Lichtschalters, das weiße Bakelit, die Fingerspitzen, die immer wieder ihr Ziel verfehlen.

Es ist sehr früh, Mama und Papa schlafen noch. Esaias stolpert ohne Windel in die Küche, die Morgensonne strahlt herein. Am Schaukelstuhl hockt er sich auf den grauweißen, gewebten Plastikläufer. Er guckt auf seinen Schwanz hinunter, und dann tut er es. Pisst direkt auf den Plastikläufer. Es verschwindet. Hinterher ist nichts mehr zu sehen.

Mama rudert, und Papa unterhält sich mit ihr. Sie sitzen zusammen im Ruderboot, Papa holt das Netz ein. Die Eltern sitzen ruhig beisammen, reden leise miteinander, und er versteht nicht, was sie sagen. Das Netz tropft vor Wasser, die Sonne scheint schräg hindurch, ein blitzendes Glitzern in den Augen. Und er ist so neugierig, möchte so gern wissen.

Esaias schluckt. Das hier ist wichtig, er versucht das Gefühl festzuhalten. Im Alter von drei Jahren. Kaum älter.

Esaias hat kein Finnisch verstehen können. Sie hatten es ihm nicht beigebracht. Mama und Papa müssen das irgendwann beschlossen haben.

»*Pojan kansa met puhuma aivan ruottia.* Wir reden nur Schwedisch mit Esaias. Wir leben ja in Schweden, und deshalb reden wir Schwedisch, dann hat er es leichter in der Schule.«

Ungefähr so.

Was in keiner Weise ungewöhnlich war. In der Zeit muss das in Hunderten, vielleicht in Tausenden Tornedaler Familien so passiert sein, daheim in der Gemeinde wie auch bei den Fortgezogenen. Man wollte eine normale schwedische Familie werden. Und man gehörte zu der ersten Generation im oberen Tornedal, die ein nettes Schwedisch hatte lernen können. Als Kind in den Vierzigern hatte man daheim nur Meänkieli gesprochen und war gezwungen, Schwedisch in der Schule zu lernen. Was nicht immer leicht gewesen war. Jetzt, in den Sechzigern, wollte man den Kindern, die man bekam, nur das Schwedische beibringen. Innerhalb einer Generation geschah ein Sprachaustausch. Man warf alle selbstgewebten Lumpen weg und gab den Kindern gekaufte Kleidung. Es war ja das Beste so.

Im Hinterkopf gab es Warnungen. Mehrsprachigkeit war schädlich für Kinder. Ein Menschenhirn war nur für eine Sprache auf einmal gebaut. Es ging ganz einfach um die Gedächtniskapazität, stopfte man zu viele Worte hinein, wenn das Kind noch klein war, wurde der Vorrat schnell überfüllt. Das Gehirn unterschied sich nicht von anderen Aufbewahrungsplätzen. Wenn das Gehirn bereits in der Kindheit mit dem Finnischen überlastet worden war, dann hatte es einfach keinen Platz mehr fürs Schwedische. Ein Meänkieli sprechendes Kind, das in der schwedischen Schule anfing, war folglich für alle Zeiten im Nachteil. Man konnte versuchen, ein wenig Schwedisch hineinzupressen, aber wie alle feststellen konnten, blieb es nur schwer haften. Die Kammer hatte keine freien Regale mehr. Das Ergebnis war den Tornedaler Volksschullehrern nur zu vertraut, es wurde Halbsprachigkeit genannt. Ein schrecklicher Zustand, ein Handicap, das das Kind sein Leben lang verfolgen sollte. Da stand der Ärmste mit seinem wortarmen finnischen Dialekt sowie einem unvollständigen Schwedisch, mit zwei halben Sprachen statt einer ganzen. Den Rest seines Lebens hangelte sich der Betreffende wie zwischen zwei wackligen Eisschollen hin und her, immer wieder die Sprache wechselnd bei seinen Bemühungen, sich auszudrücken. Wer das bezweifelte, der brauchte sich nur einmal an einer Kasse in Pajala in eine Schlange zu stellen und zuzuhören, wie die Tornedaler sich miteinander unterhielten. Einer sagte etwas auf Schwedisch, der andere antwortete auf Meänkieli mit zwei eingefügten schwedischen Worten, und ein Dritter konterte mit einem Tornedaler Kraftausdruck. Das war keine Sprache mehr. Das war Rotwelsch. Weder ein waschechter Schwede noch ein reiner Finne könnte dieses Kauderwelsch verstehen.

Die Eltern hatten nur das Beste für Esaias gewollt. Sie hatten sein kleines Gehirn vor dem finnischen Unkraut schützen wollen, damit das Schwedisch in einen unverdorbenen Acker gesät werden konnte. Die Tornedaler hatten daran geglaubt. Mit der üblichen Untertänigkeit hatte man die Medizin geschluckt und das getan, was die Gelehrten befohlen hatten.

Noch im Erwachsenenalter war diese Vorstellung in Esaias verankert gewesen. Ein Land, ein Volk und eine Sprache. Bei einer Rundreise durch Indien hatte er zum ersten Mal einen wirklichen Denkanstoß in dieser Richtung bekommen. Esaias stand auf dem Busbahnhof in Bangalore und kam mit einem Straßenjungen ins Gespräch. Der Junge war zehn Jahre alt, sah aber höchstens wie sieben aus, er war klein gewachsen, schmutzig und trug eine zerrissene kurze Hose, und in seinem rabenschwarzen Haar gab es sonderbare rötliche Strähnen, die von langjähriger Unterernährung kündeten. Er war kaum mehr als ein paar Jahre zur Schule gegangen. Sein Vater stammte aus Neu Delhi, seine Mutter aus Maharashtra, sie waren vor zwei Jahren hierher gezogen. Jetzt beherrschte der Junge fließend beide Muttersprachen seiner Eltern, Hindi und Marathi, sowie das Tamil des neuen Teilstaats, in dem sie jetzt lebten, außerdem konnte er richtig gut Englisch. Esaias war von diesem ungewaschenen kleinen Sprachgenie fasziniert, hatte ihm einige Rupien geschenkt und sich den Rest des Tages auf unerklärliche Weise gut gelaunt gefühlt. Vier Sprachen und nicht das geringste Zeichen für eine überfüllte Harddisk.

Je weiter Esaias sich in der Welt umschaute, umso häufiger stellte er fest, dass Mehrsprachigkeit eher das Normale war. Die Welt war voll mit Indianersprachen, Bantusprachen, Ortsdialekten und Överkalixsprache, und dann noch dieses Spanisch oder Arabisch oder Kantonesisch oder all die Kreolvarianten. Die Leute heirateten kreuz und quer und vermischten sich, die Kinder sogen die Sprachen wie Löschpapier auf. So lief es die ganze Zeit. Einsprachige Nationen erhielt man in der Regel eigentlich nur, wenn man eine leere Insel wie Island kolonisierte.

Es war die Einsprachigkeit, die abgrenzte. Als würde die Umwelt nur in einer einzigen Farbe gesehen. Ein zweisprachiger Tornedaler hatte einen doppelt so großen Wortschatz wie ein einsprachiger Schwede und damit doppelt so viele Möglichkeiten, sich auszudrücken, sowohl in der Schlange an der Kasse als auch in seinen eigenen Gedanken. Und trotzdem fühlte man sich behindert.

Seine Mutter und sein Vater hatten Esaias niemals Finnisch gelehrt. Aber sie hatten nicht verhindern können, dass er zuhörte. Und so musste es gelaufen sein. Ein kleiner

Junge, der auf dem Küchenfußboden saß und mit Bauklötzen spielte. Mama und Papa, die am Küchentisch Kaffee tranken. Ein Blick durch das Fenster auf den Regen draußen, ein Wort, das sich wiederholte, vielleicht *sattaa.* Oder im Winter, wenn es schneite, *lunta.* Keine Übersetzung oder Erklärung, nur das Wetter draußen. Und Worte, die im Körper zurückblieben, ohne dass man daran dachte. Der Nachbar, der grüßte und zu *komppi* einlud. Draußen an der Leine stand *koira* und bellte. *Varo!,* wenn man über die Straße wollte. *Kuule* und *niinkö* und *varmasti* am Telefon. Man saß da und lauschte, und es blieb haften. Es klumpte sich zu einem größeren Knäuel zusammen und wuchs in aller Stille, ganz unterirdisch. Und immer häufiger, wenn Mama Schwedisch sprach, war zu merken, dass sie eigentlich auf Meänkieli dachte.

»Komm rein, essen!«, rief sie, aber man sah, dass *tule sisäle syöhmään* in ihrem Kopf steckte.

»Sei leise!«, sagte sie, dachte aber *älä värkkää!*

Vielleicht war es in allen Familien auf der ganzen Welt so, überlegte der Junge. Die Eltern hatten eine Sprache und die Kinder eine andere. Doch in Esaias wuchs die Erwachsenensprache genauso, bekam Äste und Blätter, wurde langsam Teil seines Körpers. Und eines Abends, als Mama und Papa Geheimnisse besprechen wollten, ging er hin und lauschte. Sie wollten nicht, dass er es verstand, also sprachen sie die ganze Zeit in ihrer geheimen Erwachsenensprache, und sie fingen sogar an, sich darüber lustig zu machen:

»Nyt kakara ei ymmärä mithään! Jetzt versteht der Junge nichts!«

»Miehän ymmärän!«, antwortete er darauf. »Natürlich verstehe ich euch.«

Sie hatten ihn sprachlos angestarrt. Seinen kleinen Jungsmund, als hätten sie nicht richtig gehört. Sie zeigten keinerlei Freude. Stattdessen warfen sie sich gegenseitig vor, ihm Finnisch beigebracht zu haben. Das ist deine Schuld. Nein, deine. Kein Stolz, kein Lob. Esaias legte sich auf den Küchenfußboden, streckte sich auf den gefirnissten Brettern der Länge nach aus und hielt sich die Ohren zu. In hohem Bogen spuckte er schäumende Speichelblasen aus. Es gab ein Geräusch im Hintergrund, einen Schneepflug, der sich scheppernd auf der Landstraße näherte. Esaias ließ ihn vorbeifahren, bevor er schweigend davonrobbte. Der Speichel blieb liegen. Immer wieder würde irgendein Mistkerl hineintrampeln.

28

Auf den ersten Blick enthielt Uddes Fotoalbum nur unschuldige Urlaubsbilder. Therese blätterte es aufmerksam durch. Touristen lagen in Liegestühlen mit einem kokosmilchtrüben Getränk in Reichweite. Hässliche Stoffhüte, dunkle Sonnenbrillen mit Nasenschutz, pellende Haut. Im Hintergrund ein wimmelnder Ameisenhaufen badender Menschen, das Meer, das dunkelblau, fast schwarz glitzerte. Funkelnd weiße Hotelfassaden auf dem Land, Balkons und Treppenfassaden, gezackte Hochhaussilhouetten vor einem von Abgasen dunstigen Himmel.

Europäer im Urlaub. Breitbeinig dasitzende Männer mittleren Alters in Boxershorts mit hervorquellendem Bauchfett bei auffallend schmächtigen Brustkörben. Dicke Eheringe, Schweizer Armbanduhren, um den Hals baumelnde Brustbeutel mit Hotelschlüssel und Taschengeld. Es gab auch andere Typen. Jünglinge um die 25 Jahre mit Pferdeschwanz, Ring im Ohr und einer überdimensionierten Tätowierung auf der Schulter. Ecstasyboys. Und unter ihnen der Urgroßvater, ein magerer, krummer Alter in rosa Badehose. Graues Haar über die Glatze gekämmt, ein runzliger Mund, der immer in die Kamera lachte und eine Reihe amerikanischer, gleichmäßiger und unnatürlich weißer Zähne zeigte.

Es gab auch Frauen, zusammengekauert wie satte Katzen unter ihren Sonnenschirmen, glänzend wie Bratwürste vom Sonnenöl, bläuliche Sonnenbrillen, die über die Seiten englischer Qualitätsbücher spähten. Einsam, umgeben von reservierten Glasblasen, als wären sie in Glühlampen geschlüpft.

Erst nach einer Weile fiel einem das Kind auf. Ein kleines Mädchen aus der einheimischen Bevölkerung mit weißer Schleife und einem umwerfend niedlichen Rosenmund. Sie saß mitten zwischen ihnen auf dem Boden, zwischen all den behaarten Beinen und Birkenstocksandalen. Ihr Blick war schräg in die Ferne gerichtet, sie spielte nicht, lief aber auch nicht davon. Sie saß da, weil sie es musste. Sie gehörte zu jemandem.

Zwei kurzgeschorene Eingeborenenjungen, vielleicht Brüder, auf den Knien eines hochgewachsenen, glatzköpfigen Mannes. Alle drei sind nass, sie haben gerade zusammen gebadet. Der Mann lacht in die Kamera, den Kopf charmant schräg gelegt, dadurch hat er eine Fettwulst im Nacken. Der kleinere Junge lacht und umfasst einen Spielzeugelefanten, Onkels breite Finger kitzeln ihn an der Taille. Der ältere Junge dagegen hat die Hände gehoben und verbirgt sein Gesicht.

Es musste Martin Udde gewesen sein, der die Bilder gemacht hatte. Auf einem der Fotos ist er selbst zu sehen. Breitbeinig steht er zur Kamera gewandt da, auffallend braungebrannt in der weißgekalkten Hoteldusche. Das Wasser läuft ihm über den Kopf und spült das Shampoo auf das graue Brusthaar hinab. Er lacht und streckt die Zungenspitze in einer sinnlichen Geste aus. Mehr ist da nicht. Wenn nicht dieser merkwürdige Kamerawinkel wäre, schräg von unten, als hätte der Fotograf sich hingehockt. Oder wäre sehr klein gewesen. Therese blickt zu Martin Udde auf, wie sich sein eingeseifter, zufriedengestellter Riesenkörper aufbaut, und sie begreift. Das Foto ist von einem Kind gemacht worden.

Therese schob das Album von sich. Das Mittagessen drehte sich ihr im Magen um. Sie schloss die Augen, befeuchtete sich die Lippen. Dann hob sie ihre Schreibtischunterlage hoch und zog etwas hervor. Eine Zigarrenbauchbinde, Montechristo Nummer 2. Sie führte sie an die Nase und holte Luft in langen, gierigen Zügen.

Nichts. Doch, Laub. Zeder, schwach. Braunes Kastanienlaub im Herbst.

Oder war es vielleicht die Sauna? Duftete es nicht nach Sauna?

Ånderman saß in seinem Dienstzimmer und pustete auf eine Tasse *lung ching* aus dem Taxfreeshop in Hongkong. Vor ihm lag eine zugeschweißte, nummerierte Plastiktüte, die er immer wieder hin und her drehte. Therese ließ sich in dem imposanten Ledersessel nieder, der die Bibliothek in der Fünf-Zimmer-Wohnung seiner Mutter am Strandvägen dominiert hatte, als sie noch lebte. Als Einzelkind hatte er die ganze Pracht an Chippendale und Rörstrand geerbt, Carl Malmsten und Svenskt Tenn und ein paar echte persische Teppiche, die so echt gewesen waren, dass sie an der Wand hingen. Das erste Mal, als Therese sich in dem Sessel niedergelassen hatte, hatte Ånderman ganz nebenbei erwähnt, dass dort bereits drei Staatschefs gesessen hatten. Einer davon war Winston Churchill gewesen.

»Und der Großmutter geht es gut?«, wollte er wissen.

»Ja, noch einmal danke für die Hilfe.«

»Die Mütterlinie«, brummte er. »Ziemlich einmalig, wie man behaupten kann. Pass drauf auf.«

»Das verstehe ich jetzt nicht.«

»Ich denke an Mitochondrien-DNA. Die werden nur über das Mutternetz vererbt, also von der Mutter auf die Tochter, von Generation zu Generation. Unsere genetischen Wurzeln können bis zu einer der sieben Urmütter zurückverfolgt werden, die einst anfingen, Europa zu bevölkern. Aber wie gesagt, nur über die Frauenlinie.«

»Den Männern fehlt das?«

»Doch, die Männer haben das auch. Aber wir können es nicht weiter verfolgen. Mund auf, wenn ich bitten darf.«

Ånderman brach eine sterile Verpackung auf und zog ein Plastikstäbchen mit einem Wattebausch heraus. Therese sah ihn abwartend an. Er beugte sich zu ihr vor und kratzte mit dem Stäbchen an der Innenseite ihrer Wange. Sie verzog das Gesicht, aber da war es schon vorbei.

»Und wie geht es dem Hals?«, konterte sie.

»Magen«, korrigierte er. »Ich muss in einer Woche zur Nachuntersuchung.«

Vom Gesangsunterricht in seiner Jugend her klang seine Stimme immer noch wohlmoduliert. Daheim hatte er eine komplette Sammlung von *Wagner minus one*, bei denen er sämtliche Baritonpartituren mitsingen konnte. Jetzt winkte er sie zu sich. Hielt ihr die nummerierte Plastiktüte im Schein der Liefferlampe auf dem Schreibtisch hin. Auch sie war sein Privateigentum, im geschmackvollen Neobauhausdesign.

»Was meinst du, was das ist? Nein, nicht anfassen, nur raten.«

Therese beugte sich vor und schaute durch das Plastik. Ein bräunlicher, merkwürdig geformter Tierkörper. Plumpe Formen, starrende Glasaugen und ein weit aufgerissenes Maul wie bei alten Mayaskulpturen. Makaber.

»Sieht aus wie Scheiße«, sagte sie.

Er starrte sie an. Schob sich die dicke Brille in die Stirn, seine Gesichtshaut begann zu glänzen. Jetzt wird er wütend, dachte sie.

»Du bist wahrscheinlich die Zwanzigste, die ich frage«, erklärte er. »Und du bist die Erste, die korrekt geantwortet hat. Das ist Scheiße, genauer gesagt Menschenscheiße. Sozusagen in elaborierter Form.«

»Von wem gemacht?«

»Einem finnischen Kulturschaffenden«, antwortete er. »Genauer gesagt einem Mitarbeiter beim Hufvudstadsbladet in Helsinki. Er hat diese Kunstwerke in seinem Arbeitszimmer zustande gebracht, dann hat er in regelmäßigem Abstand die Fähre nach Stockholm genommen und sie an öffentlichen Plätzen ausgestellt. Anschließend hat er aus einiger Entfernung gewartet, bis jemand vorbeikam. Es gab immer jemanden, der es gesehen hat und neugierig wurde.«

»War das sexuell?«

»Die Schweden mochten seinen Kot. Und darauf war er aus. Dieser hier war so gut gemacht, dass ein Mädchen im Teenageralter ihn mit nach Hause genommen hat. Ein Elternteil reagierte darauf, und so sind wir ihm auf die Spur gekommen.«

»Dann hat der Kerl die Schweden gehasst?«

»Das Ganze ist wohl etwas komplizierter. Er ist Finnlandschwede, also ein Finne mit Schwedisch als Muttersprache. Davon gibt es mehr als dreihunderttausend in unserem Nachbarland, eine beachtenswerte Minorität.«

»Wie die Tornedaler«, überlegte Therese. »Nur umgekehrt.«

»Und diese Ambivalenz Schweden gegenüber ist typisch für sie«, sagte Ånderman.

»Aber worauf war er denn nun wütend?«

»Ja, wie soll man das nennen? Ich weiß es nicht, die Wurzeln?«

Er betrachtete sie abwartend. Die Brille beschlug vom Tee.

»Nun zeig mal, was du da hast.«

Mit einem leichten Knall legte sie Uddes Fotoalbum auf den Schreibtisch. Ånderman beugte sich darüber und blätterte darin, während er durch den Mundwinkel auspustete.

»Lass mal sehen … Handelt es sich um Kinder?«

»Am Ende gibt es ein Foto aus der Dusche.«

Ånderman stutzte. Beugte sich näher darüber, über die Fotos.

»Martin Udde? Ist er das? Ja, ei der Daus!«

Es war zu merken, dass Ånderman nie einen Fernseher gehabt hatte, dachte sie. Was war eigentlich »Daus«?

»Nicht zu leugnen, das gibt neuen Stoff für die Ermittlungen«, murmelte Ånderman.

»Ist dir einer dieser Giftzwerge vielleicht schon einmal über den Weg gelaufen?«

Er nahm sich jetzt mehr Zeit. Holte eine Zeisslupe aus einem Etui aus samischem Leder heraus, so eine, wie die Feldbiologen sie benutzten, wenn sie Kryptogame bestimmen wollten.

»Der Fette hier ist ein Deutscher. Und der Alte mit dem Hollywoodgebiss ist Amerikaner, ein richtig ekliger Kinderschänder, ist aber letztes Jahr gestorben, soweit ich mich erinnern kann. An Altersschwäche. Ich kann sehen, dass das Foto datiert ist, es ist acht Jahre alt.«

»Was sollen wir machen?«

»Gibt es noch mehr?«

»Ein paar Schreibhefte.«

»Ich will alles sehen, Therese. Onkel Grabschhand gibt es überall.«

»Glaubst du, dass Udde auch in Pajala tätig war?«

»Wussten die Nachbarn von seiner Neigung?«

»Es hat niemand von sich aus etwas in der Richtung gesagt.«

»Hat er Mädchen oder Jungs vorgezogen?«

»Jungs. Meistens schreibt er über Jungs.«

Ånderman versuchte gleichgültig auszusehen, verlagerte aber ständig das Gewicht auf seinem Stuhl.

»Mädchen schlucken es«, sagte er. »Die verstummen, versuchen es zu ignorieren. Während Jungs es auskotzen.«

»Zu Gewalt greifen?«

»Natürlich nicht alle, das ist ein Mythos. Aber viele. Die Phantasien dahingehend entwickeln, es rauszulassen.«

»Die Rache haben wollen?«

»Es kann ein Straßenkind in Pajala gegeben haben. Das es lange mit sich herumgeschleppt hat. Eine tickende Zeitbombe, die nur auf den richtigen Augenblick wartet.«

»Ein Krimineller?«

»Wahrscheinlicher ist es ein ganz normaler, unauffälliger

Bewohner von Pajala. Ein Waldarbeiter oder vielleicht ein Lehrer. Kann sogar ein Polizist gewesen sein.«

»Dann glaubst du nicht, dass die Trickbetrüger Udde umgebracht haben?«

»Die schweigen ja immer noch. Ich weiß es nicht. Auf jeden Fall müssen wir uns alle Wege offen halten.«

Ånderman hob das Fotoalbum an die Nase und schnupperte daran. Seine fleischigen Nasenflügel weiteten sich, vibrierten. Langsam lehnte er seinen Ramseskopf wieder gegen die Kopfstütze.

»Lass die Kollegen da oben mal herumstochern, die können ja die Sprache«, sagte er. »Ich schaue mir die Schreibhefte an und denke darüber nach, und dann denke ich, solltest du wieder in den Norden fahren.«

In den Norden. Therese spürte, wie sich unbewusst ihr Unterleib zusammenzog, das Sesselleder knarrte. Es nützte nichts. Ånderman schlürfte erneut seinen Tee, mit beweglichen Handgelenken wie eine alte Frau, wie seine schon seit langem verstorbene Mutter.

29

Aus »Jägerleben in Tornedal« von Håkan Välikangas Skrivarförlaget, Luleå, 1981

Eine im Tornedal oft benutzte Fallenanordnung läuft unter der Bezeichnung *loukku.* Das Modell ist bereits Hunderte von Jahren alt und ohne Zeichnungen von der älteren Generation immer an die jüngere überliefert worden. Alles, was gebraucht wird, sind ein Stück Holz und ein Messer. Aus dem Holzstück werden drei unterschiedliche Teile geschnitzt. Zwei Teile sind breit mit einer Kerbe und ein paar Aussparungen. Der dritte Teil ist eine lange, sich verjüngende Weidenrute (s. Abb. 1). Die Teile werden glatt geschmirgelt, um die Reibung zu vermindern, und dann in der Form zusammengesetzt, dass der lange Holzstab waagerecht herausragt und die beiden Stückteile miteinander verbindet. Oben auf die Anordnung kann jetzt ein ziemlich ansehnliches Gewicht gelegt werden, wie beispielsweise ein flaches Stück Felsen, ein Stück aus dem Baumstamm oder eine Holzplatte. Die Anordnung ist so stabil für vertikale Kräfte, dass man sich in gewissen Fällen sogar äußerst vorsichtig darauf setzen und die Füße vom Boden abheben kann. Gleichzeitig ist sie von der Seite her so empfindlich, dass bereits kleinste Vibrationen genügen, wenn etwa ein Hermelin oder eine Waldmaus sich an das Speckstück, das auf das Ende des horizontalen Stabs aufgespießt ist, heranwagen, damit die Anordnung auseinanderfällt und das Gewicht mit aller Wucht auf sein Opfer fällt.

Über die Stabilität dieser Konstruktion kann folgende Geschichte erzählt werden: In einem Dachverschlag im Ort Liviöjärvi wurde 1972 von den Brüdern Alrik und Allan Wonkavaara ein »loukku« gefunden. Die Falle war intakt und mit einem gespaltenen Kiefernstamm als Gewicht versehen, aber der Köder war schon seit langer Zeit verschwunden, vermutlich von Insekten gefressen. Als die Jungen den Stab mit einem Besenstiel berührten, fiel die Konstruktion auf geplante Art und Weise zusammen. Bei näherer Untersuchung des »loukku« wurden Initialen gefunden, die mit denen des Vaters Eeros übereinstimmten. Als dieser gefragt wurde, zeigte er große Verwunderung, erinnerte sich dann daran, wie seine Mutter in seiner Kindheit meinte, Mäusegeräusche vom Dachboden her zu hören, und dass er daraufhin ein »loukku« geschnitzt hatte. Da aber die Mäusegeräusche von selbst aufhörten, war die Falle offenbar in Vergessenheit geraten. Eero versicherte, dass diese Ereignisse stattgefunden haben mussten, als er so ungefähr zehn Jahre alt gewesen war, also Ende der Zwanziger. Fast ein halbes Jahrhundert hatte das »loukku« also seine aufrechte Stellung beibehalten und auf seine Beute gewartet.

30

Hier hätte ich mit Papa laufen sollen, dachte Therese. Sie joggte in lockerem Takt den Djurgårdsbrunnskanal nach dem 40-Minuten-Schema entlang. Zuerst aufwärmen, dann steigern bis zum Trommeltempo, anschließend heftige Intervalle, bis der Blutgeschmack kam, und zum Schluss das Tempo senken, damit der Körper sich wieder zurechtfand. Die Waden federten angenehm in den Schuhen mit der neuen, die Steifheit regulierenden Elektronik. Im Herbst sollte sie wieder am Lidingöl-Lauf teilnehmen. Sie spürte den Rausch. Den Laufrausch. Den Genuss der Gazelle, die langen Muskelfasern, die sie vom Boden abheben ließen. Der Stoß, der kurze Erdkontakt vor dem nächsten Bogen. Wenn man lief, befand man sich mehr in der Luft als auf dem Boden. Es ging ums Fliegen. Bei den besten Läufen erlebte sie ein fast schwebendes Gefühl. Der Boden rollte unter ihr hinweg, sie selbst war ruhig, während die Füße da unten die Erde streiften, nur leicht, ganz leicht. Sie suchten Halt, sie wollten dort bleiben, aber sie riss sie immer wieder von der Erdanziehungskraft los. Ein Akt der Freiheit. Ein Rausch.

Vor ein paar Jahren hatte sie Probleme mit den Fußgelenken gehabt. Besonders nach längeren Strecken blieb ein Unheil verkündender Schmerz, ein Reiben, das sich fast wie Rheuma anfühlte. Torbjörn von »Friskis & Svettis« hatte ihren Fußansatz auf einem Laufband gefilmt und war zu dem Schluss gekommen, dass es an einer Pronation lag. Sie kaufte sich andere Schuhe und versuchte die Füße in einem anderen Winkel anzusetzen, doch es nützte nichts.

Schließlich, aus reiner Verzweiflung, machte sie es genau umgekehrt. Während eines regnerischen Zwanzig-Kilometer-Laufs, die Regenwürmer hatten wie violette kleine Gedärme auf der Laufstrecke gelegen. Sie hörte auf, an die Füße zu denken. Ließ den Beinen einfach freies Spiel, durch das Knie bis hinunter zum Knöchel, so dass die Fußsohle sich entspannen konnte.

Kein Gedanke mehr an Winkel und den richtigen Fußansatz. Einfach gehen lassen, in gewisser Weise in sich hineinlauschen. Was wollt ihr, Füße? Wie wollen wir das hier machen? Voller Erwartung spürte sie, wie das Gleichgewicht wiederkam. Die Fußgelenke stellten sich ganz automatisch ein, und gleichzeitig ließ der Schmerz nach. Mit jedem Schritt wurde er weniger, bis der Schmerz bald vollständig verschwunden war.

Man sollte aufhören zu denken. Loslassen. Der Körper wusste selbst, wie er laufen sollte.

Mit Papa. Hier hätte sie mit Papa laufen sollen.

Diese Sehnsucht tauchte ab und zu auf. Nicht häufig im Alltag, da gab es so vieles andere, aber manchmal beim Laufen. Wenn der Körper beschäftigt war, hatten die Gedanken freie Bahn. Das Blut strömte, und das Gehirn wurde von Sauerstoff durchspült. Dann konnten Bilder auftauchen. Alte Erinnerungen.

Papa war in seiner Jugend Sportler gewesen. Ein vielversprechender Mittelstreckenläufer im Spårvägens FK, mit mehreren Clubmeisterschaftsmedaillen. Es gab ein Foto aus dem Stockholmer Stadion, ein Juniorenwettkampf Anfang der Sechziger. Papa läuft mit wehendem Haar, die Oberlippe über die Zähne hochgezogen, das linke Knie hoch in der Luft. Es ist ein Spurtduell, ein langgezogener Spurt, den er verlieren wird. Aber das Foto ist schön. Ein bisschen wie Anders Gärderud, die gleiche sehnige Körperhaltung. Und dann in diesem Stadion. Sie erinnerte sich daran, wie sie dort selbst bei ihrem ersten Stockholm-Marathon ins Ziel lief, wie sie sich durch die gleiche Kurve kämpfte. Hier ist Papa gelaufen, hatte sie gedacht. Genau hier!

Oft stellte sie sich vor, wie sie zusammen liefen. Sie und ihr Vater. Hier am Djurgårdsbrunnskanal, unter den Ebereschen und Ulmen, er in einem gewissen Alter, aber immer noch durchtrainiert, kein Bierbauch, die Haare lang und nach hinten gekämmt, aber dünner. Er setzt sich an die Spitze, wie immer. Der alte Wettkampfinstinkt. Biegt auf kleinere Wege ab, sie folgt ihm dicht auf den Fersen. Und dann zieht er an. Der letzte Kilometer. Wie er es auch vor zehn Jahren getan hat, auf dem letzten Stück sprintet er los. Der Abstand vergrößert sich spielend leicht, und im Ziel steht er, wartet und dehnt sich ein wenig, keucht kaum.

Aber an diesem Tag, genau an diesem klaren Herbsttag, siegt sie gegen ihn. Schließt Stück für Stück die Lücke. Er schielt zurück über die Schulter und wird wie gewöhnlich schneller. Jetzt hat er das Maximum erreicht, jetzt läuft er davon. Unerreichbar. Doch es gelingt ihm nur für eine Weile, die Geschwindigkeit zu halten. Und langsam holt sie ihn ein, dehnt die Schritte bis zum Äußersten. Heftet sich an ihn. Erreicht den Rücken. Eine Kurve ist noch übrig. Eine letzte Kurve vor dem Parkplatz. Und da schließt sie mit ihm auf. Es ist das erste Mal, das ist noch nie vorgekommen. Sie drückt sich an die Außenseite und schließt zu ihrem Vater auf. Eine Weile kämpfen sie Seite an Seite mit hochgezogenen Knien, und dann zieht sie vorbei. Sie zieht an ihm vorbei. Sie überholt ihn, und sie hält den Abstand, es flimmert ihr vor den Augen, sie spürt den Blutgeschmack, aber sie hält es. Nur eine Spur vor Papa, aber bis ins Ziel, nur ein paar Zentimeter, aber die verändern seinen Blick auf sie für alle Zeiten.

Und wie reagiert Papa? Er wird sauer. Er spuckt auf den Autoreifen und versteckt sich in einer Dehnung. Nein, das tut er nicht. Er wird ernst, legt ihr die Handflächen auf beide Schultern und sieht ihr tief in die Augen.

»Ich bin stolz auf dich!«

Nein, in dem Moment fängt er an zu lachen. Ein warmes Blubbern aus dem Bauch, mitten in der Atemlosigkeit, und dann umarmt er sie schwankend, während der Schweiß tropft, und dann sagt er:

»Na, jetzt werde ich wohl endgültig ein alter Knacker!«

Und sie erwidert: »Nein, überhaupt nicht«, und er sagt: »Doch, doch«, und sie sagt: »Nein«, aber ab jetzt ist sie die Stärkere, jetzt ist er derjenige, der das Nachsehen hat.

Oder?

Sie wird es niemals erfahren.

Es war ein Penner, der ihn fand. Papa hatte in seiner heruntergekommenen Junggesellenbude gelegen, seiner Einzimmerwohnung, die ihm das Sozialamt besorgt hatte, es war zu der Zeit, als sie und Mama in Falköping wohnten. Therese war drei Jahre und vier Monate alt, und an diesen Tag kann sie sich nicht mehr erinnern, dafür aber an die Beerdigung. Sie hatte die ganze Zeit in der Kirche eine Blume in der Hand, es muss eine Nelke gewesen sein. Sie hielt sie so fest umklammert, dass der Stiel ganz weich wurde, und sie hatte den Kopf hängen lassen, als Therese sie zum Sarg trug. Die Mutter hatte mit ihr geschimpft. Geflüstert, dass sich das nicht gehöre. Ihr Papa lag da tot im Sarg, und Therese hatte ihm diese zerdrückte Blume gegeben. Sie auf den Sargdeckel gelegt. Weiß war sie gewesen, daran erinnerte sie sich. Weiß und zerfleddert.

Vernehmung von David Pääjärvi, 15 Jahre, in Anwesenheit des Erziehungsberechtigten Hans-Ove Pääjärvi. Vernehmungsleiter Sonny Rantatalo.

SONNY: Als wir uns das letzte Mal unterhalten haben, David, da hast du Martin Udde als verdreht bezeichnet.

DAVID: Sie meinen Mutter.

HANS-OVE: Ist der Junge wegen irgendetwas verdächtig?

SONNY: Nein, wir möchten nur, dass David uns hilft. Warum fandest du ihn verdreht?

DAVID: Er wurde wütend wegen gar nichts. Schon wenn man mit dem Moped auf der Straße fuhr, und die Straße gehört ja wohl allen, oder?

SONNY: Wie stand er zu Kindern?

DAVID: Er hat Kinder gehasst.

SONNY: Wieso?

DAVID: Einmal hat er mich geschlagen.

SONNY: Erzähl mir davon.

(Schweigen.)

HANS-OVE: Okay, das war, als David über das Grundstück des Alten gefahren ist, David hatte ein Mountainbike gekriegt und wollte es ausprobieren.

SONNY: Wie alt warst du da?

DAVID: Acht.

HANS-OVE: Und der Kerl hat sich David geschnappt und ihn mit in die Garage gezerrt, und dann hat er den Jungen verprügelt.

SONNY: Wie?

HANS-OVE: Er hat mit der Hand geschlagen.

SONNY: Wohin genau hat er geschlagen?

DAVID: Nää…

SONNY: Doch, das ist wichtig.

HANS-OVE: Auf den Hintern. Mit heruntergezogener Hose.

(Schweigen.)

SONNY: Das ist doch strafbar.

HANS-OVE: Mhm.

SONNY: Aber Sie haben ihn nie angezeigt?

HANS-OVE: Das habe ich selbst geregelt.

SONNY: Was haben Sie denn gemacht?

HANS-OVE: Ich bin zu dem Alten hin und habe mit ihm geredet. Unter vier Augen. Wenn Sie verstehen, was ich meine.

SONNY: Nein, was denn?

HANS-OVE: Das macht keiner mit meinem Kind. Und das habe ich ihm ziemlich eindringlich klargemacht.

SONNY: Sie haben ihm gedroht?

HANS-OVE: Wir haben doch nicht genug Polizisten hier, nicht wahr? Und einiges kann man auch auf die alte Art regeln.

SONNY: Haben Sie Gewalt angewendet?

HANS-OVE: Wenn Sie wissen wollen, was ich ehrlich meine… Man rührt kein Kind an. Das ist das schlimmste Verbrechen überhaupt. Es gibt nichts Schlimmeres.

SONNY: Sie sagen es.

HANS-OVE: Sag ich doch.

(Schweigen.)

SONNY: Äh… David, weißt du, ob Martin Udde das auch mit anderen gemacht hat? Mit anderen Kindern?

DAVID: Er hat Williams Fahrrad weggeworfen.

SONNY: Wie das?

DAVID: Na, in den Graben, ins Wasser. Und das zum zweiten Mal, der Alte war total verrückt.

SONNY: Und hat er sich hinterher an William vergriffen?

DAVID: Nein, wir sind weggelaufen. Aber so war er oft, man musste die ganze Zeit aufpassen.

HANS-OVE: Sind wir jetzt fertig?

SONNY: Wissen Sie, ob jemand von den anderen Eltern... ob vielleicht noch jemand auf die Idee gekommen ist, ihn aufzusuchen?

HANS-OVE: Ich habe ein Alibi. Ihr habt das ja schon überprüft.

SONNY: Ja, ich weiß.

HANS-OVE: Komm jetzt, David.

Sonny schaltete das Aufnahmegerät ab und lehnte sich auf seinem Bürostuhl zurück. Verschränkte die Hände im Nacken, bog die Ellbogen nach hinten. Nicht genug Polizisten. Jaja, hm, hm... Und wenn es sein eigenes Kind gewesen wäre? Und wenn Martin Udde noch weiter gegangen war? Wenn er angefangen hatte, Thailand zu spielen, hier in Pajala? Der Gedanke war wie Eis, Sonny spürte eine stechende Kälte. Hausbesuch. Das könnte ein Hausbesuch mit Dienstwaffe außerhalb der Arbeitszeit gewesen sein. Oder mit Lachsspeer. Vielleicht einfach mit einem Lachsspeer.

31

Langsam schlenderten sie zwischen den Schmuckvitrinen hin und her. Ende November hatte Therese Geburtstag, und sie ahnte die Hintergedanken ihrer Mutter. Das jährliche Mutter-Tochter-Ritual. Sie blieben stehen und wiesen sich auf bestimmte Dinge hin, und Therese versuchte, ganz feine Andeutungen zu machen. Der Armreif in Weißgold mit frecher, graffitiinspirierter Gravur. Oder ein Ring von Rauff in kantig gedrehtem Sterlingsilber. Die Mutter blieb bei Kalevala mit seinen archaischen Reliefs stehen und ging dann weiter zu den Zürbickbroschen mit ihrem Stacheldraht aus Gold, die wie bewaffnete Schmetterlinge aus dem Kalten Krieg daherkamen.

»Ich habe Großmutter wieder besucht«, erwähnte Therese wie nebenbei.

Die Mutter schien es nicht gehört zu haben. Doch ihre Halssehnen spannten sich wie die eines Vogels. Eines Flugsauriers. Es war der falsche Zeitpunkt. Aber es kam eigentlich nie der richtige. Therese schluckte, versuchte ihre Stimme so sanft wie möglich klingen zu lassen.

»Warum hat sie dich eigentlich weggegeben?«

»Aber ich habe dich nicht weggegeben«, konterte die Mutter blitzschnell.

»Nein, aber …«

»Ich habe dich behalten, Therese. Mama hat mich nicht behalten, aber ich habe dich behalten.«

Ihre Mutter verstummte verärgert und beugte sich über eine Vitrine, so nah, dass das Glas von ihrem Atem beschlug.

Doch, dachte Therese. Sie hätte dich behalten können. Aber sie wollte nicht. Sie wollte dich nicht haben.

Therese zog sich den Mantel aus und probierte eine schwere Halskette an. Das kalte Metall auf der weichen, heißen Haut. Die Mutter stand schräg hinter ihr, und plötzlich streckte sie die Finger aus und drückte den Kragen hinunter. Der Blusenstoff war leicht und weiß und in der grellen Ladenbeleuchtung fast durchsichtig. Therese drehte sich schnell um. Gab die Kette der Verkäuferin zurück, zog sich den Mantel an und hustete verstohlen. Mutter hatte sie nicht eine Sekunde aus den Augen gelassen. Sie gingen auf steifen Beinen hinaus. Verkehrslärm schlug ihnen entgegen, ein Überlandbus bretterte mit einem gehörigen Schuss Methanol an ihnen vorbei.

»Ein Bambi!«, rief ihre Mutter aus.

»Du irrst dich«, protestierte Therese.

Es war eng auf dem Bürgersteig. Ein magerer Trenchcoatvater schob einen Kinderwagen mit einem lethargischen, asiatisch aussehenden Mädchen darin, das einen blauen Luftballon umklammerte. Als sie vorbeigingen, explodierte der Ballon, der offensichtlich gegen etwas Spitzes in der Kleidung der Mutter gekommen war. Diese registrierte es, blieb aber nicht stehen.

»Ein kleines Bambi bei einer erwachsenen Frau!«

»Du irrst dich«, wiederholte Therese.

»Ist das echt?«

»Ja.«

»Wie abscheulich!«, rief die Mutter aus. »Vollkommen abscheulich! Lässt dich von Leuten mit Nadeln bekritzeln.«

Therese versuchte ruhig zu bleiben, doch ihr Puls hämmerte. Sie durfte nicht wieder vierzehn werden. Nicht jetzt.

»Das ist kein Bambi, Mama. Das ist ein Rentier.«

»Ein Rentier?«

»Ja, genau, ein Rentier.«

»Aber warum? Warum in Herrgotts Namen?«

Ja, was sollte man darauf antworten? Eine Treppe führte hinunter zur Untergrundbahn. Therese blieb stehen, während ihre Mutter weiterging. Ein steter Menschenstrom ergoss sich aus der Unterwelt. Wie Flüchtlingsmassen, dachte Therese, Erdbebenopfer. Die Mutter stieß heftig mit einem Mann zusammen, der das Gesicht verzog und sich den Ellbogen hielt. Er blieb stehen, direkt vor Therese. Sah sie an. Schloss die Augen. Schaute wieder.

»Verdammte Scheiße«, murmelte er.

»Lass es«, flüsterte sie.

Es war Esaias.

32

Am 21. Februar 1808, einem froststarren, besonders schönen Wintermorgen, setzte sich die russische Armee unter General Fredrik Wilhelm von Buxhövden in Bewegung und überquerte die Grenze nach Finnland. Damit war der Krieg unabwendbar. Finnland war Schwedens östlichste Provinz, und das seit sechshundert Jahren. Der Zeitpunkt für das Manöver, Ende Februar, war der denkbar schlechteste für die schwedische Armee, der Bottnische Meerbusen war teilweise mit Eis bedeckt, und es wurde für unmöglich angesehen, über diesen Weg Verstärkung zu schicken. General Wilhelm Mauritz Klingspor befahl den Rückzug der finnischen Truppen und ließ die Kräfte in der Nähe von Uleåborg sammeln. Von hier aus sollte die Rückeroberung von Finnland eingeleitet werden, nicht zuletzt mit Hilfe der finnischen Festungsbesatzungen, die auf den Frühling warteten. Doch am 18. März kapitulierte die Festung Svartholm an der Finnischen Bucht, und am dritten Mai kam die endgültige kalte Dusche. Sveaborg bei Helsinki unter Vizeadmiral Carl Olof Cronstedt kapitulierte ohne nennenswerte Gegenwehr mit seinen fast siebentausend Mann. Schwedens wichtigste Festung fiel damit in die Hände der Russen, zusammen mit dem gesamten Vorrat, darunter einhundertzehn Fahrzeugen unterschiedlichster Größe.

Im Laufe des Sommers setzte die finnische Armee zur Gegenoffensive an, während gleichzeitig eine ausgiebige Guerillatätigkeit unter der Bevölkerung begann. Die russische Armee wurde nicht gerade als Befreier angesehen, ganz besonders befürchteten die finnischen Bauern, dass die gehasste Leibeigenschaft wieder eingeführt werden könnte. Den Sommer über gelang es finnischen Partisanen, die Russen in den Süden zurückzudrängen, unter anderem bei Lappo und Alavo. Mit der Zeit gelang es den finnischen Kräften, bis nach Tammerfors vorzudringen und russische Transportwege abzuschneiden. Am 23. Juni segelte eine Expedition mit tausend Mann, hauptsächlich von den Regimentern aus Västerbotten und Jämtland, unter Oberst Johan Bergenstråhle von Bredskär nördlich von Umeå los, in der Absicht, Vasa zu erobern. Doch nach schweren Kämpfen waren sie gezwungen, sich zurückzuziehen.

Nach kleineren erfolgreichen Abwehrschlachten wandte sich bald das Kriegsglück, und von August 1808 an wurden die schwedisch-finnischen Kräfte in den Norden getrieben, immer näher an das Wasser des Bottnischen Meerbusens. Am 13. September gelang es Oberst Georg Carl von Döbeln bei Jutas standzuhalten, und am 14. September gegen fünf Uhr morgens wurde die schwerste Schlacht bei der kleinen Stadt Oravais eingeleitet. Ein eigentlich unbedeutender Vorposten geriet so ins Zentrum einer regelrechten Schlacht. Lange war der Ausgang ungewiss, die Angriffswellen schwappten auf und ab, doch gegen zehn Uhr abends, während die Herbstfinsternis einsetzte, gewannen die Russen die Überhand, und ein langer, anstrengender schwedischer Rückzug setzte ein. In der Schlacht selbst fielen siebenhundertvierzig Schweden und neunhundert Russen, doch noch viel mehr erlagen in den nächsten Tagen ihren Verletzungen. Als der Winter einsetzte, waren die schwedischen Truppen bis Torneå zurückgedrängt worden. Während des Winters warteten beide Seiten ab, kämpften gegen Krankheiten und die Kälte. Doch im März 1809 begann der Krieg erneut. Am 22. März fiel Umeå, und die russischen Truppen strömten durch Västerbotten heran. Erst im August gelang es den Schweden endgültig, die Angreifer bei Ratan zurückzuschlagen, und im

September war es soweit, dass ein Friedensabkommen unterzeichnet wurde.

Fredrikshamn, oder Hamina auf Finnisch, war ein verschlafener kleiner Küstenort im südöstlichen Finnland, ein alter Handelsplatz mit Molen und Kais in die Finnische Bucht hinein. Seit dem Frieden von Åbo, als die Grenze verschoben worden war, hatte man zu Russland gehört, und hier war es schließlich, wo im August und September 1809 die schwedischen und russischen Delegationen sich trafen, um das Friedensabkommen zu beraten.

Es war ein richtig schrecklicher Herbst. Fast täglich regnete es, dennoch war die Temperatur für die Jahreszeit eigentümlich hoch. Während die Getreidebauern unter einer verdorbenen Ernte litten, begaben sich die Ärmsten in die Wälder, denn an ein reicheres Pilzjahr konnte man sich nicht erinnern. Die Erde war übersät mit Reizkern, Röhrlingen und Schafeutern, kaum reichten die Körbe.

Einer der Anbauten des bescheidenen Rathauses hatte seit mehreren Jahren als Offiziersmesse und Übernachtungsquartier für all die Beamten und Gesandten gedient, die den Weg zwischen Sankt Petersburg und Helsinki zurücklegen mussten, und hier versammelte man sich nun. Die schwedische Delegation wurde von dem ehemaligen Botschafter in Sankt Petersburg, Curt von Stedingk, geleitet sowie von Oberst Anders Fredrik Skjöldebrand, gefolgt von Sekretären, Dolmetschern und einigen Beratern und Militaristen niedrigeren Grades. Die Russen, die also die Siegermacht darstellten und die Zusammenkunft ausrichteten, wurden vom Außenminister Graf Nikolai Rumiantsev und dem ehemaligen Gesandten in Stockholm, David Alopaeus, repräsentiert, direkt entsandt von Zar Alexander I. Man gruppierte sich um einen riesigen polierten Eichentisch und ließ sich in Lehnstühlen mit gepolsterten Armlehnen und bequemen Sitzkissen aus rotem Damast nieder. Wasserkaraffen wurden von zwei Dienern hereingetragen, dazu kleine Teller mit gesalzenen Pilzen. Letzteres fand keine Gnade bei den Schweden, Sekretär Morhuldt beschrieb den Geschmack in einem Brief an seine Verlobte Eleonora als eine Mischung aus »Gewehrschrot und wurmzerfressener Schweineschwarte«. Dagegen wurde der Samowar geschätzt, der von dem russischen Adjutanten bedient wurde, eine dampfende Anordnung ochsenfarbenen Porzellans und golden polierten Messings mit einem Silberhahn, aus dem bernsteinfarbener Tee ausgeschenkt wurde, äußerst erlesen und sättigend im Geschmack. Bereits zu Beginn der Verhandlungen erlaubte sich Minister Rumiantsev den Versuch, die Stimmung etwas zu lockern, er verriet augenzwinkernd das Geheimnis der russischen Militärerfolge, das angeblich darin bestand, dass jedem Stabszelt ein Samowar folgte, sommers wie winters. Ein russischer Offizier mit einer Tasse Chai, wer könnte mit größerem Enthusiasmus einen Feldzug leiten!

Die schwedische Delegation lächelte verhalten und konterte mit einigen Höflichkeitsphrasen, schnupperte am Tee und fummelte an ihrem Schreibzeug. Draußen schlug der Regen gegen die hohen Fenster, die Wolken wurden vom Meer herangeblasen, das so nah war, dass man es riechen konnte. Die abkommandierten Wachposten draußen hatten die Erlaubnis erhalten, sich unter das Eingangsdach zu stellen, vier junge Wachen in bereits durchnässten Paradeuniformen, die zur Ehre des Tages getragen wurden.

Anders Fredrik Skjöldebrand öffnete sein Federetui, um zu zeigen, dass er fertig war mit den Formalitäten. Er zog eine Stahlfeder hervor und ergriff sie wie eine Sticknadel. Mit scheinbarer Nonchalance kratzte er Ortsnamen und Zeitpunkt auf den obersten Bogen. Der Kachelofen wärmte schräg von hinten, er konnte die sanfte Strahlung spüren. Wie die Wärme eines Pferds. Ebenso lebendig. Eigentlich wäre kein Feuer nötig gewesen, der Tag war trotz des Regens warm, aber die Stimmung wurde dadurch zweifellos ein wenig gemütlicher.

Bereits bevor die Verhandlungen ernsthaft begannen, war eine Sache für Skjöldebrand klar. Sie würden Finnland verlieren. Nicht nur Teile in den Randbezirken, wie beim Frieden von Nystad 1721 oder in Åbo 1743. Sondern alles. Er würde hier sitzen und wäre gezwungen, einen der größten Landverluste Schwedens in seiner ganzen Geschichte zu bezeugen.

Aber wo genau sollte die Grenze gezogen werden? Bereits ein halbes Jahr zuvor hatte der russische General Peter van Suchtelen einen Rapport an den Zaren geschrieben und die Grenzziehung am Fluss Kalix empfohlen. Das Gebiet nördlich davon war laut diesem Bericht ausschließlich von Finnen bewohnt. Das gesamte Tornedal gehörte damit also ganz klar zur Provinz Finnland und sollte folglich unter russische Oberhoheit gestellt werden. Außerdem hatte der Kalix seinen Ursprung im schwedisch-norwegischen Gebirge. Auf lange Sicht könnte Russland möglicherweise sogar ein Stück von Nordnorwegen dazugewinnen und somit eisfreie Häfen im Atlantik erhalten.

Außenminister Rumiantsev seinerseits war bereit, sich mit dem Fluss Kemi als Grenze zu begnügen. Warum sollte man sich über ein paar unbedeutende Lappenhütten im Tornedal streiten? Das hatte er dem Zar vorgeschlagen, und die Antwort von diesem musste jeden Moment eintreffen.

Skjöldebrand wurde Fredrikshamn immer überdrüssiger. Tage und Wochen verstrichen, während man auf die Kurierpost mit weiteren Instruktionen von der schwedischen und der russischen Regierung wartete. Es zog sich verflucht lange hin. Er erinnerte sich an eine Reise, die er selbst 1799 in die Gebiete getätigt hatte, um die jetzt verhandelt wurde, gemeinsam mit dem Italiener Giuseppe Acerbi. Unter anderem hatten sie ein unvergessliches Mittsommerwochenende bei den Gutsbesitzern von Kengis verbracht und zugeschaut, wie die einheimischen Bauern diesen merkwürdigen Bärentanz aufführten. Als Erinnerung an diesen Besuch hatte

Skjöldebrand ein Aquarell des Gutes angefertigt mit seinen Gebäuden am mächtigen Kengis-Wasserfall. Auch hier in Fredrikshamn spazierte Skjöldebrand die Stadtstraßen frühmorgens entlang, und mit seinem Zeichenstift skizzierte er einige Hausfassaden im Schutz seines Mantels in dem feuchten, regnerischen Wetter. Müde Hunde wühlten in den Müllhaufen an den Straßenecken und stritten sich mit gelben Reißzähnen um ein paar Fischreste. Pfeiferauchende und hustende Bauersfrauen kamen angehumpelt, den Birkenrindenrucksack voll mit Rüben, die sie auf dem Gemüsemarkt verkauften, eingehüllt in ihre Kleider und Schürzen mit Zinnknöpfen und mit einem Haufen rotznäsiger Kinder, die träge dasaßen und mit ein paar Strohhalmen spielten. Unten am Hafen wurde Holz in eine Schute verladen. Die Schauermänner mit ihren mageren Wangen wankten ein Fallreep hinauf, die Schultern von frisch gesägten Planken niedergedrückt, die auf Lederkissen ruhten, die wiederum mit Rosshaar gestopft waren. Die Männer wurden mit der Zeit chronisch schief, ihre Oberkörper beugten sich vor, und sie gingen schräg wie in einem ständigen Seitenwind. In der Mittagspause aßen sie mit ihren schwarzen Fingern gebratenen Fisch und tranken *piimä* aus Metallflaschen. Bereits gegen Mittag wurden die kleineren Jungen losgeschickt, um die Rauchsauna anzuheizen, die aus Restholz hinten an den Waschstegen errichtet worden war. Wenn der Arbeitstag endlich zu Ende war, traf man sich dort, schwankend und eifrig mit seinen Flaschen gestikulierend. Sie sehen aus wie Kriegspferde, dachte Skjöldebrand. Von der Arbeit erschöpft, gehäutet, die Augen wie gegossene Bleikugeln.

Die letzten Anordnungen von der schwedischen Regierung waren am vierten September eingetroffen. Im Notfall gab man seinen Unterhändlern das Mandat, Åland aufzugeben und die Grenzziehung am Fluss Kalix zu akzeptieren. Rumiantsev bekam einige Wochen später Antwort vom Zaren. Sollte es der Fluss Kemi oder der Fluss Kalix sein? Skjöldebrand blätterte in seinen Papieren und zog überraschenderweise die Skizze eines russischen Küstenfrachters heraus, der vor einigen Tagen Salz gelöscht hatte. Er spürte, wie ihn das Reisefieber packte. An Bord gehen. Einfach davonfahren. Riga, Greifswald, Wilhelmshaven. Diesen Sumpf hier verlassen, diesen Gestank nach Mist und saurem Hering.

Neben ihm saß Botschafter Stedingk und röchelte. Er hatte sich erkältet und dünstete eine Teertinktur aus, die ihm die Köchin besorgt hatte, eine trübe Hausmedizin, von der es hieß, sie helfe gegen Schleim und Gliederschmerzen. Mit zitternden Händen gelang es ihm, sein großes Taschentuch herauszuholen, aufzufalten und einen Tropfen von der äußersten Nasenspitze aufzufangen. Hatte er möglicherweise Fieber?

Der Fluss Kemi oder der Fluss Kalix? Hier und jetzt sollte es entschieden werden. In diesem Raum mit seiner milden Kachelofenwärme, seinem feuchten Schuhwerk, mit Alopaeus' Walnussholzpfeife, die er sorgfältig mit klebrigem moldawischem Tabak stopfte. Ein paar Lappenkaten da oben im Tornedal. Eine Handvoll finnischsprechender armer Hunde, die zwischen den Stämmen der riesigen Wälder hockten. Hier und jetzt sollte ihr Schicksal besiegelt werden.

Rumiantsev zog die zusammengerollte Karte heraus, die ihm der Zar geschickt hatte. Auf das eine Ende stellte er seine Teetasse, um sie zu beschweren. Dann begann er unter den Blicken aller Anwesenden das Kartenblatt auszurollen.

Es hätte der Fluss Kalix werden können. Pajala und das ganze Tornedal werden damit eine Art russisches Territorium. Anfangs ist noch kein großer Unterschied zu bemerken. Doch nach der Roten Revolution 1917 sagt sich die Provinz als selbständige Nation los, und wir Tornedaler schließen uns der neuen Nation Finnland an. Und uns erwarten Krieg und Vernichtung. Im finnischen Bürgerkrieg stellen wir uns auf die Seite der Roten und verlieren. Während des Winterkriegs werden unsere Väter und Brüder in den Schützengräben bei Viborg und Salla fallen. Im Folgekrieg zieht die deutsche Armee sich nach Norden hin zurück und befolgt die Taktik der verbrannten Erde. Alle Orte gehen in Flammen auf. Die Grenzstadt Ylikainuu, oder Överkalix, wie sie in schwedischer Übersetzung heißt, wird bis auf die Grundmauern niedergebrannt, ebenso Hietaniemi, Korpilombolo und Vittangi. In der schwedischen Stadt Tärendö stehen die Einwohner am Flussufer und nehmen die Flüchtlinge aus der Region von Pajala in Empfang, während man zusehen muss, wie auf der anderen Seite des Grenzflusses die finnische Zwillingsstadt Täräntö angezündet wird, während noch die letzten Verwandten in ihren Ruderbooten über den Fluss fliehen.

Im Jahr 1900 wird die neue Bergbausiedlung Kiirunavaara gegründet. Der finnische Bürgermeister Hannu Lundbohm formt eine Musterstadt um die neu angelegte Eisenerzgrube, inspiriert von finnischer und russischer Baukunst. Besonders berühmt wird die einzigartige Holzkirche, sie erinnert an eine riesige Rauchsauna mit Kirchenbänken in steil hochgezogenen Reihen wie in einem griechischen Amphitheater. Die Haupteisenbahnlinie wird verlängert bis hierher über Kemi und Pajala, und der Eisenerzzug fährt regelmäßig bis zum Stahlwerk in Tornio mit seinem neu angelegten Eisenerzhafen. Das Bergbauunternehmen LKOY wird der wichtigste Arbeitgeber der Region, der viele Arbeitsplätze bietet und materiellen Wohlstand für das ganze nördliche Finnland bringt.

Die Sprache der Region ist Finnisch. Der alte Tornedalsche Dialekt wird mit der Zeit modernisiert und ähnelt immer mehr dem offiziellen Finnisch. Auf beiden Seiten des Torneälv blüht die Literatur. In Pajala schreibt der Tornedalfinnische Schriftsteller Mikko Niemi einen Roman über das Schicksal seiner Familie, zurückreichend bis zum Großvater, der beim Hinterhalt bei Suomussalmi dabei war, später aber unter russischem Artilleriefeuer auf der Karelischen Halbinsel 1944 fiel, eine Ehefrau mit acht Kindern hinterlassend. Der Roman wird mit dem Finnischen Literaturpreis belohnt, und der Rezensent der Helsingin Sonamat lobt das Buch ob seiner ausdrucksvollen finnischen Sprache, geprägt von dem alten Tornedalschen Idiom, kritisiert aber Niemis Ungenauigkeit, was die historischen Basisfakten angeht, und ermahnt ihn, »aufmerksam Väinö Linna zu studieren«.

Aber lassen Sie uns zum September 1809 in Fredrikshamn zurückkehren. Kemi oder Kalix, welcher Fluss wird es werden? Jetzt muss es entschieden werden. Im Nachhinein kann man lange darüber spekulieren, wie sich die Tornedaler selbst wohl entschieden hätten. Wenn sie mit dem Schlüssel in der Hand dagesessen hätten, wenn sie hätten abstimmen dürfen. Als Finnen würden sie Stolz auf ihre Kultur und ihre Sprache entwickeln. Aber ihre Dörfer würden von Hitlers Truppen niedergebrannt werden und Tausende von Angehörigen sowohl im Bürgerkrieg als auch im Zweiten Weltkrieg getötet werden. Als schwedische Staatsbürger würden sie dem äußeren Krieg entgehen, stattdessen aber von einem inneren getroffen werden. Verstummt, zur Unterwürfigkeit erzogen, das ganze 20. Jahrhundert lang herumschleichen, mit dem schwedischen Angelhaken im Rückgrat.

Wie hätten sie sich entschieden?

Rumiantsev rollt langsam die Karte zu ihrer vollen Breite über dem Tisch aus. Am anderen Ende steht Alopeaus' versilberte Tabakdose. Das Kartenblatt glitzert im Tageslicht wie ein gekrümmtes russisch-orthodoxes Heiligtum. Alle beugen sich wie auf ein Kommando darüber.

Mitten über der Karte ist von Zar Alexander I. ein Strich gezogen worden. Er hat Kreide dazu benutzt. Rote Kreide.

Der Strich ist entlang dem Torne älv gezogen worden.

Nicht am Kemi oder Kaliv älv. Nein.

Am Torne älv.

Tornion Väylä.

Ronion Joki.

Ein roter Kreidestrich. So einfach verändert man den Lauf der Geschichte. So wird ein Volk gespalten. Werden Städte zerschnitten, wie Brotscheiben durchbrochen. Das schwedische Karunig und das finnische Karunki. Das schwedische Juoksengi und das finnische Juoksenki. Das schwedische und das finnische Pello. Karesuando und Kaaresuanto. Familien, die in der Luft geteilt werden, mit einem eleganten Knick im Handgelenk zerschnitten werden.

Ein paar Wochen später, auf dem Kirchenvorplatz von Umeå, stellt sich der inzwischen zum General beförderte Georg Carl von Döbeln auf, um die finnische Armee zu verabschieden. Es ist der achte Oktober. Der Tag ist grau und kalt.

»Finnen!«, ruft er. »Mit diesem Frieden geht ein Drittel des Landes der Schwedischen Krone verloren, Schweden verliert für alle Zeiten die stolze finnische Nation, seine stärkste Stütze. Und nicht genug damit, die schwedische Armee verliert ihren Kern und den wichtigsten Teil ihrer Kriegsmacht. Das Mutterland ist am Boden zerstört, grämt sich vor Trauer über den Verlust trotz unermesslicher Aufopferungen. Doch der weise Allmächtige hat unser Schicksal beschlossen, es muss mit Geduld angenommen werden – und mit Demut.«

Die Rede wird bezeugt von Döbelns Adjutant Gustaf Adolf Montgomery.

»Aus allen Augen«, beschrieb er später, »flossen Tränen, Zuschauer wie Teilnehmer waren im Innersten gerührt.«

Ja, den finnischen Soldaten wurden viele warme Worte zuteil. Über die finnische Sprache dagegen wurde nichts gesagt. Auch nicht über die Tornedaler dort oben im Norden, die in zwei Völker gespalten wurden. Das sollte später kommen, viel später. Es sollte noch eine ganze Weile dauern, bis das zu einem Problem wurde.

In den Jahren, die dem Friedensschluss folgten, blieb zunächst fast alles beim Alten. Die Pfarrer auf der schwedischen Seite der Grenze behielten die Namen aller Mitbürger in ihren Kirchenbüchern, nur dass die Bewohner auf der anderen Flussseite nun einen kleinen Zusatz bekamen. Der gleiche Nachname, die gleiche Familie wie zuvor. Aber jetzt die Notiz »russische Untertanen«.

Alles steckt noch in den Kinderschuhen. Zu gegebener Zeit wird es Ernst werden. Ein roter Kreidestrich, ein erstes, leichtes Bluten entlang dem brausenden Fluss.

33

Sie hatte unbegreiflich viele Schuhe. Das war Esaias' erster Gedanke, als er in den Flur kam. Ein Schuhregal mit drei Etagen, und dennoch fanden nicht alle Platz. Schuhe für die Arbeit, fürs Fest, für den Sport, für Spaziergänge, Tanzabende oder Segeltouren. Alles in mehreren Ausgaben, spezielle Sportschuhe fürs Joggen, für Aerobic oder Unihockey.

Schuhe statt Blumentöpfe.

Die Stadt, dachte er. So ist das hier.

Therese gab jede Menge Höflichkeitsfloskeln von sich, schien überdreht zu sein. Esaias stellte seine Schultertasche auf den Boden und riss dabei den Flughafenaufkleber ab.

»Komm rein, komm rein, da kümmere ich mich schon drum...«

Sie schnappte sich den Aufkleber und warf ihn unter den Spültisch, zögerte, ob er nun zu Plastik oder Papier gehörte, er landete dazwischen. Dann stellte sie das kalte Wasser an, ließ es lange laufen, während sie die Kaffeemaschine vorbereitete. Er stellte sich hinter sie, ganz dicht. Sie wandte sich mit einem Ruck um, ein Reflex, die Augen feucht.

»Was tust du?«, fragte sie.

Er ließ die Arme hängen, verlagerte nur sein Körpergewicht, so dass seine Nase ihr Ohr berührte. Sie standen so nah beieinander, wie man nur konnte, ohne einander zu berühren. Ihr Haar duftete irgendwie nach Laub. Dann streichelte er vorsichtig eine Locke, mit der Außenseite seiner Nasenspitze. Keiner von beiden wagte zu atmen.

»Du bist zu früh abgereist«, sagte er. »Wir waren noch nicht fertig …«

Ihre Wange, sie hatte ein kleines Muttermal. Winzig feine Daunen, fast unsichtbar. Er öffnete die Lippen, wollte sie so gern schmecken. Sie mit der Zunge spüren. Mit der Zungenspitze.

Sie sank zu Boden. Zog ihn mit sich. Alles wurde rot, sie waren beide so ängstlich. Die Lippen begegneten sich. Zähne, Fleisch. Rentier und Luchs. Er atmete an ihrem Hals, über die empfindliche, erschaudernde Haut in der Nackengrube. Sie dachte an die Kette, die sie anprobiert hatte, die Bewegung der schweren Glieder auf der Haut. Das ist vorausbestimmt, das spürte sie. Das wird ein Kind.

Jetzt legen sie sich auf den Küchenboden. Haut sucht Haut, wird feucht. Der Wasserhahn läuft. Das gibt eine Überschwemmung, denkt er. Kengis Wasserfall, *voi hiivattu hiivattu,* was für eine Schneeschmelze!

An diesem Abend verzichtete sie auf das Krafttraining. Sie setzten sich auf den Balkon, während die Sonne im Westen rotviolett unterging. Ein Tiefdruckgebiet zog heran. Ein zerfasertes Gefühl über Stockholm, wie ein Auflodern. Sie tranken ihren Wein aus beschlagenen Gläsern. Er holte ein Holzbrett hervor und zog ein kaltes, gräuliches Fleischstück heraus, von dem er hauchdünne Scheiben abschnitt. Dann reichte er ihr eine Scheibe mit der Messerspitze, sie öffnete zögernd die Lippen. Nahm es auf. Sanftheit. Eine Spur gesalzen. Es schmeckte nach Natur, nach Wald.

»Kann ich hier schlafen?«, fragte er.

Sie zögerte.

»Ich weiß nicht.«

»Aber ich stehe doch nicht mehr unter Verdacht?«

Sie fühlte etwas in der Tasche. Eine Zigarrenbinde. Glut.

»Wer bist du eigentlich?«, flüsterte sie.

»Wie meinst du das?«

»Ich habe das Gefühl, als hätte ich dich immer schon gekannt. Als wüsste ich, wer du bist.«

»Rakhaus«, sagte er zögernd.

Sie holte tief Atem. Versuchte, das Wort in den Mund zu nehmen.

»Rakhaus… ist das Meänkieli?«

»Liebe«, murmelte er. »Du weißt doch. Es war kein Zufall, dass wir uns begegnet sind.«

»Jetzt?«

»Letztens an der U-Bahn.«

Esaias fasste ihre Hände in dem warmen Abendlicht. Streichelte sie vorsichtig. Folgte den Adern auf dem Handrücken. Tief unter ihnen floss der Abendverkehr, der Blutkreislauf der Stadt, ihre hektisch pumpende Rastlosigkeit. Er schnitt mehr Fleisch ab. Sie nahm noch einen Happen, der Geschmack war wild und altmodisch.

»Gut«, sagte sie. »Hast du es mitgebracht?«

»Kieli«, er nickte.

»Meänkieli?«

Er musste lachen.

»Genau, jetzt isst du die Sprache.«

»Ich verstehe gar nichts mehr.«

»*Meänkieli* bedeutet ›unsere Sprache‹. Aber *kieli* heißt das hier auch«, sagte er und hielt den grauen Fleischklumpen hoch. »Ich habe ihn von der Elchjagd mitgebracht.«

Bitte nicht der Penis, dachte sie, als ihr die Form auffiel. Das ist ja wohl hoffentlich kein Elchpenis.

»Ich habe sie selbst gekocht«, sagte er. »Es ist Zunge.«

34

Therese war acht Jahre alt, als es wieder soweit war. Es gibt ein Schulfoto aus jener Zeit, ab und zu holt sie es heraus. Ein mageres Mädchen mit Rattenschwänzen und dunklen Ringen unter den Augen. Das Schulfoto wurde während einer schlechten Periode gemacht, das ist am Mund zu sehen. Der versucht zu lächeln, sie weiß, was erwartet wird, auf Fotos soll man fröhlich aussehen. Deshalb sind die Lippen wie Gummihäute über den Milchzähnen gespannt, das sieht hart und etwas schief aus. Alles ist kurz vorm Zerbersten, der ganze Kopf eine bunte Papiertüte, die gleich mit einem Peng zerplatzt.

Es war das sechste oder siebte Mal, dass sie umziehen sollten. Oder das zwölfte. Vielleicht auch das fünfundzwanzigste. Mama hatte gesagt, es sei an der Zeit, und dann hieß es, die alten Spielsachen wegwerfen.

»Wir können doch nicht alles mitnehmen, das wirst du doch verstehen.«

Zeit, den alten Treppenaufgang zu vergessen. Den alten Fahrradständer, den alten Sandhügel mit seinem knirschenden, hohen Schaukelgestell, den alten Laden um die Ecke, die alte Waschküche, den alten, graubewölkten Himmel über dem bereits verbrauchten Norrtälje oder Borås oder Årjäng oder Arboga.

Es war wie mit Kleidung, sie wurde benutzt und bekam Löcher an den Knien oder Füßen, und dann konnte man sie nur noch wegwerfen und neue kaufen. Mama machte nie etwas heil, dafür reichte die Zeit nicht, und auf lange Sicht war es ökonomischer, alles wegzuwerfen. Die Möbel waren auch im Weg, weg mit so vielen wie möglich. Annoncen, und dann misstrauische Fremde, die kamen und sich zur Probe in Sessel setzten, Kommodenschubladen herauszogen und dann eins nach dem anderen zu ihrem Autoanhänger hinuntertrugen. Am nächsten Ort war fast alles anders, Mama besorgte sich Küchenmöbel, die andere benutzt und zerkratzt hatten, und Thereses Bett roch nach anderen Kindern. Aber die Kleidung war immer neu gekauft und roch nach Plastiktüte und Farben. Die Kleider waren das Wichtigste, neue Kleidung in neuen Städten. Dann bekam man leichter Freunde. So war einfacher zu sehen, dass man Stil hatte.

Mama »fand sich nie zurecht«, wie es hieß. Es dauerte mehrere Jahre, bis Therese verstand, dass es dabei um Männer ging. Es ging zu Ende, es ging kaputt, oder es kam nie richtig in Gang. Dann war es ausgespielt, dann konnte man es keine Sekunde länger ertragen. Die Straße wartete, der Horizont lag in der Ferne, man brauchte nur noch die Stellenanzeigen in den verschiedenen Provinzzeitungen in der Bibliothek zu lesen, und schon bekam das Leben eine andere Richtung.

Therese hatte von Treppenhaus zu Treppenhaus, von Kindergarten zu Kindergarten an Mamas Rockzipfel gehangen. Überall gab es neue Kinder mit Legoklötzen im Mund und Barbiepuppen, denen das Haar bis zum Plastikschädel abgeschnitten worden war. Es gab Dreiräder und Spielzeugherde und Puppengeschirr in pastellfarbenem Plastik und Kindergärtnerinnen, die sagten, dass man sich jetzt in die Runde setzte oder Zeit sei für Kekse und Milch oder auch Obst. Und Mama lieferte sie ab und holte sie ab, immer nach Krankenhausseife duftend, immer in Hektik, so dass man wusste, dass man sich schnell anziehen musste.

In Simrishamn lernte sie dann Angelica kennen. Klasse 2 in der Jonebergsskolan, zum Schuljahresbeginn. Es war schön, gleich von Anfang an dabei zu sein, wenn der Schultag auch für die anderen noch neu und ungewohnt war. Man konnte besser eintauchen, wurde nicht wie ein Affe angestarrt. Die Kinder hatten Sommerferien gehabt, mit Feldwegen und Kaninchen und frischer Milch bei den Cousins und Cousinen auf den Bauernhöfen, und einige waren mit Papa und Opa hinausgefahren, um mit dem Schleppnetz zu fischen. Die Lehrerin war lang wie eine Giraffe mit einem Gesicht wie ein Rentier, etwas scheu in ihren Bewegungen, außerdem trug sie dreieckige Perlenclips an den Ohrläppchen. Wie im Vorbeigehen erwähnte sie, dass ein neues Mädchen in der Klasse beginnen sollte, und da musste Therese sich in ihrem lila Hosenanzug hinstellen. Sie nickte nur höflich zu den Fragen der Lehrerin und durfte sich gleich wieder setzen. Dann folgte alles Mögliche, Papier und Hefte und Radiergummi und Kreide und ein Junge, der einen Asthmaanfall bekam, er wurde zum Lehrerzimmer gebracht, weil er seine Medizin zu Hause vergessen hatte, das war spannend. Und über allem schien die Sonne, es war ein sonniger Tag, das Fenster war weit geöffnet, so dass Fliegen hereinkommen konnten, nach denen die Jungs in der Pause mit ihren Linealen schlugen. Erst jetzt fiel ihr auf, wie merkwürdig sie redeten. Die Lehrerin sprach Fernsehschwedisch, sie war aus Mittelschweden hergezogen, während die Kinder schrecklich schwer zu verstehen waren. Irgendwie schienen sie die Worte wie Kaugummi in die Länge zu ziehen, und manchmal klang es sogar, als gurgelten sie dabei. Das nannte sich Schonisch. Therese stand stumm an die Wand gelehnt, intensiv lauschend. Das würde sie noch lernen. Sie würde wie die anderen werden.

Angelica, ihre Banknachbarin, hatte ihr während des ganzen ersten Tages kaum einen Blick geschenkt. Sie war ein misstrauisches, glotzendes Mädchen, das immer hungrig zu sein schien. Sie hatte fast schneeweißes Haar, das sie in der Nacht geflochten hatte, damit es beim Schuljahresanfang lockig war. Aber schon am zweiten Schultag war es spaghettiglatt und ein wenig fettig. Ihre Hose roch nach Stall, Kühen und Heu, eigentlich kein unangenehmer Geruch, aber es war nicht zu leugnen. Sie wechselte ihre Kleidung nur jeden zweiten oder dritten Tag. Dagegen hatte sie immer schön lackierte, glänzende Nägel und sorgfältig zurückgeschobene Nagelhaut. Therese sah, wie sie in einer Pause ein Töpfchen herausholte, den Pinsel abschraubte und sich, unbequem vorgebeugt, die Nägel der linken Hand lackierte. Es war kaum zu merken, dass sie atmete, ihre Konzentration war vollkommen. Nach einer Weile wedelte Angelica mit den Fingern in der Luft, wechselte dann den Pinsel in die linke Hand und begann die rechte zu lackieren. Jetzt sah es plumper aus. Unbeholfen und zittrig. Leicht verzweifelt schaute sie auf und entdeckte Therese.

»Kannst du nicht mal?«

Therese ergriff feierlich den Pinsel, während Angelica ihre Finger auf der sonnenerwärmten Treppe spreizte.

»Sonst hilft mein Papa mir immer. Soll ich es hinterher bei dir machen?«

»Mm …«

Sie lackierten lange und hielten anschließend die Hände vor sich in die Luft wie bettelnde Hundepfoten, damit sie ordentlich trockneten. Therese fing die Sonne ein, die Nägel glänzten wie kleine Spiegel.

»Oberstark!«, rief sie aus.

»Ich bin gezwungen, das zu tun«, erklärte Angelica feierlich. »Sonst kaue ich drauf. In der Ersten habe ich immer gekaut, bis nur noch das Nagelbett da war, das hat sauweh getan.«

»Mit den Zähnen?«

»Man kaut wie ein Kaninchen, dann gibt es kleine Fetzen, die man abziehen kann, und dann wächst das Fleisch über den Nagel hoch, so dass es vorn eine richtige Beule gibt.«

Sie zeigte mit Gesten, wie die Fingerspitzen zu Fleischklößen anschwollen.

»Aber warum?«

»Das sind die Nerven.«

»Die Nerven?«

»Aber jetzt kann ich mich zusammenreißen.«

In Simrishamn schien es gut zu laufen. Mama arbeitete in der Notaufnahme und traf Onkel Klement, der nie soff und schon um die ganze Erdkugel gereist war. Sie gingen zu dritt in die Bibliothek, Klement hatte dort schon fast alle Bücher gelesen und wusste, welche gut waren. Therese blätterte in der Kinderzeitschrift »Kamratposten« und schielte dabei zwischen den Regalen hindurch, wo sie standen und knutschten. Sein Rücken in der abgetragenen Lederjacke war doppelt so breit wie Mamas. Sie wand sich in ihrem Mantel, spitzte ihre Lippenstiftlippen und drückte sie auf seinen Bart, auf seine Mundöffnung mit den Goldzähnen, die er in Spanien bekommen hatte.

Die Welt war immer unbekannt, man musste immer wieder von vorn anfangen, sie zu erforschen. Den Weg zur Schule lernen, den Weg zum Kiosk, in welchem Park man Eis kaufen konnte, welche Tanten nett waren, welche Kerle glotzten, wo die Bande immer herumstand, auf welchen Baum man klettern konnte und welche Steine im Bürgersteig kippelten. Alles war neu, und dennoch wohlvertraut. Neue Menschen, und dennoch ungefähr so wie im vorherigen Ort. Man durfte sich nicht zu sehr an sie gewöhnen, denn bald würde man ja sowieso wieder fortgehen. Sie durch andere ersetzen. Neue Menschen, die ungefähr genauso gut in die Lücke passten, und dann wieder neue und wieder neue. Therese lernte es, sie versuchte, einen kühlen Kopf zu behalten. Den Teddy nicht zu fest an sich zu drücken, denn er konnte schnell weggerissen werden.

Nur mit Angelica war es etwas anderes. Sie gab es nur in Simrishamn, sie ähnelte niemandem. Sie war eine neue Farbe, ein Glanz.

Schon bald tauschten sie Geheimnisse aus. Angelica berichtete Therese eines Tages, dass sie die Größte werden würde.

»Wieso die Größte?«, hatte Therese gefragt.

Angelica zuckte mit den Schultern. Einfach nur die Größte. Die Beste. Weil die Welt ihr einfach etwas schuldig war. Sie würde es allen zeigen, sie würde so berühmt werden, dass alle nur »Wow« sagen würden, wenn sie in zwanzig Jahren zurückkam. Sie würde während einer Tournee hier vorbeikommen, von einem Privatchauffeur gefahren, und sie würde an der Jonebergschule Halt machen, und die Schüler würden hysterisch schreiend angelaufen kommen, wenn sie sie erkannten, und Autogramme von ihr haben wollen. Und sie würde ihnen sagen, dass es an diesem Tag keinen Blutpudding zum Mittag geben würde, sondern … sondern …

Hier brach sie ab und lutschte auf dem Mittelfinger, gern hätte sie geknabbert, aber dann fiel ihr der Lack ein, und sie sog nur ganz vorsichtig.

»Steak mit Pommes frites«, sagte Therese, denn das war das Beste, was sie sich denken konnte.

Aber Angelica wehrte nur irritiert eine Fliege ab. Steak war kleinlich, das war Zigeunerfraß. Und Pommes, das war ja wie Rüben, die simpelste Beilage von allen, so etwas gab man Mastschweinen und Soldaten.

Nein, es sollten Austern sein.

»Oh«, sagte Therese.

»Oder russischer Kaviar. Ich habe mich noch nicht entschieden.«

»Schmeckt der?«

Angelica zog ihre Nase mit den kleinen Sommersprossen kraus und sagte, dass der natürlich himmlisch schmeckte! Und außerdem war er teuer, er war so sündhaft teuer und luxuriös, dass nur ein Superstar wie sie ihn sich leisten konnte. Austern und russischer Kaviar für die ganze Jonebergschule. Und Champagner!

»Aber werden sie dann nicht …?«

Therese hatte »betrunken« sagen wollen, aber Angelica war bereits mitten bei ihrem umjubelten Auftritt in der Schulaula, wo der Schulleiter und die Lehrer vor Stolz weinen würden darüber, sie einst als Schülerin gehabt zu haben. Hier gab es wieder eine kleine Unsicherheit, sie hatte noch nicht alle Details ihrer Karriere beschlossen. Es ging in Richtung Popsängerin oder Filmstar, vielleicht auch beides gleichzeitig. Aber die Kleider sollten voll mit Glitzer sein, das war klar. Und das Kleid hätte einen Schlitz, und Handschuhe bis über die Ellbogen, und sie sollte ein Mikrofon mit Diamanten haben, echten, geschliffenen Diamanten, die im Scheinwerferlicht funkelten.

Normalerweise war es immer am einfachsten, in der Menge aufzugehen. Man musste wie alle anderen sein, so konnte man auf Schulhöfen und in Hofeingängen überleben. Zuerst machte man sich vollkommen grau, wie Kies. Wie die Wurst auf dem Schulbrot, wie alte Wolle. Und erst wenn man vollkommen unsichtbar war, ließ man die Farben vorsichtig wieder in die Haut einsickern, und zwar exakt die gleichen Farben, die es auf dem Schulhof gab. Dann wurde man wie die anderen, fast wie echt. Aber nie vollkommen. Es gab immer eine kleine Scharte, eine Geste, eine Spur von Dialekt, die einen entlarvte. Man konnte nie gewinnen. Man war nur eine Kopie, eine ziemlich gut gemachte Kopie. Ein Loch in der Luft, etwas, das andere atmeten.

Angelica machte es genau andersherum. Sie stellte sich zwischen zwei Spiegel, sie zündete eine Fackel an und sah, wie sich die Flamme vervielfältigte, zu einem Band wurde, einer Perlenkette aus Feuern, die zu ihr gehörten. Menschen waren etwas, das man anschauen sollte, etwas Feuchtes da draußen außerhalb der Silberhaut des Spiegelglases.

Angelica war es auch, die Therese beibrachte, dass man die Welt wie durch eine Kamera betrachten konnte. Man konnte so tun, als wäre ein Auge eine Filmlinse, und alles, was man sah, wurde im Fernsehen gesendet. Jetzt gucke ich

Maggan an, jetzt filme ich sie, wie sie ein Papier faltet und immer abwechselnd ein Feld rot, eins schwarz anmalt. Jetzt kommt Bengan mit ins Fernsehprogramm, er legt einen abgekauten Bleistift zwischen die Finger und schlägt damit gegen den Tisch, der Stift bricht mit einem trockenen Knacken durch. Das kommt mit drauf, das wird gesendet, sicher sind es hundert Millionen Zuschauer überall auf der Welt, die seinen Trick sehen.

Auch schrecklich langweiliger Unterricht wurde jetzt interessant. Der Inhalt war vielleicht nicht besonders spannend oder dramatisch, aber er wurde ja live übertragen. Man wusste, dass Millionen Menschen zuschauten. Jedes Auge war wie ein kleiner Stern am Himmelszelt, ein kleines Licht, das heruntersickerte, bis der gesamte Bühnenboden in blendendem Weiß badete.

Sie waren jeden Tag zusammen. Therese kaufte Süßigkeiten und bot sie an, Angelica senkte gnädig den Kopf, bedankte sich aber nie. Sie war eine Königin, ein allmächtiges Wesen, das seine Zeit abwartete. Von ihr ging ein Strahlen aus. Und etwas von diesem Glanz bekam auch Therese ab, brachte auch sie zum Leuchten. Die Klassenkameraden versuchten sie zu trennen. Die Pausen waren erfüllt von Drohungen und Beleidigungen. Der Mob tat alles, um ihnen die Glorie auszutreiben, die Verkündigung, die herrliche Glut. Sie versuchten sie zu verhöhnen und alles in den Schmutz zu ziehen, begegneten dabei aber nur glänzenden Kameraobjektiven. Einem kalten blauen Widerschein.

Nach einem halben Jahr in Simrishamn begann Klement zu saufen. Er kam eines Abends und wollte sich entschuldigen, aber Mama hielt ihn schon im Flur auf, weil sie es roch. Sie sagte ihm auf den Kopf zu, dass er gesoffen hatte. Er widersprach ihr, er habe nicht gesoffen, und nach einer Weile gingen sie hinaus, um zu sprechen. Als Mama nach einer Stunde zurückkam, tat ihr der Arm weh. Oben in der Schulter, es war sicher eine Zerrung. Therese schaltete ihre Filmkamera ein, aber die Bilder begannen zu zittern. Es wurde nicht richtig scharf.

Als sich das Schuljahresende näherte, war alles klar. Sie sollten Simrishamn verlassen. Mama begann, Möbelinserate aufzugeben. Therese überlegte, wie sie es Angelica sagen sollte. Sie musste möglichst bald darüber reden. Jeden Tag saßen sie nebeneinander in der Bank und filmten die Lehrerin oder standen im Schutz der Laderampe des Hausmeisters und trainierten Posen. Beispielsweise die Applauspose oder die Champagnerpose. Jeder Muskel war wichtig, wie man die Fingerglieder hielt oder die Augenwimpern. Angelica zeigte auf Thereses Fuß, die Hacke sollte ein wenig vom Boden abgehoben sein, man sollte ständig wie auf Watte stehen.

»Mama und Klement …«, setzte Therese an.

»Du stehst da wie ein Ochse«, entschied Angelica.

»Mama möchte gern, dass wir …«

»Guck mich an. Guck mich an, so, ja!«

Da lief Therese los. Sie rief gerade noch, dass sie zum Kiosk wolle, etwas kaufen. Doch bei den Fahrrädern blieb sie stehen und fing an, auf ihren Fingernägeln zu kauen. Fest, hartnäckig, bis sich ein Span löste und sie ihn abreißen konnte, dass die Nagelhaut frei lag. Weh, es tat weh. Es wurde rot, eine rote Perle trat hervor. Sie war nicht länger grau. Angelica hatte ihr Farbe gegeben.

Zum Abschlusstag hatte Mama Therese eine freche Jeans gekauft. Fast alle Mädchen trugen Kleider, aber Therese hatte so lange gebettelt, bis ihre Mutter nachgegeben hatte. Es war der letzte Tag. Sie sollte die Klasse nie wiedersehen.

Angelica trug wie alle anderen ein weißes Kleid. Ihr Haar war wieder gekräuselt, sie hatte mit Zöpfen geschlafen. In der St.-Nikolai-Kirche saßen sie auf verschiedenen Bänken. Angelica hatte sich weit nach vorn gesetzt, neben eine breitschultrige und merkwürdig schwankende Frau in braunem Popelinemantel. Dauernd veränderte sie ihre Sitzhaltung. Der Kopf wurde in verschiedene Winkel gedreht, die Kiefer schienen in Krämpfen aufeinandergepresst zu sein, dann wieder riss sie den Mund weit auf, als wäre der Lärm ohrenbetäubend. Auf der anderen Seite von Angelica saß ein Mann mit schrecklich großen, behaarten Händen. Er streichelte Angelicas Schulter am Kleiderkragen, genau dort, wo die Haut anfing. Ab und zu zuckte sie, kam aber nicht richtig los, wie ein feingliedriges Insekt.

Und plötzlich, auf ein Zeichen des Kantors, steht Angelica auf. Sie geht mit verkrampften Schultern den Gang entlang, bis zum Altar, wo sie einen Knicks macht. Mit eingesunkenem Brustkorb dreht sie sich zu den Lehrern und Schülern und allen Eltern um, die sie aus den Bänken heraus anstarren. Dann fängt sie an zu singen »In dieser schönen Sommerzeit«, zwei Strophen. Die Orgel spielt zu langsam, oder aber sie singt ein wenig zu schnell, es passt nicht so recht zusammen. Ihre Stimme ist heiser von der Atemluft, als würde sie nicht genug Luft holen. Die ganze Zeit wird geflüstert. Die Frau im Popelinemantel dreht sich in verschiedene Richtungen und stöhnt. Der Mann holt ein Taschentuch heraus und wischt ihr sorgfältig den Mund ab. Er faltet das Tuch und tupft dann das Glänzende von ihrer Stirn. Das Lied ist zu Ende, aber niemand applaudiert, weil sich das in der Kirche nicht gehört. Angelica macht noch einen Knicks, in der bedrohlichen Stille rascheln alle Kleider, als Hunderte von Menschen sich anders hinsetzen. Angelica geht zurück in ihre Bank, sie versucht nicht einmal Haltung zu bewahren, sie trottet dahin. Ohne Scheinwerferlicht. Bleich wie eine geschälte Rübe.

Hinterher quellen die Schüler aus der Kirche heraus, der Schulleiter wünscht ihnen allen schöne, sonnige Sommerferien. In den Straßen weht es stark mit Regenböen dazwischen. Der Mann mit den behaarten Händen führt die schwankende Frau zu einem Volvo Duett mit Dachgepäckträger. Angelica folgt ihnen, den Blick auf den Asphalt gerichtet. Therese holt sie ein und genießt die neidischen Blicke der Mädchen auf ihre engen weißen Sommerjeans.

»Wie schön du gesungen hast«, versucht sie es zaghaft.

»Das war ich nicht«, höhnt Angelica. »Du glaubst wohl, dass ich es war, aber das war ich nicht!«

Therese tritt einen halben Schritt zur Seite, wie nach einem Stoß.

»Du weißt, Angelica, meine Mutter und ich, wir müssen los …«

»Das geht schnell vorbei, Therese, die Sommerferien.«

»Kann ich deine Adresse kriegen …«

»Bald ist Herbst, und dann werden wir es ihnen zeigen, Therese! Dann werden sie es sehen.«

Hinten auf dem Parkplatz manövriert der Mann die Frau in den Duett. Seine behaarte Riesenhand winkt Angelica zu, dass sie kommen soll. Die breite Handfläche rudert wie eine Schaufel in der Luft.

»Was werden sie sehen?«

Angelica knickt mit den Hüften ein, umarmt sich selbst.

»Ich hatte auch überlegt, heute eine weiße Hose anzuziehen. Ich stand schon vorm Spiegel in meiner weißen Hose mit Glitzer drauf, ich hätte sie doch anziehen sollen, der ganzen Kirche wären die Augen rausgefallen!«

Therese blinzelt im Regen. Wischt es weg.

»Wir bleiben nicht hier«, kriegt sie gerade noch heraus.

»Im Herbst kannst du sie doch mal mit in die Schule bringen, ja? Damit ich sie anprobieren kann?«

»Meine weißen Jeans?«

»Versprich mir das, Therese. Versprich mir das!«

Einen Moment lang sieht es so aus, als wollte Angelica sie in den Arm nehmen. Doch das geht schnell vorbei, wird vom Wind verweht. Angelica zittert in ihrem dünnen Kleid, es ist kühl. Sie streckt die Hand aus und streicht über die Jeans. Streicht mit den Fingerspitzen. Und jetzt sieht Therese, dass die Nägel vollständig abgekaut sind. Es sind nur noch rotlackierte Nagelstummel vorhanden, über dem angeschwollenen Fleisch. Rotlackierte kleine Fleischklöße.

»Ja, dann tschüs«, sagt Therese kaum hörbar.

Angelica nickt schwach. Sie berühren einander nicht, aber es gibt eine Wärme zwischen ihnen. Jetzt dreht Angelica sich um und geht zum Auto. Jetzt verschwindet die Wärme. Jetzt bläst es durch Simrishamn, durch den Hafen, über die blaugraue Hanöbucht hinaus.

35

Es war Samstagmorgen geworden. Das ganze Bett duftete nach ihr. Esaias lag darin, umgeben von der Stadt, vollkommen unbeweglich in seinem Schweigen, während ihr Rücken sich in weichen Wellen hob und senkte. Jemand spielte Musik im Haus, war das eine Oboe? Aus einer anderen Richtung war ein dumpfes Klopfen zu hören, unregelmäßig, als versuche ein Gefesselter loszukommen. Oder war das der Bass einer Videoanlage? Ein einsamer Teenagerjunge mit Marmeladenbroten, der die Flucht des Auftragsmörders durch Surabayas Hafenviertel verfolgte?

Esaias trank den Rest aus dem kalt gewordenen Kaffeebecher. Die Flüssigkeit hatte eine ölige, leicht schimmernde Oberfläche bekommen. Therese drehte sich ein wenig um, klimperte mit den Augenlidern. Ihm war klar, dass sie aufgewacht war.

»Ist das ein Rentier?«, flüsterte er.

»Was?«

»Auf dem Rücken. Ist das ein Ren?«

»Das habe ich gerade erst machen lassen. Nach Pajala.«

Esaias beugte sich vor. Spitzte die Lippen, strich damit über das Tier. Sie erschauderte leicht.

»Es war das Erste, was ich in Tornedal gesehen habe«, sagte sie. »Rentiere am Straßenrand.«

»Ja?«

»Sie haben mir einfach gefallen.«

Er antwortete nicht, betrachtete sie zärtlich. Was für ein Unterschied zu dieser Karrieremieze, die ihn früher einmal im Gerichtsgebäude von Pajala verhört hatte. Hellwache Augen. Bettweiche Haut.

»Du willst sicher nie von dort wegziehen?«, fragte sie.

»Aus Tornedal?«

»Du bist dort in den Wäldern zu Hause, oder? Das ist wohl das, was man Wurzeln nennt. Dass man zwischen unzähligen Bäumen festwächst.«

Plötzlich klang sie fast höhnisch, sie merkte es selbst und verstummte.

»Alle haben Wurzeln«, wandte er ein.

»Nicht alle sind wie du.«

»Alle stammen irgendwoher. Alle haben Eltern.«

Sie setzte sich auf, die Decke rutschte herunter.

»Mein Vater ist gestorben, als ich noch klein war. Und Mama und ich, wir sind die ganze Zeit herumgezogen.«

»Ich würde deine Mutter gern irgendwann kennen lernen.«

»Mama? Das glaube ich nicht.«

»Wieso nicht?«

Therese schüttelte nur den Kopf. Stand auf und ging mit wippender Brust ins Bad.

»Aber meine Großmutter kannst du treffen. Ich wollte heute sowieso zu ihr fahren. Aber sie ist ziemlich …«

Der Rest ertrank in der brausenden Dusche.

Zwei Metallbetten standen im Zimmer. Obwohl es helllichter Tag war, war die Leuchtstoffröhre eingeschaltet, so dass der Raum einen zeitlosen, überirdischen Charakter bekam. Es roch nach unparfümiertem Reinigungsmittel vom Flur her, wo eine kleinwüchsige Immigrantin mit Kopftuch und grotesk großen Gummihandschuhen mit ihrem Putzwagen klapperte. Auf einem Tisch prunkte eine Pelargonie so überschwänglich, dass sie aus Plastik sein musste.

Ein Bett stand leer, war frisch bezogen. Es sah schön aus, man bekam Lust, sich hineinzulegen und auszuruhen.

»Wo ist Manfred?«, fragte Therese mit einer Geste zu dem leeren Platz hin.

Die Pflegerin sah etwas verlegen aus. Sie war rotblond und ziemlich kräftig, wie die Kellnerin in einem deutschen Bierkeller.

»Er ist abgereist«, sagte sie.

»Dann ist Manfred also…«

»Es war nicht während meiner Schicht. Aber es ging schnell, er wollte wohl heim.«

Religiös, dachte Esaias. Sie mag das Wort »tot« nicht in den Mund nehmen.

Therese näherte sich dem anderen Bett. Auf dem Kopfkissen lag ein verschrumpelter Frauenkopf, umgeben von spärlichen grauen Haarsträhnen. Der Mund war eingesunken, ohne Zahnprothese. Die braunen Lippen waren zu einem O geformt, und die Augen waren unangenehm nach oben verdreht.

»Oma…«

Die Iris wurde befeuchtet, bekam Leben. Lange, runzlige Finger begannen am Laken zu zupfen. Man sah fast nur Gesicht und Hände, der Rest des Körpers verschwand in dem weißen Nachthemd.

»Oma, ich bin's, Therese.«

»Jä jä jä jä«, war zu hören. »Jä jä jä jä…«

»Bist du müde, Oma?«

»Je je je je je…«

Esaias betrachtete die Fotos auf dem Nachttisch. Er erkannte Therese im Alter von sechs Jahren wieder, zusammen mit einer sportlichen Frau, das musste ihre Mutter sein. Ein anderes Foto zeigte einen armseligen kleinen Hof. Im Hintergrund waren Kiefern und Wasser zu erkennen.

»Wo ist das aufgenommen worden?«, wollte Esaias wissen.

»Das muss meine Mutter hier hingestellt haben. Oma stammt ja aus Värmland, das war ihr Elternhaus.«

»Mhm. Mhm.«

»Hast du Durst, Oma? Willst du was trinken?«

»He-le-na!«, sagte die Alte plötzlich. Stockend, aber deutlich zu verstehen.

»Helena ist nicht hier. Ich bin Therese, deine Enkeltochter.«

Die Alte drehte den Kopf und versuchte sie mit dem Blick einzufangen. Die Lippen formten Worte groß wie Tennisbälle mit einer überraschend kräftigen Stimme. Esaias fing die alte Hand mit den blauen Adern auf. Sie war kalt, aber bei der Berührung lebte sie auf und begann ihn fest zu umklammern.

»Sie ist ziemlich weit weg«, sagte Therese leise.

Esaias ließ sich auf einem Hocker nieder, immer noch die Hand der Frau in seiner. Dann beugte er sich über das Kissen und sagte ihr ganz deutlich ins Ohr:

»Therese ist hier.«

»He-le-na«, erschallte es von der Alten. »He-le-na …«

»Wir sind jetzt hier«, sagte Esaias.

»Das Kind. Das Kind«, erklang es vom Kissen. »Je je je je je …«

»Was ist, Oma!«, rief Therese und beugte sich genau wie Esaias vor. Die Alte ließ Esaias los und wedelte in der Luft herum. Fand zum Schluss Thereses Gesicht und streichelte es.

»Schönes Kind. Schönes, schönes …«

Eine braune Hand mit Leberflecken, die vorsichtig eine blonde Haarlocke strich. Weiche Fingerspitzen auf der Fontanelle eines Babys.

»Hallo, Oma«, sagte Therese, wobei ihre Stimme in Schluchzen brach.

»He-le-na …«

»Nein, nicht Helena. Ich bin ihr Kind, Therese.«

Die Alte hustete, es hatte sich Schleim gesammelt. Sie versuchte etwas zu sagen. Speichel sickerte auf das Kissen.

Therese ging zum Waschbecken und holte ein paar Papierhandtücher. Esaias beugte sich näher und lauschte. Erstickte Laute, Gemurmel. Er antwortete etwas, und sie stieß bestimmte Laute aus. Fast wie ein Gespräch.

»Sie ist wieder weit weg«, sagte Therese.

Vorsichtig trocknete sie den Speichel ab, während Esaias sitzen blieb. Er versuchte, der Alten wieder etwas ins Ohr zu murmeln und bekam leise, nicht zu deutende Litaneien zurück. Das ging eine Weile so. Sie wirkte aufgeregt, und er drückte beruhigend ihre Hand.

»Ich habe sie nie kennen lernen können«, sagte Therese mit Trauer in der Stimme.

»Wie meinst du das?«

»Mama wurde adoptiert, als sie klein war. Sie hat ihre Mutter ein Leben lang dafür gehasst, dass sie sie im Stich gelassen hat.«

»Dann hattet ihr gar keinen Kontakt, als du aufgewachsen bist?«

»Es hieß immer, dass meine Oma tot wäre. Mama wollte nicht, dass ich sie kennen lerne.«

Ein Kalender hing an der Wand. Esaias blätterte hin und her, spürte die Zeit zwischen den Fingern, den Lauf der Tage. Die Bilder waren aus Florida, Disneyworld. Lebhafte Delfine, die vor einem Publikum mit Kappen hochsprangen.

»So ist es nun einmal. Wir alle werden alt«, murmelte er und spürte einen leichten Schwindel.

36

Der Kiesweg schlängelte sich in wogenden Bögen durch den Wald. Er war nicht auf heutige Art abgesteckt und mit einem Lineal durch die Landschaft gezogen, er folgte den Konturen der Landschaft. Gab es ein Hindernis, ringelte er sich vorsichtig darum herum. Kam ein Kieshügel, kletterte er zur Kuppe hinauf und auf der anderen Seite wieder hinunter.

Es war ein klarer, frischer Septembertag. Der Himmel war flaggenblau, direkt aus der Tube gemalt, und das Laub der Ebereschen hing wie Goldtaler an den Zweigen. Eino Svedberg fühlte sich geradezu gezwungen, den Dienstwagen auf einem trockenen Platz abzustellen und mit seinen Halbschuhen in den Graben zu klettern. Unglaublich, die Preiselbeeren. Er zog einige Beeren mit dem Daumen ab, spürte, wie die kalten Kugeln auf die Handfläche rollten. Perfekt reif, rot und wie lackiert glänzend. Dann warf er den Kopf nach hinten und kippte die Süße in sich hinein. Kindheit. Preiselbeerkompott mit Sahne. Der Überfluss des Herbstes, so dass sich auch ein Armer richtig reich fühlen konnte.

Eino setzte sich wieder ins Auto, jetzt mit dem Duft des Waldes in den Kleidern. Ein paar schwere Waldvögel flogen mit viel Lärm auf, in den Wald hinein. Auerhühner. Sie fraßen vor dem Winter Steine, füllten den Kropf, um die schwer verdaulichen Kiefernnadeln besser zermalmen zu können. An so einem Tag sollte man draußen sein, dachte er. Mit dem Hund spazieren gehen. Heimlich jagen mit einer Flinte. Auerhahngulasch mit Vogelbeerengelee und dann dieser gebratene kleine Muskelmagen. Und Beeren. Dazu kein saurer Rotwein, sondern ein schäumendes kaltes Bier. Und ein kleiner Verdauungsschnaps anschließend, während der Rucksack zum Trocknen am Haken hing und die Saunahitze noch im Körper war.

Aus der Erinnerung tauchten Vaters Erzählungen auf, wie er als Junge einmal eine Auerhahnsilhouette ausgesägt hatte, sie schwarz anmalte und an die Auerhahnkiefer hinten bei Rovas nagelte. Und dann erzählten er und sein Bruder dem Urgroßvater von einem Vogel, der draußen sitzen würde, woraufhin dieser gleich Feuer und Flamme war und mit seinem Gewehr hinausstürzte. Der Alte stellte sich ins Dickicht und feuerte los. Aber wie oft er auch schoss, der Auerhahn blieb stehen. Und wie er auch die Kimme einstellte, er bekam diesen verflixten Vogel nicht runter. Schließlich traf er ihn am Hals, der abknickte. Der Auerhahnkopf kippte ins Moos, während der Vogelkörper weiter dort baumelte, und erst da hörte er die Lachsalven der Jungen.

Eino parkte auf dem Hof. Hinter dem Lagerhaus klapperte und jaulte es. Eine Sägeklinge schnurrte und Sägespäne spritzten. Am Band stand ein kleiner Kerl mit einer Kappe mit Hörschutz, auf der NJA stand. Eino blieb eine Weile stehen und schaute zu. Die Klinge wurde in den Stamm gedrückt. Die Tourenzahl sank, während sich der Stahl durchfraß, und nahm anschließend wieder an Fahrt zu. Eine weiße, frische Planke fiel mit einem Knall zur Seite. Über der Szene lag eine konzentrierte Ruhe. Körperarbeit. Starke Schultern, gewölbte Muskeln. Das langsame Tempo, die Fähigkeit, Stunde um Stunde zu arbeiten. Die fertig gesägten Bretter, die sorgfältig gestapelt worden waren.

Jetzt spürte der Mann im Rücken den Blick. Er drehte sich um und blies aus dem Mundwinkel Sägespäne weg. Dann stellte er den Stromschalter aus, so dass das Heulen versiegte und schließlich ganz verstummte.

»Jaha«, sagte Eino als Gruß.

»Nun«, erwiderte der Alte.

Sie gingen hinein, um Kaffee zu kochen.

Auf dem Küchentisch lagen unzählige Metallteile, auf alten Tageszeitungen ausgebreitet. Es dauerte eine Weile, bis Eino erkannte, dass es sich um eine Säulenbohrmaschine handelte. Der Ständer war an die Wand gelehnt, während das ganze Innenleben bis in die kleinste Schraube auseinandergenommen worden war. Als Eino näher hinsah, stellte er fest, dass alles nummeriert war und in genauer Ordnung lag.

»Aha, Abel, du schummelst mit deiner Rente«, sagte er auf Meänkieli.

Auf einem Regal neben dem Herd standen ein Mikrowellenherd und eine Motorsäge, bereit zum Abholen.

»Ist das eine Steuerfahndung?«

Eino zuckte mit den Schultern und ging ins Wohnzimmer.

»Verstehst du auch was von Computern?«

»Welche Marke?«

»Es ist das Modem, das spinnt, es schmeißt mich die ganze Zeit raus, wenn ich surfe.«

Auf dem Bücherregal standen gut zwanzig Vögel. Ausgestopft und auf Holzzweige oder ausgesägte Schilde montiert. Drosseln, Sperlinge, Schwalben, ein Fischadler mit einem lebensecht glitzernden Weißfisch in den Klauen.

»Wie zum Teufel hast du es geschafft, den Weißfisch auszustopfen?«

»Ganz einfach. Es ist ein Abguss. Das Schwierige daran war, die Silberfarbe hinzukriegen.«

Abel klopfte leicht mit dem Fingernagel auf den Fischbauch, so dass das Steingeräusch zu hören war. Gips. Jede einzelne Schuppe war mit dem feinsten Pinsel gezeichnet.

»Du hättest studieren sollen«, sagte Eino.

»Ging nicht.«

»Die Eltern?«

»Die Armut. Wir waren so viele Geschwister, da war kein Geld übrig.«

»Verstehe.«

»Alles, was ich kann, habe ich mir selbst beigebracht.«

Es lag Bitterkeit in der Stimme. Er war so alt, dass er eher zurück als nach vorn schaute. Auf alles, was verloren gegangen war.

Gemeinsam ließen sie sich am Couchtisch nieder. Der war aus einem gewaltigen Stamm ausgesägt, geschliffen und lackiert. Man sah deutlich die Jahresringe, helle und dunkle, immer abwechselnd. Abel zeigte auf einen Ring nahe der Mitte.

»Da ist der Vater meines Großvaters geboren. Im Jahr 1824, ich hab ausgerechnet, dass es hier ist.«

»Die Zeit vergeht«, sagte Eino.

»Ja, es ist gar nicht so lange her. Ich sitze oft hier und gucke mir die Ringe an. Ein Menschenleben ist nur so lang.«

Abel maß es mit den Handflächen ab. Dann schlug er sie mit einem lauten Knall zusammen.

Er ist nicht verheiratet, dachte Eino. Keine Kinder, keiner, der alles übernimmt.

Im nächsten Moment war ein leises Summen zu hören. Der Alte öffnete eine Luke im Sockel des Tisches und holte zwei Tassen frisch gebrühten Kaffees heraus.

»Wahnsinn!«, rief Eino aus.

»He he«, grinste Abel.

Auch Zucker und Milch holte er aus dem Tischsockel. Und aufgetaute, lauwarme Weizenbrötchen.

»Wie zum Teufel hast du das gemacht?«

»He he. He he.«

Bis zur zweiten Tasse saßen sie schweigend beieinander. Jede Zeit muss in ihrem eigenen Rhythmus vergehen, dachte Eino. Manchmal trinkt man Kaffee. Manchmal trinkt man keinen Kaffee.

»Martin Udde war dein Lehrer«, sagte er schließlich und schielte zu dem Alten hinüber.

»Wieso?«

Daumen und Zeigefinger hielten den Tassenhenkel fest im Griff.

»Du warst wohl nicht älter als acht, neun Jahre«, fuhr Eino fort.

»Acht.«

»Erzähl.«

Abel holte eine Blechdose mit einem finnischen Zigarillo heraus. Er brach ihn in der Mitte durch und zündete die eine Hälfte an. Blies den dichten, würzigen Rauch mit gespitzten Lippen aus. Als versuchte er, eine Kerze auszupusten.

»Was willst du über Udde wissen?«

»Du hattest ihn also als Lehrer?«, fragte Eino nach.

»Ja, bis er aufgehört hat, dieser Mistkerl. Dann ist er ja Zöllner geworden.«

»Und du selbst?«

»Ich bin Forstarbeiter geworden.«

»Du weißt, worauf ich hinaus will, Abel. Du bist nicht dumm.«

»Nimmst du das auf?«

»Nein, das nehme ich nicht auf Band.«

»Lass sehen.«

Eino hob die Arme. Abel klemmte die Kippe zwischen die Lippen und tastete Einos Kleidung ab. Autoschlüssel. Brieftasche. Aber kein verstecktes Mikrofon.

»Ich habe noch nie jemandem davon erzählt. Seit mehr als fünfzig Jahren nicht.«

»Mm.«

»Ich habe es nicht einmal meinem Vater erzählt.«

Er rauchte den Zigarillostummel bis zu den Lippen. Fast schien die Glut auf dem Weg in den Mund zu sein.

»Ich bin zum Rektor gegangen. Ganz von allein, begreifst du, was für ein Mut dafür nötig war? Ein kleiner, armer Dorfjunge, der kaum ein Wort Schwedisch konnte. Zuerst versuchten die Vorzimmertanten mich rauszuschmeißen. Aber ich weigerte mich, ich wollte nicht gehen, bin bestimmt eine Stunde lang dort stehen geblieben.«

»Und dann?«

»Dann durfte ich zum Rektor rein. Ich hab ihm gesagt, dass ich nicht mehr zur Schule gehen wolle. Der Rektor wurde wütend und schrie, dass man das nicht dürfe. Aber da hab ich ihm erzählt, was passiert ist. Dass mein Lehrer seinen Pimmel rausgeholt hat... es war beim Nachsitzen, erst hat er mich mit runtergezogener Hose geschlagen, und dann hat er das gemacht.«

»Verdammte Scheiße«, sagte Eino.

»Er hat es gemacht.«

»Scheiße.«

»Danach musste Martin Udde aufhören. Sie haben so getan, als wäre er freiwillig gegangen. Der Rektor wollte nicht, dass ich irgendetwas sage. Nicht ein Wort, nicht einmal zu Hause. Udde saß ja auch in der Jugendbehörde, und sie hatten wohl Angst, dass es zu einem Skandal kommen würde in der Gemeinde.«

Eine Weile blieb es still. Abel beugte sich vor.

»Wie hast du es rausgekriegt? Gibt es darüber ein Protokoll?«

Eino schüttelte den Kopf.

»Nein, kein Protokoll. Aber Udde hatte ein Versteck im Keller. Dort hatte er ein Tagebuch versteckt.«

Abel ließ die Information einige Sekunden sacken.

»Und darin hat er es zugegeben?«

»Darin hat er es zugegeben.«

»Ich hoffe, er ist gequält worden, bevor er starb.«

»Das ist er offenbar.«

»Weißt du, ich denke immer, dass es an diesem Satan liegt, dass ich Junggeselle geblieben bin.«

»Wie meinst du das?«

»Nun ja, ich weiß nicht so recht. Aber es ist bestimmt seine Schuld. Woran sollte es sonst liegen?«

»Mhm …«

»Kinder sind empfindlich. Das meine ich damit.«

»Ja.«

»Ich hab lauthals gelacht, als ich gehört hab, dass der Alte tot ist. Das kann ich ehrlich sagen. Keine Altenpflege oder sanftes Einschlafen, sondern eine richtig blutige Sache. Haben sie ihm auch die Knochen gebrochen?«

»Das darf ich nicht sagen.«

»Ich werde zur Gerichtsverhandlung gehen, und dann wird es öffentlich. Ich werde mir auch die Unterlagen bestellen und jedes Wort darüber lesen, wie er geschlachtet wurde.«

»Vielleicht weißt du es ja schon.«

»Wie meinst du das?«

»Vielleicht warst du derjenige, der es getan hat.«

»He he«, lachte Abel wieder, »ich wusste, dass das kommen würde. Aber ich war die ganze Woche in Kopenhagen.«

»Gibt es Zeugen?«

»Ja, sowohl tagsüber als auch nachts. Ich war bei Käi Präit, ab und zu muss man mal aus Pajala raus.«

»Käi was?«

»Ich habe noch das Flugticket. Und die Hotelrechnung.«

Eino konnte nur nicken, nachdem Abel die Papiere hervorgesucht hatte. Es gab keinen Zweifel.

»Glaubst du, dass Martin Udde noch andere Kinder angefasst hat?«

Abel legte den Kopf schräg. Lächelte.

»Kinder werden groß. Das vergessen solche Schweine. Kleine, schutzlose Kinder wachsen heran, und eines schönen Tages kommen sie vielleicht vorbei und bedanken sich für die nette Zeit.«

»Gib mir einen Namen.«

»Aber Eino, Eino … derjenige, der das Schwein geschlachtet hat, der sollte eine Medaille kriegen.«

Abel stand gemächlich auf, zog sich die Arbeitshandschuhe an und ging wieder hinaus. Bald stieg das Heulen der elektrischen Säge wieder an.

Käi Präit, notierte Eino auf seinem Block mit einem Fragezeichen dahinter. Merkwürdiger Name, war er dänisch? Erst als er im Auto saß, fiel es ihm ein. Gay Parade.

37

Therese zögerte unschlüssig vor Åndermans Tür, niemand öffnete, obwohl sie angeklopft hatte.

»Der ist runter ins Lager gegangen«, rief Christof, einer der Polizeianwärter.

»Ins Lager?«

»Ins Archiv oder so«, nickte er und ging weiter den Flur hinunter. Im Arm hielt er einen ausgestopften Alligator. Der Kopf war abgebrochen und baumelte an einigen Drähten.

»Was hast du denn da? Diebesgut?«, wollte Therese wissen.

»Du würdest es mir doch nicht glauben.«

»Drogenversteck?«

Christof lächelte, drehte den Alligator um und zog vorsichtig am Hinterbein. Ein gummiartiges Klicken war zu hören. Aus dem Krokodilbauch war eine Stimme zu hören, die Arabisch sprach.

»Wir haben es einem Dolmetscher vorgespielt. Rate mal!«

»El-Qaida«, platzte sie heraus.

»Falsch. Anweisungen für weibliche Beschneidung. Schnipp schnapp, das Fitzelchen ist ab!«

Therese verzog das Gesicht, als Christof mit federnden Schritten um die Ecke bog. Sie versuchte den Ekel abzuschütteln, während sie sich ins Mausoleum begab. Erst den Fahrstuhl hinunter zur Garage der Dienstwagen. Anschließend eine klappernde schwere Pforte und dann eine lange Wendeltreppe aus Metall, die immer tiefer in den Berg hineinführte. Es war, als kletterte sie in einen Brunnen, die

Wände waren nur grob behauen und feucht. Unten angekommen befand sie sich vor einem Gittertor, das mit einem altmodischen Blechbecher aufgehalten wurde. Dahinter öffnete sich der Saal des Bergkönigs. Eine ungewöhnlich weite Lagergrotte, ein herausgesprengter Hangar mit Regalen, die sich bis ins Unendliche zu erstrecken schienen. Zur Zeit des Kalten Krieges hatte sich hier ein ganzer Sicherheitskomplex befunden mit allem, von atombombensicheren Schutzräumen bis zu Feldlazaretten, doch inzwischen war es zu einer düsteren Katakombe umgebaut worden für misslungene und havarierte Ermittlungen.

Sie fand Ånderman an einer herausgezogenen Schiebebox. Er stand vorgebeugt da, mit Mundschutz und Einweghandschuhen, und war dabei, eine Flüssigkeit mit dem Löffel in eine Glasflasche zu füllen. Er musste sie kommen gehört haben, nahm aber keine Notiz von ihr. Die Flüssigkeit lag in einem rostigen Metallgefäß, geduldig löffelte er eine braune, schmutzige Brühe mit Klümpchen auf.

»Vielleicht störe ich ja beim Lunch«, sagte sie.

Ånderman verabscheute diese Form von Humor, aber sie wollte sich von der Sache mit dem Fitzelchen ablenken. Sich stark machen.

»Es ist das dritte Mal, dass ich es versuche«, sagte er.

Der Geruch hier unten war fad und chemisch zugleich. Endlich wurde er fertig, legte den Löffel auf ein Brett und drückte sorgfältig den Korken auf die Glasflasche. Mit einem Filzstift notierte er das Datum und seine Initialen.

»Eigentlich dürftest du gar nicht hier sein«, sagte er.

»Ich weiß.«

Ånderman blinzelte etwas besorgt. Er versiegelte das Metallgefäß und notierte etwas in einem Journal. Dann stieß er kleine Luftstöße durch den Mundschutz aus, als sänge er eine innere, unhörbare Melodie.

»Was meinst du, was das ist?«, fragte er und schüttelte die Flasche mit dem Schlamm.

»Scheiße«, sagte sie.

»Dieses Mal nicht, lieber Watson. Ganz im Gegenteil…«

»Geld? Scheine? Alte, vergrabene Tausender?«

Er hielt die Flasche gegen die Neonröhre. Die Flüssigkeit fing das Licht ein und wurde schön terrakottafarben.

»Ich glaube, das ist ein Mensch«, sagte er schließlich. »Bis jetzt habe ich noch keine DNA gefunden, aber wenn ich Recht habe, ist das eine über alles geliebte Frau.«

»Ist sie in Säure aufgelöst, oder was?«

»Es ist die Hölle«, erklärte Ånderman. »Die allerfinsterste Hölle. Jemanden so sehr zu vermissen und nie zu erfahren, ob sie nun tot ist oder nicht.«

»Ein Mensch?«

Sie nahm das Wort in neuer Form in den Mund. Mensch. Es hatte einen Geschmack. Wie Zwiebelringe, in Öl gebraten.

»Es hätte meine eigene Mutter sein können. Das denke ich immer.«

Irgendwo tropfte ein Wasserhahn. Es klang wie das Ticken einer Uhr.

»Hatte die Frau Angehörige?«, fragte Therese steif.

Im Vorbeigehen ergriff Ånderman eine Kristallkaraffe und goss eine fast meterhohe High Chaparall unter einer stets brennenden Pflanzenlampe.

»Liebe«, sagte er langsam.

»Liebe?«

»Ein schöneres Wort als ›vermisst gemeldet‹.«

»Mhm…«

»Jemand, der wegen Mordes ermittelt, muss eine Beziehung zum Göttlichen haben«, erklärte er zögernd. »Man muss nicht fanatisch sein, aber man muss zumindest Fragen stellen können.«

»Ich habe gehört, dass deine Mutter aus dem Norden stammte?«, fragte sie.

Er musterte sie kritisch.

»Wer hat das behauptet?«

»Nederhed.«

Ånderman drehte sich zur Seite und räusperte sich. Räusperte sich noch einmal.

»Wie geht es der Großmutter?«, wechselte er das Thema.

»Ich besuche sie.«

»Aber spricht sie? Lernst du sie kennen?«

»Ich versuche es.«

»Ach so…«

»Es ist besser als nichts.«

Ånderman brach die Versiegelung einer Plastikflasche.

»Ich bin am liebsten allein hier unten«, erklärte er, ohne sich umzudrehen.

»Entschuldige.«

Langsam desinfizierte er die Platte, pedantisch wie vor einer Herzoperation. Sprühte mit der Flasche und rieb mit Einmaltüchern.

»Hierher komme ich, wenn ich muss«, sagte er und zeigte mit der ausgestreckten Hand auf alle Metallschränke mit den Akten, die Regale und nummerierten Fächer, die sich in einem unübersichtlichen Labyrinth verloren.

»Hier gibt es die Fragen. Verstehst du, nur Fragen. Was ist passiert, wer hat die Tat begangen und warum?«

»Und niemanden, der antworten kann?«

Ein Papiertuch nach dem anderen warf er in den Mülleimer, sorgfältig, als zähle er sie. So können nur Männer sauber machen, dachte Therese. Als folgten sie einer Gebrauchsanweisung. Als alles fertig war, musterte er den Arbeitsplatz, um zu sehen, ob er etwas vergessen hatte. Stellte den Mülleimer auf dem Fußboden zurecht, schob den Bürostuhl gerade. Erst als alles wieder an Ort und Stelle war, rollte er sich die Gummihandschuhe herunter, nahm den Mundschutz ab und warf beides ebenfalls in den Müll.

»Dieser Mord in Pajala«, sagte er. »Weißt du, warum es so langsam damit läuft, was das Hauptproblem bei diesem ganzen Fall ist?«

»Keine Zeugen?«

Er stellte sich ganz dicht neben sie.

»Liebe«, sagte er heiser. »Der Mangel an Liebe. Es gab nicht einen einzigen Menschen, der Martin Udde geliebt hat.«

Sie betrachtete Ånderman. Er hielt das Glas mit dem Schlamm an die Brust wie ein kostbares Vogelei. Gleich sollte es hinauf ins Tageslicht, unter die kräftigen Lampen, unter das Mikroskop und die Pipetten der Gerichtstechniker.

»Ich wollte dir eigentlich nur von Martin Uddes Tagebuch berichten«, sagte sie. »Eines der erwähnten Kinder ist gefunden und befragt worden, ein inzwischen 68jähriger Mann. Er hat bestätigt, dass Udde sich während seiner Zeit als Lehrer an Kindern vergriffen hat.«

»Und wie?«

»Anal.«

»Sssss…«, stieß Ånderman den Atem aus. »Sssss…«

Er ist zu nah, dachte Therese. Er ist ja wohl nicht verliebt in mich.

»Und noch etwas«, fuhr sie eilig fort. »Ich muss wohl die Ermittlungen abgeben.«

Sie hätte seine Haare zählen können. Die Haut, die nach der morgendlichen Rasur glatt gewesen war, hatte jetzt Stoppeln über der Oberlippe, höchstens den Bruchteil eines Millimeters lang, sie konnte jeden einzelnen Punkt mustern.

»Warum das?«

»Ich habe mit einem geschlafen. Mit einem Verdächtigen.«

Die Flasche rutschte weg, aus seinen Händen, und zerbrach auf dem Steinfußboden. Schlamm und Splitter spritzten über seine Schuhe.

Nein. So war es nicht.

Ånderman hielt immer noch die Flasche ans Herz gedrückt wie eine erloschene Lampe. Er stand ganz dicht neben ihr, und er sagte kein Wort. Er war vollkommen still.

38

Esaias durchquerte das Menschengewimmel auf dem Hötorget und setzte sich ein Stück hoch auf die Treppe zum Konzerthaus. Über ihm erhob sich die imposante Architektur mit blaugetönten und eigenartig wolligen Wänden. Wie Frottee. Als wäre das gesamte, hundertjährige Gebäude in ein flauschiges Handtuch gewickelt.

Auf den Pflastersteinen davor war Markt. Türken, Araber und Kurden füllten Tüten mit Obst und nahmen mit großen, ausladenden Handbewegungen das Geld entgegen. Rundherum wuchsen die Fassaden in den Himmel, der Wind konnte nicht recht zupacken, die Luft war vom Autoverkehr gesättigt, eingesperrt. Irgendwie hatte er in der Hauptstadt immer das Gefühl, drinnen zu sein. Der Bürgersteig sah aus wie ein Fußboden. Der gesamte Citykern war ein hektischer, viel besuchter Lagerraum. Allein das Dach fehlte.

Hinten bei den Kungshallarna sah er die Menschen ein und aus strömen. Es zog ein wenig im Magen, ein Hot Wok wäre jetzt nicht schlecht. In der Tüte bei sich hatte er seine Vorräte für den Winter in Pajala, Tamarindenpaste, getrocknete Algen, Bombay fish masala, drei Sorten Sambal und ein Bündel hoi fung, in Spiralform gewunden mit dem erlesensten Duft nach Rauch und Zitrone.

Ein magerer Skater in viel zu großer Militärjacke, die Cap falsch herum auf dem Kopf, saß zwei Treppenstufen höher und sog hektisch an einem Joint. Er versteckte ihn in der Handkuppel, doch der Duft entlarvte ihn. Unterhalb von ihm blühte ein Mädchenbukett. Alle redeten in ihre Handys, bis auf eine. Sie spähte mit schweren, klappernden, ozonblauen Wimpern umher, ein flirtender Blick huschte über ihn hinweg, ohne innezuhalten – nicht interessant, zu alt.

Esaias lehnte sich ein wenig zurück, stützte die Ellbogen auf eine Treppenstufe und betrachtete den Verkehr, der auf der Kungsgatan vorbeibrauste. Er kam an einer Ampel zum Halten, an der gestresste Nachmittagsmenschen mit Rucksäcken, Einkaufstüten oder scharf geschnittenen Aktentaschen hinübereilten. Eine Gruppe von Einwanderermädchen schlenderte in einem dichten Klumpen vorbei und mampfte Krupuk aus einer gemeinsamen Papiertüte. Alle vier waren auffallend klein, wie alte Tornedalfrauen, kompensierten das jedoch mit wolkenkratzerhohen schwarzen Plateauabsätzen unter den Jeans.

Weit oben am Himmel war der weiße Streifen eines Düsenjets zu sehen.

Schweden, dachte er. So ist es hier unten in Schweden.

Für mehrere Sekunden schloss er die Augen und bekam das Gefühl, als würde alles schwanken. Der Boden, das gesamte zusammengegossene Betonfundament der Stadt, wankte sacht hin und her, vor und zurück wie eine riesige Wiege. Zuerst dachte er, es läge an der Untergrundbahn, dass die schweren Waggons den Hötorget erzittern ließen.

Dann dachte er, es wäre der Stress.

Und schließlich meinte er, dass etwas in ihm dabei sei, sich in einen Vogel zu verwandeln. Es war der Flügelschlag, den er spürte, während er sich wie ein Däumling an das glänzende, steife Federkleid der Gänsemutter klammerte.

Schweden. Stockholm. Von hier kommt er, dieser gelbe Senf, der über das Land gepumpt wird. Hier haben sie das Herz versteckt.

Als er die Augen wieder öffnete, war etwas dazugekommen. Eine Haut. Ein ganz schwacher violetter Farbton, wie bei einem alten Fernsehapparat, kurz bevor die Bildröhre kaputtgeht. Das Mädchenquartett auf der Treppe war verschwunden, stattdessen saßen dort jetzt zwei Männer mit Pferdeschwanz und aßen Kirschen. Sie schmatzten, dass der Saft nur so spritzte. Süßsauer. Sie hatten etwas Lüsternes, Unersättliches an sich.

Esaias hob den Blick zu einem Mann in einer lilaglänzenden Lederjacke auf, der ein paar Pfirsiche kritisch drückte. Der Verkäufer hatte lederbraune Lachfältchen und eine Tage-Erlander-Brille. Er füllte eine Tüte mit gelben, samtweichen Früchten und anschließend einigen kleinen blauen Pflaumen. Die Lederjacke bezahlte und verschwand im Gewühl, zum PUB hin. Eine Kopfdrehung, ein hastiger Blick im Profil. Die Nase, die tief liegenden Augen.

»*Voi piru!*«

Der Junge mit dem Joint blinzelte verwundert, als Esaias davonsprang. Zwischen den Ständen hindurch. Schnell durch das Gedränge zu der Stelle hin, wo die Jacke verschwunden war. Knuffe, gemurmelte Entschuldigungen, spähende Seitenblicke, doch vergebens. Er erreichte den Steinlöwen in der Drottninggatan und ging aufs Geratewohl nach links, kreuzte den Menschenstrom zum U-Bahn-Eingang bei Åhléns. Und hier, atemlos und leicht verschwitzt, stellte er fest, dass er die Essenstüte vergessen hatte. Er eilte zurück zum Konzerthaus, aber die Tüte war verschwunden, genau wie der Junge mit dem Joint.

So eine Scheiße.

Das war Pettersson gewesen. Pettersson war in Stockholm. Esaias schaute sich aufmerksam um. Langsam ging er die Treppe des Konzerthauses hinauf, auf die fast obszön flauschige Wand zu. Ein Schild informierte, dass die Kunsthochschule dahinterlag. Esaias strich mit den Fingerspitzen darüber und spürte, wie das Äußere zurückwich. Jetzt konnte er es erkennen. Es waren Papierschnipsel. Zerkaut und festgeklebt in einer dicken Schicht über die gesamte Steinfassade.

Es gab auch Farben. Diskrete blaue und rote Nuancen. Esaias beugte sich näher heran und erkannte Buchstaben.

Einen kleinen, zusammengeknüllten Text. Er trat ganz nah heran, millimetergroße Buchstaben, GES RI. Und jetzt entdeckte er auch das Muster. Kleine Wellenlinien. Ein Raster. Dünne, gebündelte Striche. Ein winziger Pferdekopf. Und ein Auge, mit haarfeinen blauen Linien eingeritzt. Es war ein Frauenauge. Er hatte es schon früher gesehen, aber wo? Und zwar ziemlich oft.

Plötzlich fiel es ihm ein.

Schwedens Reichsbank.

Die gesamte riesige Fassade war bedeckt mit alten, bemalten schwedischen Geldscheinen. Milliarden schwedischer Kronen, mit Selma Lagerlöf und Linné, erstreckten sich in den wolkigen Stockholmer Himmel. Er riss einen kleinen Fetzen heraus und hielt ihn zwischen den Fingerspitzen. Ließ ihn los und sah zu, wie er zu Boden segelte. Hier landet ihr also, dachte er. Hier landet ihr, wenn ihr tot seid.

39

Das Restaurant »Gående Bord« lag ein paar Minuten vom Odenplan entfernt, ganz oben unter den Giebeln eines wie zu einem Schiff renovierten Bürokomplexes. Ein Türwächter in Kommandeursuniform hakte sie auf einer Liste ab und ließ sie in einen aus Weide geflochtenen Fahrstuhlkorb treten. Die Schachttür glitt zu, und sofort begann die ganze Sache sich bedenklich zur Seite zu neigen.

»Halt!«, rief Esaias und klammerte sich an ein Manilaseil.

»Fühlst du es denn nicht?«, fragte Therese und lachte über sein Gesicht.

Sie balancierte breitbeinig in ihrem blaugrauen Kleid und ging mit der Bewegung mit. Esaias gelang es, den Rhythmus zu finden, ließ sich los und schaukelte mit.

»Seegang«, murmelte er.

»Das Meer«, nickte sie und lauschte dem Schrei der Möwen, bis sie sanft das Dachgeschoss erreichten.

Das Lokal sah ein wenig schief aus, das war sein erster Gedanke. Wie auf einer Finnlandfähre. Fenster in alle Richtungen mit Blick über Vasastad und Kungsholmen wie von einer erhöhten Kommandobrücke. Weiche, seegrasfarbene, dämpfende Teppiche. Eine Bar in der Mitte, kreisrund und erleuchtet, die Besatzung mit åländischen Kochmützen hinter dem Messingtresen.

Eine Frau in einem weißen, zweireihigen Smoking nahm ihre Mäntel entgegen, eine andere brachte sie zu einem kreisrunden Tisch ohne Beine. Stattdessen hing die Tischplatte an einem Metallarm, der an der Decke befestigt war.

»Sie hat die Stühle vergessen«, bemerkte er.

Therese lächelte und beugte sich vor. Griff nach einem Stift, auf dem »Marine« stand, und musterte die elektronische Speisekarte.

»Es gibt keine Stühle«, sagte sie. »Wir fangen mit einer Bloody Mary an, ja?«

Bevor er protestieren konnte, drückte sie zweimal kurz mit dem Stift auf den Bildschirm und war schon einen halben Meter weit entfernt. Der Tisch auch.

»Hä?«

Jemand gab ihm einen Knuff in den Rücken. Der Schlipstyp vom Tisch hinter ihm. Therese musste kichern, dass ihr die Tränen kamen.

»Gehender Tisch«, räusperte Esaias sich und begann erst jetzt die Konstruktion im Dunkel zu erkennen. Alles drehte sich in dem Lokal. Die Bar und die Tische segelten langsam herum, und die Gäste folgten mit kleinen Schritten hinterher. Dadurch änderte sich der Blick nach draußen jede Minute. Ein Rasseln war zu hören, als ein kettengetriebener Lift sich oben entlang der Dachbalken näherte und sich mit zwei gewürzten Tomatensaftdrinks herabsenkte. Esaias machte einen weiteren großen Schritt, um an den Tisch zu gelangen.

»Du gewöhnst dich dran«, tröstete sie ihn.

Als Vorspeise nahmen sie eine Ostseesuppe mit Algen, lang und weich wie Spaghetti. Die Teller kamen mit dem Lift heruntergerasselt, während sie selbst die leeren Aperitifgläser hinaufschickten. Esaias musste lange überlegen, bis ihm einfiel, wonach das Seegras duftete. Nach finnischer Salzgurke. Eine Spur säuerlich mit etwas Klebrigem.

»Was ist das hier für ein Ort?«, fragte er eine halbe Runde weiter.

Genau in dem Moment war ein Schuss zu hören. Kurz darauf noch einer. Jemand schrie, und mitten im Lokal sank ein älterer Herr zu Boden. Seine Frau beugte sich über ihn. Eine trampelnde, leicht hinkende Gestalt verschwand über den Bürgersteig. Dann erlosch das Licht über der Bühne.

»Ein Hologramm«, flüsterte Therese.

Draußen verdunkelte sich der Himmel über Stockholm, tief unter ihnen wurden die Glühwürmchen entzündet. Straßenlampen, Wohnungsfenster und langsam dahinschleichende Autoscheinwerfer. Die Stadt verwandelte sich in ein Schmuckstück. Es entstand eine sonderbare Schönheit, ein Fieber.

»Wir haben Glück, dass wir einen Tisch gekriegt haben«, sagte sie. »Ein Freund von mir kennt den Oberkellner, sonst hätte es nicht geklappt.«

Plötzlich erbebte die Bar, und alle Lichter erloschen, alle Tische blieben stehen. Gelbe Warnlampen blinkten im ganzen Raum auf. Frauen in Schwimmanzügen bliesen in Trillerpfeifen und rannten zwischen den Tischen herum, während sie im Schein der Taschenlampen zeigten, wie man die Rettungswesten anziehen sollte.

»Estonia!«, rief Therese aus. »Schnell, schnell!«

Esaias fummelte mit dem Zeigestift und drückte in der kurzen Zeit, während sich der Gewinngutschein zeigte, auf den Bildschirm. Sofort brachte der Lift zwei eiskalte Shots mit geharztem Wodka. Die Beleuchtung wurde wieder eingeschaltet, und die Tische begannen sich erneut zu drehen.

»Estonia«, wiederholte Esaias.

»Ja, das gibt einem schon zu denken, nicht wahr! Sie haben ihre Nische gefunden.«

Als Hauptgericht nahmen sie Klippfisch auf Danziger Art mit Steinpilzbelag, Waldfrüchtesalat und Blaubeerpesto. Ein Fischkopf war als Dekoration beigelegt. Statt der Augen hatte der Koch zwei Schokoladenkugeln mit Zahnstochern befestigt. Esaias aß sie mit nachdenklichem Schweigen, sie waren von der Wärme halb geschmolzen.

In dieser Nacht lag er lange wach. Sie lag auf dem Bauch und schlief mit hochgezogenen Schultern, ein nackter, schutzloser Frauenrücken. Die Sanftheit der Haut in der Dunkelheit, die Wärmeausstrahlung, er hielt seine Hand dicht über ihr, ohne sie zu berühren, um sie nicht zu wecken.

Issi, dachte er wehmütig. Wenn die Katze sich auf der Vortreppe in die Sonne gelegt hatte, ihre schmiegsamen, schönen Rückenmuskeln. Die Augen, die sich in der Nachmittagshitze zu Schlitzen verengten. Ohne den Mord hätte er nie erfahren, was mit ihr geschehen war.

Und wenn er trotz allem hierher ziehen würde? Das Haus da oben auf Sparflamme stehen lassen, den Besen gegen die Türklinke stellen? Die Tasche mit Kleidung und Elchsteaks füllen? Und dann von Mommankangas nach Arlanda fliegen.

In Stockholm leben. In ihrer Wohnung wohnen, sich eine kleine Ecke schaffen, eine Schublade in der Kommode bekommen, ein Regal im Schlafzimmer. Pinkeln, ohne zu spritzen, die Bartstoppeln im Waschbecken wegspülen, wenn man sich rasiert hatte, die Strümpfe in den Wäschekorb werfen und die Post durch einen Briefschlitz in der Tür geworfen bekommen, seine und ihre Briefe miteinander vermischt.

Esaias drehte sich zur Seite, zur Tapete hin, die leicht nach Tischtennis roch. Nach den Bällen, das erste Schnuppern in einem frisch geöffneten Dreierpack dreisterniger Halex.

»Lass den Hecht los!«, sagte sie plötzlich klar und deutlich.

»Therese?«

Sie antwortete nicht, und als er sich auf die Ellbogen stützte, konnte er sehen, dass sie tief schlief.

»Päästä hauki«, übersetzte er zärtlich, ganz zärtlich an ihrem Ohr.

Sie streckte sich kaum merklich, unter der Haut. Und dann ließ sie los. Sank immer tiefer in den Ozean, tauchte in den Tiefseegraben des Traumes.

40

Anderman wickelte langsam seine Kalbsledermappe mit den Flügeln wie ein kostbares Insekt auf und fingerte umständlich ein Papier heraus. Sie beugte sich neugierig vor. Ein paar braune Striche, fast wie eine Kinderzeichnung.

»Ist das eine Ratte?«

»Die Polizei von Pajala hat das gestern bekommen. Keine Fingerabdrücke, keine beigefügte Erklärung.«

»Das sieht aus wie ein schiefes Kreuz. Mit einem Klumpen oben drauf.«

»Das war an dich adressiert, Therese.«

»Eine Ratte und eine Art Kruzifix? Muss sich um einen Bewunderer handeln«, stellte sie fest und verzog das Gesicht.

Ånderman holte eine winzig kleine Tablette heraus und legte sie sich ganz vorn auf die Zungenspitze. Nitroglycerin?, überlegte sie. Aber dann konnte sie es am Atem riechen. Messing, musste er immer noch Zellgifte nehmen?

»Ich habe es Nederhed gezeigt«, sagte er. »Wusstest du übrigens, dass er aus Tornedal stammt?«

»Nederhed vom Rechtslabor? Der mit der Leonard-Cohen-Stimme?«

»Ja, er spielt auf Betriebsfesten meistens Gitarre und singt dazu.«

»Ach was«, kicherte Therese, »er wartet wohl noch auf seine *fifteen minutes of fame.*«

»Auf jeden Fall haben wir uns beim Kopierer getroffen, und ich habe ihm im Vorbeigehen das Bild gezeigt. Und er hat sofort angefangen, Finnisch zu reden. Es platzte einfach so aus ihm heraus, und dann wurde er rot und sagte, dass die Zeichnung ein *loukku* darstellt.«

»Ich hätte nie geglaubt, dass Nederhed erröten könnte.«

»Er hat mir erzählt, dass *loukku* eine Art selbstgeschnitzte Falle ist. Die früher dort oben ganz üblich war, man hat beispielsweise Ratten damit gefangen. Der Name Nederhed heißt übrigens Alakangas auf Finnisch. So hieß er, bevor er ihn eingeschwedischt hat.«

»Diese Tornedaler«, brummelte sie. »Die sind ja wohl überall.«

»Er selbst hat als Junge solche Fallen geschnitzt, sein Vater hat es ihm beigebracht.«

Therese nickte nachdenklich.

»Louckou«, versuchte sie es auszusprechen.

»Loukku«, korrigierte Ånderman.

»Ja, ja, loåckou… Übrigens werde ich Herbsturlaub nehmen.«

»Dann fährst du in die Sonne?«

»Nein, nach Norden.«

»Nach Norden?«

»Nach Pajala. Zu etwas, das *Römppä* genannt wird.«

Ånderman betrachtete sie nachdenklich. Dann drehte er das Papier um. Zeigte es ihr. Ein einsamer Name war auf die Rückseite geschrieben worden, ein Absender?

Koskenniemi.

Esaias trank den letzten Rest aus seinem Kaffeebecher. Pulverkaffee, der Inhalt war nur noch lauwarm gewesen und schmeckte bitter. Den Becher wusch er ab, trocknete ihn, und die Brotkrümel schob er sorgfältig mit der Handfläche zusammen.

Im Schlafzimmer machte er das Bett, schob das Oberlaken unter die Matratze und legte die Dekorkissen im vorgesehenen Muster hin. Man kann sich zusammenreißen, dachte er. Wenn man es wirklich will.

Ihr Schreibtisch stand im Schlafzimmer am Fenster. Er blieb vor ihm stehen und fummelte ein wenig mit einer Schatulle aus Kirschbaumholz herum, die ausländisch aussah. Marokkanisch? Es gab auch ein Foto von Therese im Alter von zwei Jahren, auf dem sie auf einem altmodischen Korbstuhl saß. Es war eine Studioaufnahme, die Farben waren etwas blau getönt, aus den Siebzigern. Therese hielt etwas in der Hand, zuerst glaubte er, es sei ein Griff, aber als er näher hinsah, erkannte er eine Spielzeugpistole. Der Streifen für die Knallplätzchen lugte ein wenig heraus.

Die Schreibtischschubladen waren abgeschlossen. Aha. Privat. Er schlurfte zur Haustür und zog sich die Schuhe an. Kehrte dann nachdenklich zum Schreibtisch zurück. Fummelte weiter an der Schatulle herum, bis ein elegant verstecktes Geheimfach aufsprang.

»Aha«, dachte er, als er den Schlüssel sah.

Sein Mund war trocken, als er den Schlüssel in die Schreibtischschublade steckte und umdrehte. Klick. Leise und vorsichtig zog er sie heraus. Merkte sich ganz genau, wie alles lag, musste es haargenau so zurücklegen.

Ihr Code für die Internetbank. Kontoauszüge und Steuerbescheide. Gut zweihundert amerikanische Dollar in einer Sportbrieftasche. Und eingewickelt in eine Plastiktüte ein Massagestab aus schwarzem Gummi. Er stellte ihn an und spürte die leichte Vibration in der Handfläche. Die Batterien waren fast leer. Er schnupperte leicht daran, doch, es war da. Ihr Duft.

Dann fiel sein Blick auf eine Plastikmappe. Ausgedruckte Bögen, in einer Ecke zusammengeheftet. Auf einer der Seiten las er seinen eigenen Namen. Verwundert blätterte er weiter.

Es waren Teile der Voruntersuchung. Vernehmungen, Zeugenaussagen, Tatortuntersuchung, sein eigenes Auto, mit offenem Kofferraumdeckel fotografiert. Das Obduktionsprotokoll von Martin Udde mit Pfeilen auf die Schnittwunden und Frakturen.

Esaias las alles mit größter Aufmerksamkeit durch. Es stand eine ganze Menge über die gefassten Trickdiebe darin. Man hatte ihr Diebesgut nördlich von Gävle gefunden. In einem einsam gelegenen Viehstall in der Nähe von Ockelbo. Esaias notierte sich die Adresse, hatten sie da ihre Winter verbracht? Laut Verhörabschriften weigerten sie sich, ihre Identität preiszugeben, sie sagten überhaupt kein einziges Wort. Ihre Fingerabdrücke waren auch bei Interpol nicht bekannt. Bis auf weiteres wurden die Inhaftierten als A und B bezeichnet, und für die Haftüberprüfungen hatte man ihnen beliebige Personenkennziffern zugeordnet. Die bürokratischen Haken wurden in ihnen festgezurrt, so sehr sie auch zappelten, dachte Esaias. Diese leise schwedische, vom Staat kontrollierte Gewalt.

Als er fertig war, legte er alles genau in der gleichen Reihenfolge wieder zurück. Gerade als er die Schublade wieder verschließen wollte, entdeckte er eine kleine Schachtel. Neugierig ließ er den Verschluss aufschnappen und fand einen runden kleinen Kloß, an einer Silberkette befestigt. Er nahm ihn heraus und drehte den Kloß in der Hand. Was um alles in der Welt war das? Eine Muskatnuss? Klein und hart und überraschend leicht. Es sah aus wie ein eingetrocknetes Auge.

Esaias verschloss die Lade und legte den Schlüssel zurück in das Geheimfach. Er fühlte sich ein wenig unwohl, versuchte es abzuschütteln. Musste raus, an die frische Luft. Den Himmel über sich sehen.

Gerade als er die Jacke überziehen wollte, war ein kratzendes Geräusch am Briefschlitz zu hören. Nur ganz leicht, als wäre jemand im Treppenhaus vorbeigegangen und an die Tür gestoßen. Oder war es Reklame, ein Schuljunge, der die Wochenzeitung austrug?

Eine halbe Minute blieb er reglos stehen. Er wusste selbst nicht so recht, warum, sein Herz begann zu hämmern. Ein Alarm tief innen, direkt am Rückgrat.

Dann war es wieder zu hören. Da begriff er. Da draußen stand jemand.

Lautlos bewegte er sich auf die Tür zu. Nur Kinder, versuchte er sich einzureden. Ein alberner Streich. Wieder raschelte es, und er meinte Flüstern zu hören. Vielleicht sammelten sie für eine Klassenreise. Wollten leere Flaschen haben, waren aber zu schüchtern, um zu klingeln.

Jetzt kam etwas Weißes. Keine Zeitung, ein feuchter, klebriger Lappen. Seine erste Reaktion war Verwunderung. Er trat einen halben Schritt vor. Gleichzeitig begann etwas zu rinnen, reichlich zu fließen. Und dann erreichte ihn der Geruch.

Benzin. Das Böse.

Eine erstickende Panik. Und dann ein Gedanke, ein einziger, alles überdeckend. Schnell. Er musste es stoppen. In einer einzigen Bewegung riss er den Türriegel zurück und trat voller Wucht die Tür auf. Die schlug hart gegen einen Schädel. Ein Körper wurde von seinem Gewicht nach hinten geworfen. Streichhölzer fielen auf den Steinfußboden. Der andere stand schon an der Treppe und wollte fliehen. Kurz geschnittene Haare, schwülstige Augenbrauen. Doch dann hielt der Kerl inne. Er wollte seinem Kumpel helfen. Schnell schob er die Hand in die Jacke und zog einen Schlagstock heraus. Brachte voller Schwung einen Schlag an. Esaias spürte die Explosion am Ohr und sackte zusammen. Der Kerl trat ihm mit den Stiefeln auf den Schenkel. Ein glühender Schmerz. Und dann hob er den Fuß, um richtig zuzutreten. Den Kopf auf dem Steinfußboden wie ein Ei zu zertreten.

Jetzt sterbe ich, dachte Esaias.

Mit einem Stöhnen gelang es ihm, das unverletzte Bein hochzuziehen. Er winkelte die Hacke an, ein Billardstoß gegen das linke Knie des Angreifers. Sein Standbein. Gerade als dieser mit dem Stiefel auf die Schläfe zielte, die er zerschmettern wollte, trat Esaias mit aller Kraft zu. Die Kraft der Muskel im Schenkel am Brennpunkt, direkt am Saugrohr. Es brach mit einem feuchten Knacken nach außen. Das Knie konnte in eine ganz neue Richtung gebeugt werden. Dann bog es sich zweimal, während der Kerl mit rudernden Schildkrötenarmen zu Boden donnerte. Zuerst kamen der Schock und die Betäubung. Doch bald wuchs der Schmerz, sich mit jedem Atemzug steigernd. Zusammengekauert begann er zu schreien. Dumpfes Brüllen wie von einem Tier.

Der erste Eindringling lag immer noch am Boden. Er hielt sich die Hand auf die Nasenwurzel und versuchte röchelnd das Blut zum Stillstand zu kriegen. Sein Gesicht war rot und lila geflammt. Er öffnete den Mund, kaute, öffnete ihn wieder und krümmte sich. Esaias hob die Benzinflasche, zum Zuschlagen bereit. Aber der Kerl wand sich weiter wie in Krämpfen. Zuckte auf dem Rücken liegend herum, schlug mit blauen Lippen auf den Boden. Esaias versuchte ihn festzuhalten. Aber der Kerl war nicht zu bändigen. Spannte sich zu einer Brücke.

»Mach das Maul auf!«, schrie Esaias. »Maul auf, verflucht noch mal!«

Der Kerl öffnete den Mund. Da drinnen war es leer. Es gab nichts dort. Esaias schob die Finger hinein, begann tief im Hals zu graben. Bekam das zähe, falsch platzierte Fleisch zu fassen. Griff zu und zog die heruntergeschluckte Zunge im Mund wie einen warmen Fisch herauf. Mit einem gurgelnden Gegröle begann der Kerl zu atmen.

41

Kanntest du sie?«, fragte Esaias und schielte zu ihr hinüber.

»Ratten«, schüttelte Therese sich.

»Was vom Job?«

»Nein, ich habe Doris eines Abends gegen sie verteidigt, meine Freundin. Die wollten sich wohl rächen.«

Das Taxi erschien viel zu warm. Sie fasste sich an die Schläfe, vielleicht fühlte sie sich nicht gut.

»Wohin wollen wir?«

»An einen sicheren Ort«, erklärte sie ausweichend.

»Ein Hotel?«

Sie schüttelte den Kopf. Versuchte zu lächeln. Es war zu spüren, dass sie geschockt war, sie schien innerlich zu zittern.

»Ich dachte, du wolltest meine Mutter kennen lernen.«

Sie stiegen mit Zahnbürsten und Wechselwäsche in ihren Übernachtungstaschen aus dem Taxi. Therese tippte in die Haustelefonanlage, stellte sich ans Mikrophon und wartete eine Weile. Eine Weitwinkelkamera wurde aktiviert, diskret wie ein schwarzer, glänzender Knopf in das Rosenholzpaneel eingelassen.

»Wer ist da?«, war eine scharfe Stimme zu hören.

»Therese, das siehst du doch.«

»Da steht jemand hinter dir.«

»Ja, das ist der Typ, von dem ich dir am Telefon erzählt habe.«

»Sag ihm, er soll zurücktreten. Kommt einzeln rein.«

Therese seufzte und warf Esaias einen verschworenen

Blick zu. Er trat acht Schritte zurück, bis auf die Fahrbahn. Ein Jeep hupte wütend. Mit einem Federklicken öffnete sich die Tür. Therese schlüpfte wie eine Katze hinein und hielt mit dem Fuß die Hydraulikstange zurück. Ein Alarmpfeifen setzte ein, als Esaias hineingetrottet kam. Drinnen wurde die Treppenhausbeleuchtung von einem Bewegungsmelder eingeschaltet. Es war ein leichter Duft zu vernehmen, doch er kam ums Verrecken nicht drauf, wonach. Hatte nur das Gefühl von Rokoko, stoffraschelnden Salons. Das Treppengeländer war aus poliertem Mahagoni mit geschnitzten Enden, die Wand entlang zog sich ein vom Jugendstil inspirierter Fries mit üppigen Seerosen, der sich bis zum 3. Stock hinaufschlängelte. Die Wohnungstüren waren braun wie von der Jahrhundertwende und wirkten mehrere Nummern zu groß, als stammten sie von irgendeinem Gutshof, das Material sah aus wie gediegene Eiche. Alle zeigten mindestens drei moderne Sicherheitsschlösser, alle synchron montiert. Esaias entdeckte die Verbindungsdose für eine weitere Überwachungskamera diskret in einen Dachwinkel eingefügt.

»Wohnungsbaugenossenschaft Medea«, flüsterte Therese. »Eigentlich darfst du gar nicht hier sein.«

»Nein?«

»Hier wohnen nur Frauen. In allen sechs Aufgängen. Die ganze Genossenschaft wird von Frauen geleitet, die Verwaltung, die Unterhaltung, ja, alles. Es gibt nicht einen einzigen Mann in dem ganzen Komplex.«

Esaias dachte darüber schweigend nach. Schielte zu ihr hinüber, etwas verwirrt.

»Außer mir also«, bemerkte er.

»Lilly im vierten Stock hat sich einen Kater angeschafft. Das gab Ärger.«

»Einen Kater?«

»Aber nachdem sie ihn kastriert hatte, wurde das akzeptiert. Es wäre übrigens gut, wenn du etwas leiser sprichst, die Damen könnten sonst nervös werden.«

Lavendel, endlich fiel es ihm ein. Die Treppe war mit Lavendel gescheuert worden.

Therese klingelte an einer Tür und stellte sich gut sichtbar vor den Türspion. Es rasselte, als einige Riegel geöffnet wurden. Die Tür schob sich knarrend auf, schwer wie ein Kirchenportal, bis die Panzerkette sie aufhielt. Wie automatisch strich sein Finger über das Holz. Es war entlarvend kalt. Keine Eiche. Geschickt angemalter Stahl, eine Sicherheitstür der Schutzklasse 3.

Thereses Mutter stand in dem Spalt und spähte hinaus. Sie trug eine lange azurblaue Tunika um den Kopf, ein Tuch in hellerem Ton, das im Nacken gebunden war. Hastig strich sie sich über den Schenkel, wo sie sich gerade eine Spritze gesetzt hatte. Esaias erinnerte sie an eine Schauspielerin aus den sechziger Jahren, dem Ende der psychodelischen Ära. Es dauerte eine Weile, bis ihm einfiel, an wen. Anita Lindman.

»Was für eine Überraschung, Therese.«

Die Stimme war auffallend tonlos, wie die einer Lehrerin, die sich heiser geschrien hatte. Sie schaute nur ihre Tochter an, nicht die Gestalt schräg hinter ihr, diese nicht willkommene Silhouette. In der Hand hielt sie einen breiten, beigen Gummiriemen. Ließ ihn wie einen Hautlappen zittern. Dann löste sie die Kette.

»Das hier ist Esaias«, stellte Therese ihn vor.

Er streckte die Hand aus, während die Mutter einen Schritt zurücktrat und sie bat, doch einzutreten. Sie nickte, um zu verbergen, was alle gesehen hatten, dass sie ihm nicht die Hand geben wollte.

Ihr Gesicht war sonderbar glatt, fast ohne Falten, obwohl sie sich den Sechzig nähern musste. Aber sie sah auch nicht geliftet aus. Die Gesichtsmuskeln waren ruhig, glasartig, sie verrieten nichts. Sie bewegte sie so gut wie nicht, ihr Gesicht wirkte unbenutzt. Das hatte er bisher erst einmal gesehen, bei einer Frau, die von Geburt an blind war. Die gleichen glatten Wangen, sie hatte nie gelernt, ihre Gefühle durch Mimik auszudrücken.

Schwiegermutter, dachte er.

»Zieh dir nicht die Schuhe aus«, flüsterte Therese.

Er hockte sich hin und zog sich die Schuhe aus. Den ganzen Abend mit Schweißfüßen herumzulaufen, um feiner zu wirken, als man war, verdammte Scheiße, nein.

»Mie olen Pajalan poikia«, sagte er unnötig laut, *»hirvenpyytäjä ja oikea mies!«*

Die Mutter blinzelte. Aha, jetzt hatte er die vornehme Mama also mit ein wenig Dorffinnisch beeindruckt. Therese sah aus, als hätte er gefurzt. Finde fünf Fehler! Oh, verdammt, was tat ihm der Kopf weh.

Die Mutter hatte auf dem Glastisch im Wohnzimmer gedeckt. Knochenweißes Porzellan, eine Flasche Chablis, ein Brotkorb mit Sesambrötchen von der Bäckerei um die Ecke. Aber es war nur für zwei gedeckt. Die Mutter verschwand in der kleinen Küche und kam mit einer dampfenden Auflaufform zurück.

»Nun setzt euch doch.«

»Willst du denn nichts essen, Mama?«

»Ich habe schon auf der Arbeit gegessen. Nun nehmt euch, das ist Gemüsepai, ich habe ihn extra für euch gemacht.«

Sie setzten sich zögernd, die Mutter servierte Wein und ließ sich an der leeren Stirnseite nieder. Da würde sie sitzen und zugucken, dachte Esaias. Zugucken, wie wir kauen.

»So, so, dann hast du also einen Finnen gefunden«, sagte die Mutter, während sie mit dem Besteck klapperten.

Ihr Dialekt war speziell. Zuoberst ein neutrales Reichsschwedisch, doch darunter Schicht für Schicht eine Unzahl von Lagen aus Schonisch, Småländisch, Östgötisch und alle anderen Dialekte der Landstriche, in denen sie gelebt hatten. Bei Therese war das alles zu einem soliden Zinnklumpen verschmolzen, während sich die Sprache bei der Mutter noch wie eine Haarbürste spreizte.

»Tornedal ist nicht Finnland«, bemerkte Therese.

»Nicht? Wann ist es denn schwedisch geworden?«

Esaias kaute schmunzelnd.

»Pajala hat immer in Schweden gelegen«, stellte er ruhig fest. »Was man von Simrishamn kaum behaupten kann.«

Das hat gesessen, dachte er. Ich rede ja schon wie Ragnar Lassinantti!

Esaias aß weiter, der Auflaufteig war so kalorienarm, dass er an Schaumstoff erinnerte. Luftigen, weichen Schaumstoff. Er spürte, wie die Mutter ihren Blick drehte, wie er in den Fokus geriet. Wie ein Prickeln an den Schläfen, wenn man zu nah an einem eingeschalteten Mikrowellenherd steht.

»Vielleicht kann Esaias erzählen, womit er sich beschäftigt?«

Esaias nahm einen großen Schluck Wein.

»Ich stemple«, sagte er kurz und knapp.

»Ach so, ja, wir bezahlen ja gern«, rief die Mutter aus. »Und unsere Steuern gehen ja sowieso dort in den Norden hinauf!«

»Mama!«, protestierte Therese.

»Ich habe euch eine Nacht hier versprochen, aber ich möchte, dass Sie anschließend meine Tochter verlassen.«

»Mama, hör auf!«

»Nimmt er auch Drogen? Typen von seinem Schlag begegne ich oft in der Notaufnahme, man kann es an den Augen sehen. Am Blick, an den Pupillen.«

»Danke für das Essen, es war zum Kotzen«, sagte Esaias.

»Ach, schon gut.«

Er wollte noch mehr sagen, doch sein Kopf hämmerte unerträglich. Deshalb stand er stattdessen auf, ohne sich zu bedanken, hinkte zum Sofa vor dem Fernseher, ließ sich der Länge nach darauf fallen, die Füße auf die Armlehne und schlief ein.

Die Mutter nahm einen Schluck Wein. Ließ ihn langsam im Mund rollen. Zu einer Blutrose anwachsen.

»Ein Arbeiterjunge«, sagte sie nachdenklich.

»Ich hatte ihn gebeten, die Schuhe anzubehalten.«

»Zum Kotzen gut!«

»Mama, er hat eine Gehirnerschütterung. Es war ein Notfall. Wir wussten nicht, wo wir sonst hingehen sollten.«

Die Mutter betrachtete sie mit unbeweglicher Miene.

»Und, was meinst du, worum es sich handelt?«, fragte sie dann.

»Ich glaube, das wird was mit uns beiden«, sagte Therese.

»Du und er. Das glaubt man immer. Erinnere dich dran, wie es mit Großmutter gelaufen ist.«

Esaias fiel das Kinn herunter, so dass sein Mund offen stand. Ein verspeicheltes Schnarchen war zu hören. Immer und immer wieder.

»Es ist nie so wie im Film«, stellte die Mutter fest.

42

Der gemeinsame König von Schweden und Norwegen, Oscar II., saß an seinem Amtspult und schrieb. Wieder hatte es angefangen, im Kreuz zu ziehen. Immer wieder rutschte er auf den beiden fest gestopften Rosshaarkissen hin und her, die sein Hohlkreuz ausgleichen sollten. Mal wurde der Schmerz weniger, aber ganz hörte er nie auf. Es war ein beharrliches langsames Nagen. Das stolzeste Holzhaus konnte mit der Zeit von den unbedeutendsten Mäulern durchbohrt werden. Kleine, blinde Larven. Die erbärmlichsten aller Ameisen. Und dennoch sah man sie nicht. Die Pracht der Fassade war nicht angetastet, das Gerüst ragte empor und trug das Dach über den festlich gekleideten Herrschaften, die langen Handschuhe der Damen dufteten nach Myrthe und die Stiefel der Offiziere nach Vollbluthengsten, Streichmusik wurde gespielt, Gläser würdevoll gehoben:

Du Mann, wo ist dein Schwert?
Wo ist deine Tugend, du Frau?
O Finnlands weites Grab!
O vergossnes Blut der Väter!
Was wird nur aus der Erde,
die euer Mut doch schützte!

Kleine, unbedeutende Kiefer formten nadeldünne Labyrinthe durch den Stoff, ein hohles Spinnennetz, feiner als das Haar in der Nackengrube einer Frau, ein Netz, das unsichtbar durch das Gebäude wuchs, gewebt in seinem Verfall, ersetzte die nordische Stärke des Holzes mit den Kapillaren des Verrats. Der Baumstamm sah immer noch genauso aus, für das Auge gab es keinen Unterschied. Aber wenn man mit dem Finger auf ihn drückte, verschwand er, versank bis zu den Gelenken im Holz, während morsche Splitter herausfielen. Und alles war bereits zu spät, Streben und Stützen stürzten zusammen und massakrierten die Würdenträger.

Die Kleinen konnten gewinnen. Mäuler, winziger als Poren, konnten ein Königreich zermalmen. Es gab Kriege, die wurden ohne Waffen geführt, und dennoch waren es Kriege. Kieferteile und Zungen konnten mehr schaden als Kanonenkugeln. Der Fürst, der diese Lektion nicht gelernt hatte, stand auf wackligem Boden.

Und jetzt ging es um Skandinavien. Den stolzen Norden. Überall gab es Kräfte, die zerstören wollten. Auseinanderreißen. Dänemark war vor nur gut zwei Jahrzehnten von Deutschland Schleswig-Holsteins beraubt worden, im verfluchten Jahr 1864, obwohl das nördliche Schleswig dänischsprachig und Teil unseres nordischen Erbes war. Prinz Oscar hatte während dieses Konflikts den Befehl über ein schwedisch-norwegisches Geschwader geführt, bereit, zur Unterstützung der Dänen einzugreifen, sobald der Befehl erteilt wurde. Meereswind in blinzelnden Augen, leere Horizonte, an denen sich die Wellen türmten. Mantelmöwen mit langen gelben Schnäbeln, auf deren Unterseite ein roter Fleck leuchtete. Wie Blut. Konnte Gott nicht eine deutsche Flottille schicken, flatternde Kriegsfahnen, glänzendes Messing, windgefüllte Segel, die Mannschaft bereit zum aufopfernden Kampf um Leben und Tod. Hin und her wogende Fronten, plötzliche Ausweichmanöver, und dann ein kühner Dolchstoß in die Flanke, der alles zerreißt und das Meer kochend von deutschen Matrosen zurücklässt. Die Mannschaft, die in Hurrarufe für ihren Kommandanten Prinz Oscar ausbricht, den kommenden König von Schweden und Norwegen. Wahrlich ein würdiger Erbfolger!

Doch aus all dem wurde nichts. Ludvig Manderström hatte eingegriffen, der Minister für äußere Belange, und war mit dem Kleinmut eines Jammerlappens dem schwedischen Kriegsbeistand zuvorgekommen. Das Geschwader wurde aufgelöst, Dänemark erlitt folgerichtig eine vernichtende Niederlage ohne die Unterstützung seiner Nachbarn, und der Norden verlor einen weiteren Teil der Erde seines Vaterlandes.

Gleichzeitig ging eine innere Zersplitterung vor sich. Schweden, das bereits Finnland verloren hatte, drohte jetzt auch noch Norwegen zu verlieren. Der König sah vor seinem inneren Auge ein Bild, auf dem einem hochgewachsenen, kraftvollen Erbbauern zuerst der eine Arm abgehackt wurde und anschließend der andere. Zurück blieb nur ein verstümmelter Torso. Wie eine vergessene Statue aus zerbrochenem römischem Marmor, nur eine übrig gebliebene Schönheit, die Erinnerung an etwas, das für alle Zeiten verloren gegangen war. In Norwegen war er gezwungen gewesen, eine Regierung der Linken zu ernennen, und jetzt konnte er zusehen, wie der Parlamentarismus auf Kosten der Macht des Königs an Einfluss gewann. Im Parlament wurde ein eigener norwegischer Außenminister gefordert oder zumindest ein norwegisches Konsulatswesen. Die Zeichen waren deutlich, die Mäuler bissen und fraßen. Sie würden die Union auflösen. Und im Osten drohten Russland und die finnischen Völker.

Der König hob den Silberdeckel von der Schale, die die Kammerjungfer hereingebracht hatte. Darinnen lag eine gespaltene weiche Frucht, schön geschnitten und wieder zusammengesetzt in der Schale, in länglicher Form mit weicher Rundung und den Spuren eines weggeschnittenen, sonderbar zusammengedrückten Kerns.

So etwas hatte er noch nie gesehen.

Vorsichtig beugte er sich vor und schnupperte. Seine alte Nase war empfindlich, schwammig von innen mit gewundenen Kanälen. Birne. Pfirsich. Und ein wenig Zitrone, aber nur eine Spur. Mit der Silbergabel spießte er einen Spalt auf und führte ihn an die Lippen. Ein Tropfen fiel auf das Schreibpapier, er beeilte sich, zog die Gabel schneller heran. Ließ schließlich das Fruchtfleisch in den Mund gleiten, den Gaumen berühren und sich an die glatten Schleimhäute schmiegen. In der Feuchtigkeit kugeln, die Poren der königlichen Zunge berühren. Die Mundhöhle mit neuen Farben ausmalen. Erst jetzt benutzte er die Zähne. Emaille, das spaltete und zerdrückte. Der Lichtschimmer.

Er wischte den Safttropfen mit einer spitzenumhäkelten Serviette vom Schreibpapier und schob noch einmal die Rosshaarkissen zurecht. Ergriff die Feder:

> *Es gilt nämlich auf alle erdenklichen Arten der von den Anhängern der finnischen Sprache auf der anderen Seite der Grenze viel zu lange ungehemmt betriebenen Ausbreitung der finnischen Sprache auch in der Provinz von Norrbotten entgegenzuwirken.*

Ein langer Satz. Wie es das Thema erforderte. Lange Sätze haben größeres Gewicht als kurze, sie zeugen davon, dass man lange Gedanken gedacht hat.

Finnland war ja seit dem mehr als verfluchten Jahr 1809 russisches Territorium. Russland hatte folglich eine Landesgrenze zu Schweden in dem entlegenen Tornedal. Würden sie sich damit zufriedengeben? Saß nicht der Zar bereits da und schielte mit lüsternem Blick gen Westen, auf die eisfreien Häfen an der nordnorwegischen Küste? Genau wie Preußen Kiel erobert hatte, um einen Kriegshafen an der Ostsee zu besitzen, worauf Kommandeur Axel Adlersparre bereits 1873 in der Zweiten Kammer hingewiesen hatte: »Es gibt eine andere Macht, die einen Hafen in der Nordsee haben will, und der Weg dorthin führt über das finnische Lappland.«

Folglich hatte Adlersparre sich der Einführung finnischsprachigen Unterrichts in den Lehrbüchern von Haparanda widersetzt. Das finnischsprachige Tornedal zu annektieren, würde logischerweise der erste Schritt in dem unerbittlichen Plan der Russen sein. Während die schwedische Regierung nur mit unwichtigen Dingen beschäftigt war.

Doch innerhalb des Militärs besaß man deutlich mehr Durchblick. Major Gustav Björlin hatte 1886 geschrieben, dass unsere nördliche Grenze der schwächste Punkt des Reiches sei:

Der Plan der Russen scheint zu sein, die finnische Sprache sich mit der Zeit nach Westen und Süden hin ausbreiten zu lassen, so dass die Anhänger der Verbreitung der finnischen Sprache dann mit ihren Agitatoren folgen, um zu gegebenem Zeitpunkt das Feuer in dem gesammelten Brennstoff zu entfachen.

Sprache steckte an. Das war ja wissenschaftliche Tatsache. Dort, wo sich Volksstämme trafen, tat das auch die Sprache. Und die Größe der Sprache entschied in keiner Weise über den Sieg, siehe nur das Dahinwelken der lateinischen Sprache. Der frischeste Eichenhain konnte von Krankheit befallen und geschwächt werden, während der Nadelwald hereinbrach und ihn schluckte. Es gab Berichte dahingehend, dass schon bereits bis hinunter nach Jokkmokk Finnisch zu hören war. Die Verfechter des Finnischen agierten heimlich mit dem Segen des Zaren, und wenn die Zeit reif war, würde das Beil fallen. Ein weiteres Pfund würde Mutter Svea von wilden Wolfszähnen aus ihrem Fleisch gerissen werden.

Weine, Schweden, über deine Verluste, aber schütze das, was du besitzt.

Vom reichen Strand des Sunds bis hoch hinauf zum gebirgshohen Norden.

König Oscar II. nahm einen Schluck von dem französischen Kaffee mit seinem deutlichen Hauch von bitterem Kakao. Der Duft erinnerte ihn an seinen Großvater Karl XIV. Johan. Dessen berühmte Launen hatten sich im Herbst des Lebens abgemildert, während eine neue, unerwartete Sentimentalität entstanden war. Oscar erinnerte sich, wie sie einmal, als er erst zehn Jahre alt gewesen war, in der Bibliothek gesessen und sich unterhalten hatten. Es war in erster Linie der Großvater, der unermüdlich in seiner französischen Muttersprache gesprochen hatte, ab und zu unterbrochen von seinem beschwerlichen Husten, es war ihm nie gelungen, wirklich erfolgreich das Schwedische zu erlernen. Das Gespräch hatte sich um Pferde gedreht. Das Temperament der Pferde. Und zum Teil auch um die Schlacht bei Austerlitz. Genau in dem Augenblick war ein Adjutant mit Kaffee hereingekommen. Der Großvater hatte sich unterbrochen, war aus seinen Erinnerungen gerissen worden und hatte das Getränk an seine trockenen Lippen geführt. Er war umgeworfen worden von dem Kaffeeduft. Überwältigt. Mit größter Verwunderung hatte der junge Oscar mit angesehen, wie die Augen des Alten feucht wurden. Dieses Kriegers, der einst die Hand von Napoleon Bonaparte geschüttelt hatte.

König Oscar ergriff die Feder ein zweites Mal. Es war heute schwer zu schreiben. Es ist immer schwer, wenn etwas wichtig ist.

Der Einfluss der Anhänger der finnischen Sprache musste bekämpft werden, beschloss er.

Die Kinder. Wir müssen mit den Kindern anfangen.

Wir werden den finnischen Dörfern staatlich bezahlte Schulen geben. Dafür müssen sie Schwedisch als Unterrichtssprache benutzen. Verordnung der Königl. Majestät vom 2. November 1888.

Ein Bollwerk, dachte er. Gegen das Finnische. Gegen den sich einschleichenden, ungezügelten Finnomanismus.

Als er fertig war, klingelte er. Die Kammerjungfer erschien

in der Tür, sah die leergegessene Schale. Die gnädig hochgezogenen Augenbrauen des Königs.

»Die haben wir von einem Boten aus Bengalen«, antwortete sie. »Eine Paradiesfrucht. Man nennt sie Mango.«

43

Esaias fand die Jacke in einem Laden in der Mäster Samuelsgatan. Hinter dem Tresen stand ein unwirklich geschminktes Einwanderermädchen, eine Frau wie eine Schaufensterpuppe mit rabenschwarzem Haar und Augenbrauen wie Vogelschwingen. Sie stand vollkommen reglos da. Ein Reiher, dachte er. Ein schwarzer Reiher, auf zuckenden Laich wartend.

Bald merkte er, dass sie ihn überwachte. Es gab einen gewölbten Deckenspiegel, und sie achtete darauf, dass er auch ja nichts einsteckte. Es sind meine Schuhe, dachte er. Alte Loafers. Sie glaubt bestimmt, ich wäre Russe.

»Was kostet die?«, fragte er mit der Jacke in der Hand, an der er vergeblich ein Preisschild gesucht hatte.

Sie nannte den Preis. Er war dreimal höher, als er gedacht hatte.

»Sie machen Witze«, sagte er.

Sie riss ihm die Jacke aus der Hand und hängte sie wortlos wieder auf. Ihre Fingernägel sahen aus wie Verkehrsreflektoren. Als er den Laden nicht verließ, ließ sie einen Seufzer vernehmen, genau wie in einem Bollywoodfilm.

»Verkauft ihr viele davon?«, versuchte er es.

Sie starrte auf einen Punkt, zehn Zentimeter links von seiner Schläfe, ohne zu reagieren.

»Ein Mann«, blieb er am Ball, »um die vierzig. Dünnes Haar, tiefliegende Augen, etwas hektischer Gang.«

»Und?«, fragte sie.

Das ist Postmodernismus, dachte er. Die Leute hier unten können nicht mehr sprechen.

»Er ist ein Freund von mir.«

Sie drehte sich zur Seite, holte ein Handy heraus und überprüfte, ob sie eine SMS bekommen hatte. Man hätte die Nägel herausziehen und Hechthaken draus machen können.

»Haben Sie eine Arbeitserlaubnis?«, fragte er.

Er stützte sich mit den Ellbogen auf den Tresen, versuchte böse auszusehen. Sie trat dicht an ihn heran. Nahm das Duell an.

»Du«, sagte sie, »ich bin Schwedin. Meine Mutter ist Schwedin. Mein Vater ist Schwede. Kapierst du, schwedische Staatsbürger, die Steuern zahlen, und wenn du unverschämt werden willst, kannst du gleich abhauen.«

»Ich bin nicht unverschämt.«

»Hör auf, den Bullen zu spielen, man hört doch, dass du aus Finnland kommst.«

Er musterte sie. Es gab eine Kontaktlinse auf der Hornhaut, eine Wachsamkeit aus Plastik. Sie konnte sich in ihm wiedererkennen. Sie wusste, dass sie etwas gemeinsam hatten, die gleiche Unterklasse, das gleiche schwedische blinde Raster auf dem Gesicht.

»Okay«, sagte er. »Ich kaufe die Jacke.«

Er hatte sie an, als er den Laden verließ. Lila glänzend. Eine blondierte Frau mit Plastiktüte drehte sich nach ihm um und warf ihm einen lüsternen Blick zu. Es war ein Gefühl, wie von einer Flipperkugel getroffen zu werden, durch den Aufprall änderte er seine Richtung ein wenig.

Aha, so läuft das also, dachte er. Man lässt sich von der Stadt lenken.

Plötzlich fühlte er Elektrizität. Einen Elektromagnetismus. Es musste der Lack in der Jacke sein, der Oberflächenglanz selbst, der Elektronen aus dem Weltall anzog. Er trug ein Spiegelteleskop auf dem Oberkörper. Die Haare auf seinem Handrücken stellten sich auf. Die Schicht Lilaglitter beeinflusste die Nerven des Herzens, so dass der Puls schneller wurde. Der Penis zuckte und hob sich halb, wie eine witternde Hundeschnauze. Noch eine Frau drehte sich um, stolperte und malte sich dann ganz hektisch die Lippen an. Ein Schwuler radelte gegen die Bordsteinkante und kam heftig ins Schlingern, ein Karton mit Wattekugeln kippte um, es waren Hunderte pistazienfarbene kleine Kugeln, die auf den Asphalt kullerten und von Busreifen mit leisem Plopp zerdrückt wurden.

Die Jacke wollte dorthin, das fühlte er. Nein, nicht so direkt, es war schließlich nicht die Jacke, die ihn lenkte. Sie hatte nur eine Spannung erzeugt, gab das Gefühl einer stärkeren Farbe, machte das Äußere glatter. Es war die Stadt selbst, die ihn zog. Es gab eine Rinne hier, eine Spur, die sich anfühlte, als drücke eine sanfte Hand ihn gegen die Schulterblätter. Dorthin sollst du. In diese Richtung. Sobald er anfing, sie zu analysieren, verschwand sie. Dann wurde der Pick-up sofort aus der haarfeinen Rille gehoben, so dass die Sprachmelodie abrupt abbrach. Lausche mit dem Rücken, fühle den Faden, der im Schwanzwirbel zuckt. Nach hinten. Nach hinten und um die Ecke, ja, gut so, ja.

Am Konzerthaus angekommen, wurde er unerbittlich hinunter zur Untergrundbahn gezogen. Der Zug nach Hässelby. Nein, das war falsch, er wartete. Ein Mann mit einer Augenentzündung kam näher, er trug ein Glasterrarium mit einer kleinen, grün gesprenkelten Pythonschlange. Der Mann setzte sich neben Esaias auf die Bank. Die Schlange hob ihren schuppigen Kopf, drehte ihn, bis er Richtung Süden zeigte. Die Schlangenzunge zeigte die Richtung, immer und immer wieder. Da kam der Zug nach Farsta.

Esaias stieg ein und setzte sich ans Fenster, der Sog wurde schwächer. Er setzte sich ans gegenüberliegende Fenster. Ein dreckiger Junkie in Jeansjacke saß dort und zwirbelte seine Haare, murmelte etwas in seiner Psychose, ärgerte sich über alle Fliegen im Halsausschnitt. Keiner wollte neben ihm sitzen, die Leute blieben lieber auf dem Gang stehen. Der Dreckige beugte sich plötzlich vor und pflückte einen großen, glänzenden Mistkäfer von Esaias, gerade als dieser ihm in den Jackenärmel kriechen wollte.

»Zehn neun«, sagte der Dreckige mit leicht nordischem Akzent und schaute durch das spiegelnde schwarze Fenster nach draußen.

»Acht«, sagte Esaias.

»Sieben sechs. Sieben sechs.«

»Vier.«

Der Dreckige ballte die Faust um das Insekt, fühlte, wie es zappelte.

»Fünf«, sagte Esaias.

»Zwei drei. Drei zwei.«

Mit ganzer Kraft zerquetschte der Typ den Mistkäfer an der Fensterscheibe. Drückte Hartes und Weiches dagegen. Lachte mit seinen braunen Eckzähnen. Hob langsam die Handfläche mit den schwarzen, kaputten Nägeln wieder vom Glas.

Dort gab es nichts Zerquetschtes. Doch draußen, an der Außenseite der Scheibe, flog der Mistkäfer ebenso schnell wie der Zug, eine schwarzglänzende, brummende Molybdänkugel.

Ein anderer Zug näherte sich von hinten und ratterte auf den Parallelschienen, sie lieferten sich ein Wettrennen, das Tunneldunkel wurde durch viereckige Fensterreihen erleuchtet. Die Wagen ruckelten Seite an Seite, Esaias fühlte, wie die Passagiere im anderen Zug guckten und dann ihren Blick wieder abwandten, ein wenig peinlich berührt. Sie saßen so nahe beieinander, dass sie sich mit ausgestreckten Armen hätten berühren können. Ein wenig zu intim.

Der andere Zug nahm an Fahrt zu, ein Wagen nach dem anderen fuhr vorbei. Noch ein Fenster landete neben seinem, ganz nah. Zwei vibrierende Bildschirmscheiben, einander zugewandt. Direktübertragung. Jetzt. Live.

Esaias schnappt heftig nach Luft. Starrt.

Im anderen Wagen sitzt ein Mann in einer glänzenden, lilafarbenen Lederjacke.

Sie betrachten einander, beide beugen sich vor, Esaias macht eine hilflose Bewegung mit dem Unterkiefer.

Pettersson. Das ist Pettersson. Der Zug wird langsamer, ihre Fenster entgleiten einander, werden aber wie von einer unerhörten Kraft gleich wieder zusammengefügt. Der Magnetismus der Jacken weigert sich, sie loszulassen.

Pettersson betrachtet ihn wachsam, in der Faust hält er etwas Schwarzes, Schwelendes. Ein Zigarillo? Eine Zündschnur? Esaias gestikuliert fieberhaft, mimt durch die Scheiben mit überdeutlichen Lippenbewegungen:

»Wo wohnst du? Wo .... wohnst ... du?«

Pettersson holt ein Handy heraus und hält es demonstrativ ans Ohr. Streckt dann eine geschlossene Faust hin, dann sieben Finger, dann wieder eine geschlossene Faust. Null sieben null, und dann? Zwei Finger. Fünf. Null ...

Die Wagen gleiten auseinander. Das Fenster verschwindet. Drei Finger und dann sieben oder sechs Finger? Verdammt. Die Tunnelwand taucht auf, Leuchtstoffröhren, Leute stehen auf dem Bahnsteig, zischen vorbei. Vom Mistkäfer keine Spur.

Der Junkie ist jetzt vollkommen entspannt, er hat flauschiges Strickzeug aus seiner Plastiktüte herausgeholt. Die Lippen bewegen sich, und während er die Maschen auf dem Metall zählt, huscht ein Baum nach dem anderen entlang der Bahnstrecke dahin, Ziffer für Ziffer, Fenster für Fenster entlang dem verschlungenen Untergrundbahnsystem.

44

Der Feueralarm ging beim Rettungsdienst Pajala um 04.43 morgens ein. Im ganzen Ort begannen die Pieper bei den sechs freiwilligen Feuerwehrleuten, die Bereitschaftsdienst hatten, zu piepsen. Verschlafen sprangen sie in ihren Wohnhäusern aus den Betten, zogen sich an und fuhren zur Wache am westlichen Ende der Stadt. Sobald der Alarm ausgelöst worden war, wurde die Wache automatisch erleuchtet und die Haustür aufgeschlossen, und jetzt rannte jeder für sich zu seinem Metallschrank, in dem die Overalls bereit zum Hineinschlüpfen lagen, die Hosenbeine bereits in die Stiefel geschoben. Nur vier Minuten und zweiundfünfzig Sekunden, nachdem sie in ihren Betten geweckt worden waren, konnte der Einsatzwagen 561 aus der Garageneinfahrt der Feuerwehrwache hinausfahren, unter Leitung des Wagenführers Ulf Kyrö, einem sonnengebräunten ehemaligen UN-Sergeanten mit millimeterkurzem Haar. Das Fahrzeug war ein Feuerwehrwagen mit einem Drei-Kubikmeter-Wassertank, der durch Pajala brauste, am Busbahnhof mit dem hoch auf seiner Säule sitzenden Bartkauz vorbei, um dann an der Kreuzung am Gemeindehaus rechts abzubiegen. Håkan Grönberg, der an diesem Tag Fahrer und Mann an der Spritze war, schaltete die Warnblinkanlage ein, ließ aber zunächst die Sirenen stumm, um die Bewohner nicht unnötig zu wecken. Die Straßen waren so gut wie leer, abgesehen von einem frühmorgendlichen Fernlaster, einem norwegischen Kühlwagen mit Lofotenfisch, der an den Straßenrand fuhr und sie auf der Höhe von Datapörtet vorbeiließ.

Ulf Kyrö rief SOS Alarm in Luleå an und bekam sofort die Details, ein Hausbrand in Sattajärvi. Der Einsatzwagen 562 war bereits unterwegs, ein größerer Wagen mit einem Zehn-Kubik-Wassertank, ausgerüstet mit Hebelkran. Eine Person wurde als vermisst gemeldet, ein Mann, der sich im Obergeschoss befunden hatte.

»Scheiße, das heißt Atemschutzgeräte«, dachte Ulf.

Håkan Grönberg wusste, dass es ernst war, und trat das Gaspedal durch. Auf dem Rücksitz begann der kompakte, bärengleiche Jan-Peter Rova schnell die schwere Atemschutzausrüstung überzustreifen. Ulf folgte seinem Beispiel. Die Kreuzung von Liviöjärvi rauschte vorbei, zwei Rentiere sprangen auf die Fahrbahn und galoppierten jedes auf einer Seite der Mittellinie entlang. Håkan versuchte zu bremsen, doch der Abstand war zu kurz. Die Kuh oder das Kalb, konnte er noch denken und drehte das Rad zum Kalb hin. Die Front zeigte auf die Hinterläufe und die in Fell gehüllten Keulen. Im gleichen Moment machte das Kalb einen Satz zur Seite und tauchte mit einem Sprung im Dickicht unter. Das Fahrzeug fuhr brüllend zwischen den beiden Tieren hindurch, nur um Haaresbreite von einer Notschlachtung entfernt. Schwarze Reifenspuren brannten sich in den Asphalt ein, Gummigestank wehte über den Straßengraben, trieb weiter in die Wälder, verursachte Unruhe unter den Tiernasen im Umkreis mehrerer Kilometer. Die Rentiere dagegen beruhigten sich. Kehrten um. Das brüllende Monster war davongezogen. Mit klappernden Hufen stellten sie sich wieder an den Straßenrand, um zu fressen.

Gutes Gras, dachten sie. Gut, gut.

Der Rauch war bereits aus der Ferne zu sehen. Das gesamte obere Stockwerk und der Giebel waren voll mit dickem Qualm. Ein Mann stand an der Straße und wies sie ein. Eine schmale Einfahrt, knirschender Kies. Auf dem Vorhof standen eine Handvoll verschlafener Menschen. Eine Frau im Bademantel kletterte mit einem überschwappenden Eimer eine wacklige Leiter hinauf und versuchte das Dachbodenfenster zu erreichen.

»Schlag nicht die Scheibe ein!«, konnte Ulf Kyrö gerade noch denken.

Da schlug sie die Scheibe ein. Eine schwarze Rauchwand legte sich über sie, und im nächsten Moment war sie verschwunden. Aus der Rauchwolke kam der Eimer heruntergestürzt, das Wasser spritzte in hohem Bogen heraus, während er gegen die Leitersprossen fiel. Ein älterer, Schleim aushustender Mann in einer Nylonwindjacke lief hinzu und hielt die Leiter fest. Dann rief er etwas nach oben und begann hinaufzuklettern, obwohl Ulf endlich die Autotür öffnen und ihm eine Warnung zurufen konnte.

Im nächsten Moment stolperte die Frau dort oben. Sie fiel haltlos aus der Qualmwolke hinunter. Der helle Bademantel wurde vom Wind hochgeweht, und zusammen mit der Leiter und der Rauchwolke erinnerte der Anblick an ein Bild aus der Sonntagsschule. Ein Engel steigt aus dem Himmel herab. Die Verkündigung.

Der Alte in der Windjacke konnte nicht mehr reagieren. Der kompakte Frauenkörper traf ihn schräg an der Schulter, und mit einer Schraubbewegung wurde er ins Gras gerissen. Alle Anwesenden konnten den trockenen Laut hören, als sein Oberschenkelknochen brach. Wie altes Brot, dachte Ulf. Als wenn man eine Scheibe Knäckebrot durchbricht.

»Painu menheen sieltä!«, schrie er. »Haut ab da!«

Die Frau rollte sich jammernd von dem alten Mann herunter. Sie stellte sich auf alle viere, offenbar unverletzt, und erbrach lange Schleimfäden, die wie Spinnweben glänzten.

»Poikani«, kam es stoßweise zwischen den Hustenattacken hervor. »Mein Junge, er ist noch da drinnen …«

Der alte Mann war kreidebleich im Gesicht vor Panik. Noch kein richtiger Schmerz, nur feuchte Lippen, die versuchten, dieses unerhörte Missverständnis in Worte zu kleiden. Er hatte doch nur versucht zu helfen. Nur versucht zu helfen. Versucht zu helfen…

»*Ampulansi tullee heti*«, erklärte Ulf Kyrö in einem Versuch zu beruhigen und sah, dass ein Knochen aus einem Riss in der Hose hervorstach. Der Krankenwagen ist unterwegs, bleib nur ruhig liegen.

Eine der Nachbarsfrauen holte eine Decke, die sie über den Verletzten breitete. Er hatte jetzt angefangen zu zittern, sein Kinn vibrierte, als hielte er heftiges Weinen zurück. Das war der Schock, es würde bald noch schlimmer werden. Kein geglückter Anfang, verdammt noch mal!

Håkan Grönberg war bereits dabei, die Schläuche auszurollen. Ulf Kyrö lief zu der auf dem Boden liegenden Frau und stellte ihr einige Fragen zum Obergeschoss. Die Antworten waren undeutlich. Er beriet sich kurz mit der Einsatzleiterin Christina Klingestål. Sie schaute blinzelnd nach oben. Im 561er saß Jan-Peter Rova bereit mit der Atemmaske und wartete auf Befehle. Ulf schob die alte Holzleiter zur Seite und stellte ihre eigene aus Aluminium auf.

»Wir gehen rein«, rief er und zog sich die Maske über.

Jan-Peter nickte und stieg aus. Schaute zum Rauch hoch. Schwarz und widerlich. Wie von Plastik, wie von schmelzenden, brennenden Plastikmöbeln.

»Das wird verdammt heiß sein da oben.«

Jan-Peter ergriff den Schlauch mit dem Fogfightermundstück und zog ihn mit sich zur Feuerleiter. Ulf folgte ihm auf dem Fuße. Die Ausrüstung war schwer, der Schweiß begann ihm sofort über die Brust zu laufen. Der Rauch quoll aus dem zerschlagenen Bodenfenster. Sie kletterten hinauf, spürten das Metall der Leiter. Alles wurde nur Chaos und Nebel vor der Maske. Jan-Peter tastete mit den Handschuhen, fand die kaputte Fensterscheibe und boxte die letzten Scherben nach innen. Dann ließ er einen schnellen, kurzen Strahl mit dem Fogfighter ins Haus frei. Der Rauch lichtete sich ein wenig. Ein heißer Hauch schlug ihm wie der Atem eines Drachen entgegen. Scheiße, wenn da noch jemand drinnen ist, dachte er. *Poikani!*

Während das Atemgerät arbeitete, versuchte er sich einen Überblick über den Raum in dem Qualm zu verschaffen. Der Nebel wich ein wenig zurück, er meinte, Flammen zu erahnen. Feuerrote Scharten in der Dunkelheit, er schaute sie an, schräg nach oben. Offene Flammen, er wusste, was das zu bedeuten hatte. Ein altes Holzhaus, das bald vollkommen in Flammen stehen würde.

»Wie sieht es aus?«, hörte er Ulf rufen.

»Der reinste Pizzaofen!«

»Die Frau meint, dass er noch drinnen ist. Es ist das Zimmer ihres Sohns.«

Es war gefährlich. Feuer in der Innenwand, die konnte jeden Moment zusammenstürzen. Aber jede Sekunde war lebenswichtig.

»Bist du bereit?«

»Ich bin bereit.«

Es war vielleicht dumm. Ein Fehler. Das konnte man immer erst hinterher sagen. Ihm wurde schwindlig, Jan-Peter hatte das Gefühl, in der kompakten Rauchwolke zu schweben. Er regulierte die Luftzufuhr. Die Leiter vibrierte von seinem Kumpel unter ihm. Jan-Peter spürte einen Stich wie von Eis, ein Dolch im Herzen, als das brennende Adrenalin sich durch den Brustkorb bohrte.

Der Tod. Man spürte, wenn er sich näherte. Es wurde kalt.

Einige Jahre zuvor hatte Jan-Peter eine Begegnung mit dem Tod gehabt, in einer Februarnacht in Pajala. Spät an einem Samstagabend während des jährlichen Nordlichtfestivals war er in seine Wohnung im Ringvägen gegangen und hatte sich schlafen gelegt, nicht wissend, dass er vielleicht nie wieder aufwachen sollte. Draußen hatte ein Schneesturm mit heftigem Wind getobt, und vor dem alten Lantmanna war nur wenig Verkehr auf der Straße, die Jugendlichen eilten in diesem schlechten Wetter nach dem Festabend nach Hause. Die Haustür hatte er unverschlossen gelassen, nichts Ungewöhnliches in Pajala, er hatte nicht weiter darüber nachgedacht.

Irgendwo in den dunklen Ecken eines Traums trifft ihn eine schreckliche Schwere am Kopf. An der Stirn, für einen Augenblick hat er das Gefühl, die Augen sollten herausgedrückt werden. Dadurch wacht Jan-Peter auf. Etwas fester, und er wäre bewusstlos gewesen und hätte wehrlos dort gelegen. Doch er wacht auf.

Über ihm steht eine dunkel gekleidete Gestalt, die ihn töten will. Ein langer Mann in schwarzer Jacke, die Wollmütze tief ins Gesicht gezogen. Der Mann lässt den Glaskrug aus der Küche fallen, mit dem er zugeschlagen hat, er zerbricht, und stinkendes Öl klebt überall. Das ist der Tod. Er ist gekommen, und jetzt zieht er ein großes Jagdmesser.

»Ich bin der Falsche«, sagt Jan-Peter. Seine Stimme ist überraschend ruhig. Das ist der Feuerwehrmann in ihm. Man lernt abzuschalten. Das Blut rinnt und gerinnt, es kitzelt mitten im kompakten Schmerz an der Schläfe.

Der Eindringling macht einen Ausfall mit dem Messer, Jan-Peter weicht zurück. Die Schneide streift den Hals und ritzt ihn.

»Ich bin der Falsche«, wiederholt Jan-Peter ruhig. »Du bist hinter jemand anderem her.«

Ich rede mit dem Tod, kann Jan-Peter noch denken. Ich versuche den Tod umzustimmen.

Langsam sinkt das Messer. Eine Weile steht der schwarzgekleidete Fremdling ruhig da und denkt nach. Dann dreht er sich um. Verschwindet durch die Tür. Und als die Polizei ihn später fasst, ist er nicht mehr der Tod. Sondern nur ein schüchterner Jüngling. Ein Junge, der Hilfe braucht.

Jan-Peter schiebt ein Bein durch das zerschlagene Fenster. Zieht sich hinein, tastet mit dem Fuß und findet schließlich den Boden. Die Hitze ist durch den Schutzanzug zu spüren. Er braust mit der Schlauchspitze. Der Rauch wird schlimmer, aber die Flammen kleiner. Ulf ist dicht hinter ihm und gibt Schlauch nach. Jan-Peter hockt sich auf den Boden. Unter Kniehöhe wird der Nebel dünner, er dreht sich um und kann ein Stuhlbein erkennen. Die Stützen einer Arbeitsbank.

»Such rechts!«, schreit Ulf.

»Hallo!«, brüllt Jan-Peter durch die Maske in den Raum hinein. »Ist da jemand?«

In gebückter Haltung kriechen sie die Wand entlang weiter. Etwas Schweres kippt um und zerbricht.

»Onkos sielä kethään?«

Ein Bett. Oder eher ein Schlafsofa. Er tastet über das Laken. Es scheint feucht zu sein. Dann merkt er, dass es kein Laken ist. Es sind Riemen. Lange Streifen von Gazebinde. Verblüfft legt er sich auf den Bauch und fegt mit dem Arm unter dem Bett herum. Oft findet man hier die Brandopfer. Oder im Schrank, wo sie sich in krampfhafter Panik zusammenkauern, während die Gase sie barmherzig einschlafen lassen. Wenn sie noch bei Bewusstsein sind, können sie sogar Widerstand leisten. Schlagen und treten und sich an ihr scheinbar sicheres Versteck klammern.

Jan-Peter versucht systematisch zu suchen. Die Schutzhandschuhe dampfen. An der hinteren Wand brennt es wie verrückt, dort kommt er nicht hin. Aber hier gibt es eine Tür. Er tastet blind im Rauch nach oben, findet die Klinke und drückt sie hinunter. Abgeschlossen.

»Wir müssen bald abbrechen!«, warnt Christina Klingestål per Funk.

Jan-Peter gibt Ulf ein Zeichen. Die linke Wand. Sie krabbeln auf allen vieren dorthin. Der Rauch wird dichter, immer dichter. Ruß und Feuchtigkeit kleben an der Maske, sie wischen sie mit den Handschuhen ab. Da ist das Bein der

Arbeitsbank wieder. Jan-Peter folgt ihr mit der Hand nach oben, erfühlt eine Tischplatte. Tastet hockend weiter. Die Konturen entlang.

Nein, das ist kein Tisch. Das ist irgendeine Art von Kiste. Länglich. Mit fester Hand packt er den Deckel. Kippt ihn vorsichtig in den Scharnieren seitwärts auf.

Der Schlag ist so heftig, dass er rittlings auf den Boden fällt. Gleichzeitig hört er den Schrei. Grell, tierisch. Etwas da drinnen fliegt auf, etwas Lebendiges. Er kann im Rauch schwarze Glieder erkennen. Brennende Flocken regnen auf ihn herab. Die Gestalt stürzt dicht an ihm vorbei. Jan-Peter streckt die Hand aus und bekommt einen hageren Knochen zu fassen. Ein greller Schrei, ein heftiger Tritt trifft den Helm. Ulf wird zur Seite geworfen, verliert den Schlauch. Im Qualm sehen sie, wie die Gestalt die Tür aufreißt und die Treppe hinuntergaloppiert. Ein Tier, denkt Jan-Peter. Ein riesiges, verfluchtes Tier!

Benommen dreht er sich auf den Rücken und schaut zum Dach hinauf. Scheiße, wie das brennt! Der Rauch drückt ihn wie eine Gewitterfront zu Boden. Rote und gelbe Blitze überall. Es ist so gewaltig. Feuer und Verderben. Krieg.

Etwas Großes, Schweres fällt auf ihn. Ein Dachbalken. Er tastet um sich herum, versucht die Schlauchspitze zu finden. Spürt eine Faust im Nebel, kommt auf alle viere. Ulf Kyrös' schreiendes Gesicht, wir müssen raus! Jan-Peter nickt, eigentümlich ruhig. Er beugt sich über die lange Kiste und schaut hinein. Es glänzt im Dunkel. Glänzt und ist nass. Er zieht sich in der Feuerhitze den Handschuh aus. Dann taucht er die Hand hinein, die nackte Händehaut.

Die Flüssigkeit ist eiskalt.

Keuchend kriechen sie zum Fenster. Weg von dem brennenden Inferno. Da ist die Öffnung, erschöpft ziehen sie sich nach draußen. Spüren endlich das Metall der Leiter unter den Stiefeln. Und dann das Sonnenlicht. Die Vögel.

Jan-Peter lässt sich schwer mit dem Rücken gegen einen

Baumstamm sinken. Nimmt den Helm ab und atmet angestrengt, blinzelt ins Licht wie eine Eule. Ulf streckt ihm eine Flasche Wasser hin. Sie trinken und spucken aus. Spucken wieder aus. Christina Klingeståsl hockt sich neben sie.

»Er ist rausgesprungen«, sagt sie, »er ist durch die Tür abgehauen.«

»Wer?«

»Der Sohn. Ihr habt ihn gerettet. Er war total in Panik und ist im Wald verschwunden, sie sind hinter ihm her und suchen ihn jetzt.«

Jan-Peter trinkt noch einen Schluck. Ihm ist übel. Die Hand riecht merkwürdig, Formalin. Das sind sicher die Brandgase.

»Der Sohn?«, fragt er unsicher.

»Ja, der Sohn. Geht es dir nicht gut?«

Jan-Peter winkt abwiegelnd und schließt die Augen.

Das war ein Rentierbock, denkt er. Und ein Sarg. Der hat verdammt noch mal in einem Sarg gelegen.

45

Eino Svedberg traf ein, als man das Feuer bereits einigermaßen unter Kontrolle hatte. Ganz Sattajärvi schien sich vor der Absperrung versammelt zu haben, auf der Landstraße stand eine lange Reihe parkender Autos. Der größte Teil des Hauses war zerstört. Das Obergeschoss war am schlimmsten betroffen, das halbe Dach eingestürzt. Eino ging zu Ulf Kyrö, um sich einen kurzen Überblick über die Lage zu verschaffen. Brandursache noch unbekannt. Kein Personenschaden, doch, ein Oberschenkelbruch. Das Feuer war noch am Brennen. Man muss einen Brandexperten holen, dachte er. Ich muss in Luleå anrufen.

Er wurde an die ältere Frau verwiesen, der das Haus gehörte. Er kannte sie flüchtig, Märta Kallio hieß sie und saß jetzt zusammengesunken im Hof auf einem abgenutzten Kastenstuhl, den jemand im Schuppen gefunden hatte. Eine Nachbarin stand bei ihr und flüsterte ihr etwas wortlos zu, es klang wie ein Gebet. Sie fassten einander nicht an. Keine Umarmungen wie in Krisensituationen im südlichen Schweden, dachte Eino. Nur eine Frau, der es schlecht geht. Und eine Frau, die versucht, ihr die Last tragen zu helfen.

»Ist das Ihr Sohn, der verschwunden ist?«, fragte er auf Finnisch.

Sie nickte stumm. Eino zog einen Notizblock heraus. Ließ kurz seinen Blick schweifen über die Dorfbewohner, die sich näher herandrängten.

»Wir setzen uns ins Auto«, beschloss er.

Sie bahnten sich einen Weg durch die Zuschauermenge.

Die Sattajärviner wichen respektvoll zur Seite. Märte drückte sich ein Taschentuch auf die Lippen, als könnte sie damit deren Zittern beenden. Das Taschentuch war aus kariertem Stoff, die Bügelfalte immer noch zu sehen. Er öffnete ihr die Beifahrertür und lud sie mit einer Handbewegung ein, sich zu setzen.

»Es ist nur für den Bericht«, erklärte er beruhigend auf Finnisch.

Sie trug ihr Haar in einem Knoten, eilig mit alten Haarnadeln aus Metall befestigt. Im Vormittagslicht sah ihre Haut sehr runzlig aus, mit roten Adern, die sich an die Oberfläche gedrängt hatten und geplatzt waren. Sie sah aus wie fast siebzig, doch als sie ihr Geburtsdatum angab, konnte er ausrechnen, dass sie nur dreiundsechzig Jahre alt war.

»Und der Junge, der verschwunden ist, das ist also Ihr Sohn.«

Ein kurzes Nicken.

»Wie heißt er?«

Sie zögerte.

»Das kommt darauf an«, sagte sie ganz leise.

»Was meinen Sie damit?«

»Junge«, sagte sie schnell. »Ich habe ihn immer Junge genannt.«

»Und seine Personenkennziffer?«

»Weiß nicht.«

»Erinnern Sie sich nicht? In welchem Jahr ist er geboren?«

»Erinnre ich nicht.«

»An welchem Datum?«, fragte Eino geduldig weiter.

»Weiß nicht.«

»Sie wissen doch wohl, wann er Geburtstag hat?«

Sie gab keine Antwort, es lag sicher am Schock. Eino zögerte einen Moment lang.

»Was macht er denn … der Junge? Arbeitet er?«

»Nein, er ist meistens … zu Hause.«

»Arbeitslos?«

»Nein. Oder doch, ja.«

»Was meinen Sie, geht er nun stempeln oder nicht?«

»Nein, er ist zu Hause.«

Der Tonfall bekam etwas Trotziges, wie er registrierte.

»Ich muss einen Bericht schreiben«, erklärte er entschuldigend. »Dieser ganze Papierkram, wissen Sie.«

»Papierkram«, wiederholte sie.

»Ist er arbeitsunfähig?«, fuhr er fort. »Vielleicht Frührentner?«

»Nein.«

»Und er geht also nicht stempeln? Oder ist irgendwo angestellt?«

»Nein.«

»Aber die Personenkennziffer des Jungen«, ließ er nicht locker. »Die müssen Sie doch irgendwo aufgeschrieben haben, oder?«

Sie hob den Blick, schaute durch die Autoscheibe auf den sich langsam verziehenden Rauch.

»Alles brennt«, sagte sie.

»Nun gut, wir werden es schon herausbekommen. Sein Nachname ist sicher der gleiche wie Ihrer?«

»Das ist nicht der gleiche.«

»Nein, wie heißt er dann?«

»Verschieden.«

»Was heißt das, verschieden? Ich brauche den Nachnamen Ihres Sohnes, das müssen Sie doch begreifen.«

Er wurde langsam wütend. Sie führte ihn an der Nase herum. Wollte ihm nicht helfen.

»Ihr findet ihn nicht«, sagte sie und seufzte fast erleichtert.

»Früher oder später finden wir ihn doch.«

»Er verändert sich.«

»Was?«

»Er ist nie der Gleiche. Aber schreiben Sie auf.«

»Was soll ich aufschreiben?«
Sie faltete würdevoll ihr Taschentuch zusammen.
»Schreiben Sie den Namen auf. Wenn Sie wollen. Schreiben Sie Pettersson.«

46

Ånderman saß da und hämmerte auf seine gusseiserne Remington, die er nur zu besonderen Anlässen benutzte. Die Tasten knallten wie die chinesische Trommelgruppe in Hongkong während seiner Liebesreise, Ba-ba-ba-bam, um Dämonen und böse Geister zu verscheuchen. Sie waren zum chinesischen Neujahrsfest angekommen, und er stand mitten in der phantastischen Feier unter Neonschildern, eine frisch frittierte Frühlingsrolle in Seidenpapier in der Hand. Die war so heiß, dass er sie noch gar nicht essen konnte, die Hitze strömte durch das Zahnemail, wenn er versuchte abzubeißen. Kurzgeschorene chinesische Jungen rannten in der Menschenmenge unter den Wolkenkratzern hin und her und brachten Pulverbomben an. Sie brannten wie Sonnen und verwandelten sich in grell heulende Spiralen, in wabernden Nebel, der in sich zusammensank und rasselnde Lawinen von Konfetti freigab. Überall Straßenstände, Grillfett, Glückskekse, Glücksbilder mit Kindern, Drachen und knallroten Farben, und Tausende und Abertausende schwarzhaariger Köpfe, die hin und her geschoben wurden wie Eisenfeilspäne. Er hatte mitten in diesem riesigen, wogenden Magnetfeld gestanden, der Rücken war verschwitzt unter der Jacke, und er hatte an seine Krankheit gedacht, an diese nagende, angeschwollene Ratte, die in seinem Fleisch nistete. Sie hatten geschnitten, gehackt, vergiftet, bestrahlt und gebrannt, bis sie aufgehört hatte zu atmen und am Schwanz herausgezogen werden konnte. Zalazar hatte sie auf ein Metalltablett unter ein Tuch gelegt, sie hatte fragend ihre schön geschwungenen Augenbrauen über dem Mundschutz gehoben, und er hatte genickt, dass sie das Tuch anheben sollte. Da lag es entrollt da, es hatte sich fett und prall in ihm gefressen und lag jetzt festgeklemmt da nach dem Todeskampf. Die Haut war nackt und glatt, es fehlte ein Fell, aber es hatte ein Bündel von Nerven oder Adern, die sie versucht hatte, auf dem Rücken zurechtzulegen.

»Ich dachte mir, dass du es sehen willst«, sagte Zalazar.

»Oh«, flüsterte er.

»Manche wollen es. Ich habe angenommen, dass du zu denen gehörst.«

»Ich möchte es anfassen«, bat er.

Sie zögerte. Schaute nach rechts und nach links, doch da gab es nur die Anästhesieschwester, die sich ihren Mundschutz abnahm und vorgebeugt etwas im Krankenblatt notierte. Er streckte seine Fingerspitze aus und berührte das Biest. Es war immer noch warm. Erstaunlich hart. Bucklig durch kleine Verknotungen im Körper, wie von einem scharfen Rückgrat drinnen.

Dann nahm er es hoch. Er hob es mit Zeigefinger und Daumen in die Luft. Plötzlich zuckte es. Es wand sich in einem kurzen Krampf, öffnete das Maul und ließ einen langen Speichelfaden heraus. Er kniff fester zu, spürte, wie der Widerstand verschwand.

»Du wolltest mich umbringen«, fauchte er.

Dann biss er fest in den zersplitternden Schädel.

Es schmeckte nach Kohl und Krabben. Frühlingsrolle. Kochendheiße Frühlingsrolle.

Eine plötzlich aufkommende Abendbrise zog vom Südchinesischen Meer heran, bahnte sich seinen Weg um alle Wolkenkratzer herum zum Statue Square und brachte eine breite Woge von Saragossa mit sich, von würzigen Meereslilien mit wogenden, meterlangen Blütenblättern und Meeresjungfrauenhänden.

»Du bist eunuchisch«, stammelte Zalazar.

Ihre Lippen waren an seinen Ohrläppchen, Anemonen aus rotem, salzigem Blut. Er drehte sich um, ihr Haar trug sie offen, es schwamm im Meer, Ysatis und schäumende Ambra, sie war heiß und hatte ihren dünnen Umhang aufgeknöpft, und sie war so wütend, dass sie zitterte.

Verzeih mir, dachte er. Wenn ich sie um Verzeihung bitte, verlässt sie mich. Sie hielt das Matadorschwert mit gehobenen Armen, wenn er sich bewegte, würde sie es ihm in den Nacken rammen, siebzig Zentimeter Chirurgenstahl durch Knorpel und Nerven, und dann würde sie sich rittlings auf seinen Todesständer, seinen zum Bersten gespannten, sterbenden Penis setzen.

»Komm mit mir«, flehte er, den letzten Rest der Frühlingsrolle kauend, den harten, frittierten Teigkloß ganz am Ende.

An einem auch abends geöffneten Straßenstand fand er es. Eine fette Chinesin kroch unter den Tresen und holte das hervor, wonach die Radfahrer in Hongkong immer fragten. Ein Mundschutz gegen Abgase. Er legte ihn mit verzweifeltem Ernst Zalazar an. Sie blieb regungslos stehen und starrte ihn im flackernden Feuerwerkslicht an. Die dünne Membran pulsierte leicht, ganz leicht unter ihren Atemzügen. Die Feuerwerksexplosionen und Raketen, eine neue Zeit, ein neuer Versuch zu leben. Er beugte sich vor und küsste sie zärtlich.

Zalazar nahm den Mundschutz ab. Ihre Wut war verschwunden. Sie faltete ihn schweigend zusammen, schob ihn zurück in das Plastikfutteral mit der chinesisch-englischen Gebrauchsanweisung und gab ihm das Päckchen zurück. Dann drehte sie sich um, breitete die Arme aus und tauchte Hals über Kopf ins Festgewimmel ein, wurde von dem rot gekleideten asiatischen Millionengewühl aufgesogen und verschwand. Er begriff, dass es vorbei war. Es war abgeschnitten, vorbei. Es war nicht wieder zurückzubekommen.

47

In der sich wiegenden Buchenkrone gut zwölf Meter hoch, vollständig unsichtbar für alle, die auf dem Boden zufällig vorbeigingen, wachte Jan Evert Herdepalm mit einem Ruck auf. Er starrte hinauf in das wogende Laubdach. Afrika, dachte er verwirrt. Schlaftrunken zog er sich im Schlafsack auf die Ellbogen hoch, eingeklemmt in sein *quehto,* diese afrikanische Seilplattform, die zu knoten ihm der schwarze Lagerleiter am Lake Iteshi-Teshi beigebracht hatte. Mit nur zwanzig Meter Seil konnte man sich in wenigen Minuten einen skorpionsicheren Schlafplatz überall im Regenwald schaffen, ein altes Jägerwissen, das über Generationen vererbt worden war.

Der Traum saß ihm immer noch in den Knochen. Jan Evert hatte das unangenehme Gefühl, dass jemand hier gewesen war. Dass sich eine Gestalt schweigend über ihn gebeugt hatte, ihn von oben wortlos betrachtet hatte. Und dann war da ein Haus gewesen. Ein alter Stall.

Jan Evert griff nach seinem Handy, zögerte dann jedoch. Ich mache mich bestimmt lächerlich, dachte er. Die werden glauben, ich bin ein Idiot.

Einige Minuten lang betrachtete er den Buchenwald mit seinem mächtigen, weit verzweigten Laubdach, in alle Richtungen umgaben ihn Blätter. Ich habe in einem Buch geschlafen, dachte er. Aber ich bin aufgewacht. Jemand muss mich aufgeblättert haben.

Dann holte er tief Luft und tippte die Nummer von Sonny Rantatalos Handy ein. Nach wenigen Freizeichen wurde geantwortet. Im Hintergrund war ein Außenbordmotor im Leerlauf zu hören.

»Es geht um Martin Udde«, sagte Jan Evert nervös. »Ich bin sein Neffe, wie Sie sich vielleicht erinnern…«

»Ja, und?«

»Es klingt vielleicht komisch, aber ich habe geschlafen. Und da habe ich das Bild eines alten Stalls gesehen. Ich habe es ganz deutlich gesehen, er war rot angestrichen mit Sprossenfenstern, und hinter den Fenstern hing getrockneter *Tanacetum vulgare* in Bündeln, ja, also Rainfarn, renfana auf Schwedisch.«

»Rainfarn«, notierte sich Sonny mit dem Zimmermannsbleistift auf einem Ruderblatt.

»Und drinnen stand alles Mögliche, Kameras, Autoradios, Extrascheinwerfer, Computerbildschirme und so ein Gartenzwerg aus Gold.«

»Aus Gold?«

»Ich weiß nicht, ob es so was gibt, aber in meinem Traum sah er so aus. Und dann war da jemand, der mir alles zeigte, ja, sozusagen ein Schatten, ist auch nicht so wichtig… jemand, der mir alles zeigte.«

»Wir sind also immer noch in Ihrem Traum?«

»Ja, und er zeigte mir eine Luke in der Stallwand. Es muss die alte Mistluke gewesen sein, aber sie war orangegelb angemalt. Ich bin durch die Luke nach draußen geklettert, und dann bin ich zwölf Schritt in Richtung zum Pumpenschwengel gegangen. Also ungefähr zwölf Meter.«

»Zum Pumpenschwengel?«

»Ja, eine alte Stange mit Gegengewicht, wie man sie früher benutzt hat, um damit Wasser hochzupumpen. In die Richtung habe ich zwölf Schritte gemacht. Und da war etwas unten in der Erde. Ja… das war alles.«

»Was war da?«

»Nun ja, ich war ja derjenige, der die Sachen in Martin Uddes Keller gefunden hat…«

»Ja, ich erinnere mich dran.«

»Ich weiß, es klingt ein wenig verrückt. Ich weiß, es kann spinnert erscheinen. Aber ich habe alles so deutlich gesehen, wie mitten am Tag, es war ein unglaublich klarer Film in meinem Kopf.«

»Sie hatten eine *enne«,* erklärte Sonny ruhig.

»Wie bitte?«

»Auf Schwedisch nennt man das eine Vorahnung. Mein Großvater hatte das auch manchmal.«

»Ihr …?«

»Wir werden das überprüfen«, sagte Sonny.

»Aber ich weiß doch nicht einmal, wo der Stall liegt.«

Sie legten dann auf. Sonny schob den Stift wieder in die Tasche seiner Anglerweste und sah ein, dass der Urlaub beendet war. Gävle, dachte er. Der Stall bei Ockelbo. Er selbst hatte die Fotos des Diebesguts der Trickdiebe gesehen. Unter anderem den hämisch grinsenden, besonders auffälligen goldenen Gartenzwerg.

48

Das Telefon klingelte, und nur widerwillig unterbrach Ånderman sein Schreiben. Drei Freizeichen lang saß er reglos da, die Finger auf den Bakelittasten der Schreibmaschine. Wie Klaviertasten, dachte er. Chopin. Die Fingerkuppen von Jahrzehnten hatten sie rund geschliffen, wie die Fußtritte von Jahrhunderten Vertiefungen in alten Marmortreppen bildeten.

Kurz vor dem vierten Signal, nach dem die Anrufbeantworterstimme übernehmen würde, hob er den Hörer und schmeckte das letzte Salzige der Frühlingsrolle. Dann war es fort.

»Sonny Rantatalo, Polizeirevier Pajala. Ich kann Therese Fossnes nicht erreichen.«

»Sie ist leider für ein paar Tage krank geschrieben.«

»Aber zu Hause geht sie auch nicht ran.«

»Ihre Wohnung wird renoviert, sie hat momentan eine Geheimadresse.«

»Wird sie bedroht?«

»Worum geht es denn?«

Sonny schnaufte in den Hörer. Er klang atemlos. Als ginge er eine Treppe hinauf und spräche dabei in sein Handy.

»Es geht um zwei Dinge. Zuerst einmal um einen Telefontipp, den ich bekommen habe. Wir haben doch nichts über das Diebesversteck in Gävle verlauten lassen, oder?«

»Nein, bisher noch nicht.«

»Dann kann also kein Außenstehender davon wissen, dass die Trickdiebe alles in einem Stall versteckt hatten?«

»Niemand außerhalb der Ermittlungen.«

Sonny berichtete in aller Kürze von Jan Evert Herdepalms Anruf und beschrieb das vermutete Versteck. Vor der Mistluke. Zwölf Schritte, wie in einem Piratenfilm, dachte Sonny.

»Woher wusste Herdepalm davon?«, wollte Ånderman wissen.

»*Enne*«, rutschte es Sonny heraus, »ich meine, auf Schwedisch heißt es …«

»Vorahnung«, unterbrach Ånderman ihn. »Und was war das zweite?«

»Tja, wir hatten hier in einer der Ortschaften einen Hausbrand. Ein Junggeselle, der bei seiner Mutter gewohnt hat, sein Zimmer hat Feuer gefangen. Die halbe Hütte ist zum Teufel.«

»Ja, und weiter?«

»Wir haben einen Brandtechniker geholt, der alles durchgegangen ist. Und da waren Tiere.«

»Warte mal«, sagte Ånderman und zog seinen Parker heraus.

»Tiere, hörst du! Auf den Regalen, total verbrannt.«

»Meinst du ausgestopfte?«

»Nein, die waren getrocknet. Er hat sie alle schrumpfen lassen.«

»Im Haus?«

»Woher soll ich das denn wissen? Und im Schrank, rate mal, was im Schrank lag?«

»Der Kerl selbst.«

Sonny antwortete nicht sofort. Er ist schon Bulle geworden, als ich noch gar nicht dran gedacht habe, dachte Ånderman. Die sind empfindlich, diese Dorfpolizisten.

»Das ist ziemlich häufig so«, verdeutlichte Ånderman freundlich, »das Opfer wird von Panik ergriffen und versteckt sich.«

»Nein, nicht ihn selbst«, wehrte Sonny ab. »Eine Aktentasche. Eine alte, braune Aktentasche in imitiertem Krokodilleder, so eine, wie sie in den Sechzigern beliebt waren.«

»Ich kenne das Modell.«

»Und da drinnen lagen Medaillen. Von Schießwettbewerben. Und ein paar Zinnpokale, die die Hitze überstanden haben. Die Gravur konnte man immer noch lesen.«

»Ja, und?«

»Sie gehörten Martin Udde.«

Ånderman erstarrte.

»Wusste seine Mutter davon?«

»Sie behauptet, nichts zu wissen.«

»Und was sagt der Sohn selbst? Dieser Junggeselle, meine ich?«

»Wir haben ihn nicht zu fassen gekriegt«, gab Sonny zu.

»Wo ist er?«

»Der Kerl ist in den Wald gelaufen. Die Leute suchen ihn. Er muss in Panik geraten sein.«

»Aber ihr habt doch eine Fahndung eingeleitet? Und dem Staatsanwalt sollte man auch Bescheid geben. Und du sagst, es waren getrocknete Tierkörper?«

»Ja«, antwortete Sonny, »aber du musst wissen, dass ...«

»Wie heißt der Mann?«

»Laut seiner Mutter heißt er Pettersson.«

»Und sonst?«

»Nur Pettersson. Wir haben da leider ein Problem ...«

»Wie meinst du das?«

»Es gibt ihn nicht«, sagte Sonny resigniert.

»Wie meinst du das?«

»Wir haben alles überprüft, das Einwohnermelderegister, die Krankenkasse, Versicherung, es gibt ihn nirgends.«

»Natürlich muss es ihn irgendwo geben.«

»Er ist nicht registriert. Nicht in der Kommune von Pajala.«

»Aber er muss doch irgendwo eingeschrieben sein. Benutz seine Personenkennziffer.«

»Er hat keine.«

»Natürlich hat er eine«, widersprach Ånderman, jetzt richtig wütend.

»Seine Mutter weigert sich, sie anzugeben. Und laut Familienregister ist sie kinderlos.«

»Sie will ihn schützen«, sagte Ånderman. »Sie glaubt, er hat das Haus angesteckt.«

»Aber ansonsten …«, sagte Sonny.

Ånderman stöhnte, war gezwungen, den Hörer vom Ohr fernzuhalten. Was für eine Ausdrucksweise, »aber ansonsten«!

»Ja?«

»Aber ansonsten ist es so, wie die Mutter sagt.«

»Und was sagt sie?«

»Dass sie den Sohn daheim geboren hat. Und ihn nie angemeldet hat. Nie den Behörden mitgeteilt hat, dass es ihn gibt.«

Mit einem Zischen entwich die Luft aus Åndermans Büro. Zurück blieb nur ein flimmerndes Vakuum mit ihm selbst mittendrin, ein sich festklammernder Quastenflosser in der eleganten Ödnis. Dann entdeckte er, dass um ihn herum Wasser war. Meeresmassen mit einem erdrückenden Tiefseedruck.

»Oj, oj«, sagte er mit einem kleinen, runden Fischmund. »Oj, oj, oj, oj, oj …«

Er legte den Hörer auf. Malte einen leeren Kreis mit dem Füller. Ein Luftloch. Betrachtete lange die Blase.

Ein Mensch, den es nicht gab. Das konnte einen wirklich umwerfen. Das war wirklich erschütternd.

49

Märta Kallio wurde von Sonny Rantatalo in den Verhörraum geführt, sie machte kleine Schritte, wie auf dem Heimweg von einem Gebetsabend. An den Füßen hatte sie abgetragene Schlappen aus gegerbtem Rentierleder, die über den Boden schurrten. Eino machte ihr ein Zeichen, und sie setzte sich weit vorn auf den Stuhl wie ein Schulmädchen. Sie ist das nicht gewohnt, dachte er. Sie kommt nicht oft aus dem Ort heraus. Ihre Kleider rochen immer noch stark nach Rauch, die Fingerspitzen waren schmutzig vom Ruß. Jetzt versuchte sie etwas zu sagen, was nicht zu verstehen war, sie hustete zähen Schleim fort und versuchte es noch einmal.

»*Olettakos tet löytönheet sen?* Habt ihr ihn gefunden?«

»Leider nicht.«

Offensichtlich ging es ihr nicht gut. Sie starrte auf ihr Wollkleid, auf die Ausbeulung an den Knien im Stoff. Heute Morgen hatte sie ihr Zuhause verloren, und jetzt saß sie hier, umgeben von Amtspersonen.

»Hast du eine Ahnung, wo er sich versteckt haben könnte?«

Eino sprach absichtlich Schwedisch. Amtssprache. Es ging darum, die Oberhand zu behalten. Sie schüttelte kaum sichtbar den Kopf.

»Und du bleibst dabei, dass du ihn nie angemeldet hast?«, fuhr er fort.

Ein Schauder durchfuhr ihren Oberkörper, als fröre sie.

»Du musst mir antworten.«

»Ja«, sagte sie beim Einatmen und fuhr sich mit der Zunge

über die Oberlippe. Die Zunge war überraschend biegsam, wie die einer Katze.

»Dann ist dein Sohn also nie zur Schule gegangen? Das ist gegen das Gesetz, das weißt du doch, wir haben Schulpflicht in Schweden.«

Sonny wandt sich an der Tür, er fühlte sich unangenehm in Anwesenheit der Frau. Sie erinnerte ihn an seine Großmutter, der gleiche Widerwille, bemerkt oder beachtet zu werden.

»Ich habe dem Jungen selbst das Lesen beigebracht«, sagte sie ein wenig hartnäckiger.

»Aber du hast nie Kindergeld für ihn gefordert?«

»Nein.«

»Und dein Sohn bekommt keine Frührente? Oder Arbeitslosengeld?«

»Nein.«

»Da hast du ja im Laufe der Jahre mehrere hunderttausend Kronen verloren!«

Sie lächelte kurz. Schielte zum Fenster.

»Aber warum?«, beharrte Eino.

»Das war die Freiheit.«

»Was meinst du damit?«

»Ich wollte, dass er frei bleiben sollte.«

»Frei?«

Eino sah Sonny an und bat ihn mit seinem Blick um Hilfe.

»Wer ist der Vater?«, wollte Sonny wissen.

»Nein«, kam es ganz kurz. Es klang wie ein Wimmern. Von einem Tier.

»Aber der Junge muss doch einen Vater haben?«

Sie hob den Kopf und starrte Sonny an, als hätte er sie beleidigt.

»Oder ist er vom Heiligen Geist gezeugt worden?«

Mach das nicht, dachte Eino. Etwas im Verhalten der Frau ließ ihn wachsam werden.

»Mit dem Jungen stimmt wohl etwas nicht«, fuhr Sonny fort. »Er ist wohl nicht ganz richtig im Kopf, oder?«

So heißt das nicht, dachte Eino. Es heißt irgendwie anders. Eleganter.

»Er ist klüger als du«, sagte sie hart.

»Aber das mit den Tieren? Warum hat er das gemacht?«, ließ Sonny nicht locker.

Jetzt wurde sie rot. Jetzt kamen die Gefühle.

»Er hat seine Sachen für sich da auf dem Dachboden gemacht.«

»Wusstest du von Martin Uddes Aktentasche?«

»Nein.«

»Hat dein Sohn sie gestohlen? Ja? Der Junge muss den Alten aufgesucht haben.«

Sonny beugte sich fordernd vor, die Schuhsohlen auf den Boden gedrückt wie auf eine Kaviartube. Sie hob den Blick, ihre Iris wurde grau und hart. Da gab es Intelligenz. Und Hass.

»Du hast dich beim Rasieren geschnitten«, sagte sie plötzlich.

Sonny spürte, wie es im linken Wangenwinkel brannte. Mit dem Zeigefinger traf er auf einen schimmernden roten Blutstropfen. Die Frau spuckte auf ihr Taschentuch und wischte ihn blitzschnell ab. Die Wunde war verschwunden. Langsam faltete sie das Taschentuch um den roten Fleck herum zusammen. Keiner der Männer bewegte sich, als sie aufstand und den Raum verließ.

»Jesus«, murmelte Sonny.

»Du hättest sie nicht reizen sollen«, sagte Eino.

Der Sohn, dachte er mit widerwilliger Bewunderung. Sie hat dem Sohn die Freiheit gegeben. Der erste wirklich freie Tornedaler.

50

Die Luft ist grün und hautwarm. Esaias taucht seine Hände in eine emaillierte Waschschüssel mit grüner Seife und heißem Wasser, das unter dem freien Himmel abkühlen konnte. Ein Nachtfalter zappelt auf der Wasseroberfläche mit ausgebreiteten Flügeln, der Hinterkörper krümmt sich und zuckt im Todeskampf, doch dann wird er vorsichtig auf den Fingernagel des kleinen Fingers und dann auf ein Blatt gelegt. Ein frisches, algengrünes, fleischiges Blatt, auf dem der Nachtfalter erschöpft in seinem grünen Wassertropfen herumkriecht und dann zur Ruhe kommt, er wartet, dass er trocknet.

Irgendwo summt es. Ein Brausen von Millionen von leisen Geräuschen, Tannennadeln, die sich aneinanderreiben, Laub, an dessen Stiel gezerrt wird, Grashalme, die sich biegen und aneinanderschlagen, Wellen von Wassertropfen, die zu Bächen anwachsen, zu festen Wasserkissen, bis sie übereinanderkullern in schäumenden Wasserfällen, Luftmoleküle in den äußersten Federhaken der Flügelspitzen, ein Geräuschemix, der verschwindet und gleich wieder zurück ist, wie Haar, wie ein Atmen, ein langsam steigender und fallender Geräuscheregen.

Alles liegt und fließt. Grün. Gras im Mund, grüner Geschmack. Sich wiegen unter schwerem Nacken, unter den ruhigen Tellern der Schultern, unter der Blechwanne des Beckens, wiegend und grün.

»Ich liebe dich, dass es weh tut«, flüstert sie.

Sausen. Brausen. Ich liebe dich, dass es weh tut.

»Allein der Tod ...«, singt er leise, »der Tod ... der Tod löst alles ... *Vain kuolema ... kuolema ... kaikki irrottaa ...*«

Sie wandern umher, während der Nachmittag langsam in den Abend übergeht. Durch Farnsenken, dornige Brombeersträucher, über magere Kiesbänke mit Triften und Strandhafer dem Ufer entlang, wo gärender Tang und Treibholz zum Meer hin treiben. Sie setzen sich auf einen abgeleckten Felsen, geschliffen von Regen und Salzwasser, ein gerundeter Stirnknochen aus Granit am Südende der Bucht, und vor ihnen öffnet sich der Schärengarten. Inseln, die sich vor dem Horizont wölben, zerfranste Waldsilhouetten, die ins Blaue wechseln, und ganz weit draußen das offene Meer.

»Hier kann uns niemand finden«, sagt Therese.

Sie legt sich auf den Rücken, hoch oben gibt es nur einen blauen Abgrund.

»Niemand«, sagt er.

»Nicht einmal niemand.«

Er legt seinen Schenkel über sie. Fleisch auf Fleisch. Sie warten ab. Hören den Wellen zu, hören das entfernte Gagaga einer Mantelmöwe.

»Sommer«, sagt er. »Obwohl es fast schon Oktober ist.«

»Es ist das Meer, das wärmt.«

»Ja?«

»Das Meer.«

Er bekommt einen kämpfenden Hecht ans Vorfach. Die Flossen schimmern grün im Schlepplicht, der Körper windet sich in Spiralen, das lange Maul schnappt nach dem Köder, beißt ruckartig zu, während Esaias die Messerspitze ins Rückgrat sticht, direkt hinter den Kiemen. Die Schwanzflosse peitscht ein letztes Mal gegen das Arbeitsbrett und hebt sich zitternd und feucht, im Todeskampf bebend, während die spulenförmige Fischseele schräg nach oben schwimmt und durch die Ozonkuppel schlüpft, hinauf zu den senkrechten Felswänden der Sterne.

Mit schnellen Bewegungen entschuppt er den Fisch, die Schuppen spritzen und hüpfen und tanzen in der Abendsonne und bleiben wie kleine Münzen auf seinem Handrücken kleben. Er nimmt die Eingeweide heraus, schneidet Kopf und alle Flossen ab und salzt den Fisch auf einem Stück feuchtglänzender Aluminiumfolie. Über ihm scharen sich die Möwen. Dann füllt er den Bauch mit großen Butterstücken, reichlich frischem Dill und einem Bündel Petersilie, gestiftelten Karotten und weißem Pfeffer. Zum Schluss drückt er eine Zitrone in der Hand aus, lässt die Säure auf die Kräuterfüllung tropfen, bevor er die Folie zuwickelt.

Bei Sonnenuntergang zieht er das Folienpaket aus dem Glutbad und wickelt es vorsichtig auf. Intensive Duftwolken nach Sommer und blubbernde Butter schlagen ihm entgegen. Das heiße Fischfleisch hat sich von den Gräten gelöst und schmilzt im Mund. Jedem sein Bier, schäumender Hopfen. Die Sonne verschwindet hinter den Inseln und zieht langsam die Abendwolken mit sich in die Tiefe. Hände, klebrig vom Hecht und von der Liebe.

51

Das Gerichtsgebäude von Gällivare war ungewöhnlich gut besucht. Das Gebirgslicht strömte durch die hohen Fensterscheiben, über die Zuschauerbänke, auf denen eine lustlose Schulklasse vor sich hin starrte, dasaß mit geöffneten Jacken und Schreibheften in der Hand, in die niemand etwas notierte. Ganz hinten saßen ein paar alte Leute. Sie schienen sich unwohl zu fühlen, waren aber wohl auch neugierig. Eine der Frauen schien samischer Abstammung zu sein. Ihr Gesicht war von zierlichen kleinen Runzeln bedeckt, die schlanken Waden reichten nicht ganz bis zum Boden, sondern schaukelten in sonderbar großen, plumpen Motorrollerstiefeln. Zwei Journalisten saßen ganz vorn, die Frau trug kurze blonde Haare und blätterte hektisch in den Anklagepapieren, während der ältere, bärtige Mann im Sakko dem Vorsitzenden des Gerichts ein blinkendes Diktiergerät hinhielt. Dieser wirkte wie immer verärgert, ständig einem Wutausbruch nahe, wie er seine glänzende Glatze vorschob und mit seiner Bleistiftspitze auf die Leute zeigte. Er verströmte einen Geruch nach Sulfid und Rasierwasser, ein mahnendes Gefühl, dass das Leben zu kurz sei. All die Unruhe und der Lärm, denen Einhalt geboten werden musste, ständig neue Übeltaten, die sich häuften!

Die Staatsanwältin, Elisabeth Perm, hatte im Laufe des Vormittags den Tatablauf referiert. Sie fühlte sich zufrieden und hübsch, wie sie in ihrer cremefarbenen Cameri-Bluse dasaß, die sie während einer Weinreise im August in Mailand gekauft hatte. Sauteuer und diskret, jeder Stich saß perfekt, unbesiegbar fühlte sie sich darin. Auch die Schuhe hatte sie dort gekauft, schwarze Paruzzi mit flachem Absatz, die sie niemals draußen trug, und dazu den langen Londonrock vom letzten Jahr. Tweed. Margaret Thatcher. Acht Mal teurer als bei Lindex, aber jedes Mal, wenn sie ihn trug, erinnerte sie sich an die urwüchsige Verkäuferin, als sie ihre Kreditkarte zog: »In a dress like this, no woman can cry.«

Elisabeth war dem Rat ihres verstorbenen Juraprofessors Hilldén gefolgt: je abscheulicher das Verbrechen, umso steifer die Darstellung. Steifer bedeutete trockener. Weg mit Gefühlen, weg mit Handwedeln und Zittern in der Stimme, oder, wie er während der Ausbildung bei ihren fingierten Schlussplädoyers gerufen hatte: »Weniger Sten Broman!«

Hartgesotten, dachte sie. Raymond Chandler. Nicht der Autor soll fühlen und leiden, sondern der Leser. Jetzt fängt die Erzählung an. So sieht die Situation aus. Dann passiert das hier. Anschließend das und das. Am Ende liegt eine 83jährige Frau auf der Kellertreppe, den Arm von den beiden Angeklagten ausgekugelt. Einem 67jähriger Mann mit Gelenkrheumatismus wird ein Schneidebrett immer wieder auf die Stirn geschlagen, bis die Haut über beiden Augenbrauen aufplatzt und die Bewusstlosigkeit eintritt. Ein 69jähriger alleinstehender Mann in Laukuluspa bekommt eines Abends Besuch von einer Frau, die ihn um ein Glas Wasser bittet …

Sune Niska hob seine groben Finger und lockerte den Schlipsknoten, damit er besser atmen konnte. Scheiße, hätte man doch *haulikko,* dachte er, ein Schrotgewehr. Beide Läufe, piff paff! Solche sollten gar nicht existieren.

Die beiden Angeklagten saßen ganz vorn rechts, jeder mit seinem Anwalt. Drei Monate nach den Ereignissen lief die Frau immer noch auf Krücken. Ohne Perücke waren ihre Haare mausgrau, sie war mager, starr im Gesicht von Betablockern. Ihr Mittäter war augenscheinlich älter und hatte sein dünnes Haar feucht nach hinten über den Schädel gekämmt. Wie viele Gewalttäter wirkte er bei Tageslicht fast lethargisch. Da fehlte etwas. Ohne Alkohol, ohne Drogen war der Körper kaum steuerbar. Die Energie war verschwunden, er hustete und saß mit hochgezogenen, schmalen Schultern da. Ab und zu zog er eine Tablettenschachtel heraus und fummelte ungemein langsam eine mickymausförmige Tablette hervor, die er sorgfältig ganz vorn auf der Zungenspitze platzierte. Die Angeklagten trugen beide blau-gelbe Trainingsanzüge, die aus irgendeinem Großmarkt stammten, den Anzügen der schwedischen Handballmannschaft ähnlich. Elisabeth Perm blätterte noch einmal in ihren Papieren. Sie weigerten sich weiterhin zu reden, und man hatte immer noch nicht ihre Identität feststellen können. Doch das würde ihnen nichts nützen. Nicht nach dem Fund bei Ockelbo. Als die Techniker von dort zurückgekommen waren, hatte man das sorgfältig vergrabene Versteck gefunden, das sogar der Hund bei der ersten Untersuchung übersehen hatte. Eine wasserdichte, hermetisch verschlossene Plastiktonne mit Diebesware von früheren Tourneen. Unter anderem mit dem entscheidenden Beweis. Zwar von Fingerabdrücken gesäubert, doch trotzdem unwiderlegbar. Eine Brieftasche aus braunem Leder, ohne Bargeld, doch der Führerschein steckte noch drin. Der von Martin Udde.

Um es dem Gericht zu erleichtern, war sie mit den Anwälten übereingekommen, die provisorischen Namen Adam Svensson und Berit Johansson zu benutzen. Hinter den Namen standen ihre provisorischen Personenkennziffern, die während der Gerichtsverhandlung galten. Ihr Schweigen würde ihnen nicht helfen. Sie waren zwangsgetauft und festgenagelt. Niemand entkam den Behörden.

Adam und Berit, stellte der Sprecher des Gerichts fest.

Sicher Oststaatler, dachte Elisabeth Perm.

Piff paff, dachte Sune Niska wieder. Er beugte sich auf dem Stuhl vor und hätte sich gern den Mantel ausgezogen. Wenn sich das denn gehörte. Es tat ihm immer noch zwischen den

Schulterblättern weh, dort, wo der Stuhl ihn getroffen hatte, etwas war da drinnen kaputtgegangen. Ligamente, Sehnen, es war ein Schaden entstanden. Er würde damit leben müssen. Am schlimmsten war es beim Holzhacken, da konnte er nicht mehr so richtig zupacken. Er würde nie wieder mit eigener Hand Holz hacken können.

Draußen war es schön. Gebirgswanderwetter. Auf die Spitze des Dundretmassivs hatte sich der erste Schnee gelegt, aber unten im Birkenwald leuchteten die Flechten und das Gestrüpp immer noch in den brennenden Farben des Herbstes. Alles Leben bereitete sich auf den Winter vor. In den Bergschluchten schlurften die Bären, fahrig etwas in sich hinein stopfend, mit dicken Fettringen um die Schenkel und über den Rücken, den langen Schlaf erwartend.

Berit Johansson zog sich halb auf ihren Krücken hoch und hustete trotzig. Ihre Zunge war blau von den Medikamenten. Sie starrte hämisch Elisabeth Perm an, die regungslos dasaß und ernst auf ihre Papiere schaute, geduldig darauf wartend, weitermachen zu können. Der Vorsitzende klopfte nicht mit seinem Hammer, so ging es nur in amerikanischen Filmen zu, er zeigte mit einem fleischigen, muskulösen Finger auf die Angeklagten und sagte energisch:

»Hören Sie!«

Berit Johansson zuckte zusammen, als hätte sich die Fingerspitze in den untersten Teil ihres Brustkorbs gebohrt, und setzte sich schnell auf ihrem Stuhl zurecht. Sie warf ein paar trotzige Fixerblicke in den Saal, versuchte Adam Svenssons Blick einzufangen, was ihr jedoch nicht gelang. Die Beamtin neben ihr trug ein hellblaues Uniformhemd, Hosenträger und einen dicken, kastanienbraunen Zopf im Nacken. Sie hatte ihre Hand auf den Unterarm der Angeklagten gelegt, jederzeit bereit, einen Polizeigriff anzuwenden. Wenn die Lage es erforderte. Eine verschärfte Lage. Der Beamte neben Adam Svensson betrachtete das Schauspiel mit gelben Luchsaugen, kurz davor, einzugreifen. Es war zu merken, dass er ihr Vorgesetzter war, der Erfahrenere. Es war ebenso deutlich zu merken, dass er sich von ihr angezogen fühlte. Die Luchsaugen suchten immer und immer wieder den Zopf im Nacken, er löste ihn auf, bohrte seine spitze Nase hinein und biss sich fest, ganz fest, bis es ihr kam.

Die Tür wurde geöffnet, und ein leichter Windzug fuhr durch den Saal. Die Nächstsitzenden drehten den Kopf.

Nederhed, dachte Elisabeth Perm. Das muss Nederhed von der Gerichtsmedizin sein, der mit dem Flugzeug aus Stockholm gekommen ist. In der Hand hielt Nederhed Laboranalysen, um die der Vorsitzende Richter ihn gebeten hatte, und zwar im Original. Rücksichtsvoll glitt er an der Wand entlang, ein rundlicher Mann mittleren Alters mit der hochstehenden Kurzhaarfrisur, die so üblich unter frisch geschiedenen Stockholmer Polizisten war. Er tat sein Bestes, um nicht zu stören, hatte die Schultern nach vorn gezogen und den Nacken gesenkt, so dass er fast etwas krumm aussah. Der Blick war fest auf den Richter gerichtet. Jedes Mal, wenn dieser das Wort ergriff, erstarrte der diskrete Gast, halb auf Zehen stehend, verwandelte sich in einen Findling. Doch sobald eine Pause entstand, ein Räuspern, ein Blättern in den Papieren, machte er ein paar eilige Schritte nach vorn. Dieses sonderbare Schleichen hatte natürlich genau den gegenteiligen Effekt wie beabsichtigt. Innerhalb kürzester Zeit war die Aufmerksamkeit des gesamten Gerichtssaals auf ihn gerichtet, bis er sich schließlich mit einem letzten, mohikanerartigen Sprung aufs Podium schwang.

Nederhed streckte den Ordner mit den Laborergebnissen hin, ein normales, dunkelblaues Ringbuch. Er hatte es in seinen Schaufeln von Händen getragen, hatte es wie ein kostbares Serviertablett gehalten, und es war ziemlich feucht von seinem Handschweiß geworden. Der Vorsitzende schaute kurz auf, der Einzige im Saal, der den Boten noch nicht bemerkt hatte, und mit einem missmutigen

Brummen setzte er sich die Lesebrille auf. Nederhed drehte sich um und streckte den Rücken, offensichtlich erleichtert darüber, von seiner Bürde befreit worden zu sein. Das Schleichen änderte nunmehr vollkommen seinen Charakter, er begann fast zu schlurfen mit lang ausholenden Schritten, während der Oberkörper wie bei einer Ente vor und zurück pendelte. Wie ein Schuft in einem alten B-Film, dachte Elisabeth Perm. Doch dann blieb er plötzlich stehen. Blieb vor den Angeklagten stehen. Es zuckte in seinen Mundwinkeln.

Der Vorsitzende Richter schob sich die Brille auf die Nasenwurzel und überflog gewichtig den Ordner, während die Sekunden verrannen. Alle betrachteten ihn unter feierlichem Schweigen. Was ihm gefiel. Als Jugendlicher hatte er eine umjubelte Interpretation des Mephisto im Studententheater gegeben. Es erforderte Präsenz und Nähe, um eine Theaterbühne zu beherrschen, viel hing von den Augen ab, aber auch von der körperlichen Präsenz. Es zu wagen, einsam zu sein. Nicht danach zu streben, beliebt zu sein.

Doch dann bemerkte er plötzlich, dass er gar nicht derjenige war, den die Zuschauer ansahen. Sondern Nederhed. Der Bote. Dieser räusperte sich laut, und anschließend sagte er mit überraschend tiefer, Leonard-Cohen-ähnlicher Stimme:

»*Mutta miehään tunnen teät!* Aber euch kenne ich doch! Ihr seid doch aus Vivungi.«

Adam Svensson und Berit Johansson saßen mit offenen Mündern da. Elisabeth Perm ließ den Blick zwischen ihnen, Nederhed und den beiden Verteidigern hin und her wandern. Letztere sahen fast aus wie Studienräte, jeweils Klassenlehrer einer problematischen Oberstufe mit unerträglicher Arbeitsbelastung und personellen Einsparungen. Jetzt beugten sie sich vor und schienen etwas sagen zu wollen. Doch Nederhed fuhr unbeirrt fort, jetzt auf Schwedisch:

»Ihr seid doch die Kinder von Heikki. Ich hab doch gleich gedacht, dass ich euch kenne.«

Der Richter saß vollkommen still da. Er versuchte sich zu konzentrieren.

»Habe ich das richtig verstanden, dass Sie die Angeklagten kennen?«

»Ja, natürlich.«

Als Erstes kam ihm sein Terminkalender in den Sinn. Das würde ein paar freie Tage geben.

»Die Verhandlung wird vertagt«, beschloss der Vorsitzende Richter und winkte Nederhed energisch zu sich. Doch dieser sah sich im gleichen Moment von den Journalisten umringt. Fragen prasselten auf ihn ein, und Diktiergeräte wurden ihm entgegengehalten. Vollkommen überrumpelt lächelte Nederhed in die Kameras. Erst jetzt wurde ihm klar, dass er Schlagzeilen schrieb. Nederhed aus Vivungi würde sein Gesicht auf den Titelseiten sehen können. *Fifteen minutes of fame!*

Die Polizeibeamten holten ihre Handschellen heraus. Die Zuschauer blieben verwirrt sitzen, doch als die Staatsanwältin und der Richter zur Tür gingen, mussten sie einsehen, dass es bereits vorbei war.

Die Schulkinder drängelten sich verwundert um ihre Lehrer und hofften, frei zu bekommen.

Die samische Alte zog langsam ein Paar Handschuhe aus einer Plastiktüte.

Der Einzige, der sitzen blieb, war Sune Niska. Er war froh, den Mantel nicht ausgezogen zu haben. So musste er ihn jetzt nicht wieder anziehen, nicht über die Schulter zwängen. Es tat so verdammt weh.

Hinten an der Tür drehte sich die Frau um, gefesselt an die Beamtin.

Es schien, als wäre ihr etwas eingefallen. Im Saal war nur noch Sune Niska. Ihre Blicke trafen sich. Die Frau lachte mit kalten, trockenen Augen.

»Ja sie asut vieläki sielä?«, zischte sie auf Meänkieli. Und du wohnst immer noch dort?

»Hör auf mit dem Quatsch«, befahl die Polizistin.

»Du wohnst also immer noch in dem Haus, ganz allein«, wiederholte sie, während sie davonhinkte.

Sune Niska erwiderte nichts. Spürte nur das Gewicht des goldglänzenden Metalls um sein Handgelenk. Er hatte sie um. Seine LKAB-Uhr.

52

Schmeckt es, Mama?«, fragte Jan Evert Herdepalm.

Alice Herdepalm gab keine Antwort. Sie hob die Gabel, schlürfte den letzten Tropfen der Thymiansauce auf und schaute mit ihrem üblichen, sorgenvollen Blick auf den Bach. Der Missmut hatte sich in ihrem Gesicht festgesetzt, als hätte sie als Kind eine Grimasse vor dem Spiegel gemacht, und die wäre haften geblieben.

Sie saßen in der Västmanlander Abenddämmerung auf der Terrasse. Er hatte die Infrarotheizung an der Decke eingeschaltet, eine Gelbflügelfliege verbrannte sich an den rotglühenden Windungen und trudelte auf den Bastteppich hinunter.

»Kennst du noch die Kartoffeln?«, fuhr er fort.

»Puikkopottu«, rutschte es ihr heraus.

Er konnte nicht anders, er musste sie anstarren. Blieb mit seinem Weinglas in der Hand sitzen, überrumpelt.

»Was ist?«, fragte sie.

»Es ist viele Jahre her, seit du Finnisch gesprochen hast.«

»Mandelkartoffeln?«

»Nein, Mama, du hast *puikkopottu* gesagt!«

Einen Moment lang glaubte er, seine Mutter würde anfangen zu weinen. Die Wangen strafften sich, da war eine Vibration in den Lippen, doch dann gelang es ihr, rechtzeitig eine Serviette zu nehmen und es wegzuwischen. Wie alt sie geworden ist, dachte er wehmütig.

»Sind die von hier?«

»Aus Pajala.«

Von Zuhause, notierte er. Sie hat das Tornedal vor mehr als einem halben Jahrhundert verlassen. Wie lange nennt man so etwas noch »Zuhause«?

»Sie sind aus dem Garten des Onkels. Es gab dort einen kleinen Kartoffelacker, auf dem Martin ein paar Reihen gesetzt hat.«

»Die haben gut geschmeckt«, stellte sie kurz fest.

Ihm war klar, dass sie die Kontrolle wiedererlangen wollte. Den Mist unter den Teppich kehren, der da auf der Tischdecke gelandet war. Sie griff nach ihrer veilchenblauen Angorastrickjacke und zog sie sich über, blätterte anschließend in der Abendzeitung, die daneben lag. Von hinten, sie las die Zeitung immer von hinten.

Jan Evert deckte ab, sie machte Anstalten, aufzustehen, doch er drückte seine Mutter freundlich auf den Stuhl und füllte ihr Rotweinglas erneut. Es sauste über dem Terrassendach, und er hustete laut, damit sie es nicht hörte. Sie hatte Fledermäuse schon immer verabscheut. Er selbst hatte kleine Einschlupflöcher unter dem Dachgiebel ausgesägt, damit sie auf dem obersten Dachboden überwintern konnten. Er erinnerte sich an die Abende in Lusaka. Die hastige Dämmerung auf dem Hotelbalkon, während sich die riesenhafte afrikanische Sonnenscheibe senkte. Der Himmel, von Schwalben schwirrend, die sich einen letzten Happen an Insekten holen wollten vor der langen, tropischen Nacht. Dann verschwanden sie, fast auf einen Schlag, von dem hohen Abendhimmel. Doch nach nur kurzer Zeit schienen sie zurückzukehren. Die gleichen dünnen Silhouetten, die pfeilschnell herumflogen. Aber doch weicher und runder im Flug. Als wären die Schwalben nach Hause geflogen, um sich umzuziehen, sich das kleine Schwarze überzustreifen.

Schließlich wurde ihm klar, dass es Fledermäuse waren. Das Abendlicht schwand so schnell, als wäre es am Horizont in einen Badewannenabfluss gespült worden. Bald würde es zu dunkel sein, um im Taschenbuch zu lesen. Und genau in diesem Moment kam die nächste Überraschung hoch oben am Himmel. Wie in einem Horrorfilm, erst waren es nur ein oder zwei. Dann eine Handvoll, anschließend wurden es immer mehr, die in einer langen, gewaltigen Angriffswoge angestürzt kamen. Groß wie Raubvögel mit ausgebreiteten Hautflügeln. Lederlappen. Fliegende Hunde auf der Jagd nach Beute. Und während die Dunkelheit herabsank, während die Nacht ihren schwarzen Sack über alle Wespen, alle Holzböcke und gackernden Hühner zog, über Kräuterstände, Zigarettenverkäufer, Dorfköter und verfilzte Straßenkinder, wurden es da oben immer mehr. Zum Schluss füllten sie den Nachthimmel wie ein Schwarm fliegender Träume.

Während die Kaffeemaschine blubberte, ging Jan Evert hinaus in seinen Garten. Er strich an der Jasminhecke vorbei und fuhr leicht mit den Fingern über den Stamm des knorrigen Apfelbaums. Unter den Fußsohlen spürte er Fallobst, ein Lockmittel für die Rentiere, die in den Stunden der Morgendämmerung aus dem alten Buschwerk herauskamen. Manchmal konnte er noch halb im Schlaf ihr leises Plätschern hören, wenn sie durch den Bach wateten, scheu, ständig ihre Ohren hin und her drehend, zartgliedrig und ängstlich wie hungrige Kinder.

Es lag an dem Garten, dass er das Haus gekauft hatte. Er war paradiesisch. Der Garten und dann der sich davor schlängelnde Bach.

»Jan Evert?«

Sie legte die Zeitung halb gelesen fort.

»Ich bin hier draußen.«

»Was ist das für eine Welt, in der wir leben?«, rief sie aus und blinzelte in die Dunkelheit.

Er fragte sich, ob das eigentlich typisch für das Tornedal war, dieser Pessimismus. Oder ob es an der Religion lag, all die Jahre, die sie als Missionarin verbracht hatte. Man durfte es nie zu gut haben. Nach dem Lachen kam das Weinen, *naurun perhään tullee itku,* so war sie aufgewachsen.

Er beschloss, dass der Zeitpunkt gekommen war. Mit einer eleganten Bewegung hob er die Keramikurne hoch und stellte sie auf den Tisch.

»Was ist das?«, fragte sie.

»Ich dachte, du wolltest sie gern sehen. Vor der Beisetzung.«

»Was ist das?«, wiederholte sie, als hätte sie nicht gehört.

»Das ist Martin.«

Sie lehnte sich zurück, hob dic linke Hand wie eine Kralle.

»Das ist dein Bruder«, fuhr er fort.

»Nein«, widersprach sie entschieden.

»Was noch von ihm übrig ist. Von seinem Leben.«

Jan Evert schüttelte die Urne, dass es leise darin rasselte.

»Wie war er eigentlich?«

»Wie meinst du das?«, fragte sie schnell.

»Martin. Was war er für ein Mensch?«

Sie machte eine abschätzige Handbewegung. Wollte nicht. Nicht jetzt.

»Warum hattet ihr keinen Kontakt?«, versuchte er es erneut.

»Er war schwierig.«

»Was heißt schwierig?«

»Wollte alles bestimmen. Er konnte deinen Vater nie akzeptieren.«

»Weil Papa ...«

»Anders war«, unterbrach sie ihn. »Weil er ein Fremder war.«

Jan Evert spürte, dass sie sich der Grenze näherten. Bald würde sie wieder schweigen. Sich abwenden, sich glatt wie ein Spiegel machen. Das war der Moment, an dem er mit King hinausging. Hinaus an die frische Luft, ein schlendernder Achtjähriger mit zehntausend Meter Sauerstoff über dem Scheitel und dem Fernglas für die Vögel um den Hals, und eine eifrige Hundeschnauze, die sich ins Herbstlaub bohrte. Ohne King wäre er verrückt geworden.

Es raschelte im Apfelbaum, als noch ein Stück Fallobst zu Boden fiel. Sie drehte sich in die Richtung, mit dem Gehör war alles in Ordnung.

»War das eine Schlange?«, fragte sie.

»Was?«

»Es klang wie eine Schlange im Baum.«

»Das war ein Apfel.«

Seine Mutter spähte hinaus, als glaubte sie ihm nicht. Als käme etwas Schleimiges durch das Gras geschlängelt.

»Mir ist etwas in den Kopf gekommen, als ich in Pajala war, Mama. Ich möchte gern Finnisch lernen.«

»Ach was.«

»Das sind schließlich deine Wurzeln, Mama. Deine und meine. Ich bin dann bestimmt der einzige halbe Neger, der Meänkieli kann.«

»Sag nicht halber Neger.«

»Okay, also halber Afrikaner.«

Sie spitzte unwillig die Oberlippe.

»Dein Vater hat dir auch nie Ndebele beigebracht, aber darüber hast du dich nie beschwert.«

»Ich dachte, es wäre Suaheli?«

»Er sprach auch Suaheli, aber seine Muttersprache war Ndebele.«

Verdammte Scheiße, dachte Jan Evert Herdepalm. Oj oj oj. Ndebele und Meänkieli, das wäre doch was!

»Es ist am schönsten so mit Schwedisch«, sagte sie.

»Mit Schwedisch?«

»Es ist das Beste, dass es so gekommen ist, Jan Evert.«

Er spürte den Impuls, einfach durch den Garten zu laufen, durch den Bach zu springen, klatschnass direkt in den Wald hineinzurennen, in das Dickicht mit seinen Schneebeeren- und Haselnusssträuchern sowie dem zypressengleichen Wacholder, während sich das Dunkel um ihn schloss, der Dschungel, die schöne, warme Dschungeldunkelheit.

Stattdessen holte er den Kaffee. Und das Dessert. Er hatte

es in zwei Schalen gefüllt. Die eine kam kochend heiß aus der Mikrowelle, die andere aus dem Kühlschrank.

Sie hielt ihren Teller hin, während er auffüllte. Zuerst ein paar Löffel heißes, bernsteinfarbenes Kompott. Dann die kleinen, kalten weißen Würfel.

»Ist das wirklich welcher? Tatsächlich?«, fragte sie und probierte.

»Ja«, nickte er.

»Kaffeost.«

»Den habe ich in Kangos gekauft.«

»Und Moltebeerenkompott. Von Zuhause?«

»Von Martin. Ich habe ein paar Gläser aus seinem Vorratskeller mitgenommen.«

Sie zögerte. Schloss dann die runzligen Augenlider und genoss, wie die Moltebeerensüße in den Gaumen eindrang, in die alte Zunge. Goldenes Sonnenlicht. Sie saß da mit Martins Kompott im Mund, Beeren, die von Martins Fingerspitzen abgezupft worden waren, eine nach der anderen. Es war noch etwas von ihm übrig. Man konnte fast sagen, ein Geschmack. Sie ließ die Kaffeost-Würfel in die Tasse fallen. Goss den heißen, starken Kaffee darüber. Ihr Handgelenk wurde leicht steif, als sie die Tasse hob und schlürfte. Dann verharrte sie so. Die Tasse an den Lippen, der Blick weit, weit in der Ferne. Zuerst dachte er, es wäre das Rheuma. Dann merkte er, dass sie weinte.

Verwirrt aß er das Kompott und kaute den knirschenden Weißkäse.

»Die Beerdigung«, sagte er vorsichtig. »Ich habe mir was überlegt. Ich denke, wir könnten den Elefanten nehmen. Ich habe gesehen, dass er unter dem Jungen hohl ist, die Urne würde da hineinpassen.«

Sie starrte ihn stumm an. Noch ein Apfel fiel, Rascheln und ein Plumpsen.

»Wir könnten Martin in seinem Elefanten mit dem Jungen begraben«, wiederholte Jan Evert.

»In dem Elefanten?«

»Ja, in dem Elefanten. Unter dem kleinen schwarzen Jungen. Ich glaube, das würde ihm gefallen.«

Die Mutter nickte leicht. Hielt ihren Teller hin. Sie wollte mehr.

53

Vorsichtig griff Märta Kallio zur Klinke, die Finger schlossen sich um die vertraute Form. Langsam drückte sie sie hinunter. Die Tür war vom Feuer verzogen und schwer zu öffnen, das Öl in den Scharnieren von der Hitze zu Teer gekocht worden. Einen Moment lang blieb sie in der Türöffnung stehen, als fürchtete sie, das Haus könnte über ihr zusammenfallen. Wie in Fernsehbildern nach einer Erdbebenkatastrophe. Gebäude, die sich verzogen, verdrehten, herabhängende Wohnungsebenen, aus denen heruntergerutschte Möbelteile gedrückt wurden. Ein Alphabet, das umgeworfen worden war, das nicht mehr gelesen werden konnte.

Märta Kallio trat zwei Schritte in die Verwüstung hinein. Jetzt war sie im Haus. Dennoch wurde sie weiterhin nass vom Nieselregen, das Dach war zum Teil eingestürzt und hatte einen großen Lichtschacht geschaffen. Der graue Himmel wrang sein Wischtuch im Gerümpel aus und verbreitete eine unangenehme Kälte. In der Luft war etwas Durchsichtiges, etwas Gläsernes, das die Sinneseindrücke verwirrte, als schaute man aus nächster Nähe durch eine Flasche.

Und dann der Geruch. Der Brandgestank. Dass ein Haus so eklig riechen konnte. Dünste, die die ganze Zeit schon dort gewesen sein mussten, verborgen, eingeschlossen hinter Schranktüren und Gardinenstangen, in Kabeln, Lackfarbe und Glasfiberrollen. Sie hatte sie nicht bemerkt, sie waren versteckt gewesen. Doch jetzt waren sie freigekommen. Das Feuer hatte alle Poren geöffnet und die Dinge dazu gezwungen, zu schwitzen. Und jetzt wurde sie davon umgeben, vom

Todesgeruch, ein schwarzer, salziger Geschmack, der Übelkeit verursachte und sie dazu brachte auszuspucken.

Es war zu sehen, dass die Polizei hier gewesen war. Geräte waren aus den Steckdosen gezogen worden, hier und da hatten sie mit einer Brandaxt zugeschlagen. Ein Teppich war in der Küche zur Seite gezogen, unter ihm leuchtete der Holzfußboden erstaunlich weiß, ein fast unbeschadetes Rechteck auf der verkohlten Fläche. Sie ging hin und beugte sich hinunter. Zog sich den Handschuh aus und strich mit den Fingerspitzen über den gefirnissten Boden.

Doch. Sie erkannte es wieder. Hier hatte sie gewohnt.

Die Treppe zum Obergeschoss war teilweise zusammengebrochen, der Handlauf war aus Plastik, er war geschmolzen und verdreht, ringelte sich wie eine makabre Königskobra an der Wand entlang, an mehreren Stellen von der Hitze gekappt, an anderen Stellen angeschwollen, mit dickem Bauch. Sie machte einen vorsichtigen Schritt und merkte, wie der Treppenstummel unter ihren Füßen schaukelte. Kleine schwarze Flocken rieselten vom Dach herunter.

»Ruhig!«, dachte sie. »*Jumalan rauha …*«

Noch ein Schritt. Alles würde zusammenstürzen. Die ganze Treppe bebte, Holzleisten zerbrachen mit trockenem, bedrohlichem Knacken. Dennoch ging sie weiter. Ließ sich auf alle viere fallen, verteilte das Gewicht wie auf sehr dünnem Eis. Um die Treppendrehung. Hier verharrte sie. Auf dem Absatz lag ein Bündel aus verbrannter Wolle. Rau und spröde, ein verkohlter Wollpullover? Vorsichtig stocherte sie in dem Paket, durch eine Schicht Ruß nach der anderen. Berührte etwas Hartes da drinnen, Längliches. Ein Rohr?

Dann erkannte sie die russischen Buchstaben wieder. Es hatte auf seinem Bücherregal gestanden. Eine der sowjetischen Brandbomben, die am 21. Februar 1940 über Pajala abgeworfen worden waren. Die russischen Piloten hatten falsch navigiert, geglaubt, sie griffen Rovaniemi an. Sie drehte den Metallklumpen und spürte sein Gewicht. Der Krieg. Hatte er versucht, sie mitzunehmen, dann aber verloren? Breitbeinig wie ein Krebs und unendlich vorsichtig kroch sie die letzten, zum Teil zerbrochenen Treppenstufen hinauf. Stützte sich an den Wänden ab und spürte, wie diese sich wölbten. Hustend kletterte sie auf den schwankenden Dachboden.

Vor ihr öffnete sich ein riesiger Krater zur Küche hinunter. Teile der Decke hingen in die Öffnung hinein, geschwärzte, gestreifte Plannjaplatten. Der Dachstuhl war abgebrannt und bildete ein riesiges Mikado, das Dachinnere war vollständig zerstört und größtenteils in scheibenförmigen Holzgewinden heruntergerast.

Sie musste an dem Loch vorbei. Trat in den Ruß und suchte einen Halt, einen tragenden Balken. Vorsichtig tastete sie sich an der Längswand entlang, über ein schweres, massives Hindernis, von dem sie bald merkte, dass es der umgekippte Schreibtisch war. Verbrannte Kabel hingen wie Lianen von der Decke, sie duckte sich und kämpfte sich weiter nach Innen. Zum Innersten. Das ihm gehört hatte.

Da war die Türöffnung. Die Tür selbst und der Rahmen hatten sich gelöst und waren zum Erdgeschoss hinuntergestürzt, aber die Öffnung war noch da. Ein öliges Stück hing herab, es sah aus wie Teerpappe, war geschmolzen und erstarrt wie ein Flügel. Sie duckte sich unter dem Vorhang hindurch und krabbelte hinein. Bekam Ruß in den Hals, hustete unterdrückt. Hier war es dunkler, sie blinzelte im Dunkel. Fegte sich Dreck aus dem Haar.

Da ergriff jemand ihr Handgelenk. Sie spürte eine messerscharfe Angst, direkt im Herzen. Reiner Stahl, reines weißes Eis.

»Nicht schreien«, flüsterte er.

Sie schnappte nach Luft wie ein Fisch, glotzäugig.

»Nicht schreien, psst…«

Die Angst verwandelte sich in Zorn, sie begann zu zittern, spürte eine aufsteigende Wut…

»Sei still, Märta… Er ist hier gewesen.«

Langsam löste sich der Griff um ihre Hand, sie zog sie zurück. Die Augen begannen sich ans Dunkel zu gewöhnen, und jetzt entdeckte sie die Bahre. Sie war vom vorderen Bock heruntergerutscht und stand jetzt mit dem Kopfende nach unten.

»Nein«, zischte sie.

»Ich habe geahnt, dass er zurückkommt.«

Äußerst vorsichtig kroch Esaias über die Bodenbalken zum Sarg und holte etwas aus dem Inneren heraus. Es schlackerte eklig, dann sah sie, was es war. Die Eingeweide eines Fisches. Haut, Gräte, der schleimige Kopf. Eine Quappe.

»Onkos se täälä? Ist er hier?«, rief sie aus.

»Er war hier«, antwortete Esaias auf Meänkieli. »Er muss das gegessen haben.«

»Dann lebt er!«

»Ich glaube, er war hier, um zu schlafen. Danach.«

Märta Kallio tastete über den heruntergefallenen Sargdeckel, hielt die Handfläche darüber, als spürte sie eine Wärme. Einen Körper, der atmete. Esaias strich mit den Fingerspitzen darüber, bekam ein paar trockene Körner zu fassen. Brotkrümel. Fisch und Brot.

»Warum hat er das gemacht?«, fragte er leise.

»Wer?«

»Warum hat er alles in Brand gesteckt?«

Sie schüttelte nur schweigend den Kopf. Verlagerte ihr Körpergewicht, der ganze Boden bebte. Esaias ging in die Knie, um das Gleichgewicht zu halten.

»Es war die ganze Zeit Pettersson, nicht wahr. Es muss Pettersson gewesen sein.«

»Du verstehst das nicht«, sagte sie.

Er blieb stehen. Spürte das Unbehagen in den Nacken kriechen, über die Schulterblätter. Der Tod. Ein kaltes, eisiges Gift.

»Oder hast du mitgemacht? Habt ihr den alten Mistkerl zusammen aufgespießt?«

Sie hielt einen Moment lang den Atem an. Wandte ihm schließlich das Gesicht zu. Das Gesicht einer Mutter.

»Er ist jetzt frei, der Junge«, flüsterte sie.

Esaias trat einen Schritt vor, unvorsichtig, spürte plötzlich, wie alles unter ihm versank, er mit dem Fuß ins Leere trat. Die Arme flogen hoch und suchten Halt, während der Boden zerbarst. Mit einem Schrei merkte er, wie die Beine frei in der Luft zappelten, während der Körper schwer durch die verkohlten Bodenreste sank und ins Erdgeschoss hinunterschoss.

Die Frau presste sich an die Wand, klammerte sich an einem rußigen Holzriegel fest. Auf zitternden Beinen kroch sie zurück zur Treppe.

Esaias lag wimmernd im heruntergefallenen Gerümpel auf dem Rücken. Seine Hand war merkwürdig gegen einen breiten Balken gepresst. Die Frau entdeckte ihn, als sie sich vorbeugte. Den Nagel. Er war auf ihn gefallen, die Spitze hatte sich durch seine linke Hand gebohrt und ragte jetzt mitten in der Handfläche heraus, gebogen und grob wie ein Armierungseisen.

»Hilf mir«, keuchte er. »*Auta minua …*«

Die Stirn voller Schweißtropfen. Er versuchte sich loszureißen, doch der Schmerz ließ ihn zusammensinken, ihm war schwindlig und übel.

»Ich muss los«, murmelte die Frau.

»Nein!«

»Ich muss das hier verlassen … Tornedalen.«

Zögernd ging sie durch die Küche mit den verkohlten Schranktüren, Plastikteppichen, die geschmolzen waren und sich wie braungelbe Hautlappen wölbten.

»Verdammt, hilf mir!«

Sie betrachtete ihre Küche ein letztes Mal. Der Körper erinnerte sich. All das Brot, das sie gebacken hatte, all der Kaffee, den sie am Fenster stehend getrunken hatte. Der Einmachtopf. Die blubbernde heiße Himbeermarmelade, die langsam aufstieg, bevor sie in rotem Schaum zerplatzte.

»Weißt du, warum die Frauen aus Tornedal wegziehen? Weißt du das? Kannst du raten, wonach sie sich sehnen?«

»Eine Zange! Scheiße, hol mir eine Kneifzange!«

Märta Kallio zögerte. Ging dann zum Kühlschrank. Der Griff hatte sich gelöst, aber sie konnte die Tür mit einem Brotmesser öffnen. Die Plastikleiste war klebrig, schwarz und zäh, und sie wich vor dem Matsch zurück, der heraussickerte. Doch dann fand sie die Glasflasche und zog den Korken heraus. Stellte sie neben ihn. Er schnupperte daran und nahm einen kräftigen Schluck. War kurz vorm Spucken, musste erst einmal abwarten.

»Kleidergeschäfte«, stöhnte er. »Ihr sehnt euch nach Schuhgeschäften.«

»Ich fahre jetzt weg. Bitte, such nicht nach mir.«

»Warte!«

»Du kannst mich nicht aufhalten. Ich werde nicht mehr zurückkommen, Esaias. Das muss so sein, ich werde nie wieder hier leben.«

Esaias hustete den sauren Schnapsgeschmack weg und spürte, wie der erste prickelnde Rausch ins Blut ging, wie der Schmerz in der Hand eine Spur erträglicher wurde.

»Es war Martin Udde, oder? Er ist der Vater von Pettersson?«

Sie blieb zögernd stehen. Holte die Autoschlüssel aus der Jackentasche. Sah, wie sein Blut um den Nagel gerann.

»Es wird bald jemand kommen und dir helfen«, sagte sie. »Warte, bis ich unterwegs bin.«

»Du kannst nicht einfach so abhauen!«

»Wonach wir uns sehnen«, fuhr sie fort. »Wonach wir Frauen uns hier oben am meisten sehnen, das ist zu verschwinden.«

»Was?«, rief er.

»Zu verschwinden.«

Sie ging hinaus auf die Treppe und war fort. Er biss die Backenzähne so fest zusammen, dass sie knirschten, und packte mit der rechten Hand die festgenagelte linke Hand. Nahm Anlauf mit dem ganzen Körper. Dann zog er. Eine blinde, weiße Flamme durchschnitt die Welt, und mit einem Brüllen fiel er auf die Seite und verlor das Bewusstsein.

Märta Kallio blieb auf dem Vorhof stehen. Der Regen hatte inzwischen fast aufgehört. Alles war grau, nass, voll mit Tropfen. Das Herbstgras, die nackten Zweige der Eberesche. Das Autodach, in dem sich der Himmel spiegelte.

All das sehe ich zum letzten Mal, dachte sie. Es erscheint mir unwirklich. Weit dort unten breitete sich der See aus. Sattajärvi. Sie war als Kind in ihm geschwommen. Hatte darin nach verrotteten Wurzeln getaucht. Das Humuswasser wie ein Schleier um den Kopf, ein lederbraunes Diadem. Haarfisch. Vogelfisch.

Jetzt fahre ich. Doch der Platz hielt sie zurück. Er ließ nicht los. Die kleine Drehbewegung des Autoschlüssels im Handgelenk. Wie ein Schwimmzug.

Sie ging in den Vorratsschuppen. Lauschte dem leisen Trommeln auf dem Blechdach. Fingernägel, die ununterbrochen klopften. Da stand der abgestellte Morris auf einigen Paletten, die Räder in der Luft. Der alte Kühlschrank in unzeitgemäßem Orange, das Zementrohr, das sie immer zu einem Räucherofen eingraben wollte, aber nie dazu gekommen war, die Wäschespinne, die einer Radioantenne ähnelte, in den äußeren Weltraum gerichtet, Teppiche, die hoch unter dem Dach über Stahldrähten hingen, um nicht zu schimmeln, die überladenen Regale, die vollgestopften Jutesäcke, Bananenkartons mit allem, was übrig gewesen war.

Auf der Stange mit den Winterjacken fand sie einen leeren Bügel. Der Armanianzug war weg. Er hatte ihn mitgenommen. Sie strich über das glatte Holz des Bügels, die Rundungen der Schultern.

»*Voi minun poikaa*… mein Junge…«

Auf dem Weg hinaus blieb sie stehen, entdeckte die Kiste. Eine schwere graue Kartoffelkiste. Sie lag versteckt unter einem Klapptisch, umgedreht auf dem Zementfußboden. Direkt daneben ein paar geschnitzte Holzstücke. Eine Falle, ein *loukku*. Der Junge hatte ein *loukku* geschnitzt.

Sie hockte sich daneben. Hob die Kiste an, kippte sie zur Seite.

Darunter lagen zwei Ratten, Beide waren tot. Die eine hatte die andere in ihrem Hunger angenagt, graue Haarbüschel lagen herum und wirbelten jetzt im Luftzug von der Tür auf.

Zwei, dachte sie. Das ist selten, dass man zwei auf einmal erwischt.

Automatisch stand sie auf, um den Besen zu holen. Sauber zu machen, auszukehren. Dann fiel ihr ein, dass es dafür zu spät war. Ruhig ging sie hinaus zum Auto, startete und fuhr durch Sattajärvi davon, nahm die Straße Richtung Süden. Das Motorengeräusch wurde leiser, ebbte immer weiter ab und verschwand schließlich ganz in den weiten Wäldern.

Es war vorbei.

Hinter dem Schuppen löste sich eine Gestalt. Ein bleierner Schatten im Regen. Langsam glitt er über den Hof und in die brandzerstörte, grabähnliche Ruine. An Esaias reglosem Körper blieb er stehen und bekam fast etwas Zärtliches an sich. Alles war so still. Der Körper sah tot aus, das Gesicht war bleich und wächsern. Der Brustkorb hob sich nicht mehr. Der Regen fiel weiter durch das zusammengestürzte Dach, die Tropfen legten sich wie Schweißperlen auf die Stirn und wurden zu bauchigen Tränen. Ein Blutrinnsal drängte sich heraus und füllte die Innenseite der Handfläche, den Zeigefinger entlang bis zur Spitze, sammelte sich an der Fingerspitze selbst, wo eine Blüte anschwoll und errötete, tiefrot und schwer wurde und schließlich auf einen heruntergefallenen, verbrannten Sargdeckel fiel.

Die Gestalt beugte sich lautlos hinunter. Vorsichtig ergriff sie die festgenagelte Hand und hob sie leicht an, zog das Fleisch vorsichtig entlang dem langen, gebogenen Nagel. Der glitt durch das Gewebe wie eine grobe Injektionsnadel, bis zu der geschliffenen Spitze hoch. Ein letzter Ruck, und die Hand war frei. Schwer fiel sie auf den Holzboden, gespreizt und schlaff. Doch dann erzitterte sie, begann zu beben, die Zeigefingerspitze hob sich und schien etwas zu suchen. Durch die Hand ging der Lebensnerv hinauf in den Arm, in den warmen Brustkorb. Und jetzt zuckten auch die Augenlider, es rührte sich da drinnen, ein großes, durchsichtiges Ei, das Licht haben wollte.

Die Gestalt legte ihre Lippen dicht an Esaias' Ohr, während die Morgendämmerung sich im Körper ausbreitete.

»Alles befindet sich vor dir«, war ein weiches Flüstern auf Meänkieli zu hören. »Du hast alles gekriegt, was du brauchst, alle Anhaltspunkte liegen offen da. Geh einfach zurück in deiner Erinnerung und lege die Teilchen zusammen. Dann weißt du, wer den Alten umgebracht hat.«

»Kuka… puhhuu…?«, stöhnte Esaias. »Wer redet da?«

»Väylä«, flüsterte die Stimme nach einigem Zögern.

Esaias bekam die Augen einen Spalt weit auf, sie waren trüb vom Regenwasser.

»Der Fluss«, wiederholte er, während der Schmerz immer heftiger in der Hand pochte. Scharfe, glühende Kohle.

Doch niemand war da.

54

Die Fackeln waren in einer langen Reihe die Straße entlang entzündet, ein leuchtender Wurm, der sie alle zur Sporthalle zog und hineinführte, sie mit den anderen abendlichen Wanderern zusammenführte in dem honigfarben erleuchteten Eingang. Sie lösten ihre Eintrittskarte und bekamen ein Plastikband um das Handgelenk befestigt, schoben sich mit kleinen Schritten ins Gedränge hinein und hörten bereits die Musik. Die Schlange um sie herum war dicht und erwartungsvoll, Schwedisch und Meänkieli mischten sich mit Parfums, Saunaseife, frisch gewaschenen Jacken, frisch rasierten Wangen und gesprayten Frisuren.

Therese schob ihren Arm unter den von Esaias. Jetzt sitzt er fest, dachte sie und spürte einen Zug im Brustkorb, bis in die Brustwarzen. Jetzt würde er nicht wieder davonkommen. Esaias spürte die Blicke, die Augen der Stadt, am nächsten Tag würde über sie geredet werden. Er und die Polizistin aus Stockholm, und in einem Freiheitsrausch küsste er ihre Wange, dass alle es sehen konnten. Sollte die Geschichte sich doch verbreiten, weitergetragen werden.

Sie duckten sich unter einem Tuch hindurch, eine Art luftigem Vorhang, und fanden sich plötzlich auf einem riesigen Bühnenboden wieder. Scheinwerfer huschten umher, Theaternebel wallte, Hunderte, vielleicht Tausende von Menschen schauten nach oben.

»Wir sind in der Römpääs-Show gelandet!«, rief Therese ihm ins Ohr, um die Menschenmassen zu übertönen. Im gleichen Moment war eine Trompete zu hören, eine freche, lachende Trompetenfanfare. Sie kam oben von der Decke, und als sie dem Spotlight folgten, sahen sie einen einsamen Mann in einer riesigen Espressotasse schweben. Hinter ihm war plötzlich noch eine Trompete zu hören, Saxophone, Posaunen, immer mehr Instrumente, die sich in einer mächtigen Ouvertüre vereinten.

»Tim Hagans und die Norrbotten Big Band«, rief Esaias.

Sie sah das Orchester in schwarzen Gummiseilen von der Decke hängen. In verschiedenen Formationen schaukelten sie herum und zogen ihre Jazzakkorde in die Länge. Und mittendrin war noch etwas anderes zu hören. Vom entgegengesetzten Ende der Sporthalle, dort war eine Bühne für Pajalas Ziehharmonikaorchester errichtet worden. Und auf sonderbare Art und Weise vereinigte sich die Musik direkt über dem Zuhörermeer, vermischte sich, verwob sich zu einem ganz speziellen Klangteppich aus Finnisch und Schwedisch, Land und Stadt. Oben unter dem Dach sah man jetzt einen der Akkordeonspieler kopfüber wie eine Fliege mit großen, zischenden Fußbekleidungen laufen.

»Er hat Saugnapfschuhe! Hasse Notsten!«

Im gleichen Moment erklang ein großartiger Akkord vom Boden hinauf, er wuchs, breitete sich aus, teilte sich in Stimmen, die weiterstiegen und davonwanderten. Eine schmerzlich schöne Mollmelodie aus den Wäldern, aus der unendlichen Taiga, der Ruf des Nadelwalds weit hinten in Asien, aus der Kamtschatka und Sibirien erreichte das Tornedal. Sie standen mitten darin, der russische Chor, ihre Stimmen waren verteilt über den Tanzboden, und sie sangen zum Dach hinauf, vereinten sich in einer Hymne, einer Danksagung, einem arktischen Gebet. Und mitten in diesem wunderschönen Lärm entzündete sich eine Lichtblase, eine riesige Sphäre, die sich erhob und heranglitt, bis sie über allen schwebte, schimmernd. Dann verwandelte sich die Lichtblase und bekam Gesichtszüge, wurde zu einem älteren Herrn mit großer, charakteristischer Nase und nach hinten gekämmtem, spärlichem Haar, ein gigantisches, schwebendes Hologramm. Der Mann betrachtete die Versammelten ruhig, fast zärtlich. Dann öffnete er seinen Mund und hieß sie willkommen in einem altertümlichen Finnisch, alle Gäste, die hierher nach Pajala gekommen waren, alle Finnen und Samen und Russen, alle Besucher und Freunde aus dem südlichen Schweden, aus Europa und dem Rest der Welt. Mit einer Handbewegung drehte er sich um, verließ sie, ging langsam davon in seinen einfachen, selbstgenähten Lodenkleidern. Er war wieder auferstanden. Lars Levi Laestadius.

Einen Moment lang war alles still. Dann wurden zwei Trommelstöcke taktsicher gegeneinander geschlagen, und wie ein neonfarbenes Raumschiff legte die Tanzband los. Es kam Leben in das Publikum, es verwandelte sich in eine schlingernde, wogende Masse, die langsam geweckt wurde und sich in unterschiedlichen Wellenmustern streckte.

»Möchtest du etwas trinken?«, fragte Esaias.

Therese bestellte ein Glas geharzten Wein mit dem speziellen Teergeschmack, er selbst nahm ein Glas Wasser und schluckte eine Tablette gegen die Schmerzen in der Hand. Sie holte tief Luft und versuchte stotternd:

»Onpa hauska täälä.«

»Mitä!«, rief er überrascht aus.

»Ich habe in Stockholm mit einem Finnischkursus angefangen. Ich dachte, den könnte ich gut gebrauchen.«

»Meinst du …«

»Ich hab die Stelle gekriegt«, fuhr sie fort. »Bei der Polizei in Pajala, ab nächsten Monatsersten.«

Er bewegte sich nicht.

»Ich ziehe hierher, Esaias.«

Therese betrachtete ihn unsicher. Dann löste sich seine Lähmung, und er nahm sie in die Arme, drückte sie fest an sich. Auf der Tanzfläche sah er Eino Svedberg tanzen, mit geradem Rücken wie ein Korporal. Weiter hinten konnte er Sonny mit seiner rundlichen Ehefrau entdecken, sie drehten sich in einem langsamen Boogie. Die halten wohl doch noch zusammen, dachte Esaias. Versuchen es noch einmal.

Mitten im Gewimmel konnte er millimeterkurz geschnittene Haare entdecken, von einer Traube begeisterter Damen umgeben. Der Mann hatte etwas Bekanntes an sich, wo hatte er ihn schon mal gesehen, in der Zeitung?

»Nederhed«, Therese zeigte in die Richtung. »Sind heute Abend tatsächlich alle hier?«

»Offensichtlich alle Tornedaler«, nickte Esaias. »Da ist der Minister.«

Sie konnte ein bekanntes Profil im Tanzgewühl entdecken.

»Thomas Östros?«, fragte sie.

»Hat Wurzeln in Junosuando. Seine Familie hieß früher Waaranperä. Und der Typ da kommt aus Olkamangi. Oder seine Mutter, besser gesagt.«

Therese erkannte den Duft, eine Spur von Chemie. Eine merkwürdige, metallische Medizin, oder …

»Ånderman!«

»Darf ich bitten«, sagte er und verbeugte sich locker wie in einer Tanzschule in den Fünfzigern.

»Deine Mutter ist also aus Tornedal«, rief Therese aus. »Deine Mutter! Die Botschafterin!«

Ånderman lenkte sie ruckweise herum, wie die alten Zahnräder im Technischen Museum.

»Ich habe gehört, dass du nach Pajala ziehst«, sagte er.

»Ich hätte doch nur Streifendienst schieben müssen«, brummte sie. »Doris' Tanzfreunde haben mich angezeigt.«

»Ich hätte dir helfen können.«

Jetzt wurde es ihr klar. Es war keine Medizin. Es war das Rasierwasser.

»Deine Mitochondrien-DNA«, fuhr er fort. »Ich habe jetzt das Ergebnis. Weißt du, dass du und ich die gleiche Abstammung haben?«

»Du willst doch wohl nicht damit sagen, dass wir verwandt sind?«

»Nun ja, so vor siebentausend Jahren. Unsere Stammmutter wird Velda genannt, ungefähr fünf Prozent aller Europäer stammen von ihr ab, unter anderem auch die Samen.«

»Dann hätten wir Rentierzüchter werden können, du und ich. Zu einer anderen Zeit.«

Ånderman zog aus seiner Jackentasche ein Taschentuch heraus und hielt es sich vor den Mund. Er nieste kräftig, seine Brille beschlug leicht.

»Das wird wohl lebenslänglich?«, fuhr sie fort. »Für die Trickdiebe?«

»Vermutlich.«

»Für mich auch«, lächelte sie. »Lebenslänglich. Nur weil du dafür gesorgt hast, dass ich die Ermittlungen leite.«

»Denkst du an Esaias?«

»Ja, du bist ja schuld daran, dass wir zusammengekommen sind. Du und Martin Udde.«

Ånderman legte das Taschentuch sorgfältig wieder in den Falten zusammen, wie er es schon als Kind gelernt hatte. Er nahm Anlauf, noch etwas zu sagen. Es lag parat, ebenfalls zusammengefaltet.

»Und was sagt deine Mutter dazu, Therese?«

»Wieso? Sie ist wieder auf Kreta.«

»Auf Kreta?«

»Ja, Kreta ...«

Hinten im Gedränge an der Bar bekam Esaias einen Stoß.

»Oh, Entschuldigung.«

Esaias drehte sich nach der Stimme um. Ein dunkelhäutiger Mann stellte sich direkt neben ihn, er hatte etwas Bekanntes an sich.

»Jan Evert Herdepalm«, stellte sich der Dunkle vor. »Ich muss einfach eine Frage stellen.«

»Und welche?«

»Ja, es ist so merkwürdig. Ich meine, hier im finstersten ... Pajala.«

Der Mann hatte sich unverschämt weit vorgebeugt und

streckte jetzt seine Finger aus. Vorsichtig ergriff er die Halskette, die Therese Esaias gegeben hatte, die Silberkette mit der kleinen Nuss, die Therese in ihrer Schreibtischschublade versteckt hatte.

»Ich bin Biologe«, fuhr der Dunkle fort, »und ich bin einfach schrecklich neugierig. Wo um alles in der Welt hast du das her?«

»Von einem Mädchen.«

»Das ist aus Namibia«, sagte er. »Wusstest du das? Ich habe das Gleiche bei Otjozondu gesehen.«

»Aus Afrika?«

»Ein Liebesamulett. Es funktioniert immer. Aber ich habe es noch nie an einem Weißen gesehen.«

Mit einer geschmeidigen Bewegung huschte Jan Evert fort in das Tornedalsche Gewimmel.

»Warte doch!«, rief Esaias. »Du musst mir mehr erzählen. Was ist das?«

»Wieso, weißt du das nicht?«

Jan Evert stand im Mahlstrom zwischen zwei Musikern, Hunderten von Paaren, die den Tanzboden verließen, und Hunderten neuen, die einander aufforderten.

»Sind das Hoden?«, fragte Esaias.

Jan Evert schüttelte lachend den Kopf.

»Nein«, sagte er. »Das nennt sich *ngongo*. Man findet sie während der Trockenzeit in ausgetrockneten Flussbetten, unten im Sediment. Dort überleben sie.«

»In afrikanischen Flüssen?«

»Ngongo bedeutet wörtlich übersetzt Leben. Diese Kugel, die du da hast, besteht aus Hunderten von Fischembryonen. Leg sie über Nacht ins Wasser, und hokus pokus! Dann hast du einen ganzen Schwarm!«

Eine rosige Tornedalerin schnappte sich Jan Evert Herdepalm und zog ihn mit sich auf den Tanzboden. Esaias sah, wie sich Therese näherte, erhitzt und aufgekratzt nach dem Drink.

»Ngongo«, murmelte er.
»Was bedeutet das?«
»Willst du mit mir tanzen?«

55

Das Haus war dunkel und verschlossen. Esaias und Therese lagen dicht beieinander und atmeten tief, während das erste graue Morgenlicht durch die Gardinen hereindrang. Das Zimmer roch ein wenig abgestanden, die Luft erschien schwer und sauerstoffarm. Der Schatten in der Türöffnung wartete reglos. Spähte wachsam ins Schlafzimmer, blieb aber vollkommen still. Ein Auto fuhr in weiter Ferne die Landstraße entlang, vielleicht ein Taxi mit den letzten Nachtschwärmern.

Sein Arm lag auf der Decke. Der Schatten näherte sich ungemein leise mit leichten, ausholenden Moskitoschritten. Lautlos beugte er sich hinunter. Schaltete die Taschenlampe ein. Der schmale Lichtstrahl huschte über die Haut, suchte nach einer Vene. Die Nadel wurde gehoben. Der Moskitoschnabel. Die ungemein dünne, stahlblanke Kanüle.

Esaias' Faust flog hoch. Umklammerte das Handgelenk. Vollkommen still drehte er es. Fester. Etwas fiel zu Boden, ein leichter Plumps auf dem Teppich.

Er betrachtete die Gestalt. Weit aufgerissene, hasserfüllte Pupillen. Mit seiner freien Hand hob Esaias die Spritze mit der trüben Flüssigkeit vom Boden auf.

»Ich habe mich schon gefragt, wann du kommst«, flüsterte er.

Der Schatten fauchte. Versuchte sich loszureißen. Die Oberlippe war starr, merkwürdig nach oben gebogen. Aber die Hände begannen zu zittern. Die langen, schmalen Krankenschwesternfinger in den Plastikhandschuhen.

»Lass mich los!«

Esaias zögerte. Löste dann den Griff und sah, wie die Gestalt sich das Handgelenk rieb, während sich Therese gleichzeitig im Schlaf umdrehte und leise grunzte.

»Du dachtest, ich wäre besoffen«, sagte er. »Dass ich wie ein Stein schlafen würde?«

»Das ist nur mein Insulin«, murmelte sie.

»Hör doch auf, Helena Fossnes. Oder besser Forsnäs, ins Schwedische übersetzt von Koskenniemi.«

»Ich verstehe nicht, was du …«

»Helena Koskenniemi, weißt du, wie ich draufgekommen bin?«

Die Frau betrachtete ihn, ohne eine Miene zu verziehen.

»Therese hat mich mit zu ihrer Großmutter ins Krankenhaus genommen. Ihre alte, nette ›värmländische Oma‹. Also deine Mutter.«

»Die Alte ist senil.«

»Nein. Nicht immer. Nicht, wenn man Meänkieli mit ihr spricht.«

»Meänki …«

»Es fing mit dem Foto an, das auf dem Nachttisch stand, ihr Elternhaus. Ich habe meinen Augen nicht getraut. Das sollte Värmland sein, haha, das war unser alter Familienhof in Aareavaara. Ich habe ja selbst dort gespielt, als ich noch ein Kind war und wir Mommo und Moffa dort besucht haben. Warum stand das da? Bei einer alten Dame in Stockholm?«

Esaias machte eine Pause. Die Frau drehte ihre schmale Armbanduhr um, drehte und drehte sie. Die Goldkette blinkte.

»Und dann fügte sich langsam ein Teilchen zum anderen. *Mutta miksi, Helena? Miksi sie tapoit sen?*«

Das bohrte sich in sie hinein. Finnisch. Sie war ganz still, der Hals war wie zusammengeschnürt. Doch dann spürte er es. Etwas schwoll darin an. Wurde weicher.

»*Mie en ossaa ennä meänkieltä.* Ich kann kein Tornedalfinnisch mehr, ich war ja noch so klein …«

»*Miksi,* Helena? Warum hast du ihn umgebracht?«

»*Hän oti äitini minulta.* Er hat mir meine Mutter weggenommen. Mama war ja nur ein armes Tagelöhnermädchen, und ich war unehelich geboren. Martin Udde brachte das in der Jugendbehörde zur Sprache. Es heißt, dass ihm, als er das erste Mal versuchte, mich wegzunehmen, eine Axt hinterhergeworfen wurde.«

»Das war Henriikka«, bestätigte Esaias, »Henriikka hat den Kerl davongejagt.«

»Aber Martin konnte nie klein beigeben. Er ist zurückgekommen. Ich war vier Jahre alt, als Martin Udde wieder reingetrampelt kam. Sie haben Mama festgehalten, und ich bin in den Schnee hinausgelaufen. Ich lief und bin hingefallen, und Martin hat mich gepackt und geschrien, dass ich jetzt meine Mutter nie mehr wiedersehen würde. Jetzt siehst du deine Mutter nie wieder …«

Thereses Mutter verstummte. Schaute sich verwirrt um, als suchte sie etwas zu trinken.

»Und das hast du nie vergessen können?«

»Er hat mir meine Wurzeln genommen. Meine eigene Mutter. Er hat mich ins Kinderheim gebracht.«

»Mein Gott, ja«, sagte Esaias.

Er schielte zu Therese hinüber. Weiche Schlafwangen.

»Und die Zunge?«, fuhr er fort. »Warum hast du das mit der Zunge gemacht?«

Sie verzog hasserfüllt das Gesicht.

»Er hat geschrien, dass meine Mutter eine Hure sei. Eine Hure.«

Esaias saß schweigend da. Drückte hart auf den Spritzenkolben. Die Flüssigkeit spritzte in die Dunkelheit und verschwand. Nachdenklich brach er die Nadel mit einem Ruck ab.

»Wir gehören doch zusammen, Helena. Das war mir schon

im Krankenhaus klar. Wessen Tochter du bist, dass die alte Frau … dass sie die Schwester meiner Großmutter war.«

Seine Stimme bekam etwas Schmerzhaftes.

»Dass Therese und ich … dass wir eigentlich nicht …«

Esaias spürte, wie die Mutter vorsichtig einen Schritt zurückwich. An den Füßen trug sie einen Plastikschutz für die Schuhe, er raschelte leise. Therese atmete immer noch tief mit leicht geöffneten Lippen, schwer vom Wein und Träumen.

»Willst du es ihr erzählen?«, flüsterte die Frau.

»Dass du den alten Scheißkerl umgebracht hast?«

»Dass ihr verwandt seid? Dass sie aus Tornedal stammt?«

Die Mutter wartete, doch sie bekam keine Antwort. Esaias lag still da und hörte, wie sie verschwand. Der Fluss, dachte er, während er dem entfernten Brausen des Wasserfalls lauschte. Der Fluss soll es erzählen.